Os Maias

Episódios da vida romântica

Volume 1

TEXTO INTEGRAL

Livros do mesmo autor na Coleção **L&PM** POCKET:

Alves & cia.
A cidade e as serras
A correspondência de Fradique Mendes
O crime do Padre Amaro
A ilustre casa de Ramires
Os Maias (volume 1)
Os Maias (volume 2)
O mandarim
As minas de Salomão (Rider Haggard) tradução de Eça de
    Queiroz
O primo Basílio
A relíquia

EÇA DE QUEIROZ

Os Maias
Episódios da vida romântica
Volume 1

TEXTO INTEGRAL

www.lpm.com.br
L&PM POCKET

Coleção **L&PM** POCKET, vol. 442

Texto de acordo com a nova ortografia.

Primeira edição na Coleção **L&PM** POCKET: junho de 2005
Esta reimpressão: maio de 2011

Capa: Ivan Pinheiro Machado
Revisão: Delza Menin, Renato Deitos e Camila Kieling
Introdução: Mário de Almeida Lima

ISBN 978-85-254-1424-3

E17m	Eça de Queiroz, José Maria, 1845-1900
	Os Maias / José Maria Eça de Queiroz. – Porto Alegre: L&PM, 2011.
	2 v. ; 18 cm. – (Coleção L&PM POCKET)
	1. Literatura portuguesa-Romances. 2. Queiroz, José Maria Eça de, 1845-1900. I. Título. II. Série.
	CDD 869.3
	CDU 821.134.3-3

Catalogação elaborada por Izabel A. Merlo, CRB 10/329.

© desta edição, L&PM Editores, 2005

Todos os direitos desta edição reservados a L&PM Editores
Rua Comendador Coruja, 314, loja 9 – Floresta – 90220-180
Porto Alegre – RS – Brasil / Fone: 51.3225.5777

Pedidos & Depto. comercial: vendas@lpm.com.br
Fale conosco: info@lpm.com.br
www.lpm.com.br

Impresso no Brasil
Outono de 2011

SUMÁRIO

Introdução / 7

Os Maias – Volume I / 13

Eça de Queiroz – Vida e obra / 327

Introdução

A trajetória atribulada de *Os Maias*

*Mário de Almeida Lima**

1. Nenhum livro de Eça de Queiroz (1845-1900) deu-lhe tanto trabalho e causou-lhe tantos dissabores: esboçado em 1880, ele só veio a publicar-se em 1888. *Os Maias* terão contribuído, e muito, para o agravamento de seus males de saúde, aliás sempre precária.

2. O livro foi referido pela primeira vez numa carta de 1878 ao editor Chardron, como parte de um ambicioso projeto denominado *Cenas Portuguesas* ou *Cenas da Vida Portuguesa*. Em 1880, estando em Portugal, em férias, Eça aquiesceu, depois de muita pressão, em ceder um original para o *Diário de Portugal*, para publicação em folhetins. A ideia originária é que *Os Maias* seria uma pequena novela, tendo entre 180 e 200 páginas.

3. Mas o projeto inicial sofreu uma grande alteração. Com o tempo, e à medida que Eça trabalhava, o livro foi adquirindo uma extensão que não fora prevista. Eça sentiu que o tema da novela comportava um grande desenvolvimento e que podia jogar, nela, todas as observações que acumulara ao longo dos anos sobre Portugal e particularmente Lisboa. Ia despejar naquele livro todo o seu alforje de experiências.

4. Como Malheiro lhe cobrasse os originais, em pagamento dos quais, aliás, já fizera um adiantamento de trinta libras ao romancista, este, para compensá-lo pela demora, entregou-lhe grátis, como brinde, o texto da novela *O Mandarim*, que assim apareceu no *Diário de Portugal* antes de aparecer em livro.

5. Mas não cessou a pressão de Malheiro, que terminou arrancando de Eça a promessa de confiar-lhe o texto completo

---

* Mario de Almeida Lima (1924-2003) escritor e jornalista. Autor de *Só aos Domingos* (L&PM Editores, 1997).

de *Os Maias* para publicação numa gráfica de Lisboa. Cometida essa imprudência, Eça passa a viver a pior provação de sua vida de escritor. Mandava os originais e a tipografia não lhe submetia as provas. Escrevia de Bristol, na Inglaterra, e não lhe respondiam. Consequência: *Os Maias* custaram-lhe oito anos de trabalho e de incomodação. Para escrevê-lo e levá-lo a termo, e porque não podia deixar de produzir, ele escreveu ainda, entrementes, *A Relíquia*.

6. Depois de penosíssimas e constrangedoras negociações, de que incumbiu seu amigo Ramalho Ortigão, conseguiu, finalmente, libertar-se daquele infeliz compromisso, recuperando parte dos originais – únicos, por sinal, que chegou a recear se tivessem extraviado. O grande painel da vida lisboeta, em que se transformara a novela, pôde assim aparecer em dois grossos volumes, em 1888. Eça, com 43 anos, contraíra matrimônio, dois anos antes, com Emília de Castro Pamplona, filha do Conde de Resende. Dessa forma, "o pobre bastardo da Póvoa de Varzim", como ele se autodenominava, passa a integrar, pelo casamento, o mundo da aristocracia portuguesa, em que ele tinha excelentes amigos.

7. Como a mostrar a incompreensão dos contemporâneos, o livro não teve uma recepção muito calorosa. Fialho de Almeida acentuou que o romance não trazia maior novidade. Eça, segundo ele, estaria a repetir-se, a glosar velhos temas e tipos já objetos de sua maledicência. Fialho acusava o romancista de não conhecer da vida portuguesa senão exterioridades, cenas de hotéis, artigos de jornal, de haver reaproveitado situações e ideias já exploradas nos romances precedentes. Em suma, o *déjà-vu*, nenhuma originalidade. No entanto, o crítico assinalava no romance "duas cenas soberbas, duas cenas cheias de veemência e grande fôlego, duas cenas reais e inolvidáveis": a entrevista de Castro Gomes com Carlos da Maia, na qual lhe diz que Maria Eduarda não é sua esposa, mas sua amante, e a cena de amor de Carlos com Maria Eduarda que se segue. Fialho termina seu artigo, cheio de reservas, admitindo ser *Os Maias* "um dos mais surpreendentes trabalhos de *humour* de que possa orgulhar-se

uma literatura" e põe Eça no plano de Tackeray "pelo poder de observação e pelo poder de ironia".

8. Moniz Barreto, outro crítico de nomeada, não revelou maior compreensão. Limitou-se a destacar o "maravilhoso estilo" do romancista. Outro, Carlos Lobo de Ávila, criticava a desnecessária extensão do livro, que no seu entender podia ser podado de inúmeros episódios e quadros, sem comprometimento de sua estrutura. Pelo contrário, para ele, Eça escrevera demais, se derramara em situações inúteis, em cenas que nada acrescentavam à trama principal. Mariano Pina, por sua vez, observou "que outro defeito de *Os Maias* é o leitor não ver senão os mesmos tipos que já viu em *O Primo Basílio*, a sua galeria não ser variada, e o seu campo de observação limitadíssimo". Só um crítico, parece, o jovem Manoel da Silva Gaio, percebeu a extraordinária significação de *Os Maias*. Escreveu ele "que o sr. Eça de Queiroz decerto não teve, ao escrever seu romance, intuitos de emendar o que achou mal. Quis simplesmente fazer arte, refletindo o que viu. Dirão que viu os ridículos por uma lente de aumento; mas o certo é que eles por cá existem".

9. Eça recebeu os reparos da crítica com naturalidade e modéstia. Chegou a dirigir-se a Fialho e a Mariano Pina agradecendo-lhes a atenção que tinham dispensado ao seu trabalho. Só ao poeta Bulhão Patos, que se sentindo retratado na figura de Alencar o ofendeu em escritos da maior grosseria, Eça deu uma resposta severa e contundente. Também a Pinheiro Chagas, o "homem fatídico", representante do pensamento conservador e retrógado, que explorou o incidente com Bulhão Patos para malquistar o escritor com a opinião pública. Talvez Pinheiro Chagas só seja lembrado hoje pelo artigo que lhe dedica Eça de Queiroz. É como se ele tivesse sobrevivido assim de carona na história literária, pelas farpas que Eça lhe pespegou.

10. Mas o tempo reparador corrige todos os excessos. Assim mudou a crítica. No Brasil, aliás, o livro teve desde o início excelente acolhida e leitores realmente entusiásticos. Chegou a estabelecer um modismo nos meios mais intelectualizados. João da Ega, por exemplo, em grande parte porta-voz

do próprio Eça no romance, tornou-se figura populariíssima – e imitada – entre nós. Ele, suas irreverências, e até seu modo de trajar. O livro de Eça influiu decisivamente na formação de alguns de nossos melhores autores. Está muito presente em *Menino de Engenho*, de José Lins do Rego, e foi lido mais de dez vezes por Graciliano Ramos, que nele fez como que o seu aprendizado literário. Eça de fato conquistou no Brasil, e ainda conserva, aumentando-lhes o número, leitores fiéis e autores que se especializaram na sua obra, a que dedicaram estudos da melhor qualidade: Viana Moog, Álvaro Lins, Clovis Ramalhete e Luiz Viana Filho, para só referirmos os mais notórios.

11. A crítica portuguesa faz hoje a respeito de *Os Maias* um juízo bem mais compreensivo. Assim, Machado da Rosa (em *Eça, Discípulo de Machado?*) reconhece ser "*Os Maias* uma tragédia clássica e sobreposta à subumanidade que gesticula através da vasta comédia de costumes que lhe serve de pano de fundo". Já João Medina considera *Os Maias* "um livro niilista, livro desesperado mesmo". *Os Maias*, para ele, "são o dobre de finados duma nação retratada com vitriólica ironia e vingativa sátira".

12. Contudo, o juízo mais consagrador vamos encontrar em João Gaspar Simões (*Eça de Queiroz. O Homem e o artista*, 1945, p. 544), que observou ser *Os Maias* "(...) a mais perfeita obra de arte literária que ainda se escreveu em Portugal depois de *Os Lusíadas*".

13. *Os Maias* conta a história de uma família reduzida a duas pessoas: o belo, elegante, inteligente, culto, generoso, viajado e civilizado Carlos da Maia, que vivia com seu riquíssimo e austero avô Afonso da Maia, que o criou e educou, depois da fuga de sua mãe com um aventureiro napolitano e do suicídio de seu pai. A história de seus projetos de vida depois que se formou em medicina, e das grandes coisas que pretendia realizar; de sua grande amizade com João da Ega, espécie de *alter ego* do autor, irreverente e cabotino, dono de uma verve inimitável. São ainda, em grande parte, um painel da vida portuguesa, dos ridículos da sociedade lisboeta, de sua aristocracia ociosa e parasitária, dos políticos vazios e

incompetentes, do meio literário e jornalístico. Um quadro completo e – pode-se dizer – devastador.

14. Mas o tema central são os amores de Carlos da Maia. Primeiro, os amores de ocasião que não lhe deixaram sinal. Depois o grande amor de sua vida: Maria Eduarda. Inexcedível na sua beleza sem rival, mais deusa que mulher. Quando a viu pela primeira vez, foi um momento de alumbramento. Ambos se apaixonaram perdidamente. Tinham, de fato, nascido um para o outro. Só que o destino os ia separar por um obstáculo único e intransponível. Nesse desencontro é que está a tragédia de *Os Maias*. Mas não antecipemos. O leitor terá de descobri-la no momento próprio.

15. "– A gente, Craft, nunca sabe se o que lhe sucede é, em definitivo, bom ou mau", observa Carlos da Maia conversando com aquele seu amigo.

"– Ordinariamente é mau – disse o outro friamente, aproximando-se do espelho a retocar com mais correção o nó da gravata branca."

16. Assim termina o primeiro volume de *Os Maias*. É no segundo propriamente que Carlos da Maia inicia o seu romance com Maria Eduarda. Craft nada sabia a respeito dos seus movimentos tentando aproximar-se de Maria Eduarda, mas suas palavras pareciam premonitórias. É o que se verá na continuação daquele romance tumultuoso e de fim tão imprevisível.

Os Maias

Episódios da vida romântica

Volume 1

I

A CASA QUE OS MAIAS vieram habitar em Lisboa, no outono de 1875, era conhecida na vizinhança da rua de S. Francisco de Paula, e em todo o bairro das Janelas Verdes, pela casa do *Ramalhete* ou simplesmente o *Ramalhete*. Apesar deste fresco nome de vivenda campestre, o *Ramalhete*, sombrio casarão de paredes severas, com um renque de estreitas varandas de ferro no primeiro andar, e por cima uma tímida fila de janelinhas abrigadas à beira do telhado, tinha o aspecto tristonho de residência eclesiástica, que competia a uma edificação do reinado da sra. D. Maria I: com uma sineta e com uma cruz no topo, assemelhar-se-ia a um colégio de jesuítas. O nome de Ramalhete provinha decerto dum revestimento quadrado de azulejos fazendo painel no lugar heráldico do escudo de armas, que nunca chegara a ser colocado, e representando um grande ramo de girassóis atado por uma fita onde se distinguiam letras e números duma data.

Longos anos o Ramalhete permanecera desabitado, com teias de aranha pelas grades dos postigos térreos, e cobrindo-se de tons de ruína. Em 1858 monsenhor Buccarini, núncio de Sua Santidade, visitara-o com ideia de instalar lá a nunciatura, seduzido pela gravidade clerical do edifício e pela paz dormente do bairro; e o interior do casarão agradara-lhe também, com a sua disposição apalaçada, os tetos apainelados, as paredes cobertas de *frescos* onde já desmaiavam as rosas das grinaldas e as faces dos cupidinhos. Mas monsenhor, com os seus hábitos de rico prelado romano, necessitava na sua vivenda os arvoredos e as águas dum jardim de luxo; e o Ramalhete possuía apenas, ao fundo dum terraço de tijolo, um pobre quintal inculto, abandonado às ervas bravas, com um cipreste, um cedro, uma cascatazinha seca, um tanque entulhado, e uma estátua de mármore (onde monsenhor reconheceu logo Vênus Citereia) enegrecendo a um canto na lenta umidade das ramagens silvestres. Além disso, a renda que pediu o velho Vilaça, procurador dos Maias, pareceu tão exagerada a monsenhor, que lhe perguntou, sorrindo, se ainda julgava a Igreja nos tempos de

Leão X. Vilaça respondeu que também a nobreza não estava nos tempos do sr. D. João V. E o Ramalhete continuou desabitado.

Este inútil pardieiro (como lhe chamava Vilaça Júnior, agora por morte de seu pai administrador dos Maias) só veio a servir, nos fins de 1870, para lá se arrecadarem as mobílias e as louças provenientes do palacete de família em Benfica, morada quase histórica, que, depois de andar anos em praça, fora então comprada por um comendador brasileiro. Nessa ocasião vendera-se outra propriedade dos Maias, a *Tojeira*; e algumas raras pessoas que em Lisboa ainda se lembravam dos Maias, e sabiam que desde a Regeneração eles viviam retirados na sua quinta de Santa Olávia, nas margens do Douro, tinham perguntado a Vilaça se essa gente estava atrapalhada.

– Ainda têm um pedaço de pão – disse Vilaça sorrindo – e a manteiga para lhe barrar por cima.

Os Maias eram uma antiga família da Beira, sempre pouco numerosa, sem linhas colaterais, sem parentelas – e agora reduzida a dois varões, o senhor da casa, Afonso da Maia, um velho já, quase um antepassado, mais idoso que o século, e seu neto Carlos que estudava medicina em Coimbra. Quando Afonso se retirara definitivamente para Santa Olávia, o rendimento da casa excedia já cinquenta mil cruzados; mas desde então tinham-se acumulado as economias de vinte anos de aldeia; viera também a herança dum último parente, Sebastião da Maia, que desde 1830 vivia em Nápoles, só, ocupando-se de numismática – e o procurador podia certamente sorrir com segurança quando falava dos Maias e da sua fatia de pão.

A venda da *Tojeira* fora realmente aconselhada por Vilaça; mas nunca ele aprovara que Afonso se desfizesse de Benfica – só pela razão daqueles muros terem visto tantos desgostos domésticos. Isso, como dizia Vilaça, acontecia a todos os muros. O resultado era que os Maias, com o Ramalhete inabitável, não possuíam agora uma casa em Lisboa; e se Afonso naquela idade amava o sossego de Santa Olávia, seu neto, rapaz de gosto e de luxo que passava as férias em Paris e Londres, não quereria, depois de formado, ir sepultar-se nos penhascos do Douro. E, com efeito, meses antes de ele deixar

Coimbra, Afonso assombrou Vilaça anunciando-lhe que decidira vir habitar o Ramalhete! O procurador compôs logo um relatório a enumerar os inconvenientes do casarão: o maior era necessitar tantas obras e tantas despesas; depois, a falta dum jardim devia ser muito sensível a quem saía dos arvoredos de Santa Olávia; e por fim aludia mesmo a uma lenda, segundo a qual eram sempre fatais aos Maias as paredes do Ramalhete, "ainda que (acrescentava ele numa frase meditada) até me envergonho de mencionar tais frioleiras neste século de Voltaire, Guizot e outros filósofos liberais..."

Afonso riu muito da frase, e respondeu que aquelas razões eram excelentes – mas ele desejava habitar sob tetos tradicionalmente seus; se eram necessárias obras, que se fizessem e largamente; e enquanto a lendas e agouros, bastaria abrir de par em par as janelas e deixar entrar o sol.

S. Ex.ª mandava; e, como esse inverno ia seco, as obras começaram logo, sob a direção dum Esteves, arquiteto, político, e compadre de Vilaça. Este artista entusiasmara o procurador com um projeto de escada aparatosa, flanqueada por duas figuras simbolizando as conquistas da Guiné e da Índia. E estava ideando também uma cascata de louça na sala de jantar – quando, inesperadamente, Carlos apareceu em Lisboa com um arquiteto-decorador de Londres, e, depois de estudar com ele à pressa algumas ornamentações e alguns tons de estofos, entregou-lhe as quatro paredes do Ramalhete, para ele ali criar, exercendo o seu gosto, um interior confortável, de luxo inteligente e sóbrio.

Vilaça ressentiu amargamente esta desconsideração pelo artista nacional; Esteves foi berrar ao seu centro político que isto era um país perdido. E Afonso lamentou também que se tivesse despedido o Esteves, exigiu mesmo que o encarregassem da construção das cocheiras. O artista ia aceitar – quando foi nomeado governador civil.

Ao fim dum ano, durante o qual Carlos viera frequentemente a Lisboa colaborar nos trabalhos, "dar os seus retoques estéticos", do antigo Ramalhete só restava a fachada tristonha, que Afonso não quisera alterar por constituir a fisionomia da casa. E Vilaça não duvidou declarar que Jones Bule (como ele chamava ao inglês) sem despender despropositadamente, aproveitando até as antigalhas de Benfica, fizera do Ramalhete "um museu".

O que surpreendia logo era o pátio, outrora tão lôbrego, nu, lajeado de pedregulhos – agora resplandecente, com um pavimento quadrilhado de mármores brancos e vermelhos, plantas decorativas, vasos de Quimper, e dois longos bancos feudais que Carlos trouxera de Espanha, trabalhados em talha, solenes como coros de catedral. Em cima, na antecâmara, revestida como uma tenda de estofos do Oriente, todo o rumor de passos morria; e ornavam-na divãs cobertos de tapetes persas, largos pratos mouriscos com reflexos metálicos de cobre, uma harmonia de tons severos, onde destacava, na brancura imaculada do mármore, uma figura de rapariga friorenta, arrepiando-se, rindo, ao meter o pezinho na água. Daí partia um amplo corredor, ornado com as peças ricas de Benfica, arcas góticas, jarrões da Índia, e antigos quadros devotos. As melhores salas do Ramalhete abriam para essa galeria. No salão nobre, raramente usado, todo em brocados de veludo cor de musgo de outono, havia uma bela tela de Constable, o retrato da sogra de Afonso, a condessa de Runa, de tricorne de plumas e vestido escarlate de caçadora inglesa, sobre um fundo de paisagem enevoada. Uma sala mais pequena, ao lado, onde se fazia música, tinha um ar de século XVIII com seus móveis enramalhetados de ouro, as suas sedas de ramagens brilhantes; duas tapeçarias de Gobelins, desmaiadas, em tons cinzentos, cobriam as paredes de pastores e de arvoredos.

Defronte era o bilhar, forrado dum couro moderno trazido por Jones Bule, onde, por entre a desordem de ramagens verde-garrafa, esvoaçavam cegonhas prateadas. E, ao lado, achava-se o *fumoir*, a sala mais cômoda do Ramalhete; as otomanas tinham a fofa vastidão de leitos; e o conchego quente e um pouco sombrio dos estofos escarlates e pretos era alegrado pelas cores cantantes de velhas faianças holandesas.

Ao fundo do corredor ficava o escritório de Afonso, revestido de damascos vermelhos como uma velha câmara de prelado. A maciça mesa de pau-preto, as estantes baixas de carvalho lavrado, solene luxo das encadernações, tudo tinha ali uma feição austera de paz estudiosa – realçada ainda por um quadro atribuído a Rubens, antiga relíquia da casa, um Cristo na cruz, destacando a sua nudez de atleta sobre um céu de poente revolto e rubro. Ao lado do fogão, Carlos arranjara um canto para o avô com um biombo japonês bordado a ouro, uma pele de urso branco, e uma venerável cadeira de braços, cuja tapeçaria mostrava ainda as armas dos Maias no desmaio da trama de seda.

No corredor do segundo andar, guarnecido com retratos da família, estavam os quartos de Afonso. Carlos dispusera os seus, num ângulo da casa, com uma entrada particular, e janelas sobre o jardim; eram três gabinetes a seguir, sem portas, unidos pelo mesmo tapete; e os recostos acolchoados, a seda que forrava as paredes, faziam dizer ao Vilaça que aquilo não eram aposentos de médico – mas de dançarina!

A casa, depois de arranjada, ficou vazia enquanto Carlos, já formado, fazia uma longa viagem pela Europa – e foi só nas vésperas da sua chegada, nesse lindo outono de 1875, que Afonso se resolveu enfim a deixar Santa Olávia e vir instalar-se no Ramalhete. Havia 25 anos que ele não via Lisboa; e, ao fim de alguns curtos dias, confessou ao Vilaça que estava suspirando outra vez pelas suas sombras de Santa Olávia. Mas, que remédio! Não queria viver muito separado do neto; e Carlos agora, com ideias sérias de carreira ativa, devia necessariamente habitar Lisboa... De resto, não desgostava do Ramalhete, apesar de Carlos, com seu fervor pelo luxo dos climas frios, ter prodigalizado demais as tapeçarias, os pesados reposteiros, e os veludos. Agradava-lhe também muito a vizinhança, aquela doce quietação de subúrbio adormecido ao sol. E gostava até do seu quintalejo. Não era decerto o jardim de Santa Olávia, mas tinha o ar simpático, com os seus girassóis perfilados ao pé dos degraus do terraço, o cipreste e o cedro envelhecendo juntos com dois amigos tristes, e a Vênus Citereia parecendo agora, no seu tom claro de estátua de parque, ter chegado de Versalhes, do fundo do grande século... E desde que a água abundava, a cascatazinha era deliciosa, dentro do nicho de conchas, com os seus três pedregulhos arranjados em despenhadeiro bucólico, melancolizando aquele fundo de quintal soalheiro com um pranto de náiade doméstica, esfiado gota a gota na bacia de mármore.

O que desconsolara Afonso, a princípio, fora a vista do terraço – donde outrora, decerto, se abrangia até o mar. Mas as casas edificadas em redor, nos últimos anos, tinham tapado esse horizonte esplêndido. Agora, uma estreita tira de água e monte que se avistava entre dois prédios de cinco andares, separados por um corte de rua, formava toda a paisagem defronte do Ramalhete. E, todavia, Afonso terminou por lhe descobrir um encanto íntimo. Era como uma tela marinha, encaixilhada em cantarias brancas, suspensa do céu azul em face do terraço, mostrando, nas variedades infinitas de cor e luz, os episódios fugitivos duma pacata vida de rio: às vezes uma vela de barco da Trafaria fugindo airosamente à bolina; outras vezes uma galera toda em pano, entrando num favor da aragem, vagarosa, no vermelho da tarde; ou então a melancolia dum grande paquete, descendo, fechado e preparado para a vaga, entrevisto um momento, desaparecendo logo, como já devorado pelo mar incerto; ou ainda durante dias, no pó de ouro das sestas silenciosas, o vulto negro de um couraçado inglês... E sempre ao fundo o pedaço de monte verde-negro, com um moinho parado no alto, e duas casas brancas ao rés da água, cheias de expressão – ora faiscantes e despedindo raios das vidraças acesas em brasa, ora tomando aos fins de tarde um ar pensativo, cobertas dos rosados tenros do poente, quase semelhantes a um rubor humano, e duma tristeza arrepiada nos dias de chuva, tão sós, tão brancas, como nuas, sob o tempo agreste.

O terraço comunicava por três portas envidraçadas com o escritório – e foi nessa bela câmara de prelado que Afonso se acostumou logo a passar os seus dias, no recanto aconchegado que o neto lhe preparara ternamente, ao lado do fogão. A sua longa residência em Inglaterra dera-lhe o amor dos suaves vagares junto do lume. Em Santa Olávia as chaminés ficavam acesas até abril; depois ornavam-se de braçadas de flores, como um altar doméstico, e era ainda aí, nesse aroma e nessa frescura, que ele gozava melhor o seu cachimbo, o seu Tácito, ou o seu querido Rabelais.

Todavia, Afonso ainda ia longe, como ele dizia, de ser um velho borralheiro. Naquela idade, de verão ou de inverno, ao romper do sol, estava a pé, saindo logo para a quinta, depois da sua boa oração da manhã que era um grande mergulho na água fria. Sempre tivera o amor supersticioso da água; e costumava dizer que nada havia melhor para o homem – sabor de água, som de água e vista de água. O que o prendera mais a Santa Olávia fora a sua grande riqueza de águas-vivas, nascentes, repuxos, tranquilo espelhar de águas paradas, fresco murmúrio de águas regantes... E a esta viva tonificação da água atribuía ele o ter vindo assim, desde o começo do século, sem uma dor e sem uma doença, mantendo a rica tradição de saúde da sua família, duro, resistente aos desgostos e anos – que passavam por ele, tão em vão, como passavam em vão, pelos seus robles de Santa Olávia, anos e vendavais.

Afonso era um pouco baixo, maciço, de ombros quadrados e fortes; e com a sua face larga de nariz aquilino, a pele corada, quase vermelha, o cabelo branco todo cortado à escovinha, e a barba de neve aguda e longa lembrava, como dizia Carlos, um varão esforçado das idades heroicas, um D. Duarte de Meneses ou um Afonso de Albuquerque. E isto fazia sorrir o velho, recordar ao neto, gracejando, quanto as aparências iludem!

Não, não era Meneses, nem Albuquerque; apenas um antepassado bonacheirão que amava os seus livros, o conchego da sua poltrona, o seu *whist* ao canto do fogão. Ele mesmo costumava dizer que era simplesmente um egoísta; mas nunca, como agora na velhice, as generosidades do seu coração tinham sido tão profundas e largas. Parte do seu rendimento ia-se-lhe por entre os dedos esparsamente, numa caridade enternecida. Cada vez amava mais o que é pobre e o que é fraco. Em Santa Olávia, as crianças corriam para ele, dos portais, sentindo-o acariciador e paciente. Tudo o que vive lhe merecia amor – e era dos que não pisam um formigueiro, e se compadecem da sede duma planta.

Vilaça costumava dizer que lhe lembrava sempre o que se conta dos patriarcas, quando o vinha encontrar ao canto da chaminé, na sua coçada quinzena de veludilho, sereno, risonho, com um livro na mão, o seu velho gato aos pés. Este pesado e enorme angorá, branco com malhas louras, era agora (desde a morte de *Tobias,* o soberbo cão de S. Bernardo) o fiel companheiro de Afonso. Tinha nascido em Santa Olávia, e recebera então o nome de Bonifácio; depois, ao chegar à idade do amor e da caça, fora-lhe dado o apelido mais cavalheiresco de D. Bonifácio de Calatrava; agora, dorminhoco e obeso, entrara definitivamente no remanso das dignidades eclesiásticas, e era o Reverendo Bonifácio...

Esta existência nem sempre assim correra com a tranquilidade larga e clara dum belo rio de verão. O antepassado, cujos olhos se enchiam agora duma luz de ternura diante das suas rosas, e que ao canto do lume relia com gosto o seu Guizot, fora, na opinião de seu pai, algum tempo, o mais feroz jacobino de Portugal! E, todavia, o furor revolucionário do pobre moço consistira em ler Rousseau, Volney, Helvetius e a Enciclopédia; em atirar foguetes de lágrimas à Constituição; e ir de chapéu à liberal e alta gravata azul, recitando pelas lojas maçônicas odes abomináveis ao Supremo Arquiteto do Universo. Isto, porém, bastara para indignar o pai. Caetano da Maia era um português antigo e fiel que se benzia ao nome de Robespierre, e que, na sua apatia de fidalgo beato e doente, tinha só um sentimento vivo – o horror, o ódio ao jacobino, a quem atribuía todos os males, os da pátria e os seus, desde a perda das colônias até as crises da sua gota. Para extirpar da nação o jacobino, dera ele o seu amor ao sr. infante D. Miguel, Messias forte e restaurador providencial... E ter justamente por filho um jacobino parecia-lhe uma provação comparável só às de Jó!

A princípio, na esperança que o menino se emendasse, contentou-se em lhe mostrar um carão severo e chamar-lhe com sarcasmo – *cidadão!* Mas quando soube que seu filho, o seu herdeiro, se misturara à turba que, numa noite de festa cívica e de luminárias, tinha apedrejado as vidraças apagadas do sr. legado de Áustria, enviado da Santa Aliança, considerou o rapaz um Marat e toda a sua cólera rompeu. A gota cruel, cravando-o na poltrona, não lhe deixou espancar o mação, com a sua bengala da Índia, à lei de bom pai português; mas decidiu expulsá-lo de sua casa, sem mesada e sem bênção, renegado como um bastardo! Que aquele pedreiro-livre não podia ser do seu sangue!

As lágrimas da mamã amoleceram-no; sobretudo as razões duma cunhada de sua mulher, que vivia com eles em Benfica, senhora irlandesa de alta instrução, Minerva respeitada e tutelar, que ensinara inglês ao menino e o adorava como um bebê. Caetano da Maia limitou-se a desterrar o filho para a quinta de Santa Olávia; mas não cessou de chorar no seio dos padres, que vinham a Benfica, a desgraça da sua casa. E esses santos lá o consolavam, afirmando-lhe que Deus, o velho Deus de Ourique, não permitiria jamais que um Maia pactuasse com Belzebu e com a Revolução! E, à falta de Deus Padre, lá estava Nossa Senhora da Soledade, padroeira da casa e madrinha do menino, para fazer o bom milagre.

E o milagre fez-se. Meses depois, o jacobino, o Marat, voltava de Santa Olávia um pouco contrito, enfastiado sobretudo daquela solidão, onde os chás do brigadeiro Sena eram ainda mais tristes que o terço das primas Cunhas. Vinha pedir ao pai a bênção, e alguns mil cruzados, para ir à Inglaterra, esse país de vivos prados e de cabelos de ouro, de que lhe falara tanto a tia Fanny. O pai beijou-o, todo em lágrimas, acedeu a tudo fervorosamente, vendo ali a evidente, a gloriosa intercessão de Nossa Senhora da Soledade! E o mesmo frei Jerônimo da Conceição, seu confessor, declarou este milagre – não inferior ao de Carnaxide.

Afonso partiu. Era na primavera – e a Inglaterra toda verde, os seus parques de luxo, os copiosos confortos, a harmonia penetrante dos seus nobres costumes, aquela raça tão séria e tão forte encantaram-no. Bem depressa esqueceu o seu ódio aos sorumbáticos padres da congregação, as horas ardentes passadas no café dos Remolares a recitar Mirabeau, e a República que quisera fundar, clássica e voltairiana, com um triunvirato de Cipiões e festas ao Ente Supremo. Durante os dias da *Abrilada* estava ele nas corridas de Epsom, no alto de uma sege de posta, com um grande nariz postiço, dando hurras medonhos – bem indiferente aos seus irmãos de maçonaria, que a essas horas o sr. infante espicaçava a chuço, pelas vielas do Bairro Alto, no seu rijo cavalo de Alter.

Seu pai morreu de súbito; ele teve de regressar a Lisboa. Foi então que conheceu D. Maria Eduarda Runa, filha do conde de Runa, uma linda morena, mimosa e um pouco adoentada. Ao fim do luto casou com ela, teve um filho, desejou outros; e começou logo, com belas ideias de patriarca moço, a fazer obras no palacete de Benfica, a plantar em redor arvoredos, preparando tetos e sombras à descendência amada que lhe encantaria a velhice.

Mas não esquecia a Inglaterra – e tornava-lha mais apetecida essa Lisboa miguelista que ele via desordenada como uma Túnis barbaresca; essa rude conjuração apostólica de frades e bolleiros, atroando tabernas e capelas; essa plebe beata, suja e feroz, rolando do lausperene para o curro, e ansiando tumultuosamente pelo príncipe que lhe encarnava tão bem os vícios e as paixões...

Este espetáculo indignava Afonso da Maia; e muitas vezes, na paz do serão, entre amigos, com o pequeno nos joelhos, exprimiu a indignação da sua alma honesta. Já não exigia decerto, como em rapaz, uma Lisboa de Catões e de Múcios Cévolas. Já admitia mesmo o esforço duma nobreza para manter o seu privilégio histórico; mas então queria uma nobreza inteligente e digna, como a aristocracia *tory* (que o seu amor pela Inglaterra lhe fazia idealizar), dando em tudo a direção moral, formando os costumes e inspirando a literatura, vivendo com fausto e falando com gosto, exemplo de ideias altas e espelho de maneiras patrícias... O que não tolerava era o mundo de Queluz, bestial e sórdido.

Tais palavras, apenas soltas, voavam a Queluz. E quando se reuniram as cortes gerais a polícia invadiu Benfica, "a procurar papéis e armas escondidas".

Afonso da Maia, com seu filho nos braços e a mulher tremendo ao lado, viu, impassivelmente e sem uma palavra, a busca, as gavetas arrombadas pela coronha das escopetas, as mãos sujas do malsim rebuscando os colchões do seu leito. O sr. juiz de fora não descobriu nada; aceitou mesmo na copa um cálice de vinho e confessou ao mordomo "que os tempos iam bem duros..." Desde essa manhã as janelas do palacete conservaram-se cerradas; não se abriu mais o portão nobre para sair o coche da senhora; e daí a semanas, com a mulher e com o filho, Afonso da Maia partia para Inglaterra e para o exílio.

Aí instalou-se, com luxo, para uma longa demora, nos arredores de Londres, junto a Richmond, ao fundo dum parque, entre as suaves e calmas paisagens de Surrey.

Os seus bens, graças ao crédito do conde de Runa, antigo mimoso de D. Carlota Joaquina, hoje conselheiro ríspido do sr. D. Miguel, não tinham sido confiscados; e Afonso da Maia podia viver largamente.

A princípio os emigrados liberais, Palmella e a gente do *Belfast* ainda o vieram desassossegar e consumir. A sua alma reta não tardou a protestar vendo a separação de castas, de hierarquias, mantidas ali na terra estranha entre os vencidos da mesma ideia – os fidalgos e os desembargadores vivendo no luxo de Londres à forra, e a plebe, o exército, depois dos padecimentos da Galiza, sucumbindo agora à fome, à vérmina, à febre nos barracões de Plymouth. Teve logo conflitos com os chefes liberais; foi acusado de vintista e demagogo; descreu por fim do liberalismo. Isolou-se então – sem fechar todavia a sua bolsa, donde saíam às cinquenta, às cem moedas... Mas quando a primeira expedição partiu, e pouco a pouco se foram vazando os depósitos de emigrados, respirou enfim e, como ele disse, pela primeira vez lhe soube bem o ar de Inglaterra!

Meses depois sua mãe, que ficara em Benfica, morria duma apoplexia; e a tia Fanny veio para Richmond completar a felicidade de Afonso, com o seu claro juízo, os seus caracóis brancos, os seus modos de discreta Minerva. Ali estava ele pois no seu sonho, numa digna residência inglesa, entre árvores seculares, vendo em redor nas vastas relvas dormirem ou pastarem os gados de luxo, e sentindo em torno de si tudo são, forte, livre e sólido – como o amava o seu coração.

Teve relações; estudou a nobre e rica literatura inglesa; interessou-se, como convinha a um fidalgo em Inglaterra, pela cultura, pela cria dos cavalos, pela prática da caridade – e pensava com prazer em ficar ali para sempre naquela paz e naquela ordem.

Somente Afonso sentia que sua mulher não era feliz. Pensativa e triste, tossia sempre pelas salas. À noite sentava-se ao fogão, suspirava e ficava calada...

Pobre senhora! A nostalgia do país, da parentela, das igrejas ia-a minando. Verdadeira lisboeta, pequenina e trigueira, sem se queixar e sorrindo palidamente, tinha vivido desde que chegara num ódio surdo àquela terra de hereges e ao seu idioma bárbaro: sempre arrepiada, abafada em peles, olhando com pavor os céus fuscos ou a neve nas árvores, o seu coração não estivera nunca ali, mas longe, em Lisboa, nos adros, nos bairros batidos do sol. A sua devoção (a devoção dos Runas!), sempre grande, exaltara-se, exacerbara-se àquela hostilidade ambiente que ela sentia em redor contra os "papistas". E só se satisfazia à noite, indo refugiar-se no sótão com as criadas portuguesas, para rezar o *terço* agachada numa esteira – gozando ali, nesse murmúrio de *ave-marias* em país protestante, o encanto de uma conjuração católica!

Odiando tudo o que era inglês, não consentira que seu filho, o Pedrinho, fosse estudar ao colégio de Richmond. Debalde Afonso lhe provou que era um colégio católico. Não queria; aquele catolicismo sem romarias, sem fogueiras pelo S. João, sem imagens do Senhor dos Passos, sem frades nas ruas não lhe parecia a religião. A alma do seu Pedrinho não abandonaria ela à heresia – e para o educar mandou vir de Lisboa o padre Vasques, capelão do conde de Runa.

O Vasques ensinava-lhe as declinações latinas, sobretudo a cartilha; e a face de Afonso da Maia cobria-se de tristeza, quando ao voltar de alguma caçada ou das ruas de Londres, de entre o forte rumor da vida livre, ouvia no quarto dos estudos a voz dormente do reverendo, perguntando como do fundo duma treva:

– Quantos são os inimigos da alma?

E o pequeno, mais dormente, lá ia murmurando:

– Três. Mundo, Diabo e Carne...

Pobre Pedrinho! Inimigo da sua alma só havia ali o reverendo Vasques, obeso e sórdido, arrotando do fundo da sua poltrona, com o lenço do rapé sobre o joelho...

Às vezes Afonso, indignado, vinha ao quarto, interrompia a doutrina, agarrava a mão do Pedrinho para o levar, correr com ele sob as árvores do Tâmisa, dissipar-lhe na grande luz do rio o pesadume crasso da cartilha. Mas a mamã acudia de dentro, em terror, a abafá-lo numa grande manta; depois lá fora o menino, acostumado ao colo das criadas e aos recantos estofados, tinha medo do vento e das árvores; e pouco a pouco, num passo desconsolado, os dois iam pisando em silêncio as folhas secas – o filho todo acovardado das sombras do bosque vivo, o pai vergando os ombros, pensativo, triste daquela fraqueza do filho...

Mas o menor esforço dele para arrancar o rapaz àqueles braços de mãe que o amoleciam, àquela cartilha mortal do padre Vasques trazia logo à delicada senhora acessos de febre. E Afonso não se atrevia já a contrariar a pobre doente, tão virtuosa, e que o amava tanto! Ia então lamentar-se ao pé da tia Fanny; a sábia irlandesa metia os óculos entre as folhas do seu livro, tratado de Addison ou poema de Pope, e encolhia melancolicamente os ombros. Que podia ela fazer!...

Por fim a tosse de Maria Eduarda foi aumentando – como a tristeza das suas palavras. Já falava da "sua ambição derradeira", que era ver o sol uma vez mais! Por que não voltariam a Benfica, ao seu lar, agora que o sr. infante estava também desterrado e que havia uma grande paz? Mas a isso Afonso não cedeu: não queria ver outra vez as suas gavetas arrombadas a coronhadas – e os soldados do sr. D. Pedro não lhe davam mais garantias que os malsins do sr. D. Miguel.

Por esse tempo veio um grande desgosto à casa: a tia Fanny morreu, duma pneumonia, nos frios de março; e isto enegreceu mais a melancolia de Maria Eduarda, que a amava muito também – por ser irlandesa e católica.

Para a distrair, Afonso levou-a para a Itália, para uma deliciosa *villa* ao pé de Roma. Aí não lhe faltava o sol: tinha-o pontual e generoso todas as manhãs, banhando largamente os terraços, dourando loureirais e mirtos. E depois, lá embaixo, entre mármores, estava a coisa preciosa e santa, o Papa!

Mas a triste senhora continuava a choramingar. O que realmente apetecia era Lisboa, as suas novenas, os santos devotos do seu bairro, as procissões passando num rumor de pachorrenta penitência por tardes de sol e de poeira...

Foi necessário calmá-la, voltar a Benfica.

Aí começou uma vida desconsolada. Maria Eduarda definhava lentamente, todos os dias mais pálida, levando semanas imóvel sobre um canapé, com as mãos transparentes cruzadas sobre as suas grossas peles de Inglaterra. O padre Vasques, apoderando-se daquela alma aterrada para quem Deus era um amo feroz, tornara-se o grande homem da casa. De resto Afonso encontrava a cada momento pelos corredores outras figuras canônicas, de capote e solidéu, em que reconhecia antigos franciscanos, ou algum magro capuchinho parasitando no bairro; a casa tinha um bafio de sacristia; e dos quartos da senhora vinha constantemente, dolente e vago, um rumor de ladainha.

Todos aqueles santos varões comiam, bebiam o seu vinho do Porto na copa. As contas do administrador apareciam sobrecarregadas com as mesadas piedosas que dava a senhora; um frei Patrício surripiara-lhe duzentas missas de cruzado por alma do sr. D. José I...

Esta carolice que o cercava ia lançando Afonso num ateísmo rancoroso: quereria as igrejas fechadas como os mosteiros, as imagens escavacadas a machado, uma matança de reverendos... Quando sentia na casa a voz de rezas, fugia, ia para o fundo da quinta, sob as trepadeiras do mirante, ler o seu Voltaire; ou então partia a desabafar com o seu velho amigo, o coronel Sequeira, que vivia numa quinta a Queluz.

O Pedrinho no entanto estava quase um homem. Ficara pequenino e nervoso como Maria Eduarda, tendo pouco da raça, da força dos Maias; a sua linda face oval dum trigueiro cálido, dois olhos maravilhosos e irresistíveis, prontos sempre a umedecer-se, faziam-no assemelhar a um belo árabe. Desenvolvera-se lentamente, sem curiosidades, indiferente a brinquedos, a animais, a flores, a livros. Nenhum desejo forte parecera jamais vibrar naquela alma meio adormecida e passiva; só às vezes dizia que gostaria muito de voltar para a Itália. Tomara birra ao padre Vasques, mas não ousava desobedecer-lhe. Era em tudo um fraco; e esse abatimento contínuo de todo o seu ser resolvia-se a espaços em crises de melancolia negra, que o traziam dias e dias mudo, murcho, amarelo, com as olheiras fundas e já velho. O seu único sentimento vivo, intenso, até aí, fora a paixão pela mãe.

Afonso quisera-o mandar para Coimbra. Mas, à ideia de se separar do seu Pedro, a pobre senhora caíra de joelhos diante de Afonso, balbuciando e tremendo; e ele, naturalmente, lá cedeu perante essas mãos suplicantes, essas lágrimas que caíam quatro a quatro pela pobre face de cera. O menino continuou em Benfica dando os seus lentos passeios a cavalo, de criado de farda atrás, começando já a ir beber a sua genebra aos botequins de Lisboa... Depois foi despontando naquela organização uma grande tendência amorosa: aos 19 anos teve o seu bastardozinho.

Afonso da Maia consolava-se pensando que, apesar de tão desgraçados mimos, não faltavam ao rapaz qualidades: era muito esperto, são, e, como todos os Maias, valente. Não havia muito que ele só, com um chicote, dispersara na estrada três saloios de varapau que lhe tinham chamado *palmito*.

Quando a mãe morreu, numa agonia terrível de devota, debatendo-se dias nos pavores do inferno, Pedro teve na sua dor os arrebatamentos duma loucura. Fizera a promessa histérica, se ela escapasse, de dormir durante um ano sobre as lajes do pátio; e, levado o caixão, saídos os padres, caiu numa angústia soturna, obtusa, sem lágrimas, de que não queria emergir, estirado de bruços sobre a cama numa obstinação de penitente. Muitos meses ainda não o deixou uma tristeza vaga; e Afonso da Maia já se desesperava de ver aquele rapaz, seu filho e seu herdeiro, sair todos os dias a passos de monge, lúgubre no seu luto pesado, para ir visitar a sepultura da mamã...

Esta dor exagerada e mórbida cessou por fim; e sucedeu-lhe, quase sem transição, um período de vida dissipada e turbulenta, estroinice banal, em que Pedro, levado por um romantismo torpe, procurava afogar em lupanares e botequins as saudades da mamã. Mas essa exuberância ansiosa que se desencadeara tão subitamente, tão tumultuosamente, na sua natureza desequilibrada, gastou-se depressa também.

Ao fim dum ano de distúrbios no Marrare, de façanhas nas esperas de touros, de cavalos esfalfados, de pateadas em S. Carlos, começaram a reaparecer as antigas crises de melancolia nervosa; voltavam esses dias taciturnos, longos como desertos, passados em casa a bocejar pelas salas, ou sob alguma árvore da quinta todo estirado de bruços, como despenhado num fundo de amargura. Nesses períodos tornava-se também devoto: lia Vidas de Santos, visitava o Lausperene; eram desses bruscos abatimentos de alma que outrora levavam os fracos aos mosteiros.

Isto penalizava Afonso da Maia; preferia saber que ele recolhera de Lisboa, de madrugada, exausto e bêbado, do que vê-lo, de ripanço debaixo do braço, com um ar velho, marchando para a Igreja de Benfica.

E havia agora uma ideia que, a seu pesar, às vezes o torturava: descobrira a grande parecença de Pedro com um avô de sua mulher, um Runa, de quem existia um retrato em Benfica; este homem extraordinário, com que na casa se metia medo às crianças, enlouquecera – e julgando-se Judas enforcara-se numa figueira...

Mas um dia, excessos e crises findaram. Pedro da Maia amava! Era um amor à Romeu, vindo de repente numa troca de olhares fatal e deslumbradora, uma dessas paixões que assaltam uma existência, e assolam como um furacão, arrancando a vontade, a razão, os respeitos humanos e empurrando-os de roldão aos abismos.

Numa tarde, estando no Marrare, vira parar defronte, à porta de Mme. Levaillant, uma caleche azul onde vinha um velho de chapéu branco, e uma senhora loura, embrulhada num xale de casimira.

O velho, baixote e reforçado, de barba muito grisalha talhada por baixo do queixo, uma face tisnada de antigo embarcadiço e o ar *gauche*, desceu todo encostado ao trintanário como se um reumatismo o tolhesse, entrou arrastando a perna o portal da modista; e ela voltando devagar a cabeça olhou um momento o Marrare.

Sob as rosinhas que ornavam o seu chapéu preto, os cabelos louros, dum ouro fulvo, ondeavam de leve sobre a testa curta e clássica; os olhos maravilhosos iluminavam-na toda; a friagem fazia-lhe mais pálida a carnação de mármore; e, com o seu perfil grave de estátua, o modelado nobre dos ombros e dos braços que o xale cingia, pareceu a Pedro nesse instante alguma coisa de imortal e superior à Terra.

Não a conhecia. Mas um rapaz alto, macilento, de bigodes negros, vestido de negro, que fumava encostado à outra ombreira, numa pose de tédio, vendo o violento interesse de Pedro, o olhar aceso e perturbado com que seguia a caleche trotando Chiado acima, veio tomar-lhe o braço e murmurou-lhe junto à face na sua voz grossa e lenta:

– Queres que te diga o nome, meu Pedro? O nome, as origens, as datas e os feitos principais? E pagas ao teu amigo Alencar, ao teu sequioso Alencar, uma garrafa de *champagne?*

Veio o *champagne*. E o Alencar, depois de passar os dedos magros pelos anéis da cabeleira e pelas pontas do bigode, começou, todo recostado e dando um puxão aos punhos:

– Por uma dourada tarde de outono...

– André! – gritou Pedro ao criado, martelando o mármore da mesas –, retira o *champagne!*

O Alencar bradou, imitando o ator Epifânio:

– O quê! Sem saciar a avidez de meu lábio?...

Pois bem, o *champagne* ficaria, mas o amigo Alencar, esquecendo que era o poeta da *Vozes d'Aurora,* explicaria aquela gente da caleche azul numa linguagem cristã e prática!...

– Aí vai, meu Pedro, aí vai!

Havia dois anos, justamente quando Pedro perdera a mamã, aquele velho, o papá Monforte, uma manhã rompera subitamente pelas ruas e pela sociedade de Lisboa naquela mesma caleche com essa bela filha ao seu lado. Ninguém os conhecia. Tinham alugado a Arroios um primeiro andar no palacete dos Vargas; e a rapariga principiou a aparecer em S. Carlos, fazendo uma impressão – uma impressão de causar aneurismas, dizia o Alencar! Quando ela atravessava o salão, os ombros vergavam-se no deslumbramento de auréola que vinha daquela magnífica criatura, arrastando com um passo de deusa a sua cauda de corte, sempre decotada como em noites de gala, e apesar de solteira resplandecente de joias. O papá nunca lhe dava o braço: seguia atrás, entalado numa grande gravata branca de mordomo, parecendo mais tisnado e mais embarcadiço na claridade loura que saía da filha, encolhido e quase apavorado, trazendo nas mãos o óculo, o *libretto,* um saco de bombons, o leque e o seu próprio guarda-chuva. Mas era no camarote, quando a luz caía sobre o seu colo ebúrneo e as suas tranças de ouro, que ela oferecia verdadeiramente a encarnação dum ideal da Renascença, um modelo de Ticiano... Ele, Alencar, na primeira noite em que a vira, exclamara, mostrando-a a ela e às outras, às trigueirotas da assinatura:

– Rapazes! É como um ducado de ouro novo entre velhos patacos do tempo do sr. D. João VI!

O Magalhães, esse torpe pirata, pusera o dito num folhetim do *Português.* Mas o dito era dele, Alencar!

Os rapazes, naturalmente, começaram logo a rondar o palacete de Arroios. Mas nunca naquela casa se abria uma janela. Os criados interrogados disseram apenas que a menina se chamava Maria, e que o senhor se chamava Manuel. Enfim uma criada, amaciada com seis pintos, soltou mais: o homem era taciturno, tremia diante da filha, e dormia numa rede; a senhora essa vivia num ninho de sedas todo azul-ferrete, e passava o seu dia a ler novelas. Isto não podia satisfazer a sofreguidão de Lisboa. Fez-se uma devassa metódica, hábil, paciente... Ele, Alencar, pertencera à devassa.

E souberam-se horrores. O papá Monforte era dos Açores; muito moço, uma facada numa rixa, um cadáver a uma esquina tinham-no forçado a fugir a bordo dum brigue americano. Tempos depois um certo Silva, procurador da casa de Taveira, que o conhecera nos Açores, estando na Havana a estudar a cultura do tabaco que os Taveiras queriam implantar nas ilhas, encontrara lá o Monforte (que verdadeiramente se chamava Forte) rondando pelos cais, de chinelas de esparto, à procura de embarque para Nova Orleães. Aqui havia uma treva na história do Monforte. Parece que servira algum tempo de feitor numa plantação da Virgínia... Enfim, quando reapareceu à face dos céus, comandava o brigue *Nova Linda* e levava cargas de pretos para o Brasil, para Havana e para Nova Orleães.

Escapara aos cruzeiros ingleses, arrancara uma fortuna da pele do africano, e agora rico, homem de bem, proprietário, ia ouvir a Corelli a S. Carlos. Todavia esta terrível crônica, como dizia o Alencar, obscura e mal provada, claudicava aqui e além...

– E a filha? – perguntou Pedro, que o escutara, sério e pálido.

Mas isso não o sabia o amigo Alencar. Onde a arranjara assim tão loura e bela? Quem fora a mamã? Onde estava? Quem a ensinara a embrulhar-se com aquele gesto real no seu xale de casimira?...

– Isso, meu Pedro, são

> mistérios que jamais pôde Lisboa
> astuta devassar e só Deus sabe!

Em todo o caso quando Lisboa descobriu aquela legenda de sangue e negros, o entusiasmo pela Monforte calmou. Que diabo! Juno tinha sangue de assassino, a *beltà* de Ticiano era filha de negreiro! As senhoras, deliciando-se em vilipendiar uma mulher tão loura, tão linda e com tantas joias, chamaram-lhe logo a *negreira!* Quando ela aparecia agora no teatro, D. Maria da Gama afetava esconder a face detrás do leque, porque lhe parecia ver na rapariga (sobretudo quando ela usava os seus belos rubis) o sangue das facadas que dera o papazinho! E tinham-na caluniado abominavelmente. Assim, depois de passarem em Lisboa o primeiro inverno, os Monfortes sumiram-se; pois disse-se logo, com furor, que estavam arruinados, que a polícia perseguia o velho, mil perversidades... O excelente Monforte, que sofre de reumatismos articulares, achava-se tranquilamente, ricamente, tomando as águas dos Pireneus... Fora lá que o Melo os conhecera...

– Ah! o Melo conhece-os? – exclamou Pedro.

– Sim, meu Pedro, o Melo os conhece.

Pedro daí a um momento deixou o Marrare; e nessa noite antes de recolher, apesar da chuva fria e miúda, andou rondando uma hora, com a imaginação toda acesa, o palacete dos Vargas apagado e mudo. Depois, daí a duas semanas, o Alencar, entrando em S. Carlos ao fim do primeiro ato do *Barbeiro* ficou assombrado ao ver Pedro da Maia instalado na frisa do Monforte, à frente, ao lado de Maria, com uma camélia escarlate na casaca – igual às dum ramo pousado no rebordo de veludo.

Nunca Maria Monforte aparecera mais bela: tinha uma dessas *toilettes* excessivas e teatrais que ofendiam Lisboa, e faziam dizer às senhoras que ela se vestia "como uma cômica". Estava de seda cor de trigo, com duas rosas amarelas e uma espiga nas tranças, opalas sobre o colo e nos braços; e estes tons de seara madura batida do sol, fundindo-se com o ouro dos cabelos, iluminando-lhe a carnação ebúrnea, banhando as suas formas de estátua, davam-lhe o esplendor duma Ceres. Ao fundo entreviam-se os grandes bigodes louros do Melo, que conversava de pé com o papá Monforte – escondido como sempre no canto negro da frisa.

O Alencar foi observar "o caso" do camarote dos Gamas. Pedro voltara à sua cadeira, e de braços cruzados contemplava Maria. Ela conservou algum tempo a sua atitude de deusa insensível; mas, depois, no dueto de Rosina e Lindor, duas vezes os seus olhos azuis e profundos se fixaram nele, gravemente e muito tempo. O Alencar correu ao Marrare, de braços ao ar, a berrar a novidade.

Não tardou de resto a falar-se em toda a Lisboa da paixão de Pedro da Maia pela *negreira*. Ele também namorou-a publicamente, à antiga, plantado a uma esquina, defronte do palacete dos Vargas, com os olhos cravados na janela dela, imóvel e pálido de êxtase.

Escrevia-lhe todos os dias duas cartas em seis folhas de papel – poemas desordenados que ia compor para o Marrare; e ninguém lá ignorava o destino daquelas páginas de linhas encruzadas que se acumulavam diante dele sobre o tabuleiro da genebra. Se algum amigo vinha à porta do café perguntar por Pedro da Maia, os criados já respondiam muito naturalmente:

– O sr. D. Pedro? Está a escrever à menina.

E ele mesmo, se o amigo se acercava, estendia-lhe a mão, exclamava radiante, com o seu belo e franco sorriso:

– Espera aí um bocado rapaz, estou a escrever à Maria!

Os velhos amigos de Afonso da Maia que vinham fazer o seu *whist* a Benfica, sobretudo o Vilaça, o administrador dos Maias, muito zeloso da dignidade da casa, não tardaram em lhe trazer a nova daqueles amores do Pedrinho. Afonso já os suspeitava; via todos os dias um criado da quinta partir com um grande ramo das melhores camélias do jardim; todas as manhãs cedo encontrava no corredor o escudeiro, dirigindo-se ao quarto do menino, a cheirar regaladamente o perfume dum envelope com sinete de lacre dourado – e não lhe desagradava que um sentimento qualquer, humano e forte, lhe fosse arrancando o filho à estroinice bulhenta, ao jogo, às melancolias sem razão em que reaparecia o negro ripanço...

Mas ignorava o nome, a existência sequer dos Monfortes; e as particularidades que os amigos lhe revelaram, aquela facada nos Açores, o chicote de feitor na Virgínia, o brigue *Nova Linda,* toda a sinistra legenda do velho contrariou muito Afonso da Maia.

Uma noite que o coronel Sequeira, à mesa do *whist,* contava que vira Maria Monforte e Pedro passeando a cavalo, "ambos muito bem e muito *distingués",* Afonso, depois dum silêncio, disse com um ar enfastiado:

– Enfim, todos os rapazes têm as suas amantes... Os costumes são assim, a vida é assim, e seria absurdo querer reprimir tais coisas. Mas essa mulher, com um pai desses, mesmo para amante acho má.

O Vilaça suspendeu o baralhar das cartas, e ajeitando os óculos de ouro exclamou com espanto:

– Amante! Mas a rapariga é solteira, meu senhor, é uma menina honesta!...

Afonso da Maia enchia o seu cachimbo; as mãos começaram a tremer-lhe; e voltando-se para o administrador, numa voz que tremia um pouco também:

– O Vilaça decerto não supõe que meu filho queira casar com essa criatura...

O outro emudeceu. E foi o Sequeira que murmurou:

– Isso não, está claro que não...

E o jogo continuou algum tempo em silêncio.

Mas Afonso da Maia principiou a andar descontente. Passavam-se semanas que Pedro não jantava em Benfica. De manhã, se o via, era um momento, quando ele descia ao almoço, já com uma luva calçada, apressado e radiante, gritando para dentro se estava selado o cavalo; depois, mesmo de pé, bebia um gole de chá, perguntava a correr "se o papá queria alguma coisa", dava um jeito ao bigode diante do grande espelho de Veneza sobre o fogão, e lá partia, enlevado. Outras vezes todo o dia não saía do quarto; a tarde descia, acendiam-se as luzes; até que o pai, inquieto, subia, ia encontrá-lo estirado sobre o leito, com a cabeça enterrada nos braços.

– Que tens tu? – perguntava-lhe.

– Enxaqueca – respondia num tom surdo e rouco.

E Afonso descia indignado, vendo em toda aquela angústia covarde alguma carta que não viera, ou talvez uma rosa oferecida que não fora posta nos cabelos...

Depois, por vezes, entre dois *robbers* ou conversando em volta da bandeja do chá, os seus amigos tinham observações que o inquietavam, partindo daqueles homens que habitavam Lisboa, lhe conheciam os rumores – enquanto ele passava ali, inverno e verão, entre os seus livros e as suas rosas. Era o excelente Sequeira que perguntava por que não faria Pedro uma viagem longa, para se instruir, à Alemanha, ao Oriente? Ou o velho Luís Runa, o primo de Afonso, que, a propósito de coisas indiferentes, rompia lamentando os tempos em que o intendente da polícia podia livremente expulsar de Lisboa as pessoas importunas... Evidentemente aludiam à Monforte; evidentemente julgavam-na perigosa.

No verão, Pedro partiu para Sintra; Afonso soube que os Monfortes tinham lá alugado uma casa. Dias depois o Vilaça apareceu em Benfica, muito preocupado; na véspera Pedro visitara-o no cartório, pedira-lhe informações sobre as suas propriedades, sobre o meio de levantar dinheiro. Ele lá lhe dissera que em setembro, chegando à sua maioridade, tinha a legítima da mamã...

– Mas não gostei disto, meu senhor, não gostei disto...

– E por quê, Vilaça? O rapaz quererá dinheiro, quererá dar presentes à criatura... O amor é um luxo caro, Vilaça.

– Deus queira que seja isso, meu senhor, Deus o ouça!

E aquela confiança tão nobre de Afonso da Maia no orgulho patrício, nos brios de raça de seu filho, chegava a tranquilizar Vilaça.

Daí a dias, Afonso da Maia viu enfim Maria Monforte. Tinha jantado na quinta do Sequeira ao pé de Queluz, e tomavam ambos o seu café no mirante, quando entrou pelo caminho estreito que seguia o muro a caleche azul com os cavalos cobertos de redes. Maria, abrigada sob uma sombrinha escarlate, trazia um vestido cor-de-rosa cuja roda, toda em folhos, quase cobria os joelhos de Pedro sentado ao seu lado; as fitas do seu chapéu, apertadas num grande laço que lhe enchia o peito, eram também cor-de-rosa; e a sua face, grave e pura como um mármore grego, aparecia realmente adorável, iluminada pelos olhos dum azul sombrio, entre aqueles tons rosados. No assento defronte, quase todo tomado por cartões de modista, encolhia-se o Monforte, de grande chapéu panamá, calça de ganga, o mantelete da filha no braço, o guarda-sol entre os joelhos. Iam calados, não viram o mirante; e, no caminho verde e fresco, a caleche passou com balanços lentos, sob os ramos que roçavam a sombrinha de Maria. O Sequeira ficara com a chávena de café junto aos lábios, de olho esgazeado, murmurando:

– Caramba! É bonita!

Afonso não respondeu: olhava cabisbaixo aquela sombrinha escarlate que, agora, se inclinava sobre Pedro, quase o escondia, parecia envolvê-lo todo – como uma larga mancha de sangue alastrando a caleche sob o verde triste das ramas.

O outono passou, chegou o inverno, frigidíssimo. Uma manhã, Pedro entrou na livraria onde o pai estava lendo junto ao fogão; recebeu-lhe a bênção, passou um momento os olhos por um jornal aberto, e voltando-se bruscamente para ele:

– Meu pai – disse, esforçando-se por ser claro e decidido –, venho pedir-lhe licença para casar com uma senhora que se chama Maria Monforte.

Afonso pousou o livro aberto sobre os joelhos, e numa voz grave e lenta:

– Não me tinhas falado disso... Creio que é a filha dum assassino, dum negreiro, a quem chamam também a *negreira*...

– Meu pai!...

Afonso ergueu-se diante dele, rígido e inexorável como a encarnação mesma da honra doméstica.

– Que tens a dizer-me mais? Fazes-me corar de vergonha.

Pedro, mais branco que o lenço que tinha na mão, exclamou todo a tremer, quase em soluços:

– Pois pode estar certo, meu pai, que hei de casar!

Saiu, atirando furiosamente com a porta. No corredor gritou pelo escudeiro, muito alto para que o pai ouvisse, e deu-lhe ordem para levar as suas malas ao hotel da Europa. Dois dias depois Vilaça entrou em Benfica, com as lágrimas nos olhos, contando que o menino casara nessa madrugada – e segundo lhe dissera o Sérgio, procurador do Monforte, ia partir com a noiva para a Itália.

Afonso da Maia sentara-se nesse instante à mesa do almoço, posta ao pé do fogão: ao centro, um ramo esfolhava-se num vaso do Japão, à chama forte da lenha; e junto ao talher de Pedro estava o número da *Grinalda,* jornal de versos que ele costumava receber... Afonso ouviu o procurador, grave e mudo, continuando a desdobrar lentamente o seu guardanapo.

– Já almoçou, Vilaça?

O procurador, assombrado daquela serenidade, balbuciou:

– Já almocei, meu senhor...

Então Afonso, apontando para o talher de Pedro, disse ao escudeiro:

– Pode tirar dali esse talher, Teixeira. Daqui por diante há só um talher à mesa... Sente-se, Vilaça, sente-se.

O Teixeira, ainda novo na casa, levantou com indiferença o talher do menino. Vilaça sentara-se. Tudo em redor era correto e calmo como nas outras manhãs em que almoçara em Benfica. Os passos do escudeiro não faziam ruído no tapete fofo; o lume estalava alegremente, pondo retoques de ouro nas pratas polidas; o sol discreto que brilhava fora no azul de inverno fazia cintilar cristais de geada nas ramas secas; e à janela o papagaio, muito patuleia e educado por Pedro, rosnava injúrias aos Cabrais.

Por fim Afonso ergueu-se; esteve olhando abstraidamente a quinta, os pavões no terraço; depois ao sair da sala tomou o braço de Vilaça, apoiou-se nele com força, como se lhe tivesse chegado a primeira tremura da velhice, e no seu abandono sentisse ali uma amizade segura. Seguiram o corredor, calados. Na livraria Afonso foi ocupar a sua poltrona ao pé da janela, começou a encher devagar o seu cachimbo. Vilaça, de cabeça baixa, passeava ao comprido das altas estantes, nas pontas dos pés, como no quarto dum doente. Um bando de pardais veio gralhar um momento nos ramos duma alta árvore que roçava a varanda. Depois houve um silêncio, e Afonso da Maia disse:

– Então, Vilaça, o Saldanha lá foi demitido do Paço?...

O outro respondeu, vaga e maquinalmente:

– É verdade, meu senhor, é verdade...

E não se falou mais de Pedro da Maia.

II

Pedro e Maria, no entanto, numa felicidade de novela, iam descendo a Itália, a pequenas jornadas, de cidade em cidade, nessa via sagrada que vai desde as flores e das messes da planície lombarda até ao mole país de romanza, Nápoles, branca sob o azul. Era lá que tencionavam passar o inverno, nesse ar sempre tépido junto a um mar sempre manso, onde as preguiças de noivado têm uma suavidade mais longa... Mas um dia, em Roma, Maria sentiu o apetite de Paris. Parecia-lhe fatigante o viajar assim, aos balouços das caleches, só para ir ver *lazzaroni* engolir fios de macarrão. Quanto melhor seria habitar um ninho acolchoado nos Campos Elísios, e gozarem ali um lindo inverno de amor! Paris estava seguro, agora, com o príncipe Luís Napoleão... Além disso, aquela velha Itália clássica enfastiava-a já; tantos mármores eternos, tantas *madonas* começavam (como ela dizia pendurada languidamente do pescoço de Pedro) a dar tonturas à sua pobre cabeça! Suspirava por uma boa loja de modas, sob as chamas do gás ao rumor do *boulevard*... Depois tinha medo da Itália onde todo o mundo conspirava.

Foram para França.

Mas por fim aquele Paris ainda agitado, onde parecia restar um vago cheiro de pólvora pelas ruas, onde cada face conservava um calor de batalha, desagradou a Maria. De noite acordava com a *Marselhesa;* achava um ar feroz à polícia; tudo permanecia triste; e as duquesas, pobres anjos, ainda não ousavam vir ao *Bois,* com medo dos operários, corja insaciável! Enfim demoraram-se lá até a primavera, no ninho que ela sonhara, todo de veludo azul, abrindo sobre os Campos Elísios.

Depois principiou a falar-se de novo em revolução, em golpe de Estado. A admiração absurda de Maria pelos novos uniformes da *garde-mobile* fazia Pedro nervoso. E, quando ela apareceu grávida, ansiou por a tirar daquele Paris batalhador e fascinante, vir abrigá-la na pacata Lisboa adormecida ao sol.

Antes de partir porém escreveu ao pai.

Fora um conselho, quase uma exigência de Maria. A recusa de Afonso da Maia a princípio desesperara-a. Não a afligia a desunião doméstica; mas aquele *não* afrontoso de fidalgo puritano marcara muito publicamente, muito brutalmente, a sua origem suspeita! Odiou o velho; e tinha apressado o casamento, aquela partida triunfante para Itália, para lhe mostrar bem que nada valiam genealogias, avós godos, brios de família – diante dos seus braços nus... Agora porém que ia voltar a Lisboa, dar *soirées,* criar corte, a reconciliação tornava-se indispensável; aquele pai retirado em Benfica, com o rígido orgulho de outras idades, faria lembrar constantemente, mesmo entre os seus espelhos e os seus estofos, o brigue *Nova Linda* carregado de negros... E queria mostrar-se a Lisboa pelo braço desse sogro tão nobre e tão ornamental, com as suas barbas de vizo-rei.

– Dize-lhe que já o adoro – murmurava ela curvada sobre a escrivaninha acariciando os cabelos de Pedro. – Dize-lhe que se tiver um pequeno lhe hei de pôr o nome dele... Escreve-lhe uma carta bonita, hem!

E foi bonita, foi terna a carta de Pedro ao papá. O pobre rapaz amava-o. Falou-lhe comovido da esperança de ter um filho varão; as desinteligências deviam findar em torno do berço daquele pequeno Maia que ali vinha, morgado e herdeiro do nome... Contava-lhe a sua felicidade com uma efusão de namorado indiscreto; a história da bondade de Maria, das suas graças, da sua instrução, enchia duas páginas; e jurava-lhe que apenas chegasse não tardaria uma hora em ir atirar-se aos seus pés...

Com efeito, apenas desembarcou, correu num trem a Benfica. Dois dias antes o pai partira para Santa Olávia; isto pareceu-lhe uma desfeita – e feriu-o acerbamente.

Fez-se então entre o pai e o filho uma grande separação. Quando lhe nasceu uma filha, Pedro não lho participou – dizendo dramaticamente ao Vilaça "que já não tinha pai"! Era uma linda bebé, muito gorda, loura e cor-de-rosa, com os belos olhos negros dos Maias. Apesar dos desejos de Pedro, Maria não a quis criar; mas adorava-a com frenesi; passava dias de joelhos ao pé do berço, em êxtase, correndo as suas mãos cheias de pedrarias pelas carninhas tenras, pondo-lhe beijos de devota nos pezinhos, na rosquinha das coxas, balbuciando-lhe num enlevo nomes de grande amor, e perfumando-a já, enchendo-a já de laçarotes.

E nestes delírios pela filha, brotava, mais amarga, a sua cólera contra Afonso da Maia. Considerava-se então insultada em si mesma e naquele querubim que lhe nascera. Injuriava o velho grosseiramente, chamava-lhe o *D. Fuas*, o *Barbatanas*...

Pedro um dia ouviu isto, e escandalizou-se; ela replicou desabridamente; e diante daquela face abrasada, onde entre lágrimas os olhos azuis pareciam negros de cólera, ele só pôde balbuciar timidamente:

— É meu pai, Maria...

Seu pai! E à face de toda Lisboa tratava-a então como uma concubina! Podia ser um fidalgo, as maneiras eram de um vilão. Um *D. Fuas,* um *Barbatanas,* nada mais!...

Arrebatou a filha, e, abraçada nela, romperam as queixas por entre os prantos:

— Ninguém nos ama, meu anjo! Ninguém te quer! Tens só a tua mãe! Tratam-te como se fosses bastarda!

A bebê, sacudida nos braços da mãe, desatou a gritar. Pedro correu, envolveu-as ambas no mesmo abraço, já enternecido, já humilde; e tudo terminou num longo beijo.

E ele, por fim, no seu coração, justificava aquela cólera de mãe que vê desprezado o seu anjo. De resto, mesmo alguns amigos de Pedro, o Alencar, o D. João da Cunha, que começavam agora a frequentar Arroios, riam daquela obstinação de pai gótico, amuado na província, porque sua nora não tivera avós mortos em Aljubarrota! E onde havia outra em Lisboa, com aquelas *toilettes,* aquela graça, recebendo tão bem? Que diabo, o mundo marchara, saíra-se já das atitudes empertigadas do século XVI!

E o próprio Vilaça, um dia que Pedro lhe fora mostrar a pequerruchinha adormecida entre as rendas do seu berço, sensibilizou-se, veio-lhe uma das suas fáceis lágrimas, declarou, com a mão no coração, que aquilo era uma caturrice do sr. Afonso da Maia!

— Pois pior para ele! não querer ver um anjo destes! — disse Maria, dando diante do espelho um lindo jeito às flores do cabelo. — Também não faz cá falta...

E não fazia falta. Nesse outubro, quando a pequena completou o seu primeiro ano, houve um grande baile na casa de Arroios, que eles agora ocupavam toda, e que fora ricamente remobiliada. E as senhoras que outrora tinham horror à *negreira,* a D. Maria da Gama que escondia a face por trás do leque, lá vieram todas, amáveis e decotadas, com o beijinho pronto, chamando-lhe "querida", admirando as grinaldas de camélias que emolduravam os espelhos de quatrocentos mil-réis, e gozando muito os gelados.

Começara então uma existência festiva e luxuosa, que, segundo dizia o Alencar, o íntimo da casa, o cortesão de *madame*, "tinha um saborzinho de orgia *distinguée* como os poemas de Byron". Eram realmente as *soirées* mais alegres de Lisboa: ceava-se à uma hora com *champagne,* talhava-se até tarde um *monte* forte; inventavam-se quadros vivos, em que Maria se mostrava soberanamente bela sob as roupagens clássicas de Helena ou no luxo sombrio do luto oriental de Judite. Nas noites mais íntimas, ela costumava vir fumar com os homens uma cigarrilha perfumada. Muitas vezes, na sala de bilhar, as palmas estalaram, vendo-a bater à carambola francesa D. João da Cunha, o grande taco da época.

E no meio desta festança, atravessada pelo sopro romântico da Regeneração, lá se via sempre, taciturno e encolhido, o papá Monforte, de alta gravata branca, com as mãos atrás das costas, rondando pelos cantos, refugiado pelos vãos das janelas, mostrando-se só para salvar alguma *bobèche* que ia estalar – e não desprendendo nunca da filha o olho embevecido e senil.

Nunca Maria fora tão formosa. A maternidade dera-lhe um esplendor mais copioso; e enchia verdadeiramente, dava luz àquelas altas salas de Arroios, com a sua radiante figura de Juno loura, os diamantes das tranças, o ebúrneo e o lácteo do colo nu, e o rumor das grandes sedas. Com razão, querendo ter, à maneira das damas da Renascença, uma flor que a simbolizasse, escolhera a tulipa real opulenta e ardente.

Citavam-se os requintes do seu luxo, roupas brancas, rendas do valor de propriedades!... Podia fazê-lo! O marido era rico, e ela sem escrúpulo arruiná-lo-ia, a ele e ao papá Monforte...

Todos os amigos de Pedro, naturalmente, a amavam. O Alencar, esse proclamava-se com alarido seu "cavaleiro e seu poeta". Estava sempre em Arroios, tinha lá o seu talher; por aquelas salas soltava as suas frases ressoantes, por esses sofás arrastava as suas poses de melancolia. Ia dedicar a Maria (e nada havia mais extraordinário que o tom langoroso e plangente, o olho turvo, fatal, com que ele pronunciava este nome – MARIA!), ia dedicar-lhe o seu poema, tão anunciado, tão esperado – FLOR DE MARTÍRIO! E citavam-se as estrofes que lhe fizera ao gosto cantante do tempo:

> Vi-te essa noite no esplendor das salas
> Com as louras tranças volteando louca...

A paixão do Alencar era inocente; mas, dos outros íntimos da casa, mais de um, decerto, balbuciara já a sua declaração no *boudoir* azul em que ela recebia às três horas, entre os seus vasos de tulipas; as suas amigas, porém, mesmo as piores, afirmavam que os seus favores nunca teriam passado de alguma rosa dada num vão de janela, ou de algum longo e suave olhar por trás do leque. Pedro todavia começava a ter horas sombrias. Sem sentir ciúmes, vinha-lhe às vezes, de repente, um tédio daquela existência de luxo e de festa, um desejo violento de sacudir da sala esses homens, os seus íntimos, que se atropelavam assim tão ardentemente em volta dos ombros decotados de Maria.

Refugiava-se então nalgum canto, trincando com furor o charuto; e aí, era em toda a sua alma um tropel de coisas dolorosas e sem nome...

Maria sabia perceber bem na face do marido "estas nuvens", como ela dizia. Corria para ele, tomava-lhe ambas as mãos, com força, com domínio:

– Que tens tu, amor? Estás amuado!

– Não, não estou amuado...

– Olha então para mim!...

Colava o seu belo seio contra o peito dele; as suas mãos corriam-lhe os braços numa carícia lenta e quente, dos pulsos aos ombros; depois, com um lindo olhar, estendia-lhe os lábios. Pedro colhia neles um longo beijo, e ficava consolado de tudo.

Durante esse tempo Afonso da Maia não saía das sombras de Santa Olávia, tão esquecido para lá como se estivesse no seu jazigo. Já se não falava dele em Arroios, *D. Fuas* estava roendo a teima. Só Pedro às vezes perguntava a Vilaça "como ia o papá". E as notícias do administrador enfureciam sempre Maria: o papá estava ótimo; tinha agora um cozinheiro francês esplêndido; Santa Olávia enchera-se de hóspedes, o Sequeira, André da Ega, D. Diogo Coutinho...

– O *Barbatanas* trata-se! – ia ela dizer ao pai com rancor.

E o velho negreiro esfregava as mãos, satisfeito de o saber assim feliz em Santa Olávia; porque nunca cessara de tremer à ideia de ver em Arroios, diante de si, aquele fidalgo tão severo e de vida tão pura.

Quando porém Maria teve outro filho, um pequeno, o sossego que então se fez em Arroios trouxe de novo muito vivamente, ao coração de Pedro, a imagem do pai abandonado naquela tristeza do Douro. Falou a Maria de reconciliação, a medo, aproveitando a fraqueza da convalescença. E a sua alegria foi grande, quando Maria, depois de ficar um momento pensativa, respondeu:

– Creio que me havia de fazer feliz tê-lo aqui...

Pedro, entusiasmado com um assentimento tão inesperado, pensou em abalar para Santa Olávia. Mas ela tinha um plano melhor: Afonso, segundo dizia o Vilaça, devia recolher em breve a Benfica; pois bem, ela iria lá com o pequeno, toda vestida de preto, e de repente, atirando-se-lhe aos pés, pedir-lhe-ia a bênção para o seu neto! Não podia falhar! Não podia, realmente; e Pedro viu ali uma alta inspiração de maternidade...

Para abrandar desde já o papá, Pedro quis dar ao pequeno o nome de Afonso. Mas nisso Maria não consentiu. Andava lendo uma novela de que era herói o último Stuart, o romanesco príncipe Carlos Eduardo; e, namorada dele, das suas aventuras e desgraças, queria dar esse nome a seu filho... Carlos Eduardo da Maia! Um tal nome parecia-lhe conter todo um destino de amores e façanhas.

O batizado teve de ser retardado; Maria adoecera com uma angina. Foi muito benigna porém; e, daí a duas semanas, Pedro podia já sair para uma caçada na sua quinta da *Tojeira,* adiante de Almada. Devia demorar-se dois dias. A partida arranjara-se unicamente para obsequiar um italiano, chegado por então a Lisboa, distinto rapaz que lhe fora apresentado pelo secretário da Legação Inglesa, e com quem Pedro simpatizara vivamente; dizia-se sobrinho dos príncipes de Sória; e vinha fugido de Nápoles, onde conspirara contra os Bourbons e fora condenado à morte. O Alencar e D. João Coutinho iam também à caçada – e a partida foi de madrugada.

Nessa tarde, Maria jantava só no seu quarto, quando sentiu carruagens parando à porta, um grande rumor encher a escada; quase imediatamente Pedro aparecia-lhe trêmulo e enfiado:

– Uma grande desgraça, Maria!
– Jesus!
– Feri o rapaz, feri o napolitano!...
– Como?

Um desastre estúpido!... Ao saltar um barranco, a espingarda disparara-se-lhe, e a carga, zás, vai cravar-se no napolitano! Não era possível fazer curativos na *Tojeira,* e voltaram logo a Lisboa. Ele naturalmente não consentira que o homem que tinha ferido recolhesse ao hotel; trouxera-o para Arroios, para o quarto verde por cima, mandara chamar o médico, duas enfermeiras para o velar, e ele mesmo lá ia passar a noite...

– E ele?
– Um herói!... Sorri, diz que não é nada, mas eu vejo-o pálido como um morto. Um rapaz adorável! Isto só a mim, Senhor! E então o Alencar que ia mesmo ao pé dele... Podia antes ter ferido o Alencar, um rapaz íntimo, de confiança! Até a gente se ria. Mas não, zás, logo o outro, o de cerimônia.

Uma sege, nesse instante, entrava o pátio.

– É o médico!

E Pedro abalou.

Voltou daí a pouco, mais tranquilo. O Dr. Guedes quase rira daquela bagatela, uma chumbada no braço, e alguns grãos perdidos nas costas. Prometera-lhe que daí a duas semanas podia caçar outra vez na *Tojeira;* e o príncipe estava já fumando o seu charuto. Belo rapaz! Parecia simpatizar com o papá Monforte...

Toda essa noite Maria dormiu mal, na excitação vaga que lhe dava aquela ideia dum príncipe entusiasta, conspirador, condenado à morte, ferido agora, por cima do seu quarto.

Logo de manhã cedo – apenas Pedro saíra a fazer transportar, ele mesmo, do hotel, as bagagens do napolitano – Maria mandou a sua criada francesa de quarto, uma bela moça de Arles, acima, saber da parte dela como Sua Alteza passara, e "ver que figura tinha". A arlesiana apareceu, com os olhos brilhantes, a dizer à senhora, nos seus grandes gestos de provençal, que nunca vira um homem tão formoso! Era uma pintura de Nosso Senhor Jesus Cristo! Que pescoço, que brancura de mármore! Estava muito pálido ainda; agradecia enternecido os cuidados de madame Maia; e ficara a ler o jornal encostado aos travesseiros...

Maria, desde então, não pareceu interessar-se mais pelo ferido. Era Pedro que vinha, a cada instante, falar-lhe dele, entusiasmado por aquela existência patética de príncipe conspirador, partilhando já o seu ódio aos Bourbons, encantado com a similitude de gostos que encontrava nele, o mesmo amor da caça, dos cavalos, das armas. Agora logo de manhã, subia para o quarto do príncipe, de *robe de chambre* e cachimbo na boca, e passava lá horas numa camaradagem, fazendo *grogs* quentes, permitidos pelo Dr. Guedes. Levava mesmo para lá os seus amigos, o Alencar, o D. João da Cunha. Maria sentia-lhes por cima as risadas. Às vezes tocava-se viola. E o velho Monforte, pasmado para o herói, não cessava de lhe rondar o leito.

A arlesiana, essa, também a cada momento aparecia lá a levar toalhas de rendas, um açucareiro que ninguém reclamara, ou algum vaso com flores para alegrar a alcova... Maria, por fim, perguntou a Pedro, muito séria, se além de todos os amigos da casa, duas enfermeiras, dois escudeiros, o papá e ele Pedro – era necessária também constantemente a sua própria criada no quarto de Sua Alteza!

Não era. Mas Pedro riu muito à ideia de que a arlesiana se tivesse namorado do príncipe. Nesse caso Vênus era-lhe propícia! O napolitano também a achava picante: *um très joli brin de femme,* tinha ele dito.

A bela face de Maria empalideceu de cólera. Julgava tudo isso de mau gosto, grosseiro, impudente! Pedro fora realmente um doido em trazer assim para a intimidade de Arroios um estrangeiro, um fugido, um aventureiro! Demais aquela troça em cima, entre *grogs* quentes, com guitarra, sem respeito por ela, ainda toda nervosa, toda fraca da convalescença, indignava-a! Apenas Sua Alteza pudesse acomodar-se com almofadas numa sege, queria-o fora, na estalagem...

– O que aí vai! Jesus! O que aí vai!... – disse Pedro.

– É assim.

E decerto foi muito severa também com a arlesiana, porque nessa tarde Pedro encontrou a moça aos ais no corredor, limpando ao avental os olhos afogueados.

Daí a dias, porém, o napolitano, já convalescente, quis recolher ao seu hotel. Não vira Maria; mas, em agradecimento da sua hospitalidade, mandou-lhe um admirável ramo, e, com uma galantaria de príncipe artista da Renascença, um soneto em italiano enrolado entre as flores e tão perfumado como elas; comparava-a a uma nobre dama da Síria, dando a gota de água da sua bilha ao cavaleiro árabe, ferido na estrada ardente; comparava-a à Beatriz do Dante.

Isto afigurou-se a todos de uma rara distinção, e, como disse o Alencar, um rasgo à Byron.

Depois, na *soirée* do batizado de Carlos Eduardo, dada daí a uma semana, o napolitano mostrou-se, e impressionou tudo. Era um homem esplêndido, feito como um Apolo, de uma palidez de mármore rico; a sua barba curta e frisada, os seus longos cabelos castanhos, cabelos de mulher, ondeados e com reflexos de ouro, apartados à nazarena, davam-lhe realmente, como dizia a arlesiana, uma fisionomia de belo Cristo.

Dançou apenas uma contradança com Maria, e pareceu, na verdade, um pouco taciturno e orgulhoso; mas tudo nele fascinava, a sua figura, o seu mistério, até o seu nome de Tancredo. Muitos corações de mulher palpitavam quando ele, encostado a uma ombreira, de claque na mão, uma melancolia na face, exalando o encanto patético de um condenado à morte, derramava lentamente pela sala o langor sombrio do seu olhar de veludo. A marquesa de Alvenga, para o examinar de perto, pediu o braço a Pedro, e foi aplicar-lhe, como a um mármore de museu, a sua luneta de ouro.

– É de apetite! – exclamou ela. – É uma imagem!... E são amigos, são amigos, Pedro?

– Somos como dois irmãos de armas, minha senhora.

Nessa mesma *soirée,* o Vilaça informara Pedro que o pai era esperado no dia seguinte em Benfica. E Pedro, logo que se recolheram, falou a Maria em "irem fazer a grande cena ao papá". Ela, porém, recusou, e com as razões mais imprevistas, as mais sensatas. Tinha cogitado muito! Reconhecia agora que um dos motivos daquela teima do papá – ultimamente chamava-lhe sempre o papá – era essa extraordinária existência de Arroios...

– Mas filha – disse Pedro –, escuta, nós não vivemos também em plena orgia... Alguns amigos que vêm...

Pois sim, pois sim... Mas, realmente, estava decidida a ter um interior mais calmo e mais doméstico. Era mesmo melhor para os *bebês.* Pois bem, queria que o papá estivesse convencido dessa transformação, para que as pazes fossem mais fáceis e eternas.

– Deixa passar dois ou três meses... Quando ele souber como nós vivemos quietinhos, eu o trarei, sossega... É bom também que seja quando meu pai partir para as águas, para os Pireneus. Que o pobre papá, coitado, tem medo do teu... Filho, não achas assim melhor?

– És um anjo – foi a resposta de Pedro, beijando-lhe ambas as mãos.

Toda a antiga maneira de Maria pareceu com efeito ir mudando. Suspendera as *soirées.* Começou a passar as noites muito recolhidas, com alguns íntimos, no seu *boudoir* azul. Já não fumava; abandonara o bilhar; e vestida de preto, com uma flor nos cabelos, fazia *crochet* ao pé do candeeiro. Estudava-se música clássica quando vinha o velho Cazoti. O Alencar, que, imitando a sua dama, entrara também na gravidade, recitava traduções de Klopstock. Falava-se com sisudez de política; Maria era muito regeneradora.

E todas essas noites, Tancredo lá estava, indolente e belo, desenhando alguma flor para ela bordar, ou tangendo à guitarra canções populares de Nápoles. Todos ali o adoravam;

mas ninguém mais que o velho Monforte, que passava horas, enterrado na sua alta gravata, contemplando o príncipe com enternecimento. Depois, de repente, erguia-se, atravessava a sala, ia-se debruçar sobre ele, palpá-lo, senti-lo, respirá-lo, murmurando no seu francês de embarcadiço:

– *Ça aller bien... Hein? Beaucoup bien...* Ora estimo...

E estas correntes bruscas de afeto comunicavam-se decerto, porque nesse momento Maria tinha sempre um dos seus lindos sorrisos para o papá ou vinha beijá-lo na testa.

De dia ocupava-se de coisas sérias. Organizara uma útil associação de caridade, a *Obra pia dos cobertores,* com o fim de fazer no inverno às famílias necessitadas distribuições de agasalhos; e presidia no salão de Arroios, com uma campainha, às reuniões em que se elaboravam os estatutos. Visitava os pobres. Ia também amiudadas vezes a uma devoção às igrejas, toda vestida de preto, a pé, com um véu muito espesso no rosto.

O esplendor da sua beleza aparecia agora velado por uma sombra tocante de ternura grave: a deusa idealizava-se em Madona; e não era raro ouvi-la de repente suspirar sem razão.

Ao mesmo tempo a sua paixão pela filha crescia. Tinha então dois anos e estava realmente adorável; vinha todas as noites um momento à sala, vestida com um luxo de princesa; e as exclamações, os êxtases de Tancredo não findavam! Fizera-lhe o retrato a carvão, a esfuminho, a aquarela; ajoelhava-se para lhe beijar a mãozinha cor-de-rosa, como ao *bambino* sagrado. E Maria, agora, apesar dos protestos de Pedro, dormia sempre com ela entre os braços.

Ao começo desse setembro o velho Monforte partiu para os Pireneus. Maria chorou, dependurada do pescoço do velho, como se ele largasse de novo para as travessias de África.

Ao jantar, porém, chegou já consolada e radiante; e Pedro voltou a falar da reconciliação, parecendo-lhe bom o momento de ir a Benfica recuperar para sempre aquele papá tão teimoso...

– Ainda não – disse ela refletindo, olhando o seu cálice de Bordéus. – Teu pai é uma espécie de santo, ainda o não merecemos... Mais para o inverno.

Uma sombria tarde de dezembro, de grande chuva, Afonso da Maia estava no seu escritório lendo, quando a porta se abriu violentamente, e, alçando os olhos do livro, viu Pedro diante de si. Vinha todo enlameado, desalinhado, e na sua face lívida, sob os cabelos revoltos, luzia um olhar de loucura. O velho ergueu-se aterrado. E Pedro sem uma palavra atirou-se aos braços do pai, rompeu a chorar perdidamente.

– Pedro! Que sucedeu, filho?

Maria morrera, talvez! Uma alegria cruel invadiu-o, à ideia do filho livre para sempre dos Monfortes, voltando-lhe, trazendo à sua solidão os dois netos, toda uma descendência para amar! E repetia, trêmulo também, desprendendo-o de si com grande amor:

– Sossega, filho, que foi?

Pedro então caiu para o canapé, como cai um corpo morto; e levantando para o pai um rosto devastado, envelhecido, disse, palavra a palavra, numa voz surda:

– Estive fora de Lisboa dois dias... Voltei esta manhã... A Maria tinha fugido de casa com a pequena... Partiu com um homem, um italiano... E aqui estou!

Afonso da Maia ficou diante do filho, quedo, mudo, como uma figura de pedra; e a sua bela face, onde todo o sangue subira, enchia-se, pouco a pouco, de uma grande cólera. Viu, num relance, o escândalo, a cidade galhofando, as compaixões, o seu nome pela lama. E era aquele filho que, desprezando a sua autoridade, ligando-se a essa criatura, estragara o sangue da raça, cobria agora a sua casa de vexame. E ali estava! Ali jazia sem um grito, sem um furor, um arranque brutal de homem traído! Vinha atirar-se para um sofá, chorando miseravelmente! Isto indignou-o, e rompeu a passear pela sala, rígido e áspero, cerrando os lábios para que não lhe escapassem as palavras de ira e de injúria que lhe enchiam o peito em tumulto... Mas era pai; ouvia, ali ao seu lado, aquele soluçar de funda dor; via tremer aquele pobre corpo desgraçado que ele outrora embalara nos braços; parou junto de Pedro, tomou-lhe gravemente a cabeça entre as mãos, e beijou-o na testa, uma vez, outra vez, como se ele fosse ainda criança, restituindo-lhe ali e para sempre a sua ternura inteira.

– Tinha razão, meu pai, tinha razão – murmurava Pedro entre lágrimas.

Depois ficaram calados. Fora, as pancadas sucessivas da chuva batiam a casa, a quinta, num clamor prolongado; e as árvores, sob as janelas, ramalhavam num vasto vento de inverno.

Foi Afonso que quebrou o silêncio:

– Mas para onde fugiram, Pedro? Que sabes tu, filho? Não é só chorar...

– Não sei nada – respondeu Pedro num longo esforço. – Sei que fugiu. Eu saí de Lisboa na segunda-feira. Nessa mesma noite, ela partiu de casa numa carruagem, com uma maleta, o cofre de joias, uma criada italiana que tinha agora, e a pequena. Disse à governanta e à ama do pequeno que ia ter comigo. Elas estranharam, mas que haviam de dizer?... Quando voltei, achei esta carta.

Era um papel já sujo, e desde essa manhã decerto muitas vezes relido, amarrotado com fúria. Continha estas palavras:

"É uma fatalidade, parto para sempre com Tancredo, esquece-me, que não sou digna de ti, e levo a Maria que me não posso separar dela."

– E o pequeno, onde está o pequeno? – exclamou Afonso.

Pedro pareceu recordar-se:

– Está lá dentro com a ama, trouxe-o na sege.

O velho correu, logo; e daí a pouco aparecia, erguendo nos braços o pequeno, na sua longa capa branca de franjas e a sua touca de rendas. Era gordo, de olhos muitos negros, com uma adorável bochecha fresca e cor-de-rosa. Todo ele ria, grulhando, agitando o seu guizo de prata. A ama não passou da porta, tristonha, com os olhos no tapete e uma trouxazinha na mão.

Afonso sentou-se lentamente na sua poltrona, e acomodou o neto no colo. Os olhos enchiam-se-lhe de uma bela luz de ternura; parecia esquecer a agonia do filho, a vergonha doméstica; agora só havia ali aquela facezinha tenra, que se lhe babava nos braços...

– Como se chama ele?
– Carlos Eduardo – murmurou a ama.
– Carlos Eduardo, hem?

Ficou a olhá-lo muito tempo, como procurando nele os sinais da sua raça; depois tomou-lhe na sua as duas mãozinhas vermelhas que não largavam o guizo, e muito grave, como se a criança o percebesse, disse-lhe:

– Olha bem para mim. Eu sou o avô. É necessário amar o avô!

E àquela forte voz, o pequeno, com efeito, abriu os seus lindos olhos para ele, sérios de repente, muito fixos, sem medo das barbas grisalhas; depois rompeu a pular-lhe nos braços, desprendeu a mãozinha, e martelou-lhe furiosamente a cabeça com o guizo.

Toda a face do velho sorria àquela viçosa alegria; apertou-o ao seu largo peito muito tempo, pôs-lhe na face um beijo longo, consolado, enternecido, o seu primeiro beijo de avô; depois, com todo o cuidado, foi colocá-lo nos braços da ama.

– Vá, ama, vá... A Gertrudes já lá anda a arranjar-lhe o quarto, vá ver o que é necessário.

Fechou a porta, e veio sentar-se junto do filho que se não movera do canto do sofá, nem despregara os olhos do chão.

– Agora desabafa, Pedro, conta-me tudo... Olha que nos não vemos há três anos, filho...

– Há mais de três anos – murmurou Pedro.

Ergueu-se, alongou a vista à quinta, tão triste sob a chuva; depois, derramando-a morosamente pela livraria, considerou um momento o seu próprio retrato, feito em Roma aos 12 anos, todo de veludo azul, com uma rosa na mão. E repetia ainda amargamente:

– Tinha razão, meu pai, tinha razão...

E pouco a pouco, passeando e suspirando, começou a falar daqueles últimos anos, o inverno passado em Paris, a vida em Arroios, a intimidade do italiano na casa, os planos de reconciliação, por fim aquela carta infame, sem pudor, invocando a fatalidade, arremessando-lhe o nome do outro!... No primeiro momento tivera só ideias de sangue e quisera persegui-los. Mas conservava um clarão de razão. Seria ridículo, não é verdade? Decerto a fuga fora de antemão preparada, e não havia de ir correndo às estalagens da Europa à busca de sua mulher... Ir lamentar-se à polícia, fazê-los prender? Uma imbecilidade; nem impedia que ela fosse já por esses caminhos fora dormindo com outro... Restava-lhe somente o desprezo. Era uma bonita amante que tivera alguns anos, e fugira com um homem. Adeus! Ficava-lhe um filho, sem mãe, com um mau nome. Paciência! Necessitava esquecer, partir para uma longa viagem, para a América talvez; e o pai veria, havia de voltar consolado e forte.

Dizia estas coisas sensatas, passeando devagar, com o charuto apagado nos dedos, numa voz que se calmava. Mas de repente parou diante do pai, com um riso seco, um brilho feroz nos olhos.

– Sempre desejei ver a América, e é boa ocasião agora... É uma ocasião famosa, hem? Posso até naturalizar-me, chegar a presidente, ou rebentar... Ah! Ah!

– Sim, mais tarde, depois pensarás nisso, filho – acudiu o velho assustado.

Nesse momento a sineta do jantar começou a tocar lentamente, ao fundo do corredor.

– Ainda janta cedo, hem? – disse Pedro.

Teve um suspiro cansado e lento, murmurou:

– Nós jantávamos às sete...

Quis então que o pai fosse para a mesa. Não havia motivo para que se não jantasse. Ele ia um bocado acima, ao seu antigo quarto de solteiro... Ainda lá tinha a cama, não é verdade? Não, não queria tomar nada...

– O Teixeira que me leve um cálice de genebra... Ainda cá está o Teixeira, coitado!

E vendo Afonso sentado, repetiu, já impaciente:

– Vá jantar, meu pai, vá jantar, pelo amor de Deus...

Saiu. O pai ouviu-lhe os passos por cima, e o ruído de janelas desabridamente abertas. Foi então andando para a sala de jantar, onde os criados que, pela ama, sabiam decerto o desgosto, se moviam em pontas de pés, com a lentidão contristada duma casa onde há morte. Afonso sentou-se à mesa só; mas já lá estava outra vez o talher de Pedro; rosas de inverno esfolhavam-se num vaso do Japão; e o velho papagaio agitado com a chuva mexia-se furiosamente no poleiro.

Afonso tomou uma colher de sopa, depois rolou a sua poltrona para junto do fogão; e ali ficou envolvido pouco a pouco naquele melancólico crepúsculo de dezembro, com os olhos no lume, escutando o sudoeste contra as vidraças, pensando em todas as coisas terríveis que assim invadiam num tropel patético a sua paz de velho. Mas no meio da sua dor, funda como era, ele percebia um ponto, um recanto do seu coração onde alguma coisa de muito doce, de muito novo, palpitava com uma frescura de renascimento, como se algures, no seu ser, estivesse rompendo, borbulhando uma nascente rica de alegrias futuras; e toda a sua face sorria à chama alegre, revendo a bochechinha rosada, sob as rendas brancas da touca...

Pela casa no entanto tinham-se acendido as luzes. Já inquieto subiu ao quarto do filho; estava tudo escuro, tão úmido e frio, como se a chuva caísse dentro. Um arrepio confrangeu o velho, e, quando chamou, a voz de Pedro veio do negro da janela; estava lá, com a vidraça aberta, sentado fora da varanda, voltado para a noite brava, para o sombrio rumor das ramagens, recebendo na face o vento, a água, toda a invernia agreste.

– Pois estás aqui, filho! – exclamou Afonso. – Os criados hão de querer arranjar o quarto, desce um momento... Estás todo molhado, Pedro.

Apalpava-lhe os joelhos, as mãos regeladas. Pedro ergueu-se com um estremeção, desprendeu-se, impaciente daquela ternura do velho.

– Querem arranjar o quarto, hem? Faz-me bem o ar, faz-me tão bem!

O Teixeira trouxe luzes, e atrás dele apareceu o criado de Pedro, que chegara nesse momento de Arroios, com um largo estojo de viagem recoberto de oleado. As malas tinha-as deixado embaixo; e o cocheiro viera também, como nenhum dos senhores estava em casa...

– Bem, bem – interrompeu Afonso. – O sr. Vilaça lá irá amanhã, e ele dará as ordens.

O criado, então, em pontas de pés, foi depor o estojo sobre o mármore da cômoda; ainda lá restavam antigos frascos de *toilette* de Pedro; e os castiçais sobre a mesa alumiavam o grande leito triste de solteiro com os colchões dobrados ao meio.

A Gertrudes, toda atarefada, entrara com os braços carregados de roupa de cama; o Teixeira bateu vivamente os travesseiros; o criado de Arroios, pousando o chapéu a um canto, e sempre em pontas de pés, veio ajudá-los também. Pedro, no entanto, como sonâmbulo, voltara para a varanda, com a cabeça à chuva, atraído por aquela treva da quinta que se cavava embaixo com um rumor de mar bravo.

Afonso, então, puxou-lhe o braço quase com aspereza.

– Pedro! Deixa arranjar o quarto! Desce um momento.

Ele seguiu maquinalmente o pai à livraria, mordendo o charuto apagado que desde a tarde conservava na mão. Sentou-se longe da luz, ao canto do sofá, ali ficou mudo e entorpecido. Muito tempo só os passos lentos do velho, ao comprido das altas estantes, quebraram o silêncio em que toda a sala ia adormecendo. Uma brasa morria no fogão. A noite parecia mais áspera. Eram de repente vergastadas de água contra as vidraças, trazidas numa rajada, que longamente, num clamor teimoso, faziam escoar um dilúvio dos telhados; depois havia uma calma tenebrosa, com uma sussurração distante de vento fugindo entre ramagens; nesse silêncio as goteiras punham um pranto lento; e logo uma corda de vendaval corria mais furioso, envolvia a casa num bater de janelas, redemoinhava, partia com silvos desolados.

– Está uma noite de Inglaterra – disse Afonso, debruçando-se a espertar o lume.

Mas a esta palavra Pedro erguera-se, impetuosamente. Decerto o ferira a ideia de Maria, longe, num quarto alheio, agasalhando-se-lhe no leito do adultério entre os braços do outro. Apertou um instante a cabeça nas mãos, depois veio junto do pai, com o passo mal firme, mas a voz muito calma.

– Estou realmente cansado, meu pai, vou-me deitar. Boa-noite... Amanhã conversaremos mais.

Beijou-lhe a mão e saiu devagar.

Afonso demorou-se ainda ali, com um livro na mão, sem ler, atento só a algum rumor que viesse de cima; mas tudo jazia em silêncio.

Deram dez horas. Antes de se recolher foi ao quarto onde se fizera a cama da ama. A Gertrudes, o criado de Arroios, o Teixeira estavam lá cochichando ao pé da cômoda, na penumbra que dava um fólio posto de candeeiro; todos se esquivaram em pontas de pés quando lhe sentiram os passos, e a ama continuou a arrumar em silêncio os gavetões. No vasto leito o pequeno dormia como um Menino Jesus cansado, com o seu guizo apertado na mão. Afonso não ousou beijá-lo, para o não acordar com as barbas ásperas; mas tocou-lhe na rendinha da camisa, entalou a roupa contra a parede, deu um jeito ao cortinado, enternecido, sentindo toda a sua dor calmar-se naquela sombra de alcova onde o seu neto dormia.

– É necessário alguma coisa, ama? – perguntou abafando a voz.

– Não, meu senhor...

Então, sem ruído, subiu ao quarto de Pedro. Havia uma fenda clara, entreabriu a porta. O filho escrevia, à luz de duas velas, com o estojo aberto ao lado. Pareceu espantado de ver o pai; e na face que ergueu, envelhecida e lívida, dois sulcos negros faziam-lhe os olhos mais refulgentes e duros.

– Estou a escrever – disse ele.

Esfregou as mãos, como arrepiado da friagem do quarto, e acrescentou:

– Amanhã cedo é necessário que o Vilaça vá a Arroios... Estão lá os criados, tenho lá dois cavalos meus, enfim uma porção de arranjos. Eu estou-lhe a escrever. É número 32 a casa dele, não é? O Teixeira há de saber... Boas-noites, papá, boas-noites.

No seu quarto, ao lado da livraria, Afonso não pôde sossegar, numa opressão, uma inquietação que a cada momento o fazia erguer sobre o travesseiro, escutar; agora, no silêncio da casa e do vento que calmara, ressoavam por cima, lentos e contínuos, os passos de Pedro.

A madrugada clareava, Afonso ia adormecendo – quando de repente um tiro atroou a casa. Precipitou-se do leito, despido e gritando; um criado acudia também com uma lanterna. Do quarto de Pedro, ainda entreaberto, vinha um cheiro de pólvora; e aos pés da cama, caído de bruços, numa poça de sangue que se ensopava no tapete, Afonso encontrou seu filho morto, apertando uma pistola na mão.

Entre as duas velas que se extinguiam, com fogachos lívidos, deixara-lhe uma carta lacrada com estas palavras sobre o envelope, numa letra firme: *Para o papá*.

Daí a dias fechou-se a casa de Benfica. Afonso da Maia partia com o neto e com todos os criados para a quinta de Santa Olávia.

Quando Vilaça, em fevereiro, foi lá acompanhar o corpo de Pedro, que ia ser depositado no jazigo de família, não pôde conter as lágrimas ao avistar aquela vivenda onde passara tão alegres natais. Um baetão preto recobria o brasão de armas, e esse pano de esquife parecia ter destingido todo o seu negrume sobre a fachada muda, sobre os castanheiros que ornavam o pátio; dentro os criados abafavam a voz, carregados de luto; não havia uma flor nas jarras; o próprio encanto de Santa Olávia, o fresco cantar das águas-vivas por tanques e repuxos, vinha agora com a cadência saudosa de um choro. E Vilaça foi encontrar Afonso na livraria, com as janelas cerradas ao lindo sol de inverno, caído para uma poltrona, a face cavada sob os cabelos crescidos e brancos, as mãos magras e ociosas sobre os joelhos...

O procurador veio dizer para Lisboa que o velho não durava um ano.

III

Mas esse ano passou, outros anos passaram.

Por uma manhã de abril, nas vésperas de Páscoa, Vilaça chegava de novo a Santa Olávia.

Não o esperavam tão cedo; e, como era o primeiro dia bonito dessa primavera chuvosa, os senhores andavam para a quinta. O mordomo, o Teixeira, que ia já embranquecendo, mostrou-se todo satisfeito de ver o sr. administrador com quem às vezes se correspondia, e conduziu-o à sala de jantar onde a velha governanta, a Gertrudes, tomada de surpresa, deixou cair uma pilha de guardanapos, para lhe saltar ao pescoço.

As três portas envidraçadas estavam abertas para o terraço, que se estendia ao sol, com a sua balaustrada de mármore coberta de trepadeiras; e Vilaça, adiantando-se para os degraus que desciam ao jardim, mal pôde reconhecer Afonso da Maia naquele velho de barba de neve, mas tão robusto e corado, que vinha subindo a rua de romanzeiras com o seu neto pela mão.

Carlos, ao avistar no terraço um desconhecido, de chapéu alto, abafado num *cache-nez* de pelúcia, correu a mirá-lo, curioso – e achou-se arrebatado nos braços do bom Vilaça, que largara o guarda-sol, o beijava pelo cabelo, pela face, balbuciando:

– Oh! meu menino, meu querido menino! Que lindo que está! Que crescido que está...

– Então, sem avisar, Vilaça? – exclamava Afonso da Maia, chegando de braços abertos. – Nós só o esperávamos para a semana, criatura!

Os dois velhos abraçaram-se; depois um momento os seus olhos encontraram-se, vivos e úmidos, e tornaram a apertar-se comovidos.

Carlos ao lado, muito sério, todo esbelto, com as mãos enterradas nos bolsos das suas largas bragas de flanela branca, o casquete da mesma flanela posto de lado sobre os belos anéis do cabelo negro, continuava a mirar o Vilaça que, com o beiço trêmulo, tendo tirado a luva, limpava os olhos por baixo dos óculos.

– E ninguém a esperá-lo, nem um criado lá embaixo no rio! – dizia Afonso. – Enfim, cá o temos, é o essencial... E como você está rijo, Vilaça!

– E V. Ex.ª, meu senhor! – balbuciou o administrador, engolindo um soluço. – Nem uma ruga! Branco sim, mas uma cara de moço... Eu nem o conhecia!... Quando me lembro, a última vez que o vi... E cá isto! Cá está linda flor!...

Ia abraçar Carlos outra vez entusiasmado, mas o rapaz fugiu-lhe com uma bela risada, saltou do terraço, foi pendurar-se dum trapézio armado entre as árvores, e ficou lá, balançando-se em cadência, forte e airoso, gritando: "tu és o Vilaça!"

O Vilaça, de guarda-sol debaixo do braço, contemplava-o embevecido.

– Está uma linda criança! Faz gosto! E parece-se com o pai. Os mesmos olhos, olhos dos Maias, o cabelo encaracolado... Mas há de ser muito mais homem!

– É são, é rijo – dizia o velho risonho, anediando as barbas. – E como ficou o seu rapaz, o Manuel? Quando é esse casamento? Venha você cá para dentro, Vilaça, que há muito que conversar...

Tinham entrado na sala de jantar, onde um lume de lenha na chaminé de azulejo esmorecia na fina e larga luz de abril; porcelanas e pratas resplandeciam nos aparadores de pau-santo; os canários pareciam doidos de alegria.

A Gertrudes, que ficara a observar, acercou-se com as mãos cruzadas sob o avental branco, familiar, terna.

– Então, meu senhor, aqui está um regalo, ver outra vez este ingrato em Santa Olávia!

E, com um clarão de simpatia na face, alva e redonda como uma velha Lua, ornada já de um buço branco:

– Ah! sr. Vilaça, isto agora é outra coisa! Até os canários cantam! E também eu cantava, se ainda pudesse...

E foi saindo, subitamente comovida, já com vontade de chorar.

O Teixeira esperava, com um riso superior e mudo que lhe ia duma a outra ponta dos seus altos colarinhos de mordomo.

– Eu creio que prepararam o quarto azul ao sr. Vilaça, hem? – disse Afonso. – No quarto em que você costumava ficar dorme agora a viscondessa...

Então o Vilaça apressou-se a perguntar pela sra. viscondessa. Era uma Runa, uma prima da mulher de Afonso, que no tempo em que os poetas de Caminha a cantavam, casara com um fidalgote galego, o sr. visconde de Urigo-de-la-Sierra, um borracho, um brutal que lhe batia; depois, viúva e pobre, Afonso recolhera-a por dever de parentela, e para haver uma senhora em Santa Olávia.

Ultimamente passara mal... Mas, olhando o relógio, Afonso interrompeu a relação desses achaques.

– Vilaça, vá-se arranjar, depressa, que daqui a pouco é o jantar.

O administrador, surpreendido, olhou também o relógio, depois a mesa já posta, os seis talheres, o cesto de flores, as garrafas de Porto.

– Então V. Ex.ª agora janta de manhã? Eu pensei que era o almoço...

– Eu lhe digo, o Carlos necessita ter um regime. De madrugada está já na quinta; almoça às sete; e janta à uma hora. E eu, enfim, para vigiar as maneiras do rapaz...

– E o sr. Afonso da Maia – exclamou Vilaça – a mudar de hábitos, nessa idade! O que é ser avô, meu senhor!

– Tolice! Não é isso... É que me faz bem. Olhe que me faz bem!... Mas avie-se, Vilaça, avie-se que Carlos não gosta de esperar... Talvez tenhamos o abade.

– O Custódio? Rica coisa! Então, se V. Ex.ª me dá licença...

Apenas no corredor, o mordomo, ansioso por conversar com o sr. administrador, perguntou-lhe, desembaraçando-o do guarda-sol e do xalemanta:

– Com franqueza, como nos acha por cá, pela quinta, sr. Vilaça?

– Estou contente, Teixeira, estou contente. Pode-se vir por gosto a Santa Olávia.

E, pousando familiarmente a mão no ombro do escudeiro, piscando o olho ainda úmido:

– Tudo isto é o menino. Fez reviver o patrão.

O Teixeira riu respeitosamente. O menino realmente era a alegria da casa...

– Olá! Quem toca por cá? – exclamou Vilaça, parando nos degraus da escada, ao ouvir em cima um afinar gemente de rabeca.

– É o sr. Brown, o inglês, o preceptor do menino... Muito habilidoso, é um regalo ouvi-lo; toca às vezes à noite na sala, o sr. juiz de direito acompanha-o na concertina... Aqui, sr. Vilaça, o quarto de V. Sa...

– Muito bonito, sim senhor!

O verniz dos móveis novos brilhava na luz das duas janelas, sobre o tapete alvadio semeado de florzinhas azuis; e as bambinelas, os reposteiros de cretone repetiam as mesmas folhagens azuladas sobre fundo claro. Este conforto fresco e campestre deleitou o bom Vilaça.

Foi logo apalpar os cretones, esfregou o mármore da cômoda, provou a solidez das cadeiras. Eram as mobílias compradas no Porto, hem! Pois, elegantes. E, realmente, não tinham sido caras. Nem ele fazia ideia! Ficou ainda em pontas de pés a examinar duas aquarelas inglesas representando vacas de luxo, deitadas na relva, à sombra de ruínas românticas. O Teixeira observou-lhe, com o relógio na mão:

– Olhe que V. Sa. tem só dez minutos... O menino não gosta de esperar.

Então Vilaça decidiu-se a desenrolar o *cache-nez;* depois tirou o seu pesado colete de malha de lã; e pela camisa entreaberta via-se ainda uma flanela escarlate por causa dos reumatismos, e os bentinhos de seda bordada. O Teixeira desapertava as correias da maleta; ao fundo do corredor, a rabeca atacara o *Carnaval de Veneza;* e através das janelas fechadas sentia-se o grande ar, a frescura, a paz dos campos, todo o verde de abril.

Vilaça, sem óculos, um pouco arrepiado, passava a ponta da toalha molhada pelo pescoço, por trás da orelha, e ia dizendo:

– Então o nosso Carlinhos não gosta de esperar, hem? Já se sabe, é ele quem governa... Mimos e mais mimos, naturalmente...

Mas o Teixeira, muito grave, muito sério, desiludiu o sr. administrador. Mimos e mais mimos, dizia S. Sª.? Coitadinho dele, que tinha sido educado com uma vara de ferro! Se ele fosse a contar ao sr. Vilaça! Não tinha a criança 5 anos já dormia num quarto só, sem lamparina; e todas as manhãs, zás, para dentro duma tina de água fria, às vezes a gear lá fora... E outras barbaridades. Se não se soubesse a grande paixão do avô pela criança havia de se dizer que a queria morta. Deus perdoe, ele, Teixeira, chegara a pensá-lo... Mas não, parece que era sistema inglês! Deixava-o correr, cair, trepar às árvores, molhar-se, apanhar soalheiras, como um filho de caseiro. E depois o rigor com as comidas! Só a certas horas e de certas coisas... E às vezes a criancinha, com os olhos abertos, a aguar! Muita, muita dureza.

E o Teixeira acrescentou:

– Enfim era a vontade de Deus, saiu forte. Mas que nós aprovássemos a educação que tem levado, isso nunca aprovamos, nem eu nem a Gertrudes.

Olhou outra vez o relógio, preso por uma fita negra sobre o colete branco, deu alguns passos lentos pelo quarto; depois, tomando de sobre a cama a sobrecasaca do procurador, foi-lhe passando a escova pela gola, de leve e por amabilidade, enquanto dizia, junto ao toucador onde o Vilaça acamava as duas longas repas sobre a calva:

– Sabe V. S^a., apenas veio o mestre inglês, o que lhe ensinou? A remar! A remar, sr. Vilaça, como um barqueiro! Sem contar o trapézio, e as habilidades de palhaço; eu nisso nem gosto de falar... Que eu sou o primeiro a dizê-lo: o Brown é boa pessoa, calado, asseado, excelente músico. Mas é o que eu tenho repetido à Gertrudes: pode ser muito bom para inglês, não é para ensinar um fidalgo português... não é. Vá V. S^a. falar a esse respeito com a sra. D. Ana Silveira...

Bateram de manso à porta, o Teixeira emudeceu. Um escudeiro entrou, fez um sinal ao mordomo, tirou-lhe do braço respeitosamente a sobrecasaca, e ficou com ela junto do toucador, onde o Vilaça, vermelho e apressado, lutava ainda com as repas rebeldes.

O Teixeira, da porta, disse com o relógio na mão:

– É o jantar. Tem V. S^a. dois minutos, sr. Vilaça.

E o administrador daí a um momento abalava também, abotoando ainda o casaco pelas escadas.

Os senhores já estavam todos na sala. Junto do fogão, onde as achas consumidas morriam na cinza branca, o Brown percorria o *Times*. Carlos, a cavalo nos joelhos do avô, contava-lhe uma grande história de rapazes e de bulhas; e ao pé o bom abade Custódio, com o lenço de rapé esquecido nas mãos, escutava, de boca aberta, num riso paternal e terno.

– Olhe quem ali vem, abade – disse-lhe Afonso.

O abade voltou-se, e deu uma grande palmada na coxa:
– Esta é nova! Então é o nosso Vilaça? E não me tinham dito nada! Venham de lá esses ossos, homem!...

Carlos pulava nos joelhos do avô, muito divertido com aqueles longos abraços que juntavam as duas cabeças dos velhos – uma com as repas achatadas sobre a calva, outra com uma grande coroa aberta numa mata de cabelo branco. E como eles, de mãos dadas, continuavam a admirar-se, a estudarem um no outro as rugas dos anos, Afonso disse:

– Vilaça! A sra. viscondessa...

O administrador porém procurou-a debalde, com os olhos abertos pela sala. Carlos ria, batendo as mãos – e Vilaça descobriu-a enfim a um canto, entre o aparador e a janela, sentada numa cadeirinha baixa, vestida de preto, tímida e queda, com os braços rechonchudos pousados sobre a obesidade da cinta. O rosto anafado e mole, branco como papel, as roscas do pescoço cobriram-se-lhe subitamente de rubor; não achou uma palavra para dizer ao Vilaça, e estendeu-lhe a mão papuda e pálida, com um dedo embrulhado num pedaço de seda negra. Depois ficou a abanar-se com um grande leque de lantejoulas, o seio a arfar, os olhos no regaço, como exausta daquele esforço.

Dois escudeiros tinham começado a servir a sopa, o Teixeira esperava, perfilado por trás do alto espaldar da cadeira de Afonso.

Mas Carlos cavalgava ainda o avô, querendo acabar outra história. Era o Manuel, trazia uma pedra na mão... Ele primeiro pensara ir às boas; mas os dois rapazes começaram a rir... De maneira que os correu a todos...

– E maiores que tu?

– Três rapagões, vovô, pode perguntar à tia Pedra... Ela viu, que estava na eira. Um deles trazia uma foice...

– Está bom, senhor, está bom, ficamos inteirados... Vá, desmonte, que está a sopa a esfriar. Upa! Upa!

E o velho, com o seu aspecto resplandecente de patriarca feliz, veio sentar-se ao alto da mesa, sorrindo e dizendo:

– Já se vai fazendo pesado, já não está para colo.

Mas reparou então no Brown, e, tornando a erguer-se, fez a apresentação do procurador.

– O sr. Brown, o amigo Vilaça... Peço perdão, descuidei-me, foi culpa daquele cavalheiro lá ao fundo da mesa, o sr. D. Carlos de Mata-Sete!

O preceptor, solidamente abotoado na sua longa sobrecasaca militar, deu toda a volta à mesa, rígido e teso, para vir sacudir o Vilaça num tremendo *shake-hands;* depois, sem uma palavra, reocupou o seu lugar, desdobrou o guardanapo, cofiou os formidáveis bigodes, e foi então que disse ao Vilaça, com o seu forte acento inglês:

– Muito belo dia... glorioso!

– Tempo de rosas – respondeu o Vilaça, cumprimentando, intimidado diante daquele atleta.

Naturalmente, nesse dia, falou-se da jornada de Lisboa, do bom serviço da mala-posta, do caminho de ferro que se ia abrir... O Vilaça já viera no comboio até o Carregado.

– De causar horror, hem? – perguntou o abade, suspendendo a colher que ia levar à boca.

O excelente homem nunca saíra de Resende; e todo o largo mundo, que ficava para além da penumbra da sua sacristia e das árvores do seu passal, lhe dava o terror duma babel. Sobretudo essa estrada de ferro, de que tanto se falava...

– Faz arrepiar um bocado – afirmou com experiência Vilaça. – Digam o que disserem, faz arrepiar!

Mas o abade assustava-se sobretudo com as inevitáveis desgraças dessas máquinas!

O Vilaça então lembrou os desastres da mala-posta. No de Alcobaça, quando tudo se virou, ficaram esmagadas duas irmãs da caridade! Enfim de todos os modos havia perigos. Podia-se quebrar uma perna a passear no quarto...

O abade gostava do progresso... Achava até necessário o progresso. Mas parecia-lhe que se queria fazer tudo à lufa-lufa... O país não estava para essas invenções; o que precisava eram boas estradinhas...

— E economia!... – disse o Vilaça, puxando para si os pimentões.

— Bucellas? – murmurou-lhe sobre o ombro o escudeiro.

O administrador ergueu o copo, depois de cheio, admirou-lhe à luz a cor rica, provou-o com a ponta do lábio, e piscando o olho para Afonso:

— É do nosso!

— Do velho – disse Afonso. – Pergunte ao Brown... Hem? Brown, um bom néctar?

— *Magnificente!* – exclamou o preceptor com uma energia fogosa.

Então Carlos, estendendo o braço por cima da mesa, reclamou também Bucellas. E a sua razão era haver festa por ter chegado o Vilaça. O avô não consentiu; o menino teria o seu cálice de Colares, como de costume, e um só. Carlos cruzou os braços sobre o guardanapo que lhe pendia do pescoço, espantado de tanta injustiça! Então nem para festejar o Vilaça poderia apanhar uma gotinha de Bucellas? Aí estava uma linda maneira de receber os hóspedes na quinta... A Gertrudes dissera-lhe que, como viera o sr. administrador, havia de pôr à noite para o chá o fato novo de veludo. Agora observavam-lhe que não era festa, nem caso para Bucellas... Então não entendia.

O avô, que lhe bebia as palavras, enlevado, fez subitamente um carão severo.

— Parece-me que o senhor está palrando demais. As pessoas grandes é que palram à mesa.

Carlos recolheu-se logo ao seu prato, murmurando muito mansamente:

— Está bom, vovô, não te zangues. Esperarei para quando for grande...

Houve um sorriso em volta da mesa. A própria viscondessa, deleitada, agitou preguiçosamente o leque; o abade, com a sua boa face banhada em êxtase para o menino, apertava as mãos cabeludas contra o peito, tanto aquilo lhe parecia engraçado; e Afonso tossia por trás do guardanapo, como limpando as barbas – a esconder o riso, a admiração que lhe brilhava nos olhos.

Tanta vivacidade surpreendeu também Vilaça. Quis ouvir mais o menino, e pousando o seu talher:

– E diga-me, Carlinhos, já vai adiantado nos seus estudos?

O rapaz, sem o olhar, repoltreou-se, mergulhou as mãos pelos cós das flanelas, e respondeu com um tom superior:

– Já faço ladear a *Brígida.*

Então o avô, sem se conter, largou a rir, caído para o espaldar da cadeira:

– Essa é boa! Eh! Eh! Já faz ladear a *Brígida!* E é verdade, Vilaça, já a faz ladear... Pergunte ao Brown; não é verdade, Brown? E a eguazita é uma piorrita, mas fina...

– Oh vovô – gritou Carlos já excitado –, dize ao Vilaça, anda. Não é verdade que eu era capaz de governar o *dog-cart?*

Afonso reassumiu com ar severo.

– Não o nego... Talvez o governasse, se lho consentissem. Mas faça-me o favor de se não gabar das suas façanhas, porque um bom cavaleiro deve ser modesto... E sobretudo não enterrar assim as mãos pela barriga abaixo...

O bom Vilaça, no entanto, dando estalinhos aos dedos, preparava uma observação. Não se podia decerto ter melhor prenda que montar a cavalo com as regras... Mas ele queria dizer se o Carlinhos já entrava com o seu Fedro, o seu Tito Liviozinho...

– Vilaça, Vilaça – advertiu o abade, de garfo no ar e um sorriso de santa malícia –, não se deve falar em latim aqui ao nosso nobre amigo... Não admite, acha que é antigo... Ele antigo é...

– Ora sirva-se desse *fricassé,* ande, abade – disse Afonso –, que eu sei que é o seu fraco, e deixe lá o latim...

O abade obedeceu com deleite; escolhendo no molho rico os bons pedaços de ave, ia murmurando:

– Deve-se começar pelo latinzinho, deve-se começar por lá... É a base; é a basezinha!

– Não! Latim mais tarde! – exclamou o Brown, com um gesto possante. Prrimeiro forrça! Forrça! Músculo...

E repetiu, duas vezes, agitando os formidáveis punhos:

– Prrimeiro músculo, músculo!...

Afonso apoiava-o gravemente. O Brown estava na verdade. O latim era um luxo de erudito... Nada mais absurdo que começar a ensinar a uma criança numa língua morta quem foi Fábio, rei dos Sabinos, o caso dos Gracos, e outros negócios duma nação extinta, deixando-o ao mesmo tempo sem saber o que é a chuva que o molha, como se faz o pão que come, e todas as outras coisas do Universo em que vive...

– Mas enfim os clássicos – arriscou timidamente o abade.

– Qual clássicos! O primeiro dever do homem é viver. E para isso é necessário ser são, e ser forte. Toda a educação sensata consiste nisto: criar a saúde, a força e os seus hábitos, desenvolver exclusivamente o animal, armá-lo duma grande superioridade física. Tal qual como se não tivesse alma. A alma vem depois... A alma é outro luxo. É um luxo de gente grande...

O abade coçava a cabeça, com o ar arrepiado.

– A instruçãozinha é necessária – disse ele. – Você não acha, Vilaça? Que V. Ex.ª, sr. Afonso da Maia, tem visto mais mundo do que eu... Mas enfim a instruçãozinha...

– A instrução para uma criança não é recitar *Tityre, tu patulae recubans*... É saber fatos, noções, coisas úteis, coisas práticas...

Mas suspendeu-se; e, com o olho brilhante, num sinal ao Vilaça, mostrou-lhe o neto que palrava inglês com o Brown. Eram decerto feitos de força, uma história de briga com rapazes que ele lhe estava a contar, animado e jogando com os punhos. O preceptor aprovava, retorcendo os bigodes. E à mesa os senhores com os garfos suspensos, por trás os escudeiros de pé e guardanapo no braço, todos, num silêncio reverente, admiravam o menino a falar inglês.

— Grande prenda, grande prenda — murmurou Vilaça, inclinando-se para a viscondessa.

A excelente senhora corou, através dum sorriso. Parecia assim mais gorda, toda acaçapada na cadeira silenciosa, comendo sempre; e, a cada gole de Bucellas, refrescava-se languidamente com o seu grande leque negro e lantejoulado.

Quando o Teixeira serviu o vinho do Porto Afonso fez uma *saúde* ao Vilaça. Todos os copos se ergueram num rumor de amizade. Carlos quis gritar *Hurra!* O avô, com um gesto repreensivo, imobilizou-o; e, na grande pausa satisfeita que fez, o pequeno disse com uma grande convicção:

— Oh avô, eu gosto do Vilaça. O Vilaça é nosso amigo.

— Muito, e há muitos anos, meu senhor! — exclamou o velho procurador, tão comovido que mal podia erguer o cálice na mão.

O jantar findava. Fora, o sol deixara o terraço e a quinta verdejava na grande doçura do ar tranquilo, sob o azul-ferrete. Na chaminé só restava uma cinza branca; os lilases das jarras exalavam um aroma vivo, a que se misturava o do creme queimado, tocado de um fio de limão; os criados, de coletes brancos, moviam o serviço donde se escapava algum som argentino; e toda a alva toalha adamascada desaparecia sob a confusão da sobremesa onde os tons dourados do vinho do Porto brilhavam entre as compoteiras de cristal. A viscondessa, afogueada, abanava-se. Padre Custódio enrolava devagar o guardanapo, a sua batina coçada luzia nas pregas das mangas.

Então Afonso, sorrindo ternamente, fez a última saúde.

— Viva V. Sª., sr. Carlos de Mata-Sete!

— Sr. Vovô! — dizia o pequeno escorropichando o copo.

A cabecinha de cabelos negros, a velha face de barbas de neve saudavam-se das extremidades da mesa — enquanto todos sorriam no enternecimento daquela cerimônia. Depois o abade, de palito na boca, murmurou as graças. A viscondessa, cerrando os olhos, juntou também as mãos. E Vilaça, que tinha crenças religiosas, não gostou de ver Carlos, sem se importar com as graças, saltar da cadeira ir atirar-se ao pescoço do avô, falar-lhe ao ouvido.

– Não senhor! não senhor! – dizia o velho.

Mas o rapaz, abraçando-o mais forte, dava-lhe grandes razões num murmúrio de mimo doce como um beijo, que ia pondo na face do velho uma fraqueza indulgente.

– É por ser festa – disse ele enfim vencido. – Mas veja lá, veja lá...

O rapaz pulou, bateu as palmas, agarrou Vilaça pelos braços, fê-lo redemoinhar, e foi cantando num ritmo seu:

– Fizeste bem em vir, bem, bem, bem!... Vou buscar a Teresinha, inha, inha, inha!

– É a noiva – disse o avô, erguendo-se da mesa. – Já tem amores, é a pequena das Silveiras... O café para o terraço. Teixeira.

O dia fora convidava, adorável, dum azul suave, muito puro e muito alto, sem uma nuvem. Defronte do terraço os gerânios vermelhos estavam já abertos; as verduras dos arbustos, muito tenras ainda, duma delicadeza de renda, pareciam tremer ao menor sopro; vinha por vezes um vago cheiro de violetas, misturado ao perfume adocicado das flores do campo; o alto repuxo cantava; e nas ruas do jardim, bordadas de buxos baixos, a areia fina faiscava de leve àquele sol tímido da primavera tardia, que ao longe envolvia os verdes da quinta, adormecida a essa hora de sesta numa luz fresca e loura.

Os três homens sentaram-se à mesa do café. Defronte do terraço, o Brown, de boné escocês posto ao lado e grande cachimbo na boca, puxava ao alto a barra do trapézio para Carlos se balouçar. Então o bom Vilaça pediu para voltar as costas. Não gostava de ver ginásticas; bem sabia que não havia perigo; mas mesmo nos cavalinhos, as cabriolas, os arcos atordoavam-no; saía sempre com o estômago embrulhado...

– E parece-me imprudente, sobre o jantar...

– Qual! É só balouçar-se... Olhe para aquilo!

Mas Vilaça não se moveu, com a face sobre a chávena.

O abade, esse, admirava, de lábios entreabertos, e o pires cheio de café esquecido na mão.

– Olhe para aquilo, Vilaça – repetiu Afonso. – Não lhe faz mal, homem!

O bom Vilaça voltou-se, com esforço. O pequeno, muito alto no ar, com as pernas retesadas contra a barra do trapézio, as mãos às cordas, descia sobre o terraço, cavando o espaço largamente, com os cabelos ao vento; depois elevava-se, serenamente, crescendo em pleno sol; todo ele sorria; a sua blusa, os calções enfunavam-se à aragem; e via-se passar, fugir, o brilho dos seus olhos muito negros e muito abertos.

– Não está mais na minha mão, não gosto – disse o Vilaça. – Acho imprudente!

Então Afonso bateu as palmas, o abade gritou *bravo, bravo*. Vilaça voltou-se para aplaudir, mas Carlos tinha já desaparecido; o trapézio parava, em oscilações lentas; e o Brown, retomando o *Times* que pusera ao lado sobre o pedestal dum busto, foi descendo para a quinta envolvido numa nuvem de fumo do cachimbo.

– Bela coisa, a ginástica! – exclamou Afonso da Maia, acendendo com satisfação outro charuto.

Vilaça já ouvira que enfraquecia muito o peito. E o abade, depois de dar um sorvo ao café, de lamber os beiços, soltou a sua bela frase, arranjada em máxima:

– Esta educação faz atletas, mas não faz cristãos. Já o tenho dito...

– Já o tem dito, abade, já! – exclamou Afonso alegremente. – Diz-mo todas as semanas... Quer você saber, Vilaça? O nosso Custódio mata-me o bicho do ouvido para que eu ensine a cartilha ao rapaz. A cartilha!...

Custódio ficou um momento a olhar Afonso, com uma face desconsolada e a caixa de rapé aberta na mão; a irreligião daquele velho fidalgo, senhor de quase toda a freguesia, era uma das suas dores:

– A cartilha, sim, meu senhor, ainda que V. Ex.ª o diga assim com esse modo escarnica... A cartilha. Mas já não quero falar na cartilha... Há outras coisas. E se o digo tantas vezes, sr. Afonso da Maia, é pelo amor que tenho ao menino.

E recomeçou a discussão, que voltava sempre ao café, quando Custódio jantava na quinta.

O bom homem achava horroroso que naquela idade um tão lindo moço, herdeiro duma casa tão grande, com futuras responsabilidades na sociedade, não soubesse a sua doutrina. E narrou logo ao Vilaça a história da D. Cecília Macedo: esta virtuosa senhora, mulher do escrivão, tendo passado diante do portão da quinta, avistara o Carlinhos, chamara-o, carinhosa e amiga de crianças como era, e pedira-lhe que lhe dissesse o *ato de contrição*. E que respondeu o menino? *Que nunca em tal ouvira falar!* Essas coisas entristeciam. E o sr. Afonso da Maia achava-lhe graça, ria-se! Ora ali estava o amigo Vilaça que podia dizer se era caso para jubilar. Não, o sr. Afonso da Maia tinha muito saber, e correra muito mundo; mas duma coisa não o podia convencer, a ele pobre padre que nem mesmo o Porto vira ainda, é que houvesse felicidade e bom comportamento na vida sem a moral do catecismo.

E Afonso da Maia respondia com bom humor:

– Então que lhe ensinava você, abade, se eu lhe entregasse o rapaz? Que se não deve roubar o dinheiro das algibeiras, nem mentir nem maltratar os inferiores, porque isso é contra os mandamentos da lei de Deus, e leva ao inferno, hem? É isso?...

– Há mais alguma coisa...

– Bem sei. Mas tudo isso que você lhe ensinaria que se não deve fazer, por ser um pecado que ofende a Deus, já ele sabe que se não deve praticar, porque é indigno dum cavalheiro e dum homem de bem...

– Mas, meu senhor...

– Ouça, abade. Toda a diferença é essa. Eu quero que o rapaz seja virtuoso por amor da virtude e honrado por amor da honra; mas não por medo às caldeiras de Pero Botelho, nem com o engodo de ir para o reino do Céu...

E acrescentou, erguendo-se e sorrindo:

– Mas o verdadeiro dever de homens de bem, abade, é quando vem, depois de semanas de chuva, um dia destes, ir respirar pelos campos e não estar aqui a discutir moral. Portanto, arriba! E se o Vilaça não está muito cansado, vamos dar aí um giro pelas fazendas...

O abade suspirou como um santo que vê a negra impiedade dos tempos e Belzebu arrebatando as melhores reses do rebanho; depois olhou a chávena e sorveu com delícias o resto do seu café.

Quando Afonso da Maia, Vilaça e o abade recolheram do seu passeio pela freguesia, escurecera, havia luzes pelas salas, e tinham chegado já as Silveiras, senhoras ricas da quinta da *Lagoaça*.

D. Ana Silveira, a solteira e mais velha, passava pela talentosa da família, e era em pontos de doutrina e de etiqueta uma grande autoridade em Resende. A viúva, D. Eugênia, limitava-se a ser uma excelente e pachorrenta senhora, de agradável nutrição, trigueirota e pestanuda; tinha dois filhos, a Teresinha, a *noiva* de Carlos, uma rapariguinha magra e viva com cabelos negros como tinta, e o morgadinho, o Eusebiozinho, uma maravilha muito falada naqueles sítios.

Quase desde o berço este notável menino revelara um edificante amor por alfarrábios e por todas as coisas do saber. Ainda gatinhava e já a sua alegria era estar a um canto, sobre uma esteira, embrulhado num cobertor, folheando infólios com o craniozinho calvo de sábio curvado sobre as letras garrafais da boa doutrina; e depois de crescidinho tinha tal propósito que permanecia horas imóvel numa cadeira, de perninhas bambas, esfuracando o nariz; nunca apetecera um tambor ou uma arma; mas cosiam-lhe cadernos de papel, onde o precoce letrado, entre o pasmo da mamã e da titi passava dias a traçar algarismos, com a linguazinha de fora.

Assim na família tinha a sua carreira destinada: era rico, havia de ser primeiro bacharel, e depois desembargador. Quando vinha a Santa Olávia, a tia Anica instalava-o logo à mesa, ao pé do candeeiro, a admirar as pinturas dum enorme e rico volume, Os *costumes de todos os povos do Universo*. Já lá estava essa noite, vestido como sempre de escocês, com o *plaid* de flamejante xadrez vermelho e negro posto a tiracolo e preso ao ombro por uma dragona; para que conservasse o ar nobre dum Stuart, dum valoroso cavaleiro de Walter Scott, nunca lhe tiravam o boné onde se arqueava com heroísmo uma rutilante pena de galo; e nada havia mais melancólico que a sua facezinha trombuda, a que o excesso de lombrigas dava uma moleza e uma amarelidão de manteiga, os seus olhinhos vagos e azulados, sem pestanas, como se a ciência lhas tivesse já consumido, pasmando com sisudez para as camponesas da Sicília, e para os guerreiros ferozes do Montenegro apoiados a escopetas, em píncaros de serranias.

Diante do canapé das senhoras lá se achava também o fiel amigo, o dr. delegado, grave e digno homem, que havia cinco anos andava ponderando e meditando o casamento com a Silveira viúva, sem se decidir, contentando-se em comprar todos os anos mais meia dúzia de lençóis, ou uma peça mais de bretanha, para arredondar o bragal. Estas compras eram discutidas em casa das Silveiras, à braseira; e as alusões recatadas, mas inevitáveis, às duas fronhazinhas, ao tamanho dos lençóis, aos cobertores de papa para os conchegos de janeiro – em lugar de inflamar o magistrado, inquietavam-no. Nos dias seguintes aparecia preocupado como se a perspectiva da santa consumação do matrimônio lhe desse o arrepio de uma façanha a empreender, o ter de agarrar um touro, ou nadar nos cachões do Douro. Então, por qualquer razão especiosa, adiava-se o casamento até ao S. Miguel seguinte. E aliviado, tranquilo, o respeitável doutor continuava a acompanhar as Silveiras a chás, festas de igreja ou pêsames, vestido de preto, afável, serviçal, sorrindo a D. Eugênia, não desejando mais prazeres que os dessa convivência paternal.

Apenas Afonso entrou na sala deram-lhe logo notícia do contratempo: o dr. juiz de direito e a senhora não podiam vir, porque o magistrado tivera a dor; e as Brancos tinham mandado recado a desculpar-se, coitadas, que era dia de tristeza em casa, por fazer dezessete anos que morrera o mano Manuel...

– Bem – disse Afonso –, bem. A dor, a tristeza, o mano Manuel... Fazemos nós um voltaretezinho de quatro. Que diz o nosso dr. delegado?

O excelente homem dobrou a sua fronte calva, murmurando que "estava às ordens".

– Então ao dever, ao dever! – exclamou logo o abade, esfregando as mãos, no ardor já da partida.

Os parceiros dirigiram-se à saleta do jogo – que um reposteiro de damasco separava da sala, franzido agora, deixando ver a mesa verde, e nos círculos de luz que caíam dos *abat-jours,* os baralhos abertos em leque. Daí a um momento o dr. delegado voltou, risonho, dizendo que "os deixara para um roquezinho de três"; e retomou o seu lugar ao lado de D. Eugênia, cruzando os pés debaixo da cadeira e as mãos em cima do ventre. As senhoras estavam falando da dor do dr. juiz de direito. Costumava dar-lhe todos os três meses; e era condenável a sua teima em não querer consultar médicos. Quanto mais que ele andava acabado, ressequindo, amarelando e a D. Augusta, a mulher, a nutrir à larga, a ganhar cores!... A viscondessa, enterrada em toda a sua gordura ao canto do canapé, com o leque aberto sobre o peito, contou que em Espanha vira um caso igual: o homem chegara a parecer um esqueleto, e a mulher uma pipa; e a princípio fora o contrário; até sobre isso se tinham feito uns versos...

– Humores – disse com melancolia o dr. delegado.

Depois falou-se nas Brancos; recordou-se a morte de Manuel Branco, coitadinho, na flor da idade! E que perfeição de rapaz! E que rapaz de juízo! D. Ana Silveira não se esquecera, como todos os anos, de lhe acender uma lamparina por alma, e de lhe rezar três padre-nossos. A viscondessa pareceu toda aflita por se não ter lembrado... E ela que tinha o propósito feito!

– Pois estive para to mandar dizer! – exclamou D. Ana. – E as Brancos que tanto o agradecem, filha!

– Ainda está a tempo – observou o magistrado. D. Eugênia deu uma malha indolente no *crochet* de que nunca se separava, e murmurou com um suspiro:

– Cada um tem os seus mortos.

E, no silêncio que se fez, saiu do canto do canapé outro suspiro, o da viscondessa, que decerto se recordara do fidalgo de Urigo-de-la-Sierra, e murmurava:

– Cada um tem os seus mortos...

E o digno dr. delegado terminou por dizer igualmente, depois de passar refletidamente a mão pela calva:

– Cada um tem os seus mortos!

Uma sonolência ia pesando. Nas serpentinas douradas, sobre as consolas, as chamas das velas erguiam-se altas e tristes. Eusebiozinho voltava com cautela e arte as estampas de *Os costumes de todos os povos*. E na saleta de jogo, através do reposteiro aberto, sentia-se a voz já arrenegada do abade, rosnando com um rancor tranquilo, "passo, que é o que tenho feito toda a santa noite!"

Nesse momento Carlos arremetia pela sala dentro arrastando a sua noiva, a Teresinha, toda no ar e vermelha de brincar; e logo a grulhada das suas vozes reanimou o canapé dormente.

Os noivos tinham chegado duma pitoresca e perigosa viagem, e Carlos parecia descontente de sua mulher; comportara-se duma maneira atroz; quando ele ia governando a mala-posta, ela quisera empoleirar-se ao pé dele na almofada... Ora, senhoras não viajam na almofada.

– E ele atirou-me ao chão, titi!

– Não é verdade! De mais a mais é mentirosa! Foi como quando chegamos à estalagem... Ela quis-se deitar, e eu não quis... A gente, quando se apeia de viagem, a primeira coisa que faz é tratar do gado... E os cavalos vinham a escorrer...

A voz de D. Ana interrompeu, muito severa:

– Está bom, está bom, basta de tolices! Já cavalaram bastante. Senta-te aí ao pé da sra. viscondessa, Teresa... Olha essa travessa do cabelo... Que despropósito!

Sempre detestara ver a sobrinha, uma menina delicada de 10 anos, a brincar assim com o Carlinhos. Aquele belo e impetuoso rapaz, sem doutrina e sem propósito, aterrava-a; e pela sua imaginação de solteirona passavam sem cessar ideias, suspeitas de ultrajes, que ele poderia fazer à menina. Em casa, ao agasalhá-la antes de vir para Santa Olávia, recomendava-lhe com força que não fosse com o Carlos para os recantos escuros! Que o não deixasse mexer-lhe nos vestidos!... A menina, que tinha os olhos muitos langorosos, dizia: "Sim, titi". Mas, apenas na quinta, gostava de abraçar o seu maridinho. Se eram casados, por que não haviam de fazer nenê, ou ter uma loja e ganharem a sua vida aos beijinhos? Mas o violento rapaz só queria guerras, quatro cadeiras lançadas a galope, viagens a terras de nomes bárbaros que o Brown lhe ensinava. Ela, despeitada, vendo o seu coração mal compreendido, chamava-lhe *arrieiro;* ele ameaçava boxá-la à inglesa; e separavam-se sempre arrenegados.

Mas quando ela se acomodou ao lado da viscondessa, gravezinha e com as mãos no regaço, Carlos veio logo estirar-se ao pé dela, meio deitado para as costas do canapé, bamboleando as pernas.

– Vamos, filho, tem maneiras – rosnou-lhe muito seca D. Ana.

– Estou cansado, governei quatro cavalos – replicou ele, insolente e sem a olhar.

De repente porém, dum salto, precipitou-se sobre o Eusebiozinho. Queria-o levar à África, a combater os selvagens; e puxava-o já pelo seu belo *plaid* de cavaleiro da Escócia, quando a mamã acudiu aterrada.

– Não, com o Eusebiozinho não, filho! Não tem saúde para essas cavaladas... Carlinhos, olhe que eu chamo o avô!

Mas o Eusebiozinho, a um repelão mais forte, rolara no chão, soltando gritos medonhos. Foi um alvoroço, um levantamento. A mãe, trêmula, agachada junto dele, punha-o de pé sobre as perninhas moles, limpando-lhe as grossas lágrimas, já com o lenço, já com beijos, quase a chorar também. O delegado, consternado, apanhara o boné escocês, e cofiava melancolicamente a bela pena de galo. E a viscondessa apertava às mãos ambas o enorme seio, como se as palpitações a sufocassem.

O Eusebiozinho foi então preciosamente colocado ao lado da titi; e a severa senhora, com um fulgor de cólera na face magra, apertando o leque fechado como uma arma, preparava-se a repelir o Carlinhos que, de mãos atrás das costas e aos pulos em roda do canapé, ria, arreganhando para o Eusebiozinho um lábio feroz. Mas nesse momento davam nove horas, e a desempenada figura do Brown apareceu à porta.

Apenas o avistou, Carlos correu a refugiar-se por detrás da viscondessa, gritando:

– Ainda é muito cedo, Brown, hoje é festa, não me vou deitar!

Então Afonso da Maia, que se não movera aos uivos lancinantes do Silveirinha, disse de dentro, da mesa do voltarete, com severidade:

– Carlos, tenha a bondade de marchar já para a cama.

– Oh vovô, é festa, que está cá o Vilaça!

Afonso da Maia pousou as cartas, atravessou a sala sem um palavra, agarrou o rapaz pelo braço e arrastou-o pelo corredor – enquanto ele, de calcanhares fincados no soalho, resistia, protestando com desespero:

– É festa, vovô... É uma maldade!... O Vilaça pode-se escandalizar... Oh vovô, eu não tenho sono!

Uma porta fechando-se abafou-lhe o clamor. As senhoras censuraram logo aquela rigidez: aí estava uma coisa incompreensível; o avô deixava-lhe fazer todos os horrores, e recusava-lhe então o bocadinho da *soirée*...

– Oh sr. Afonso da Maia, por que não deixou estar a criança?

– É necessário método, é necessário método – balbuciou ele, entrando, todo pálido do seu rigor.

E à mesa do voltarete, apanhando as cartas com as mãos trêmulas, repetia ainda:

– É necessário método. Crianças à noite dormem.

D. Ana Silveira, voltando-se para o Vilaça – que cedera o seu lugar ao dr. delegado e vinha palestrar com as senhoras –, teve aquele sorriso mudo que lhe franzia os lábios, sempre que Afonso da Maia falava em "métodos".

Depois, reclinando-se para as costas da cadeira e abrindo o leque, declarou, a transbordar de ironia, que, talvez por ter a inteligência curta, nunca compreendera a vantagem dos "métodos"... Era à inglesa, segundo diziam; talvez provassem bem em Inglaterra; mas ou ela estava enganada, ou Santa Olávia era no reino de Portugal.

E como Vilaça inclinava timidamente a cabeça, com a sua pitada nos dedos, a esperta senhora, baixo para que Afonso dentro não ouvisse, desabafou. O sr. Vilaça naturalmente não sabia, mas aquela educação do Carlinhos nunca fora aprovada pelos amigos da casa. Já a presença do Brown, um herético, um protestante, como preceptor na família dos Maias, causara desgosto em Resende. Sobretudo quando o sr. Afonso tinha aquele santo do abade Custódio, tão estimado, homem de tanto saber... Não ensinaria à criança habilidades de acrobata; mas havia de lhe dar uma educação de fidalgo, prepará-lo para fazer boa figura em Coimbra.

Nesse momento, o abade, suspeitando uma corrente de ar, erguera-se da mesa do jogo a fechar o reposteiro; então, como Afonso já não podia ouvir, D. Ana ergueu a voz:

— E olhe que o Custódio teve desgosto, sr. Vilaça. Que o Carlinhos, coitadinho, nem uma palavra sabe de doutrina... Sempre lhe quero contar o que sucedeu com a Macedo.

Vilaça já sabia.

— Ah! já sabe? Lembras-te, viscondessa? Com a Macedo, do ato de contrição...

A viscondessa suspirou, erguendo um olhar mudo ao céu através do teto.

— Horroroso! – continuou D. Ana. – A pobre mulher chegou lá a nossa casa embuchada... E eu, fez-me impressão. Até sonhei com aquilo três noites a fio...

Calou-se um momento. Vilaça, embaraçado, acanhado, fazia girar a caixa de rapé nos dedos, com os olhos postos no tapete. Outro langor de sonolência passou na sala; D. Eugênia, com as pálpebras pesadas, fazia de vez em quando uma malha mole no *crochet;* e a noiva de Carlos, estirada para o canto do sofá, já dormia, com a boquinha aberta, os seus lindos cabelos negros caindo-lhe pelo pescoço.

D. Ana, depois de bocejar de leve, retomou a sua ideia:

— Sem contar que o pequeno está muito atrasado. A não ser um bocado de inglês, não sabe nada... Não tem prenda nenhuma!

— Mas é muito esperto, minha rica senhora! – acudiu Vilaça.

— É possível – respondeu secamente a inteligente Silveira.

E, voltando-se para Eusebiozinho, que se conservava ao lado dela, quieto como se fosse de gesso:

– Ó filho, dize tu aqui ao sr. Vilaça aqueles lindos versos que sabes... Não sejas atado, anda!... Vá, Eusébio, filho, sê bonito...

Mas o menino, molengão e tristonho, não se descolava das saias da titi; teve ela de o pôr de pé, ampará-lo, para que o tenro prodígio não aluísse sobre as perninhas flácidas; e a mamã prometeu-lhe que, se dissesse os versinhos, dormia essa noite com ela...

Isto decidiu-o: abriu a boca, e como duma torneira lassa veio de lá escorrendo, num fio de voz, um recitativo lento e babujado:

> É noite, o astro saudoso
> Rompe a custo um plúmbeo céu,
> Tolda-lhe o rosto formoso
> Alvacento, úmido véu...

Disse-a toda – sem se mexer, com as mãozinhas pendentes, os olhos mortiços pregados na titi. A mamã fazia o compasso com a agulha do *crochet;* e a viscondessa, pouco a pouco com um sorriso de quebranto, banhada no langor da melopeia, ia cerrando as pálpebras.

– Muito bem, muito bem! – exclamou o Vilaça, impressionado, quando o Eusebiozinho findou coberto de suor. – Que memória! Que memória!... É um prodígio!...

Os criados entravam com o chá. Os parceiros tinham findado a partida; e o bom Custódio, de pé, com a sua chávena na mão, queixava-se amargamente da maneira por que aqueles senhores o tinham esfolado.

Como ao outro dia era domingo, e havia missa cedo, as senhoras retiraram-se às nove e meia. O serviçal dr. delegado dava o braço a D. Eugênia; um criado da quinta alumiava adiante com o lampião; e o moço das Silveiras levava ao colo o Eusebiozinho que parecia um fardo escuro, abafado em mantas, com um xale amarrado na cabeça.

Depois da ceia Vilaça acompanhou ainda um momento Afonso da Maia à livraria, onde, antes de recolher, ele tomava sempre à inglesa o seu *cognac* e soda.

O aposento, a que as velhas estantes de pau-preto davam um ar severo, estava adormecido tepidamente, na penumbra suave, com as cortinas bem fechadas, um resto de lume na chaminé, e o globo do candeeiro pondo a sua claridade serena na mesa coberta de livros. Embaixo, os repuxos cantavam alto no silêncio da noite.

Enquanto o escudeiro rolava para o pé da poltrona de Afonso, numa mesa baixa, os cristais e as garrafas de soda, Vilaça, com as mãos nos bolsos, de pé e pensativo, olhava a brasa da acha que morria na cinza branca. Depois ergueu a cabeça, para murmurar, como ao acaso:

– Aquele rapazito é esperto...

– Quem? O Eusebiozinho? – disse Afonso, que se acomodava junto ao fogão, enchendo alegremente o cachimbo. – Eu tremo de o ver cá, Vilaça! O Carlos não gosta dele, e tivemos aí um desgosto horroroso... Foi já há meses. Havia uma procissão e o Eusebiozinho ia de anjo... As Silveiras, excelentes mulheres, coitadas, mandaram-no cá para o mostrar à viscondessa, já vestido de anjo. Pois senhores, distraímo-nos, e o Carlos, que o andava a rondar, apodera-se dele, leva-o para o sótão, e, meu caro Vilaça... Em primeiro lugar ia-o matando porque embirra com anjos... Mas o pior não foi isso. Imagine você o nosso terror, quando nos aparece o Eusebiozinho aos berros pela titi, todo desfrisado, sem uma asa, com a outra a bater-lhe os calcanhares dependurada de um barbante, a coroa de rosas enterrada até o pescoço, e os galões de ouro, os tules, as lantejoulas, toda a vestimenta celeste em frangalhos!... Enfim, um anjo depenado e sovado... Eu ia dando cabo do Carlos.

Bebeu metade da sua soda, e, passando a mão pelas barbas, acrescentou, com uma satisfação profunda:

– É levado do diabo, Vilaça!

O administrador, sentado agora à borda de uma cadeira, esboçou uma risadinha muda; depois ficou calado, olhando Afonso, com as mãos nos joelhos, como esquecido e vago.

Ia abrir os lábios, hesitou ainda, tossiu de leve; e continuou a seguir pensativamente as faíscas que erravam sobre as achas.

Afonso da Maia, no entanto, com as pernas estiradas para o lume, recomeçara a falar do Silveirinha. Tinha três ou quatro meses mais que Carlos, mas estava enfezado, estiolado, por uma educação à portuguesa; daquela idade ainda dormia no choco com as criadas, nunca o lavavam para o não constiparem, andava couraçado de rolos de flanelas! Passava os dias nas saias da titi a decorar versos, páginas inteiras do *Catecismo de perseverança*. Ele por curiosidade um dia abrira este livreco e vira lá, "que o sol é que anda em volta da Terra (como antes de Galileu), e que Nosso Senhor todas as manhãs dá as ordens ao Sol, para onde há de ir e onde há de parar, etc., etc." E assim lhe estavam arranjando uma almazinha de bacharel...

Vilaça teve outra risadinha silenciosa. Depois, como subitamente decidido, ergueu-se, fez estalar os dedos, disse estas palavras:

– V. Ex.ª sabe que apareceu a Monforte?

Afonso, sem mover a cabeça, reclinado para as costas da poltrona, perguntou tranquilamente, envolvido no fumo do cachimbo:

– Em Lisboa?

– Não senhor, em Paris. Viu-a lá o Alencar, esse rapaz que escreve, e que era muito de Arroios. Esteve até em casa dela.

E ficaram calados. Havia anos que entre eles se não pronunciara o nome de Maria Monforte. A princípio, quando se retirara para Santa Olávia, a preocupação ardente de Afonso da Maia fora tirar-lhe a filha que ela levara. Mas a esse tempo ninguém sabia onde Maria se refugiara com o seu príncipe; nem pela influência das legações, nem pagando regiamente a polícia secreta de Paris, de Londres, de Madri, se pôde descobrir a "toca da fera", como dizia então o Vilaça. Ambos decerto tinham mudado de nome; e, dadas essas naturezas boêmias, quem sabe se não errariam agora pela América, pela Índia, em regiões mais exóticas? Depois, pouco a pouco, Afonso da Maia, descoroçoado com aqueles esforços vãos, todo ocupado do neto que crescia belo e forte ao seu lado, no enternecimento contínuo que ele lhe dava, foi esquecendo a Monforte e a sua outra neta, tão distante, tão vaga, a quem ignorava as feições, de quem mal sabia o nome. E agora, de repente, a Monforte aparecia outra vez em Paris! e o seu pobre Pedro estava morto! e aquela criança que dormia ao fundo do corredor nunca vira sua mãe...

Erguera-se, passeava na livraria, pesado e lento, com a cabeça baixa. Junto à mesa, ao pé do candeeiro, o Vilaça ia percorrendo um a um os papéis da sua carteira.

– E está em Paris com o italiano? – perguntou Afonso do fundo sombrio do aposento.

O Vilaça ergueu a cabeça de sobre a carteira, e disse:

– Não senhor, está com quem lhe paga.

E como Afonso se aproximava da mesa, sem uma palavra, Vilaça, dando-lhe um papel dobrado, acrescentou:

– Todas estas coisas são muito graves, sr. Afonso da Maia, e eu não quis fiar-me só na minha memória. Por isso pedi ao Alencar, que é um excelente rapaz, que me escrevesse numa carta tudo o que me contou. Assim, temos um documento. Eu não sei mais do que está escrito. Pode V. Ex.ª ler...

Afonso desdobrou as duas folhas de papel. Era uma história simples, que o Alencar, o poeta das *Vozes d'Aurora,* o estilista de *Elvira,* ornara de flores e de galões dourados como uma capela em dia de festa.

Uma noite, ao sair da *Maison d'Or*, ele vira a Monforte saltar dum *coupé* com dois homens de gravata branca; tinham-se logo reconhecido; e um momento ficaram hesitando, um defronte do outro, debaixo do candeeiro de gás, no *trottoir*. Foi ela que, muito decidida, rindo, estendeu a mão ao Alencar, pediu-lhe que a visitasse, deu-lhe a *adresse,* o nome por que devia perguntar: Mme. de l'Estorade. E no seu *boudoir*, na manhã seguinte, a Monforte falou largamente de si: vivera três anos em Viena de Áustria com Tancredo, e com o papá que se lhes fora reunir – e que lá continuava decerto, como em Arroios, refugiando-se pelos cantos das salas, pagando as *toilettes* da filha, e dando palmadinhas ternas no ombro do amante como outrora no ombro do marido. Depois tinham estado em Môna-

83

co; e aí, dizia o Alencar, "num drama sombrio de paixão que ela me fez entrever", o napolitano fora morto em duelo. O papá morrera também nesse ano, deixando apenas da sua fortuna uns magros contos de réis, e a mobília da casa em Viena: o velho arruinara-se com o luxo da filha, com as viagens, com as perdas de Tancredo ao *baccarat*. Passara então um tempo em Londres; e daí viera habitar Paris, com Mr. de l'Estorade, um jogador, um espadachim, que acabou de a arrasar, e que a abandonou legando-lhe esse nome de l'Estorade, que lhe era a ele de ora em diante inútil porque passava a adotar outro mais sonoro de *Vicomte de Manderville*. Enfim, pobre, formosa, doida, excessiva, lançara-se na existência daquelas mulheres de quem, dizia o Alencar, "a pálida Margarida Gautier, a gentil *Dama das camélias*, é o tipo sublime, o símbolo poético, a quem muito será perdoado porque muito amaram". E o poeta terminava: "ela está ainda no esplendor da beleza, mas as rugas virão, e então que avistará em redor de si? As rosas secas e ensanguentadas da sua coroa de esposa. Saí daquele *boudoir* perfumado, com a alma dilacerada, meu Vilaça! Pensava no meu pobre Pedro, que lá jaz sob o raio de luar, entre as raízes dos ciprestes. E, desiludido desta cruel vida, vim pedir ao absinto, no *boulevard,* uma hora de esquecimento".

Afonso da Maia deu um repelão à carta, menos enojado das torpezas da história que daqueles lirismos relambidos.

E recomeçou a passear, enquanto o Vilaça recolhia religiosamente o documento que tinha relido muitas vezes, na admiração do sentimento, do estilo, do ideal daquela página.

– E a pequena? – perguntou Afonso.

– Isso não sei. O Alencar não lhe falaria na filha, nem ele mesmo sabe que ela a levou. Ninguém o sabe em Lisboa. Foi um detalhe que passou despercebido no grande escândalo. Mas, enquanto a mim, a pequena morreu. Senão, siga V. Ex.ª o meu raciocínio... Se a menina fosse viva, a mãe podia reclamar a legítima que cabe à criança... Ela sabe a casa que V. Ex.ª tem; há de haver dias, e são frequentes na vida dessas mulheres, em que lhe falte uma libra... Com o pretexto da educação da menina, ou de alimentos, já nos tinha importunado... Escrúpulos não tem ela. Se o não faz é que a filha morreu. Não lhe parece a V. Ex.ª?

– Talvez – disse Afonso.

E acrescentou, parando diante de Vilaça – que olhava outra vez a brasa morta tirando estalinhos dos dedos:

– Talvez... Suponhamos que morreram ambas, e não se fale mais nisso.

Estava dando meia-noite, os dois homens recolheram-se. E, durante os dias que Vilaça passou em Santa Olávia, não se proferiu mais o nome de Maria Monforte.

Mas, na véspera da partida do administrador para Lisboa, Afonso subiu ao quarto dele, a entregar-lhe as amêndoas da Páscoa que Carlos mandava a Vilaça Júnior, um alfinete de peito com uma magnífica safira, e disse-lhe enquanto o outro, sensibilizado, balbuciava os agradecimentos:

– Agora outra coisa, Vilaça. Tenho estado a pensar. Vou escrever a meu primo Noronha, ao André que vive em Paris como você sabe, pedir-lhe que procure essa criatura, e que lhe ofereça dez ou quinze contos de réis, se ela me quiser entregar a filha... No caso, está claro, que esteja viva... E quero que você saiba desse Alencar a morada da mulher em Paris.

O Vilaça não respondeu, ocupado a meter entre as camisas, bem no fundo da maleta, a caixinha com o alfinete. Depois, erguendo-se, ficou diante de Afonso, a coçar refletidamente o queixo.

– Então que lhe parece, Vilaça?

– Parece-me arriscado.

E deu as suas razões. A menina devia ir nos seus 13 anos. Estava uma mulher, com o seu temperamento formado, o caráter feito, talvez os seus hábitos... Nem falaria o português. As saudades da mãe haviam de ser terríveis... Enfim, o sr. Afonso da Maia trazia uma estranha para casa...

– Você tem razão, Vilaça. Mas a mulher é uma prostituta, e a pequena é do meu sangue.

Nesse momento Carlos, cuja voz gritava no corredor pelo vovô, precipitou-se no quarto, esguedelhado, escarlate como uma romã. O Brown tinha achado uma corujazinha pequena!

Queria que o vovô viesse ver, andara a buscá-lo por toda a casa... Era de morrer de rir... Muito pequena, muito feia, toda pelada, e com dois olhos de gente grande! E sabiam onde havia o ninho...

– Vem depressa, oh vovô! Depressa, que é necessário ir pô-la no ninho, por causa da coruja velha que se pode afligir... O Brown está-lhe a dar azeite. Oh Vilaça, vem ver! Oh vovô, pelo amor de Deus! Tem uma cara tão engraçada! Mas depressa, depressa, que a coruja velha pode dar pela falta!...

E, impaciente com a lentidão risonha do vovô, tanta indiferença pela inquietação da coruja velha, abalou atirando com a porta.

– Que bom coração! – exclamou o Vilaça comovido. – A pensar nas saudades da coruja... A mãe dele é que não tem saudades! Sempre o disse, é uma fera!

Afonso encolheu tristemente os ombros. Iam já no corredor quando ele, parando um momento, baixando a voz:

– Tenho-me esquecido de lhe contar, Vilaça, o Carlos sabe que o pai se matou...

Vilaça arredondou os olhos de espanto. Era verdade. Uma manhã entrara-lhe pela livraria, e dissera-lhe: "Ó vovô, o papá matou-se com uma pistola!" Naturalmente algum criado que lho contara...

– E vossa excelência?

– Eu... Que havia de fazer? Disse-lhe que sim. Em tudo tenho obedecido ao que Pedro me pediu, nessas quatro ou cinco linhas da carta que me deixou. Quis ser enterrado em Santa Olávia, aí está. Não queria que o filho jamais soubesse da fuga da mãe; e por mim, decerto, nunca o saberá. Quis que dois retratos que havia dela em Arroios fossem destruídos; como você sabe, obtiveram-se e destruíram-se. Mas não me pediu que ocultasse ao rapaz o seu fim. E por isso disse ao pequeno a verdade: disse-lhe que num momento de loucura, o papá tinha dado um tiro em si...

– E ele?

– E ele – replicou Afonso sorrindo – perguntou-me quem lhe tinha dado a pistola, e torturou-me toda uma manhã para lhe dar também uma pistola... E aí está o resultado dessa revelação: é que tive de mandar vir do Porto uma pistola de vento...

Mas, sentindo Carlos embaixo, aos berros ainda pelo avô, os dois apressaram-se a ir admirar a corujazinha.

Vilaça ao outro dia partiu para Lisboa.

Passadas duas semanas, Afonso recebia uma carta do administrador, trazendo-lhe, com a *adresse* da Monforte, uma revelação imprevista. Tinha voltado à casa do Alencar; e o poeta, recordando outros incidentes da sua visita a Mme. de l'Estorade, contara-lhe que no *boudoir* dela havia um adorável retrato de criança, de olhos negros, cabelo de azeviche, e uma palidez de nácar. Esta pintura ferira-o, não só por ser dum grande pintor inglês, mas por ter, pendente sob o caixilho como um voto funerário, uma linda coroa de flores de cera brancas e roxas. Não havia outro quadro no *boudoir;* e ele perguntara à Monforte se era um retrato ou uma fantasia. Ela respondera que era um retrato da filha que lhe morrera em Londres.

"Estão assim dissipadas todas as dúvidas", acrescentava o Vilaça. "O pobre anjinho está numa pátria melhor. E, para ela, *bem melhor!"*

Afonso, todavia, escreveu a André de Noronha. A resposta tardou. Quando o primo André procurara Mme. de l'Estorade, havia semanas que ela partira para a Alemanha, depois de vender mobília e cavalos. E no *Clube Imperial,* a que ele pertencia, um amigo, que conhecia bem Mme. de l'Estorade e a vida galante de Paris, contara-lhe que a doida fugira com um certo Catanni, acrobata do Circo de Inverno nos Campos Elísios, homem de formas magníficas, um Apolo de feira, que todas as *cocottes* se disputavam e que a Monforte empolgara. Naturalmente corria agora a Alemanha com a companhia de cavalinhos.

Afonso da Maia, enojado, remeteu esta carta ao Vilaça sem um comentário. E o honrado homem respondeu: "Tem V. Ex.ª razão, é atroz; e mais vale supor que todos morreram, e não gastar mais cera com tão ruins defuntos..." E depois num pós-escrito acrescentava: "Parece certo abrir-se em breve o caminho de ferro até o Porto; em tal caso, com permissão de

V. Ex.ª, aí irei e o meu rapaz a pedirmos-lhe alguns dias de hospitalidade".

Esta carta foi recebida em Santa Olávia um domingo, ao jantar. Afonso lera alto o P. S. Todos se alegraram, na esperança de ver o bom Vilaça em breve na quinta; e falou-se mesmo em arranjar um grande piquenique, rio acima.

Mas, terça-feira à noite, chegava um telegrama de Manuel Vilaça anunciando que o pai morrera, nessa manhã, duma apoplexia; dois dias depois vinham mais longos e tristes pormenores. Fora depois do almoço que, de repente, Vilaça se sentira muito sufocado, e com tonturas; ainda tivera forças de ir ao quarto respirar um pouco de éter; mas ao voltar à sala cambaleava, queixava-se de ver tudo amarelo e caiu de bruços, como um fardo, sobre o canapé. O seu pensamento, que se extinguia para sempre, ainda nesse momento se ocupou da casa que há trinta anos administrava: balbuciou, a respeito duma venda de cortiça, recomendações que o filho já não pôde perceber, depois de um grande ai; e só tornou a abrir os olhos para murmurar no derradeiro sopro estas derradeiras palavras: *Saudades ao patrão!*

Afonso da Maia ficou profundamente afetado; em Santa Olávia, mesmo entre os criados, a morte de Vilaça foi como um luto doméstico. Uma dessas tardes, o velho, muito melancólico, estava na livraria com um jornal esquecido nas mãos, os olhos cerrados, quando Carlos, que ao lado rabiscava carantonhas num papel, veio passar-lhe um braço pelo pescoço, e como compreendendo os seus pensamentos, perguntou-lhe se o Vilaça não voltaria a vê-los à quinta.

– Não, filho, nunca mais. Nunca mais o tornamos a ver.

O pequeno, entre os joelhos e os braços do velho, olhava o tapete, e, como recordando-se, murmurou tristemente:

– O Vilaça, coitado... Dava estalinhos com os dedos... Oh vovô, para onde o levaram?

– Para o cemitério, filho, para debaixo da terra.

Então Carlos desprendeu-se devagar do abraço do avô, e muito sério, com os olhos nele:

– Oh vovô! Por que não lhe mandas fazer uma capelinha bonita, toda de pedra, com uma figura, como tem o papá?

O velho achegou-o ao peito, beijou-o, comovido:
– Tens razão, filho. Tens mais coração que eu!

Assim o bom Vilaça teve no cemitério dos Prazeres o seu jazigo – que fora a alta ambição da sua existência modesta.

Outros anos tranquilos passaram sobre Santa Olávia.

Depois uma manhã de julho, em Coimbra, Manuel Vilaça (agora administrador da casa) trepava as escadas do Hotel Mondego, onde Afonso se hospedara com o neto, e entrava pela sala, vermelho, suando, berrando:

– *Neminè! Neminè!*

Fizera Carlos o seu primeiro exame! E que exame! Teixeira, que tinha acompanhado os senhores de Santa Olávia, correu à porta, abraçou-se quase chorando no menino, agora mais alto que ele, e muito formoso na sua batina nova.

Em cima no quarto, Manuel Vilaça, soprando ainda, limpando as bagas de suor, exclamava:

– Ficou tudo espantado, sr. Afonso da Maia! Os lentes até estavam comovidos. Ih! Jesus! Que talento! Vem a ser um grande homem, é o que todo o mundo disse... E que faculdade vai ele seguir, meu senhor?

Afonso, que passeava, todo trêmulo, respondeu com um sorriso:

– Não sei, Vilaça... Talvez nos formemos ambos em Direito.

Carlos assomou à porta, radiante, seguido do Teixeira e do outro escudeiro – que trazia *champagne* numa salva.

– Então venha cá, seu maroto – disse Afonso muito branco, com os braços abertos. – Bom exame, hem?... Eu...

Mas não pôde prosseguir: as lágrimas, duas a duas, corriam-lhe pela barba branca.

IV

CARLOS IA FORMAR-SE em Medicina. E como dizia o dr. Trigueiros, houvera sempre naquele menino, realmente, uma "vocação para Esculápio".

A "vocação" revelara-se bruscamente um dia que ele descobriu no sótão, entre rumas de velhos alfarrábios, um rolo manchado e antiquado de estampas anatômicas; tinha passado dias a recortá-las, pregando pelas paredes do quarto fígados, liaças de intestinos, cabeças de perfil "com o recheio à mostra". Uma noite mesmo rompera pela sala em triunfo, a mostrar às Silveiras, ao Eusébio, a pavorosa litografia de um feto de seis meses no útero materno. D. Ana recuou, com um grito, colando o leque à face; e o dr. delegado, escarlate também, arrebatou prudentemente Eusebiozinho para entre os joelhos, tapou-lhe a face com a mão. Mas o que escandalizou mais as senhoras foi a indulgência de Afonso.

— Então que tem, então que tem? — dizia ele sorrindo.

— Que tem, sr. Afonso da Maia!? — exclamou D. Ana. — São indecências!

— Não há nada indecente na natureza, minha rica senhora. Indecente é a ignorância... Deixa lá o rapaz. Tem curiosidade de saber como é esta pobre máquina por dentro, não há nada mais louvável...

D. Ana abanava-se, sufocada. Consentir tais horrores nas mãos da criança!... Carlos começou a aparecer-lhe como um libertino "que já sabia coisas"; e não consentiu mais que a Teresinha brincasse só com ele pelos corredores de Santa Olávia.

As pessoas sérias, porém, o dr. juiz de direito, o próprio abade, lamentando, sim, que não houvesse mais recato, concordavam que aquilo mostrava no pequeno uma grande queda para a medicina.

— Se pega — dizia então com um gesto profético o dr. Trigueiros —, temos dali coisa grande!

E parecia pegar.

Em Coimbra, estudante do Liceu, Carlos deixava os seus compêndios de lógica e retórica para se ocupar de anatomia; numas férias, ao abrir das malas, a Gertrudes fugiu espavorida vendo alvejar entre as dobras de um casaco o riso duma caveira; e se algum criado da quinta adoecia, lá estava Carlos logo revolvendo o caso em velhos livros de medicina da livraria, sem lhe largar a beira do catre, fazendo diagnósticos que o bom dr. Trigueiros escutava respeitoso e pensativo. Diante do avô já chamava mesmo ao menino "o seu talentoso colega".

Esta inesperada carreira de Carlos (pensara-se sempre que ele tomaria capelo em Direito) era pouco aprovada entre os fiéis amigos de Santa Olávia. As senhoras sobretudo lamentavam que um rapaz que ia crescendo tão formoso, tão bom cavaleiro, viesse a estragar a vida receitando emplastros e sujando as mãos no jorro das sangrias. O dr. juiz de direito confessou mesmo um dia a sua descrença de que o sr. Carlos da Maia quisesse "ser médico a sério".

– Ora essa! – exclamou Afonso. – E por que não há de ser médico a sério? Se escolhe uma profissão é para a exercer com sinceridade e com ambição, como os outros. Eu não o educo para vadio, muito menos para amador; educo-o para ser útil ao seu país...

– Todavia – arriscou o dr. juiz de direito com um sorriso fino –, não lhe parece a V. Ex.ª que há outras coisas, importantes também, e mais próprias talvez, em que seu neto se poderia tornar útil?...

– Não vejo – replicou Afonso da Maia. – Num país em que a ocupação geral é estar doente, o maior serviço patriótico é incontestavelmente saber curar.

– V. Ex.ª tem resposta para tudo – murmurou respeitosamente o magistrado.

E o que justamente seduzia Carlos na medicina era essa vida "a sério", pratica e útil, as escadas de doentes galgadas à pressa no fogo de uma vasta clínica, as existências que se salvam com um golpe de bisturi, as noites veladas à beira de um leito, entre o terror de uma família, dando grandes batalhas à morte. Como em pequeno o tinham encantado as formas pitorescas das vísceras, atraíam-no agora estes lados militantes e heroicos da ciência.

Matriculou-se realmente com entusiasmo. Para esses longos anos de quieto estudo o avô preparara-lhe uma linda casa em Celas, isolada, com graças de *cottage* inglês, ornada de persianas verdes, toda fresca entre as árvores. Um amigo de Carlos (um certo João da Ega) pôs-lhe o nome de "Paços de Celas", por causa de luxos então raros na Academia, um tapete na sala, poltronas de marroquim, panóplias de armas, e um escudeiro de libré.

A princípio este esplendor tornou Carlos venerado dos fidalgotes, mas suspeito aos democratas; quando se soube porém que o dono destes confortos lia Proudhon, Augusto Comte, Herbert Spencer, e considerava também o país uma *choldra ignóbil* – os mais rígidos revolucionários começaram a vir aos Paços de Celas tão familiarmente como ao quarto do Trovão, o poeta boêmio, o duro socialista, que tinha apenas por mobília uma enxerga e uma Bíblia.

Ao fim de alguns meses, Carlos, simpático a todos, conciliara dândis e filósofos; e trazia muitas vezes no seu *break*, lado a lado, o Serra Torres, um monstro que já era adido honorário em Berlim e todas as noites punha casaca, e o famoso Craveiro que meditava a *Morte de Satanás,* encolhido no seu gabão de Aveiro, com o seu grande barrete de lontra.

Os Paços de Celas, sob a sua aparência preguiçosa e campestre, tornaram-se uma fornalha de atividades. No quintal fazia-se uma ginástica científica. Uma velha cozinha fora convertida em sala de armas – porque naquele grupo a esgrima passava como uma necessidade social. À noite, na sala de jantar, moços sérios faziam um *whist* sério; e no salão, sob o lustre de cristal, com o *Figaro,* o *Times* e as revistas de Paris e de Londres espalhadas pelas mesas, o Gamacho ao piano tocando Chopin ou Mozart, os literatos estirados pelas poltronas, havia ruidosos e ardentes cavacos, em que a Democracia, a Arte, o Positivismo, o Realismo, o Papado, Bismark, o Amor, Hugo e a Evolução, tudo por seu turno flamejava no fumo do tabaco, tudo tão ligeiro e vago como o fumo. E as discussões metafísicas, as próprias certezas revolucionárias adquiriam um sabor mais requintado com a presença do criado de farda desarrolhando a cerveja, ou servindo croquetes.

Carlos, naturalmente, não tardou a deixar pelas mesas, com as folhas intatas, os seus expositores de medicina. A Literatura e a Arte, sob todas as formas, absorveram-no deliciosamente. Publicou sonetos no *Instituto* – e um artigo sobre o

Partenon; tentou, num *atelier* improvisado, a pintura a óleo; e compôs contos arqueológicos, sob a influência da *Salambô*. Além disso todas as tardes passeava os seus dois cavalos. No segundo ano levaria um *R* se não fosse tão conhecido e rico. Tremeu, pensando no desgosto do avô; moderou a dissipação intelectual, acantoou-se mais na ciência que escolhera; imediatamente lhe deram um *accessit*. Mas tinha nas veias o veneno do diletantismo; e estava destinado, como dizia João da Ega, a ser um desses médicos literários que inventam doenças de que a humanidade papalva se presta logo a morrer!

O avô, às vezes, vinha passar uma, duas semanas a Celas. Nos primeiros tempos a sua presença, agradável aos cavalheiros da partida de *whist,* desorganizou o cavaco literário. Os rapazes mal ousavam estender o braço para o copo da cerveja; e os *vossa excelência* isto, *vossa excelência* aquilo regelavam a sala. Pouco a pouco, porém, vendo-o aparecer em chinelas e de cachimbo na boca, estirar-se na poltrona com ares simpáticos de patriarca boêmio, discutir arte e literatura, contar anedotas do seu tempo de Inglaterra e de Itália, começaram a considerá-lo como um camarada de barbas brancas. Diante dele já se falava de mulheres e de estroinices. Aquele velho fidalgo, tão rico, que lera Michelet e o admirava, chegou mesmo a entusiasmar os democratas. E Afonso gozava ali também horas felizes, vendo o seu Carlos centro daqueles moços de estudo, de ideal e de veia.

Carlos passava as férias grandes em Lisboa, às vezes em Paris ou Londres; mas por Natais e Páscoas vinha sempre a Santa Olávia, que o avô, mais só, se entretinha a embelezar com amor. As salas tinham agora soberbos panos de Arrás, paisagens de Rousseau e Daubigny, alguns móveis de luxo e de arte. Das janelas a quinta oferecia aspectos nobres de parque inglês; através dos macios tabuleiros de relva, davam curvas airosas as ruas areadas; havia mármores entre as verduras; e gordos carneiros de luxo dormiam sob os castanheiros. Mas a existência neste meio rico não era agora tão alegre: a viscondessa, cada dia mais nutrida, caía em sonos congestivos logo depois do jantar; o Teixeira primeiro, a Gertrudes depois tinham morrido, ambos de pleurises, ambos no Entrudo; e já se não via também à mesa a bondosa face do abade, que lá jazia sob uma cruz de pedra, entre os goivos e as rosas de todo o ano. O dr. juiz de direito com a sua concertina passara para a Relação do Porto; D. Ana Silveira, muito doente, nunca saía; a Teresinha fizera-se uma rapariguinha feia, amarela como uma cidra; o Eusebiozinho, molengão e tristonho, já sem vestígios sequer do seu primeiro amor aos alfarrábios e às letras, ia casar na Régoa. Só o dr. delegado, esquecido naquela comarca, estava o mesmo, mais calvo talvez, sempre afável, amando sempre a pachorrenta Eugênia. E quase todas as tardes, o velho Trigueiros se apeava da sua égua branca ao portão, para vir cavaquear com o colega.

As férias, realmente, só eram divertidas para Carlos quando trazia para a quinta o seu íntimo, o grande João da Ega, a quem Afonso da Maia se afeiçoara muito, por ele e pela sua originalidade, e por ser sobrinho de André da Ega, velho amigo da sua mocidade e, muitas vezes outrora, hóspede também em Santa Olávia.

Ega andava-se formando em Direito, mas devagar, muito pausadamente – ora reprovado, ora perdendo o ano. Sua mãe, rica, viúva e beata, retirada numa quinta ao pé de Celorico de Basto com uma filha, beata, viúva e rica também, tinha apenas uma noção vaga do que o Joãozinho fizera, todo esse tempo, em Coimbra. O capelão afirmava-lhe que tudo havia de acabar a contento, e que o menino seria um dia doutor como o papá e como o titi; e esta promessa bastava à boa senhora, que se ocupava sobretudo da sua doença de entranhas e dos confortos desse padre Serafim. Estimava mesmo que o filho estivesse em Coimbra, ou algures, longe da quinta, que ele escandalizava com a sua irreligião e as suas facécias heréticas.

João da Ega, com efeito, era considerado não só em Celorico, mas também na Academia que ele espantava pela audácia e pelos ditos, como o maior ateu, o maior demagogo, que jamais aparecera nas sociedades humanas. Isto lisonjeava-o; por sistema exagerou o seu ódio à Divindade, e a toda Ordem social; queria o massacre das classes médias, o amor livre das ficções do matrimônio, a repartição das terras, o culto de Satanás. O esforço da inteligência neste sentido terminou por lhe influenciar as maneiras e a fisionomia; e, com a sua figura esgrouviada e seca, os pelos do bigode arrebitados sob o nariz adunco, um quadrado de vidro entalado no olho direito, tinha realmente alguma coisa de rebelde e de satânico. Desde a sua entrada na Universidade, renovara as tradições da antiga Boêmia: trazia os rasgões da batina cosidos a linha branca; embebedava-se com carrascão; à noite, na Ponte, com o braço erguido, atirava injúrias a Deus. E no fundo muito sentimental, enleado sempre em amores por meninas de 15 anos, filhas de empregados, com quem às vezes ia passar a *soirée,* levando-lhes cartuchinhos de doce. A sua fama de fidalgote rico tornava-o apetecido nas famílias.

Carlos escarnecia estes idílios futricas; mas também ele terminou por se enredar num episódio romântico com a mulher dum empregado do governo civil, uma lisboetazinha, que o seduziu pela graça dum corpo de boneca e por uns lindos olhos verdes. A ela o que a fanatizara fora o luxo, o *groom,* a égua inglesa de Carlos.

Trocaram-se cartas; e ele viveu semanas banhado na poesia áspera e tumultuosa do primeiro amor adúltero. Infelizmente a rapariga tinha o nome bárbaro de Hermengarda; e os amigos de Carlos, descoberto o segredo, chamavam-lhe já *Eurico, o presbítero,* dirigiam para Celas missivas pelo correio com este nome odioso.

Um dia, Carlos andava tomando o sol na Feira, quando o empregado do governo civil passou junto dele com o filhinho pela mão. Pela primeira vez via tão de perto o marido de Hermengarda. Achou-o enxovalhado e macilento. Mas o pequerrucho era adorável, muito gordo, parecendo mais roliço por aquele dia de janeiro sob os agasalhos de lã azul, tremelicando nas pobres perninhas roxas de frio, e rindo na clara luz – rindo todo ele, pelos olhos, pelas covinhas do queixo, pelas duas rosas das faces. O pai amparava-o; e o encanto, o cuidado com que o rapaz ia assim guiando os passos do seu filho impressionou Carlos. Era no momento em que ele lia Michelet – e enchia-lhe a alma a veneração literária da santidade doméstica. Sentiu-se canalha em andar ali de cima do seu *dog-cart,* a preparar friamente a vergonha, e as lágrimas daquele pobre pai tão inofensivo no seu paletó coçado! Nunca mais respondeu às cartas em que Hermengarda lhe chamava *seu ideal.* Decerto a rapariga se vingou, intrigando-o; porque o empregado do governo civil, daí por diante, dardejava sobre ele olhares sangrentos.

Mas a grande "topada sentimental de Carlos", como disse o Ega, foi quando ele, ao fim de umas férias, trouxe de Lisboa uma soberba rapariga espanhola, e a instalou numa casa ao pé de Celas. Chamava-se Encarnación. Carlos alugou-lhe ao mês uma vitória com um cavalo branco e Encarnación fanatizou Coimbra como a aparição de uma *Dama das camélias,* uma flor de luxo das civilizações superiores. Pela Calçada, pela estrada da Beira, os rapazes paravam, pálidos de emoção, quando ela passava, reclinada na vitória, mostrando o sapato de cetim, um pouco da meia de seda, lânguida e desdenhosa, com um cãozinho branco no regaço.

Os poetas da Academia fizeram-lhe versos em que Encarnación foi chamada *Lírio de Israel, Pomba da Arca* e *Nuvem da Manhã.* Um estudante de teologia, rude e sebento transmontano, quis casar com ela. Apesar das instâncias de Carlos, Encarnación recusou; e o teólogo começou a rondar Celas, com um navalhão, para "beber o sangue" ao Maia. Carlos teve de lhe dar bengaladas.

Mas a criatura, desvanecida, tornou-se intolerável, falando sem cessar doutras paixões que inspirava em Madri e em Lisboa, do muito que lhe dera o conde de tal, o marquês sicrano, da grande posição da sua família ainda aparentada com os Medina-Coeli; os seus sapatos de cetim verde eram tão antipáticos como a sua voz estrídula; e quando tentava elevar-se às conversações que ouvia, rompia a chamar ladrões aos republicanos, a celebrar os tempos de D. Isabel, a sua *gracia,* o seu *salero* – sendo muito conservadora como todas as prostitutas. João da Ega odiava-a. E Craveiro declarou que não voltava aos Paços de Celas enquanto por lá aparecesse aquele montão de carne, pago ao arrátel, como a de vaca.

Enfim, uma tarde, Batista, o famoso criado de quarto de Carlos, surpreendeu-a com um Juca que fazia de dama no Teatro Acadêmico. Aí estava, enfim, um pretexto! E, convenientemente paga, a parenta dos Medina-Coeli, o *Lírio de Israel,* a admiradora dos Bourbons, foi recambiada a Lisboa, e à Rua de S. Roque, seu elemento natural.

Em agosto, no ato da formatura de Carlos, houve uma alegre festa em Celas. Afonso viera de Santa Olávia, Vilaça de Lisboa; toda a tarde no quintal, de entre as acácias e as belas sombras, subiram ao ar molhos de foguetes; e João da Ega, que levara o seu último *R* no seu último ano, não descansou, em mangas de camisa, pendurando lanternas venezianas pelos ramos, no trapézio e em roda do poço, para a iluminação da noite. Ao jantar, a que assistiam lentes, Vilaça, enfiado e trêmulo, fez um *speech;* ia citar o nosso *imortal Castilho* quando, sob as janelas, rompeu, a grande ruído de tambor e pratos, o Hino Acadêmico. Era uma serenata. Ega, vermelho, de batina desabotoada, a luneta para trás das costas, correu à sacada, a perorar:

– Aí temos o nosso Maia, Carolus Eduardus ab Maia, começando a sua gloriosa carreira, preparado para salvar a humanidade enferma – ou acabar de a matar, segundo as circunstâncias! A que parte remota destes reinos não chegou já fama do seu gênio, do seu *dog-cart,* do sebáceo *accessit* que lhe enodoa o passado, e deste vinho do Porto contemporâneo dos heróis de 20, que eu, homem de revolução e homem de carraspana, eu, João da Ega, Johanes ab Ega...

O grupo escuro embaixo desatou aos *vivas*. A filarmônica, outros estudantes invadiram os Paços. Até tarde, sob as árvores do quintal, na sala atulhada de pilhas de pratos, os criados correram com salvas de doce, não cessou de estalar o *champagne*. E Vilaça, limpando a testa, o pescoço, abafado de calor, ia dizendo a um, a outro, a si mesmo também:

– Grande coisa, ter um curso!

E então Carlos Eduardo partira para a sua longa viagem pela Europa. Um ano passou. Chegara esse outono de 1875; e o avô, instalado enfim no Ramalhete, esperava por ele ansiosamente. A última carta de Carlos viera de Inglaterra, onde andava, dizia ele, a estudar a admirável organização dos hospitais de crianças. Assim era; mas passeava também por Brighton, apostava nas corridas de Goodwood, fazia um idílio errante pelos lagos da Escócia, com uma senhora holandesa, separada de seu marido, venerável magistrado da Haia, uma Mme. Rughel, soberba criatura de cabelos de ouro fulvo, grande e branca como uma ninfa de Rubens.

Depois começaram a chegar, dirigidas ao Ramalhete, caixas sucessivas de livros, outras de instrumentos e aparelhos, toda uma biblioteca e todo um laboratório – que trazia o Vilaça, manhãs inteiras, aturdido pelos armazéns da alfândega.

– O meu rapaz vem com grandes ideias de trabalho – dizia Afonso aos amigos.

Havia catorze meses que ele o não via, o "seu rapaz", a não ser numa fotografia mandada de Milão, em que todos o acharam magro e triste. E o coração batia-lhe forte, na linda manhã de outono, quando do terraço do Ramalhete, de binóculo na mão, viu assomar vagarosamente, por trás do alto prédio fronteiro, um grande paquete do *Royal Mail* que lhe trazia o seu neto.

À noite os amigos da casa, o velho Sequeira, D. Diogo Coutinho, o Vilaça não se fartavam de admirar "o bem que a viagem fizera a Carlos". Que diferença da fotografia! Que forte, que saudável!

Era decerto um formoso e magnífico moço, alto, bem-feito, de ombros largos, com uma testa de mármore sob os anéis dos cabelos pretos, e os olhos dos Maias, aqueles irresistíveis olhos do pai, de um negro líquido, ternos como os dele e mais graves. Trazia a barba toda, muito fina, castanho-escura, rente na face, aguçada no queixo – o que lhe dava, com o bonito bigode arqueado aos cantos da boca, uma fisionomia de belo cavaleiro da Renascença. E o avô, cujo olhar risonho e úmido transbordava de emoção, todo se orgulhava de o ver, de o ouvir, numa larga veia, falando da viagem, dos belos dias de Roma, do seu mau humor na Prússia, da originalidade de Moscou, das paisagens da Holanda...

– E agora? – perguntou-lhe o Sequeira depois de um momento de silêncio em que Carlos estivera bebendo o seu *cognac* e soda. – Agora que tencionas tu fazer?

– Agora, general? – respondeu Carlos, sorrindo e pousando o copo. – Descansar primeiro e depois passar a ser uma glória nacional!

Ao outro dia, com efeito, Afonso veio encontrá-lo na sala de bilhar – onde tinham sido colocados os caixotes – a despregar, a desempacotar, em mangas de camisa e assobiando com entusiasmo. Pelo chão, pelos sofás, alastrava-se toda uma literatura em rumas de volumes graves; aqui e além, por entre a palha, através das lonas descosidas, a luz faiscava num cristal, ou reluziam os vernizes, os metais polidos de aparelhos. Afonso pasmava em silêncio para aquele pomposo aparato do saber.

– E onde vais tu acomodar este museu?

Carlos pensara em arranjar um vasto laboratório ali perto no bairro, com fornos para trabalhos químicos, uma sala disposta para estudos anatômicos e fisiológicos, a sua biblioteca, os seus aparelhos, uma concentração metódica de todos os instrumentos de estudo...

Os olhos do avô iluminavam-se ouvindo este plano grandioso.

– E que não te prendam questões de dinheiro, Carlos! Nós fizemos nestes últimos anos de Santa Olávia algumas economias...

– Boas e grandes palavras, avô! Repita-as ao Vilaça.

As semanas foram passando nestes planos de instalação. Carlos trazia realmente resoluções sinceras de trabalho; a ciência como mera ornamentação interior do espírito, mais inútil para os outros que as próprias tapeçarias do seu quarto, parecia-lhe apenas um luxo de solitário; desejava ser útil. Mas as suas ambições flutuavam, intensas e vagas; ora pensava numa larga clínica; ora na composição maciça de um livro iniciador; algumas vezes em experiências fisiológicas, pacientes e reveladoras... Sentia em si, ou supunha sentir, o tumulto de uma força, sem lhe discernir a linha de aplicação. "Alguma coisa de brilhante", como ele dizia; e isto para ele, homem de luxo e homem de estudo, significava um conjunto de representação social e de atividade científica; o remexer profundo de ideias entre as influências delicadas da riqueza; os elevados vagares da filosofia entremeados com requintes de *sport* e de gosto; um Claude Bernard que fosse também um Morny... No fundo era um diletante.

Vilaça fora consultado sobre a localidade própria para o laboratório; e o procurador, muito lisonjeado, jurou uma diligência incansável. Primeira coisa a saber, o nosso doutor tencionava fazer clínica?...

Carlos não decidira fazer *exclusivamente* clínica; mas desejava decerto dar consultas, mesmo gratuitas, como caridade e como prática. Então Vilaça sugeriu que o consultório estivesse separado do laboratório.

– E a minha razão é esta: a vista de aparelhos, máquinas, coisas faz esmorecer os doentes...

– Tem você razão, Vilaça! – exclamou Afonso. – Já meu pai dizia: poupe-se ao boi a vista do malho.

– Separados, separados, meu senhor – afirmou o procurador num tom profundo.

Carlos concordou. E Vilaça bem depressa descobriu, para o laboratório, um antigo armazém, vasto e retirado, ao fundo de um pátio, junto ao Largo das Necessidades.

– E o consultório, meu senhor, não é aqui, nem acolá; é no Rossio, ali em pleno Rossio!

Esta ideia do Vilaça não era desinteressada. Grande entusiasta da *Fusão,* membro do Centro progressista, Vilaça Júnior aspirava a ser vereador da Câmara, e mesmo em dias de satisfação superior (como quando o seu aniversário natalício vinha anunciado no *Ilustrado,* ou quando no Centro citava com aplauso a Bélgica), parecia-lhe que tantas aptidões mereciam do seu partido uma cadeira em S. Bento. Um consultório gratuito, no Rossio, o consultório do dr. Maia, "do seu Maia", reluziu-lhe logo vagamente como um elemento de influência. E tanto se agitou, que daí a dois dias tinha lá alugado um primeiro andar de esquina.

Carlos mobiliou-o com luxo. Numa antecâmara, guarnecida de banquetas de marroquim, devia estacionar, à francesa, um criado de libré. A sala de espera dos doentes alegrava com o seu papel verde de ramagens prateadas, as plantas em vasos de Rouen, quadros de muita cor, e ricas poltronas cercando a jardineira coberta de coleções do *Charivari,* de vistas estereoscópicas, de álbuns de atrizes seminuas; para tirar inteiramente o ar triste de consultório, até um piano mostrava o seu teclado branco.

O gabinete de Carlos ao lado era mais simples, quase austero, todo em veludo verde-negro, com estantes de pau-preto. Alguns amigos que começavam a cercar Carlos, Taveira, seu contemporâneo e agora vizinho do Ramalhete, o Cruges, o marquês de Souselas, com quem percorrera a Itália, vieram ver estas maravilhas. O Cruges correu uma escala no piano e achou-o abominável; Taveira absorveu-se nas fotografias de atrizes; e a única aprovação franca veio do marquês, que depois de contemplar o divã do gabinete, verdadeiro móvel de serralho, vasto, voluptuoso, fofo, experimentou-lhe a doçura das molas e disse, piscando o olho a Carlos:

– A calhar.

Não pareciam acreditar nestes preparativos. E todavia eram sinceros. Carlos até fizera anunciar o consultório nos jornais; quando viu porém o seu nome em letras grossas, entre o de uma engomadeira à Boa-Hora e um reclamo de casa de hóspedes, encarregou Vilaça de retirar o anúncio.

Ocupava-se então mais do laboratório, que decidira instalar no armazém, às Necessidades. Todas as manhãs, antes do almoço, ia visitar as obras. Entrava-se por um grande pátio, onde uma bela sombra cobria um poço, e uma trepadeira se mirrava nos ganchos de ferro que a prendiam ao muro. Carlos já decidira transformar aquele espaço em fresco jardinete inglês; e a porta do casarão encantava-o ogival e nobre, resto de fachada de ermida, fazendo um acesso venerável para o seu santuário de ciência. Mas dentro os trabalhos arrastavam-se sem fim; sempre um vago martelar preguiçoso numa poeira alvadia; sempre as mesmas coifas de ferramentas jazendo nas mesmas camadas de aparas! Um carpinteiro esgrouviado e triste parecia estar ali, desde séculos, aplainando uma tábua eterna com uma fadiga langorosa; e no telhado os trabalhadores, que andavam alargando a claraboia, não cessavam de assobiar, no sol de inverno, alguma lamúria de fado.

Carlos queixava-se ao sr. Vicente, o mestre de obras, que lhe asseverava invariavelmente "como daí a dois dias havia de S. Ex.ª ver a diferença". Era um homem de meia-idade, risonho, de falar doce, muito barbeado, muito lavado, que morava ao pé do Ramalhete, e tinha no bairro fama de republicano. Carlos, por simpatia, como vizinho, apertava-lhe sempre a mão; e o sr. Vicente, considerando-o por isso um "avançado", um democrata, confiava-lhe as suas esperanças. O que ele desejava primeiro que tudo era um 93, como em França...

– O quê, sangue? – dizia Carlos, olhando a fresca, honrada e roliça face do demagogo.

– Não, senhor, um navio, um simples navio...

– Um navio?

– Sim, senhor, um navio fretado à custa da nação, em que se mandasse pela barra fora o rei, a família real, a *cambada* dos ministros, dos políticos, dos deputados, dos intrigantes, etc. e etc.

Carlos sorria, às vezes argumentava com ele.

– Mas está o sr. Vicente bem certo que apenas a *cambada,* como tão exatamente diz, desaparecesse pela barra fora, ficavam resolvidas todas as coisas e tudo atolado em felicidade?

Não, o sr. Vicente não era tão "burro" que assim pensasse. Mas, suprimida a cambada, não via S. Ex.ª? Ficava o país desatravancado; e podiam então começar a governar os homens de saber e de progresso...

– Sabe V. Ex.ª qual é nosso mal? Não é má vontade dessa gente; é muita soma de ignorância. Não sabem. Não sabem nada. Eles não são maus, mas são umas cavalgaduras!

– Bem, então essas obras, amigo Vicente – dizia-lhe Carlos, tirando o relógio e despedindo-se dele com um valente *shake-hands* –, veja se me andam. Não lho peço como proprietário, é como correligionário.

– Daqui a dois dias há de V. Ex.ª ver a diferença – respondia o mestre de obras, desbarretando-se.

No Ramalhete, pontualmente ao meio-dia, tocava a sineta do almoço. Carlos encontrava quase sempre o avô já na sala de jantar, acabando de percorrer algum jornal junto ao fogão, onde a tépida suavidade daquele fim de outono não permitia acender lume, mas verdejando todo de plantas de estufa.

Em redor, nos aparadores de carvalho lavrado, rebrilhavam suavemente, no seu luxo, maciço e sóbrio, as baixelas antigas; pelas tapeçarias ovais dos muros apainelados corriam cenas de balada, caçadores medievais soltando o falcão, uma dama entre pajens alimentando os cisnes de um lago, um cavaleiro de viseira calada seguindo ao longo dum rio; e, contrastando com o teto escuro de castanho entalhado, a mesa resplandecia com as flores entre os cristais.

O reverendo Bonifácio, que desde que se tornara dignitário da Igreja comia com os senhores, lá estava já, majestosamente sentado sobre a alvura nevada da toalha, à sombra de algum grande ramo. Era ali, no aroma das rosas, que o venerável gato gostava de lamber, com o seu vagar estúpido, as sopas de leite, servidas num covilhetes de Estrasburgo, depois agachava-se, traçava por diante do peito a fofa pluma da sua cauda e, de olhos cerrados, os bigodes tesos, todo ele uma bola entufada de pelo branco malhado de ouro, gozava de leve uma sesta macia.

Afonso – como confessava, sorrindo e humilhado – ia-se tornando com a velhice um *gourmet* exigente; e acolhia, com uma concentração de crítico, as obras de arte do *chef* francês que tinham agora, um cavalheiro de mau gênio, todo bonapartista, muito parecido com o imperador, e que se chamava Mr. Theodore. Os almoços no Ramalhete eram sempre delicados e longos; depois, ao café, ficavam ainda conversando; e passava da uma hora, da hora e meia, quando Carlos, com uma exclamação, precipitando-se sobre o relógio, se lembrava do seu consultório. Bebia um cálice de *Chartreuse,* acendia à pressa um charuto:

– Ao trabalho, ao trabalho! – exclamava.

E o avô, enchendo devagar o seu cachimbo, invejava-lhe aquela ocupação, enquanto ele ficava ali a vadiar toda a manhã...

– Quando esse eterno laboratório estiver acabado, talvez vá para lá passar um bocado, ocupar-me de química.
– E ser talvez um grande químico. O avô tem já o feitio.
O velho sorria.
– Esta carcaça já não dá nada, filho. Está pedindo eternidade!
– Quer alguma coisa da Baixa, de Babilônia? – perguntava Carlos, abotoando à pressa as suas luvas de governar.
– Bom dia de trabalho.
– Pouco provável...
E no *dog-cart,* com aquela linda égua, a *Tunante,* ou no *phaeton* com que maravilhava Lisboa, Carlos lá partia em grande estilo para a Baixa, para "o trabalho".
O seu gabinete, no consultório, dormia numa paz tépida entre os espessos veludos escuros, na penumbra que faziam os *stores* de seda verde corridos. Na sala, porém, as três janelas abertas bebiam à farta a luz; tudo ali parecia festivo; as poltronas em torno da jardineira estendiam os seus braços, amáveis e convidativas; o teclado branco do piano ria e esperava, tendo abertas por cima as *Canções de Gounod;* mas não aparecia jamais um doente. E Carlos – exatamente como o criado que, na ociosidade da antecâmara, dormitava sob o *Diário de Notícias,* acaçapado na banqueta – acendia um cigarro Laferme, tomava uma revista, e estendia-se no divã. A prosa porém dos artigos estava como embebida do tédio moroso do gabinete: bem depressa bocejava, deixava cair o volume.
Do Rossio, o ruído das carroças, os gritos errantes de pregões, o rolar dos americanos subiam, numa vibração mais clara, por aquele ar fino de novembro; uma luz macia, escorregando docemente do azul-ferrete, vinha dourar as fachadas enxovalhadas, as copas mesquinhas das árvores do município, a gente vadiando pelos bancos; e essa sussurração lenta de cidade preguiçosa, esse ar aveludado de clima rico pareciam ir penetrando pouco a pouco naquele abafado gabinete e resvalando pelos veludos pesados, pelo verniz dos móveis, envolver Carlos numa indolência e numa dormência... Com a

cabeça na almofada, fumando, ali ficava, nessa quietação de sesta, num cismar que se ia desprendendo, vago e tênue, como o tênue e leve fumo que se eleva duma braseira meio apagada; até que, com um esforço, sacudia este torpor, passeava na sala, abria aqui e além pelas estantes um livro, tocava no piano dois compassos de valsa, espreguiçava-se – e, com os olhos nas flores do tapete, terminava por decidir que aquelas duas horas de consultório eram estúpidas!

– Está aí o carro? – ia perguntar ao criado.

Acendia bem depressa outro charuto, calçava as luvas, descia, bebia um largo sorvo de luz e ar, tomava as guias e largava, murmurando consigo:

– Dia perdido!

Foi uma dessas manhãs que, preguiçando assim no sofá com a *Revista dos Dois Mundos* na mão, ele ouviu um rumor na antecâmara, e logo uma voz bem conhecida, bem querida, que dizia por trás do reposteiro:

– Sua Alteza Real está visível?

– Oh! Ega! – gritou Carlos, dando um salto do sofá.

E caíram nos braços um do outro, beijando-se na face enternecidos.

– Quando chegaste tu?

– Esta manhã. Caramba! – exclamava Ega, procurando pelo peito, pelos ombros, o seu quadrado de vidro, e entalando-o enfim no olho. – Caramba! Tu vens esplêndido desses Londres, dessas civilizações superiores. Estás com um ar Renascença, um ar Valois... Não há nada como a barba toda!

Carlos ria, abraçando-o outra vez.

– E donde vens tu, de Celorico?

– Qual Celorico! Da Foz. Mas doente, menino, doente... O fígado, o baço, uma infinidade de vísceras comprometidas. Enfim, doze anos de vinhos e aguardentes...

Depois falaram das viagens de Carlos, do Ramalhete, da demora do Ega em Lisboa... Ega vinha para sempre. Tinha dito do alto da diligência, às várzeas de Celorico, o adeus de eternidade.

— Imagina tu, Carlos amigo, a história deliciosa que me sucede com minha mãe... Depois de Coimbra, naturalmente, sondei-a a respeito de vir viver para Lisboa, confortavelmente, com uns dinheiros largos. Qual, não caiu! Fiquei na quinta, fazendo epigramas ao padre Serafim e a toda a corte do Céu. Chega julho, e aparece nos arredores uma epidemia de anginas. Um horror, creio que vocês lhe chamam diftéricas... A mamã salta imediatamente à conclusão que é a minha presença, a presença do ateu, do demagogo, sem jejuns e sem missa, que ofendeu Nosso Senhor e atraiu o flagelo. Minha irmã concorda. Consultam o padre Serafim. O homem, que não gosta de me ver na quinta, diz que é possível que haja indignação do Senhor – e minha mãe vem pedir-me quase de joelhos, com a bolsa aberta, que venha para Lisboa, que a arruíne, mas que não esteja ali chamando a ira divina. No dia seguinte bati para a Foz...

— E a epidemia...

— Desapareceu logo – disse o Ega, começando a puxar devagar dos dedos magros uma longa luva cor de canário.

Carlos mirava aquelas luvas do Ega; e as polainas de casimira; e o cabelo que ele trazia crescido com uma mecha frisada na testa; e na gravata de cetim uma ferradura de opalas! Era outro Ega, um Ega dândi, vistoso, paramentado, artificial e com pó de arroz – e Carlos deixou enfim escapar a exclamação impaciente que lhe bailava nos lábios:

— Ega, que extraordinário casaco!

Por aquele sol macio e morno de um fim de outono português, o Ega, o antigo boêmio de batina esfarrapada, trazia um peliça, uma suntuosa peliça de príncipe russo, agasalho de trenó e de neve, ampla, longa, com alamares trespassados à Brandeburgo, e pondo-lhe, em torno do pescoço esganiçado e dos pulsos de tísico, uma rica e fofa espessura de peles de marta.

— É uma boa peliça, hem? – disse ele logo, erguendo-se, abrindo-a e exibindo a opulência do forro. – Mandei-a vir pelo Strauss... Benefícios da epidemia.

— Como podes tu suportar isso?

— É um bocado pesada, mas tenho andado constipado.

Tornou a recostar-se no sofá, adiantando o sapato de verniz muito bicudo, e, de monóculo no olho, examinou o gabinete.

– E tu que fazes? Conta-me lá... Tens isto esplêndido!

Carlos falou dos seus planos, de altas ideias de trabalho, das obras do laboratório...

– Um momento, quanto te custou tudo isso? – exclamou o Ega interrompendo-o, erguendo-se para ir apalpar o veludo dos reposteiros, mirar os torneados da secretária de pau-preto.

– Não sei. O Vilaça é que deve saber...

E Ega, com as mãos enterradas nos vastos bolsos de pelíça, inventariando o gabinete, fazia considerações:

– O veludo dá seriedade... E o verde-escuro é a cor suprema, é a cor estética... Tem a sua expressão própria, enternece e faz pensar... Gosto deste divã. Móvel de amor...

Foi entrando para a sala dos doentes, devagar, de luneta no olho, estudando os ornatos.

– Tu és o grandioso Salomão, Carlos! O papel é bonito... E o cretonezinho agrada-me.

Apalpou-o também. Uma begônia, manchada da sua ferrugem de prata, num vaso de Rouen, interessou-o. Queria saber o preço de tudo; e diante do piano, olhando o livro de música aberto, as *Canções de Gounod,* teve uma surpresa enternecida:

– Homem, é curioso... Cá me aparece! A *Barcarola!* É deliciosa, hem?...

Dites, la jeune belle,
Où voulez-vous aller?
La voile...

– Estou um bocado rouco... Era a nossa canção na Foz!

Carlos teve outra exclamação, e cruzando os braços diante dele:

– Tu estás extraordinário, Ega! Tu és outro Ega!... A propósito da Foz... Quem é essa madame Cohen, que estava também na Foz, de quem tu, em cartas sucessivas, verdadeiros poemas, que recebi em Berlim, na Haia, em Londres, me falavas com os arroubos do *Cântico dos cânticos?*

Um leve rubor subiu às faces do Ega. E limpando negligentemente o monóculo ao lenço de seda branca:

— Uma judia. Por isso usei o lirismo bíblico. É a mulher do Cohen, hás de conhecer, um que é diretor do Banco Nacional... Demo-nos bastante. É simpática... Mas o marido é uma besta... Foi uma *flirtation* de praia. *Voilà tout.*

Isto era dito aos bocados, passeando, puxando o lume ao charuto, e ainda corado.

— Mas conta-me tu, que diabo, que fazem vocês no Ramalhete? O avô Afonso? Quem vai por lá?...

No Ramalhete, o avô fazia o seu *whist* com os velhos parceiros. Ia o D. Diogo, o decrépito leão, sempre de rosa ao peito, e frisando ainda os bigodes... Ia o Sequeira, cada vez mais atarracado, a estourar de sangue, à espera da sua apoplexia... Ia o conde de Steinbroken...

— Não conheço. Refugiado?... Polaco?...

— Não, ministro da Finlândia... Queria nos alugar umas cocheiras e complicou esta simples transação com tantas finuras diplomáticas, tantos documentos, tantas coisas com o selo real da Finlândia, que o pobre Vilaça, aturdido, para se desembaraçar, remeteu-o ao avô. O avô, desnorteado também, ofereceu-lhe as cocheiras de graça. Steinbroken considera isto um serviço feito ao rei da Finlândia, à Finlândia; vai visitar o avô, em grande estado, com o secretário da legação, o cônsul, o vice-cônsul...

— Isso é sublime!

— O avô convida-o a jantar... E, como o homem é muito fino, um *gentleman,* entusiasta da Inglaterra, grande entendedor de vinhos, uma autoridade no *whist*, o avô adota-o. Não sai do Ramalhete.

— E de rapazes?

De rapazes, aparecia Taveira, sempre muito correto, empregado agora no Tribunal de Contas; um Cruges, que o Ega não conhecia, um diabo adoidado, maestro, pianista, com uma pontinha de gênio; o marquês de Souselas...

— Não há mulheres?

— Não há quem as receba. É um covil de solteirões. A viscondessa, coitada...

– Bem sei. Um *apoplecté*...

– Sim, uma hemorragia cerebral. Ah, temos também o Silveirinha, chegou-nos ultimamente o Silveirinha...

– O de Resende, o cretino?

– O cretino. Enviuvou, vem da Madeira, ainda um bocado tísico, todo carregado de luto... Um fúnebre.

O Ega, repoltreado, com aquele ar de tranquila e sólida felicidade que Carlos já notara, disse, puxando lentamente os punhos:

– É necessário reorganizar essa vida. Precisamos arranjar um cenáculo, uma boemiazinha dourada, umas *soirées* de inverno, com arte, com literatura... Tu conheces o Craft?

– Sim, creio que tenho ouvido falar...

Ega teve um grande gesto. Era indispensável conhecer o Craft! O Craft era simplesmente a melhor coisa que havia em Portugal...

– É um inglês, uma espécie de doido?...

Ega encolheu os ombros. Um doido!... Sim, era essa opinião da Rua dos Fanqueiros; o indígena, vendo uma originalidade tão forte como a de Craft, não podia explicá-la senão pela doidice. O Craft era um rapaz extraordinário!... Agora tinha ele chegado da Suécia, de passar três meses com os estudantes de Upsala. Estava também na Foz... Uma individualidade de primeira ordem!

– É um negociante do Porto, não é?

– Qual negociante do Porto! – exclamou o Ega erguendo-se, franzindo a face, enojado de tanta ignorância. – O Craft é filho dum *clergyman* da igreja inglesa do Porto. Foi um tio, um negociante de Calcutá ou da Austrália, um nababo, que lhe deixou a fortuna. Uma grande fortuna. Mas não negocia, nem sabe o que isso é. Dá largas ao seu temperamento byroniano, é o que faz. Tem viajado por todo o universo, coleciona obras de arte, bateu-se como voluntário na Abissínia e em Marrocos, enfim vive, *vive* na grande, na forte, na heroica acepção da palavra. É necessário conhecer o Craft. Vais-te babar por ele... Tens razão, caramba, está calor.

Desembaraçou-se da opulenta peliça, e apareceu em peitilho de camisa.

– O quê! Tu não trazias nada por baixo? – exclamou Carlos. – Nem colete?

– Não; então não a podia aguentar... Isto é para o efeito moral, para impressionar o indígena... Mas, não há negá-lo, é pesada!

E imediatamente voltou à sua ideia: apenas Craft chegasse do Porto relacionavam-se, organizava-se um Cenáculo, um Decameron de arte e diletantismo, rapazes e mulheres, três ou quatro mulheres para cortarem, com a graça dos decotes, a severidade das filosofias...

Carlos ria-se desta ideia do Ega. Três mulheres de gosto e de luxo, em Lisboa, para adornar um cenáculo! Lamentável ilusão de um homem de Celorico! O marquês de Souselas tinha tentado, e para uma vez só, uma coisa bem mais simples – um jantar no campo com atrizes. Pois fora o escândalo mais engraçado e mais característico: uma não tinha criada e queria levar consigo para a festa uma tia e cinco filhos; outra temia que, aceitando, o brasileiro lhe tirasse a mesada; uma consentiu, mas o amante, quando soube, deu-lhe uma coça. Esta não tinha vestido para ir; aquela pretendia que lhe garantissem uma libra; houve uma que se escandalizou com o convite como com um insulto. Depois, os chulos, os queridos, os polhos complicaram medonhamente a questão; uns exigiam ser convidados, outros tentavam desmanchar a festa; houve partidos, fizeram-se intrigas, enfim esta coisa banal, um jantar com atrizes, resultou em o Tarquínio do Ginásio levar uma facada...

– E aqui tens tu Lisboa.

– Enfim – exclamou o Ega –, se não aparecerem mulheres, importam-se, que é em Portugal para tudo o recurso natural. Aqui importa-se tudo. Leis, ideias, filosofias, teorias, assuntos, estéticas, ciências, estilo, indústrias, modas, maneiras, pilhérias, tudo nos vem em caixotes pelo paquete. A civilização custa-nos caríssima, com os direitos da alfândega: e é em segunda mão, não foi feita para nós, fica-nos curta nas mangas... Nós julgamo-nos civilizados como os negros de S. Tomé se supõem cavalheiros, se supõem mesmo *brancos;* por usarem com a tanga uma casaca velha do patrão... Isto é uma choldra torpe. Onde pus eu a charuteira?

Desembaraçado da majestade que lhe dava a peliça, o antigo Ega reaparecia, perorando com os seus gestos aduncos de Mefistófeles em verve, lançando-se pela sala como se fosse voar ao vibrar as suas grandes frases, numa luta constante com o monóculo, que lhe caía do olho, que ele procurava pelo peito, pelos ombros, pelos rins, retorcendo-se, deslocando-se, como mordido por bichos. Carlos animava-se também, a fria sala aquecia; discutiam o Naturalismo, Gambetta, o Niilismo; depois, com ferocidade e à uma, malharam sobre o país...

Mas o relógio ao lado bateu quatro horas; imediatamente Ega saltou sobre a peliça, sepultou-se nela, aguçou o bigode ao espelho, verificou a pose, e, encouraçado nos seus alamares, saiu com um arzinho de luxo e de aventura.

– John – disse Carlos que o achava esplêndido e o ia seguindo ao patamar –, onde estás tu?

– No Universal, esse santuário!

Carlos abominava o Universal, queria que ele viesse para o Ramalhete.

– Não me convém...

– Em todo o caso vais hoje lá jantar, ver o avô.

– Não posso. Estou comprometido com a besta do Cohen... Mas vou lá amanhã almoçar.

Já nos degraus da escada, voltou-se, entalou o monóculo, gritou para cima:

– Tinha-me esquecido dizer-te, vou publicar o meu livro!

– O quê! Está pronto? – exclamou Carlos, espantado.

– Está esboçado, à broxa larga...

O *Livro do Ega!* Fora em Coimbra, nos dois últimos anos, que ele começara a falar do seu livro, contando o plano, soltando títulos de capítulos, citando pelos cafés frases de grande sonoridade. E entre os amigos do Ega discutia-se já o livro do Ega como devendo iniciar, pela forma e pela ideia, uma evolução literária. Em Lisboa (onde ele vinha passar as férias e dava ceias no Silva) o livro fora anunciado como um acontecimento. Bacharéis, contemporâneos ou seus condiscípulos tinham levado de Coimbra, espalhado pelas províncias e pelas ilhas a fama do livro do Ega. Já de qualquer modo esta notícia chegara ao Brasil. E, sentindo esta ansiosa expectativa em torno do seu livro, o Ega decidira-se enfim a escrevê-lo.

Devia ser uma epopeia em prosa, como ele dizia, dando, sob episódios simbólicos, a história das grandes frases do Universo e da Humanidade. Intitulava-se *Memórias dum Átomo,* e tinha a forma duma autobiografia. Este átomo (o átomo do Ega, como se lhe chamava a sério em Coimbra) aparecia no primeiro capítulo, rolando ainda no vago das Nebulosas primitivas; depois vinha embrulhado, faísca candente, na massa de fogo que devia ser mais tarde a Terra; enfim, fazia parte da primeira folha de planta que surgiu da crosta ainda mole do globo. Desde então, viajando nas incessantes transformações da substância, o átomo do Ega entrava na rude estrutura do Orango, pai da humanidade – e mais tarde vivia nos lábios de Platão. Negrejava no burel dos santos, refulgia na espada dos heróis, palpitava no coração dos poetas. Gota de água nos lagos de Galileia, ouvira o falar de Jesus, aos fins da tarde, quando os apóstolos recolhiam as redes; nó de madeira na tribuna da Convenção, sentira o frio da mão de Robespierre. Errara nos vastos anéis de Saturno; e as madrugadas da Terra tinham-no orvalhado, pétala resplandecente de um dormente e lânguido lírio. Fora onipresente, era onisciente. Achando-se, finalmente, no bico da pena do Ega, e cansado desta jornada através do Ser, repousava – escrevendo as suas *Memórias...* Tal era este formidável trabalho – de que os admiradores do Ega, em Coimbra, diziam, pensativos e como esmagados de respeito:

– É uma Bíblia!

V

No escritório de Afonso da Maia ainda durava, apesar de ser tarde, a partida de *whist*. A mesa estava ao lado da chaminé, onde a chama morria nos carvões escarlates, no seu recanto costumado, abrigada pelo biombo japonês, por causa da bronquite de D. Diogo e do seu horror ao ar.

Esse velho dândi a quem as damas de outras eras chamavam o "Lindo Diogo", gentil toureiro que dormira num leito real – acabava justamente de ter um dos seus acessos de tosse, cavernosa, áspera, dolorosa, que o sacudiam como uma ruína, que ele abafava no lenço, com as veias inchadas, roxo até a raiz dos cabelos.

Mas passara. Com a mão ainda trêmula, o decrépito leão limpou as lágrimas que lhe embaciavam os olhos avermelhados, compôs a rosa-de-musgo na botoeira da sobrecasaca, tomou um gole da sua água chazada, e perguntou a Afonso, seu parceiro, numa voz rouca e surda:

– Paus, hem?

E de novo, sobre o pano verde, as cartas foram caindo num daqueles silêncios que se seguiam às tosses de D. Diogo. Sentia-se só a respiração assobiada, quase silvante, do general Sequeira, muito infeliz essa noite, desesperado com o Vilaça, seu parceiro, rezingão, e com todo o sangue na face.

Um tom fino retiniu, o relógio Luís XV foi ferindo alegremente, vivamente, à meia-noite; depois a toada argentina do seu minueto vibrou um momento e morreu. Houve de novo um silêncio. Uma renda vermelha recobria os globos de dois grandes candeeiros Carcel; e a luz assim coada, caindo sobre os damascos vermelhos das paredes, dos assentos, fazia como uma doce refração cor-de-rosa, um vaporoso de nuvem em que a sala se banhava e dormia; só, aqui e além, sobre os carvalhos sombrios das estantes, rebrilhava em silêncio o ouro dum Sèvres, uma palidez de marfim, ou algum tom esmaltado de velha majólica.

– O quê! Ainda encarniçados! – exclamou Carlos que abrira o reposteiro, entrava, e com ele o rumor distante de bolas de bilhar.

Afonso, que recolhia a sua vaza, voltou logo a cabeça, a perguntar com interesse:

– Como vai ela? Está sossegada?

– Está muito melhor!

Era a primeira doente grave de Carlos, uma rapariga de origem alsaciana, casada com o Marcelino, padeiro, muito conhecida no bairro pelos seus belos cabelos, louros e penteados sempre em tranças soltas. Tinha estado à morte com uma pneumonia; e apesar de melhor, como a padaria ficava defronte, Carlos ainda às vezes à noite atravessava a rua para a ir ver, tranquilizar o Marcelino, que, defronte do leito e de gabão pelos ombros, sufocava soluços de amante, escrevinhando no livro de contas.

Afonso interessara-se ansiosamente por aquela pneumonia; e agora estava realmente agradecido a Marcelina, por ter sido salva por Carlos. Falava dela comovido; gabava-lhe a linda figura, o asseio alsaciano, a prosperidade que trouxera à padaria... Para a convalescença, que se aproximava, já lhe mandara até seis garrafas de Chateau-Margaux.

– Então fora de perigo, inteiramente fora de perigo? – perguntou Vilaça, com os dedos na caixa do rapé, sublinhando muito a sua solicitude.

– Sim, quase rija – disse Carlos, que se aproximara da chaminé, esfregando as mãos, arrepiado.

É que a noite, fora, estava regelada! Desde o anoitecer geava, dum céu fino e duro, transbordando de estrelas que rebrilhavam como pontas afiadas de aço; e nenhum daqueles cavalheiros, desde que se entendia, conhecera jamais o termômetro tão baixo. Sim, Vilaça lembrava-se dum janeiro pior no inverno de 64...

– É necessário carregar no *punch,* hem, general! – exclamou Carlos, batendo galhofeiramente nos ombros maciços de Sequeira.

– Não me oponho – rosnou o outro, que fixava com concentração e rancor um valete de copas sobre a mesa.

Carlos, ainda com frio, remexeu, esfuracou os carvões: uma chuva de ouro caiu por baixo, uma chama mais forte ressaltou, rugiu alegrando tudo, avermelhando em redor as peles de urso onde o reverendo Bonifácio, espapado, torrava ao calor, ronronava de gozo.

– O Ega deve estar radiante – dizia Carlos com os pés à chama. – Tem, enfim, justificada a peliça. A propósito, algum dos senhores tem visto o Ega estes últimos dias?

Ninguém respondeu, no interesse súbito que causava a cartada. A longa mão de D. Diogo recolhia devagar a vaza – e languidamente, no mesmo silêncio, soltou uma carta de paus.

– Oh! Diogo! oh! Diogo! – gritou Afonso, estorcendo-se, como se o traspassasse um ferro.

Mas conteve-se. O general, cujos olhos despendiam faíscas, colocou o seu valete; Afonso, profundamente infeliz, separou-se do rei de paus; Vilaça bateu de estalo com o ás. E imediatamente foi em redor uma discussão tremenda sobre a puxada de D. Diogo – enquanto Carlos, a quem as cartas sempre enfastiavam, se debruçava a coçar o ventre fofo do venerável reverendo.

– Que perguntavas tu, filho? – disse enfim Afonso erguendo-se, ainda irritado, a buscar tabaco para o cachimbo, sua consolação nas derrotas. – O Ega? Não, ninguém o viu, não tornou a aparecer! Está também um bom ingrato, esse John...

Ao nome do Ega, Vilaça, parando de baralhar as cartas, erguera a face curiosa:

– Então sempre é certo que ele vai montar casa?

Foi Afonso que respondeu, sorrindo e acendendo o cachimbo:

– Montar casa, comprar *coupé,* deitar libré, dar *soirées* literárias, publicar um poema, o diabo!

– Ele esteve lá no escritório – dizia Vilaça recomeçando a baralhar. – Esteve lá a indagar o que tinha custado o consultório, a mobília de veludo, etc. O veludo verde deu-lhe no goto... Eu, como é um amigo da casa, lá lhe prestei informações, até lhe mostrei as contas. – E respondendo a uma pergunta do Sequeira: – Sim, a mãe tem dinheiro, e creio que lhe dá o bastante. Que enquanto a mim, ele vem se meter na política. Tem talento, fala bem, o pai já era muito regenerador... Ali há ambição.

– Ali há mulher – disse D. Diogo, colocando com peso esta decisão e acentuando-a com uma carícia lânguida à ponta frisada dos bigodes brancos. – Lê-se-lhe na cara, basta ver-lhe a cara... Ali há mulher.

Carlos sorria, gabando a penetração de D. Diogo, o seu fino olho à Balzac; e Sequeira, logo, franco como velho soldado, quis saber quem era a Dulcineia. Mas o velho dândi declarou, da profundidade da sua experiência, que essas coisas nunca se sabiam, e era preferível não se saberem. Depois, passando os dedos magros e lentos pela face, deixou cair de alto e com condescendência este juízo:

– Eu gosto do Ega, tem apresentação; sobretudo tem *dégagé*...

Tinham recebido as cartas, fez-se um silêncio na mesa. O general, vendo o seu jogo, soltou um grunhido surdo, arrebatou o cigarro do cinzeiro, e puxou-lhe uma fumaça furiosa.

– Os senhores são muito viciosos, vou ver a gente do bilhar – disse Carlos. – Deixei o Steinbroken engalfinhado com o marquês, a perder já quatro mil-réis. Querem o *punch* aqui?

Nenhum dos parceiros respondeu.

E em torno do bilhar Carlos encontrou o mesmo silêncio de solenidade. O marquês, estirado sobre a tabela, com a perna meio no ar, o começo da calva alvejando à luz crua que caía dos *abat-jours* de porcelana, preparava a carambola decisiva. Cruges, que apostara por ele, deixara o divã, o cachimbo turco, e, coçando com um gesto nervoso a grenha crespa que lhe ondeava até a gola do jaquetão, vigiava a bola inquieto, com os olhinhos piscos, o nariz espetado. Do fundo da sala, destacando em preto, o Silveirinha, o Eusebiozinho de Santa Olávia, estendia também o pescoço, afogado numa gravata de viúvo, de merino negro e sem colarinho, sempre macambúzio, mais molengo que outrora, com as mãos enterradas nos bolsos – tão fúnebre que tudo nele parecia complemento de luto pesado, até o preto do cabelo chato, até o preto das lunetas de fumo. Junto ao bilhar, o parceiro do marquês, o conde Steinbroken, esperava; e apesar do susto, da emoção de homem do norte aferrado ao dinheiro, conservava-se correto, encostado ao taco, sorrindo, sem desmanchar a sua linha britânica, vestido como um inglês, inglês tradicional de estampa, com uma sobrecasaca justa de manga um pouco curta, e largas calças de xadrez sobre sapatões de tacão raso.

– Hurra! – gritou de repente Cruges. – Os dez tostõezinhos para cá, Silveirinha!

O marquês carambolara, ganhando a partida, e triunfava também:

— Você trouxe-me a sorte, Carlos!

Steinbroken depusera logo o taco, e alinhava já sobre a tabela, lentamente, uma a uma, as quatro placas perdidas.

Mas o marquês, de giz na mão, reclamava-o para outras refregas, esfaimado de ouro finlandês.

— Nada mach!... Você hoje 'stá têrrivêl! – dizia o diplomata, no seu português fluente, mas o acento bárbaro.

O marquês insistia, plantado diante dele, de taco ao ombro como uma vara de campino, dominando-o com a sua maciça, desempenada estatura. E ameaçava-o de destinos medonhos numa voz possante habituada a ressoar nas lezírias; queria-o arruinar ao bilhar, forçá-lo a empenhar aqueles belos anéis, levá-lo a ele, ministro da Finlândia e representante de uma raça de reis fortes, a vender senhas à porta da Rua dos Condes!

Todos riam; e Steinbroken também, mas com um riso franzido e difícil, fixando no marquês o olhar azul-claro, claro e frio, que tinha no fundo da sua miopia a dureza dum metal. Apesar da sua simpatia pela ilustre casa de Sousela, achava estas familiaridades, estas tremendas chalaças, incompatíveis com a sua dignidade e com a dignidade da Finlândia. O marquês, porém, coração de ouro, abraçava-o já pela cinta, com expansão:

— Então se não quereis mais bilhar, um bocadinho de canto, Steinbroken amigo!

A isto o ministro acedeu, afável, preparando-se logo, dando carícias ligeiras às suíças, e aos anéis do cabelo de um louro de espiga desbotada.

Todos os Steinbrokens, de pais a filhos (como ele dissera a Afonso), eram bons barítonos; e isso trouxera à família não poucos proventos sociais. Pela voz cativara seu pai o velho rei Rodolfo III, que o fizera chefe das caudelarias, e o tinha noites inteiras nos seus quartos, ao piano, cantando salmos luteranos, corais escolares, sagas da Dalecárlia – enquanto o taciturno monarca cachimbava e bebia, até que, saturado de emoção religiosa, saturado de cerveja preta, tombava do sofá, soluçando e babando-se. Ele mesmo, Steinbroken, levara parte da sua carreira ao piano, já como adido, já como segundo secretário. Feito chefe de missão, absteve-se; foi só quando viu o *Figaro* celebrar repetidamente as valsas do príncipe Artoff, embaixador da Rússia em Paris, e a voz de *basso* do conde de Baspt, embaixador da Áustria em Londres, que ele, seguindo tão altos exemplos, arriscou, aqui e além, em *soirées* mais íntimas, algumas melodias finlandesas. Enfim cantou no Paço. E desde então exerceu com zelo, com formalidades, com praxes, o seu cargo de "barítono plenipotenciário", como dizia o Ega. Entre homens, e com os reposteiros corridos, Steinbroken não duvidava todavia cantarolar o que ele chamava "cançonetas brejeiras" – o *Amant d'Amanda,* ou uma certa balada inglesa:

> *On the Serpentine,*
> *oh my Caroline...*
> *oh!*

Este *oh!* como ele o expelia, gemido, bem puxado, num movimento de batuque, expressivo e todavia digno... Isto entre rapazes e com os reposteiros fechados.

Nessa noite, porém, o marquês, que o conduzia pelo braço à sala do piano, exigia uma daquelas canções da Finlândia, de tanto sentimento e que lhe faziam tão bem à alma...

– Uma que tem umas palavrinhas de que eu gosto, *frisk, gluzk...* Lá ra lá, lá, lá!

– *A Primavera* – disse o diplomata sorrindo.

Mas, antes de entrar na sala, o marquês soltou o braço de Steinbroken, fez um sinal ao Silveirinha para o fundo do corredor – e aí, sob um sombrio painel de *Santa Madalena no Deserto* penitenciando-se e mostrando nudezas ricas de ninfa lúbrica, interpelou-o quase com aspereza:

– Vamos nós a saber. Então, decide-se ou não?

Era uma negociação que havia semanas se arrastava entre eles, a respeito de uma parelha de éguas. Silveirinha nutria o desejo de montar carruagem; e o marquês procurava vender-lhe umas éguas brancas, a que ele dizia "ter tomado enguiço, apesar de serem dois nobres animais". Pedia por elas um conto e quinhentos mil-réis. Silveirinha fora avisado pelo Sequeira, por Travassos, por outros entendedores, que era *uma espiga:* o marquês tinha a sua moral própria para negócios de gado, e exultaria em *intrujar um pixote.* Apesar de advertido, Eusébio, cedendo à influência da grossa voz do marquês, da robustez do seu físico, da antiguidade do seu título, não ousava recusar. Mas hesitava; e nessa noite deu a resposta usual de forreta, coçando o queixo, cosido ao muro:

– Eu verei, marquês... Um conto e quinhentos é dinheiro...

O marquês ergueu dois braços ameaçadores como duas trancas:

– Homem, sim ou não! Que diabo... Dois animais que são duas estampas... Irra! Sim ou não!

Eusébio ajeitou as lunetas, rosnou:

– Eu verei... Ele é dinheiro. Sempre é dinheiro...

– Queria você, talvez, pagá-las com feijões? Você leva-me a cometer um excesso!

O piano ressoou, em dois acordes cheios, sob os dedos do Cruges; e o marquês, baboso por música, imediatamente largou a questão das éguas, recolheu em pontas de pés. Eusebiozinho ainda ficou a remoer, a coçar o queixo; enfim, às primeiras notas de Steinbroken, veio pousar como uma sombra silenciosa entre a ombreira e o reposteiro.

Afastado do piano segundo o seu costume, curvado, com a cabeleira como pousada às costas, Cruges feria o acompanhamento, de olhos cravados no livro de *Melodias Finlandesas.* Ao lado, empertigado, quase oficial, com o lenço de seda na mão, a mão fincada contra o peito, Steinbroken soltava um canto festivo, num movimento de tarantela triunfante, em que passavam, como um entrechocar de seixos, esses bocados de palavras de que o marquês gostava: *frisk, slécht, clikst, glukst.* Era a *Primavera* – fresca e silvestre, Primavera do Norte em país de montanhas, quando toda uma aldeia dança em coros sob os fuscos abetos, a neve se derrete em cascatas, um sol pálido aveluda os musgos, e a brisa traz o aroma das resinas... Nos graves e cheios, as cantoneiras de Steinbroken ruborizavam-se, inchavam. Nos tons agudos todo ele se ia alçando sobre a ponta dos pés, como levado no compasso vivo; despegava então a mão do peito, alargava um gesto, as belas joias dos seus anéis faiscavam.

O marquês, com as mãos esquecidas nos joelhos, parecia beber o canto. Na face de Carlos passava um sorriso enternecido pensando em Mme. Rughel que viajara na Finlândia, e cantava às vezes aquela *Primavera* nas suas horas de sentimentalismo flamengo...

Steinbroken soltou um *staccato* agudo, isolado como uma voz num alto, e imediatamente, afastando-se do piano, passou o lenço sobre as fontes, sobre o pescoço, retificou com um puxão a linha da sobrecasaca, e agradeceu o acompanhamento ao Cruges num silencioso *shake-hands.*

– Bravo! bravo! – berrava o marquês, batendo as mãos como malhos.

E outros aplausos ressoaram à porta dos parceiros do *whist,* que tinham findado a partida. Quase imediatamente os escudeiros entravam com um serviço frio de croquetes e *sandwiches,* oferecendo St. Emilion ou Porto; e sobre uma mesa, entre os renques de cálice a poncheira fumegou num aroma doce e quente de *cognac* e limão.

– Então, meu pobre Steinbroken – exclamou Afonso, vindo-lhe bater amavelmente no ombro –, ainda dá desses belos cantos a estes bandidos, que o maltratam assim ao bilhar?

– Fui essfôladito, si, essfôladito. Agradecido, nó, prefiro um copita Porto.

– Hoje fomos nós as vítimas – disse-lhe o general, respirando com delícia o seu *punch.*

– Você tãbem, meu genêral?

– Sim, senhor, também me cascaram...

– E que dizia o amigo Steinbroken às notícias da manhã? – perguntava Afonso. – A queda de MacMahon, a eleição de Grevy... O que o alegrava nisto era o desaparecimento definitivo do antipático senhor de Broglie e da sua *clique.* A impertinência daquele acadêmico estreito, querendo impor a opinião de dois ou três salões doutrinários à França inteira, a toda uma Democracia! Ah, o *Times* cantava-lhas!

– E o *punch?* Não viu o *punch?* Oh, delicioso!...

O ministro pousara o cálice, e, esfregando cautelosamente as mãos, disse numa meia voz grave a sua frase, a frase definitiva com que julgava todos os acontecimentos que aparecem em telegramas:

– É gràve... É eqsessivemente gràve...

Depois falou-se de Gambetta; e como Afonso lhe atribuía uma ditadura próxima, o diplomata tomou misteriosamente o braço de Sequeira, murmurou a palavra suprema com que definia todas as personalidades superiores, homens de Estado, poetas, viajantes ou tenores.

– É um homê múto forte. É um homê eqsessivemente forte!

– O que ele é, é um ronha! – exclamou o general, escorropichando o seu cálice.

E todos três deixaram a sala, discutindo ainda a república – enquanto Cruges continuava ao piano, vagueando por Mendelssohn e por Chopin, depois de ter devorado um prato de croquetes.

O marquês e D. Diogo, sentados no mesmo sofá, um com a sua chazada de inválido, outro com um copo de St. Emilion, a que aspirava o *bouquet,* falavam também de Gambetta. O marquês gostava de Gambetta: fora o único que durante a guerra mostrara ventas de homem; lá que tivesse "comido" ou que "quisesse comer" como diziam – não sabia nem lhe importava. Mas era teso! E o sr. Grevy também lhe parecia um cidadão sério, ótimo para chefe do Estado...

– Homem de sala? – perguntou languidamente o velho leão.

O marquês só o vira na Assembleia, presidindo e muito digno...

D. Diogo murmurou, com um melancólico desdém na voz, no gesto, no olhar:

– O que eu queria a toda essa canalha era a saúde, marquês!

O marquês consolou-o, galhofeiro e amável. Toda essa gente, parecendo forte por se ocupar de coisas fortes, no fundo tinha asma, tinha pedra, tinha gota... E o Dioguinho era um Hércules...

– Um Hércules! O que é, é que você apaparica-se muito... A doença é um mau hábito em que a gente se põe. É necessário reagir... Você devia fazer ginástica, e muita água fria por essa espinha. Você, na realidade, é de ferro!

– Enferrujadote, enferrujadote... – replicou o outro, sorrindo e desvanecido.

– Qual enferrujadote! Se eu fosse cavalo ou mulher antes o queria a você que a esses badamecos que por aí andam meio podres... Já não há homens da sua têmpera, Dioguinho!

– Já não há nada – disse o outro grave e convencido, e como o derradeiro homem nas ruínas dum mundo.

Mas era tarde, ia-se agasalhar, recolher, depois de acabar a sua chazada. O marquês ainda se demorou, preguiçando no sofá, enchendo lentamente o cachimbo, dando um olhar àquela sala que o encantava com o seu luxo Luís XV, os seus floridos e os seus dourados, as cerimoniosas poltronas de Beauvais feitas para a amplidão das anquinhas, as tapeçarias de Gobelins de tons desmaiados, cheias de galantes pastoras, longe de parques, laços e lãs de cordeiros, sombras de idílios mortos, transparecendo numa trama de seda... Àquela hora, no adormecimento que ia pesando, sob a luz suave e quente das velas que findavam, havia ali a harmonia e o ar de um outro século; e o marquês reclamou do Cruges um minueto, uma gavota, alguma coisa que evocasse Versalhes, Maria Antonieta, o ritmo das belas maneiras e o aroma dos empoados. Cruges deixou morrer sob os dedos a melodia vaga que estava diluindo em suspiros, preparou-se, alargou os braços – e atacou, com um pedal solene, o *Hino da Carta*. O marquês fugiu.

Vilaça e Eusebiozinho conversavam no corredor, sentados numa das arcas baixas de carvalho lavrado.

– A fazer política? – perguntou-lhes o marquês ao passar.

Ambos sorriram; Vilaça respondeu jocosamente:

– É necessário salvar a pátria!

Eusébio pertencia também ao centro progressista, aspirava a influência eleitoral no círculo de Resende, e ali às noites no Ramalhete faziam conciliábulos. Nesse momento porém falavam dos Maias; Vilaça não duvidava confiar ao Silveirinha, homem de propriedade, vizinho de Santa Olávia, quase criado com Carlos, certas coisas que lhe desagradavam na casa, onde a autoridade da sua palavra parecia diminuir; assim, por exemplo, não podia aprovar o ter Carlos tomado uma frisa de assinatura.

– Para quê – exclamava o digno procurador –, para quê, meu caro senhor? Para lá não pôr os pés, para passar aqui as noites... Hoje diz que há entusiasmo, e ele aí esteve. Tem ido lá, eu sei? duas ou três vezes... E para isto dá cá uns poucos de centos de mil-réis. Podia fazer o mesmo com meia dúzia de libras! Não, não é governo. No fim a frisa é para o Ega, para o Taveira, para o Cruges... Olhe, eu não me utilizo dela; nem o amigo. É verdade que o amigo está de luto.

Eusébio pensou, com despeito, que se podia meter para o fundo da frisa – se tivesse sido convidado. E murmurou, sem conter um sorriso mole:

– Indo assim, até se podem encalacrar...

Uma tal palavra, tão humilhante, aplicada aos Maias, à casa que ele administrava, escandalizou Vilaça. Encalacrar! Ora essa!

– O amigo não me compreendeu... Há despesas inúteis, sim, mas, louvado Deus, a casa pode bem com elas! É verdade que o rendimento gasta-se todo, até o último ceitil; os cheques voam, voam, como folhas secas; e até aqui o costume da casa foi pôr de lado, fazer bolo, fazer reserva. Agora o dinheiro derrete-se...

Eusébio rosnou algumas palavras sobre os trens de Carlos, os nove cavalos, o cocheiro inglês, os *grooms*... O procurador acudiu:

– Isso, amigo, é de razão. Uma gente destas deve ter a sua representação, as suas coisas bem montadas. Há deveres na sociedade... É como o sr. Afonso... Gasta muito, sim, come dinheiro. Não é com ele, que lhe conheço aquele casaco há vinte anos... Mas são esmolas, são pensões, são empréstimos que nunca mais vê...

– Desperdícios...

– Não lho censuro... É o costume da casa; nunca da porta dos Maias, já meu pai dizia, saiu ninguém descontente... Mas uma frisa, de que ninguém usa! só para o Cruges, só para o Taveira!...

Teve de se calar. Justamente ao fundo do corredor assomava o Taveira, abafado até os olhos na gola duma *ulster* de onde saíam as pontas dum *cache-nez* de seda clara. O escudeiro desembaraçou-o dos agasalhos; e ele, de casaca e colete branco, limpando o bonito bigode úmido da geada, veio apertar a mão ao caro Vilaça, ao amigo Eusébio, arrepiado, mas achando o frio elegante, desejando a neve e o seu *chic*...

– Nada, nada – dizia Vilaça todo amável –, cá o nosso solzinho português sempre é melhor...

E foram entrando no *fumoir;* onde se ouviam as vozes do marquês, de Carlos, numa das suas sábias e prolixas cavaqueiras sobre cavalos e *sport.*

– Então? que tal? A mulher? – foi a interrogação que acolheu o Taveira.

Mas antes de dar notícia da estreia de Morelli, a dama nova, Taveira reclamou alguma coisa quente. E enterrado numa poltrona junto do fogão, com os sapatos de verniz estendidos para as brasas, respirando o aroma do *punch,* saboreando uma *cigarette,* declarou enfim que não tinha sido um fiasco.

– Que ela, a meu ver, é uma insignificância, não tem nada, nem voz, nem escola. Mas, coitada, estava tão atrapalhada, que nos fez pena. Houve indulgência, deram-se-lhe umas palmas... Quando fui ao palco, ela estava contente...

– Vamos a saber, Taveira, que tal é ela? – inquiria o marquês.

– Cheia – dizia o Taveira colocando as palavras como pinceladas –; alta, muito branca, bons olhos, bons dentes...

– E o pezinho? – E o marquês, já com os olhos acesos, passava devagar a mão pela calva.

Taveira não reparara no pé. Não era amador de pés...

– Quem estava? – perguntou Carlos, indolente e bocejando.

– A gente do costume... É verdade, sabes quem tomou a frisa ao lado da tua? Os Gouvarinhos. Lá apareceram hoje...

Carlos não conhecia os Gouvarinhos. Em redor explicaram-lhe: o conde de Gouvarinho, o par do reino, um homem alto, de lunetas, *poseur*... E a condessa, uma senhora inglesada, de cabelo cor de cenoura, muito bem-feita... Enfim, Carlos não conhecia.

Vilaça encontrava o conde no centro progressista, onde ele era uma coluna do partido. Rapaz de talento, segundo Vilaça. O que o espantava é que ele pudesse ter assim frisa de assinatura, atrapalhado como estava: ainda não havia três meses lhe tinham protestado uma letra de oitocentos mil-réis, no Tribunal do Comércio...

– Um asno, um caloteiro! – disse o marquês com nojo.

– Passa-se lá bem, às terças-feiras!... – disse Taveira, mirando a sua meia de seda.

Depois falou-se do duelo do Azevedo da *Opinião* com o Sá Nunes, autor de *El-Rei Bolacha,* a grande mágica da Rua dos Condes, e ultimamente ministro da Marinha; tinham-se tratado furiosamente nos jornais de *pulhas* e de *ladrões;* e havia dez intermináveis dias que estavam desafiados e que Lisboa, em pasmaceira, esperava o sangue. Cruges ouvira que Sá Nunes não se queria bater, por estar de luto por uma tia; dizia-se também que o Azevedo partira precipitadamente para o Algarve. Mas a verdade, segundo Vilaça, era que o ministro do reino, primo do Azevedo, para evitar o recontro, conservava a casa dos dois cavalheiros bloqueada pela polícia...

– Uma canalha! – exclamou o marquês com um dos seus resumos brutais que varriam tudo.

– O ministro não deixa de ter razão – observou Vilaça. – Isto às vezes, em duelos, pode bem suceder um desgraça...

Houve um curto silêncio. Carlos, que caía de sono, perguntou ao Taveira, através de outro bocejo, se vira o Ega no teatro.

– Pudera! Lá estava de serviço, no seu posto, na frisa dos Cohens, todo puxado...

— Então essa coisa do Ega com a mulher do Cohen – disse o marquês – parece clara...

— Transparente, diáfana! um cristal!...

Carlos, que se erguera a acender uma *cigarette* para despertar, lembrou logo a grande máxima de D. Diogo: essas coisas nunca se sabiam, e era preferível não se saberem! Mas o marquês, a isto, lançou-se em considerações pesadas. Estimava que o Ega se *atirasse;* e via aí um fato de represália social, por Cohen ser judeu e banqueiro. Em geral não gostava de judeus; mas nada lhe ofendia tanto o gosto e a razão como a espécie *banqueiro.* Compreendia o salteador de clavina, num pinheiral; admitia o comunista, arriscando a pele sobre uma barricada. Mas os argentários, os *Fulanos e Cias.* faziam-no encavacar... E achava que destruir-lhes a paz doméstica era ato meritório!

— Duas horas e um quarto! – exclamou Taveira, que olhara o relógio. – E eu aqui, empregado público, tendo deveres para com o Estado, logo às dez horas da manhã.

— Que diabo se faz no tribunal de contas? – perguntou Carlos. – Joga-se? Cavaqueia-se?

— Faz-se um bocado de tudo, para matar tempo... Até contas!

Afonso da Maia já estava recolhido. Sequeira e Steinbroken tinham partido; e D. Diogo, no fundo da sua velha traquitana, lá fora também a tomar ainda gemada, a pôr ainda o emplastro, sob o olho solícito da Margarida, sua cozinheira e seu derradeiro amor. E os outros não tardaram a deixar o Ramalhete. Taveira, de novo sepultado na *ulster;* trotou até a casa, uma vivendazinha perto com um bonito jardim. O marquês conseguiu levar Cruges no *coupé,* para lhe ir fazer música à casa, no órgão, até as três ou quatro horas, música religiosa e triste, que o fazia chorar, pensando nos seus amores e comendo frango frio com fatias de salame. E o viúvo, o Eusebiozinho, esse, batendo o queixo, tão morosa e soturnamente como se caminhasse para a sua própria sepultura, lá se dirigiu ao lupanar onde tinha uma *paixão.*

O laboratório de Carlos estava pronto – e muito convidativo, com o seu soalho novo, fornos de tijolo fresco, uma vasta mesa de mármore, um amplo divã de clina para o repouso depois das grandes descobertas, em redor, por sobre peanhas e prateleiras, um rico brilho de metais e cristais; mas as semanas passavam, e todo esse belo material de experimentação, sob a luz branca de claraboia, jazia virgem e ocioso. Só pela manhã um servente ia ganhar o seu tostão diário, dando lá uma volta preguiçosa com um espanador na mão.

Carlos realmente não tinha tempo de se ocupar do laboratório; e deixaria a Deus mais algumas semanas o privilégio exclusivo de saber o segredo das coisas – como ele dizia rindo ao avô. Logo pela manhã cedo ia fazer as suas duas horas de armas com o velho Randon; depois via alguns doentes no bairro onde se espalhara, com um brilho de legenda, a cura da Marcelina – e as garrafas de Bordéus que lhe mandara Afonso. Começava a ser conhecido como médico. Tinha visitas no consultório – ordinariamente bacharéis, seus contemporâneos, que sabendo-o rico o consideravam gratuito, e lá entravam, murchos e com má cara, a contar a velha e maldisfarçada história de ternuras funestas. Salvara dum garrotilho a filha dum brasileiro, ao Aterro – e ganhara aí a sua primeira libra, a primeira que pelo seu trabalho ganhava um homem da sua família. O dr. Barbedo convidara-o a assistir a uma operação ovariotômica. E enfim (mas esta consagração não a esperava realmente Carlos tão cedo), alguns dos seus bons colegas, que até aí, vendo-o só a governar os seus cavalos ingleses, falavam do "talento do Maia" – agora, percebendo-lhe estas migalhas de clientela, começavam a dizer "que o Maia era um asno". Carlos já falava a sério da sua carreira. Escrevera com laboriosos requintes de estilista dois artigos para a *Gazeta Médica;* e pensava em fazer um livro de ideias, que se devia chamar *Medicina Antiga e Moderna.* De resto ocupava-se sempre dos seus cavalos, do seu luxo, do seu *bric-à-brac.* E através de tudo isto, em virtude dessa fatal dispersão de curiosidade que, no meio do caso mais interessante de patologia, lhe fazia voltar a cabeça, se ouvia falar duma estátua ou dum poeta, atraía-o singularmente a antiga ideia do Ega, a criação duma revista, que dirigisse o gosto, pesasse na política, regulasse a sociedade, fosse a força pensante de Lisboa...

Era porém inútil lembrar ao Ega este belo plano. Abria um olho vago, respondia:

– Ah, a revista... Sim, está claro, pensar nisso! Havemos de falar, eu aparecerei...

Mas não aparecia no Ramalhete, nem no consultório; apenas se avistavam, às vezes, em S. Carlos, onde o Ega, todo o tempo que não passava no camarote dos Cohens, vinha invariavelmente refugiar-se no fundo da frisa de Carlos, por trás de Taveira ou do Cruges, donde pudesse olhar de vez em quando Raquel Cohen – e ali ficava, silencioso, com a cabeça apoiada ao tabique, repousando e como saturado de felicidade...

O dia (dizia ele) tinha-o todo tomado; andava procurando casa, andava estudando mobílias... Mas era fácil encontrá-lo pelo Chiado e pelo Loreto, a rondar e a farejar – ou então no fundo de tipoias de praça, batendo a meio galope, num espalhafato de aventura.

O seu dandismo requintava; arvorara, como desplante soberbo dum Brummel, casaca de botões amarelos sobre colete de cetim branco; e Carlos, entrando uma manhã cedo no Universal, deu com ele pálido de cólera, a despropositar com um criado, por causa duns sapatos mal envernizados. Os seus companheiros constantes, agora, era um Dâmaso Salcede, amigo do Cohen, e um primo da Raquel Cohen, mocinho imberbe, de olho esperto e duro, já com ares de emprestar a trinta por cento.

Entre os amigos, no Ramalhete, sobretudo na frisa, discutia-se às vezes Raquel, e as opiniões discordavam. Taveira achava-a "deliciosa!" e dizia-o rilhando o dente; ao marquês não deixava de parecer apetitosa, para uma vez, aquela carnezinha *faisandée* de mulher de 30 anos; Cruges chamava-lhe uma "lambisgoia relambória". Nos jornais, na seção do *Highlife,* ela era "uma das nossas primeiras elegantes"; e toda a Lisboa a conhecia, e a sua luneta de ouro presa por um fio de ouro, a sua caleche azul com cavalos pretos. Era alta, muito pálida, sobretudo às luzes, delicada de saúde, com um quebranto nos olhos pisados, uma infinita languidez em toda a sua pessoa, um ar de romance e de lírio meio murcho; a sua maior beleza estava nos cabelos, magnificamente negros, ondeados, muito pesados, rebeldes aos ganchos, e que ela deixava habilmente cair numa massa meio solta sobre as costas, como num desalinho de nudez. Dizia-se que tinha literatura, e fazia frases. O seu sorriso lasso, pálido, constante, dava-lhe um ar de insignificância. O pobre Ega adorava-a.

Conhecera-a na Foz, na Assembleia; nessa noite, cervejando com os rapazes, ainda lhe chamou *camélia melada;* dias depois já adulava o marido; e agora esse demagogo, que queria o massacre em massa das classes médias, soluçava muita vez por causa dela, horas inteiras, caído para cima da cama.

Em Lisboa, entre o Grêmio e a Casa Havanesa, já se começava a falar "do arranjinho do Ega". Ele todavia procurava pôr a sua felicidade ao abrigo de todas as suspeitas humanas. Havia nas suas complicadas precauções tanta sinceridade como prazer romântico do mistério; e era nos sítios mais desajeitados, fora de portas, para os lados do Matadouro, que ia furtivamente encontrar a criada que lhe trazia as cartas dela... Mas, em todos os seus modos (mesmo no disfarce afetado com que espreitava as horas), transbordava a imensa vaidade daquele adultério elegante. De resto sentia bem que os seus amigos conheciam a gloriosa aventura, o sabiam em pleno drama; era mesmo talvez por isso que, diante de Carlos e dos outros, nunca até aí mencionara o nome dela, nem deixara jamais escapar um lampejo de exaltação.

Uma noite, porém, acompanhando Carlos até o Ramalhete, noite de lua calma e branca, em que caminhavam ambos calados, Ega, invadido decerto por uma onda interior de paixão, soltou desabafadamente um suspiro, alargou os braços, declamou com os olhos no astro, um tremor na voz:

> *Oh! laisse-toi donc aimer,*
> *Oh! l'amour c'est la vie!*

Isto fugira-lhe dos lábios como um começo de confissão; Carlos ao lado não disse nada, soprou ao ar o fumo do charuto.

Mas Ega sentiu-se decerto ridículo, porque se calmou, refugiou-se imediatamente no puro interesse literário.

– No fim de contas, menino, digam lá o que disserem, não há senão o velho Hugo...

Carlos, consigo, lembrava furores naturalistas do Ega, rugindo contra Hugo, chamando-lhe "saco-roto de espiritualismo", "boca-aberta de sombra", "avozinho lírico", injúrias piores.

Mas nessa noite o grande fraseador continuou:

– Ah, o velho Hugo! O velho Hugo é o campeão heroico de verdades eternas... É necessário um bocado de ideal, que diabo!... De resto o ideal pode ser real...

E foi, com esta palinódia, acordando os silêncios do Aterro.

Dias depois Carlos, no consultório, acabava de despedir um doente, um Viegas, que todas as semanas vinha ali fazer a fastidiosa crônica da sua dispepsia, quando do reposteiro da sala de espera lhe surgiu o Ega, de sobrecasaca azul, luva *gris-perle* e um rolo de papel na mão.

– Tens que fazer, doutor?

– Não, ia a sair, janota!

– Bem. Venho-te impingir prosa... Um bocado do *Átomo*... Senta-te aí. Ouve lá.

Imediatamente abancou, afastou papéis e livros, desenrolou o manuscrito, espalmou-o, deu um puxão ao colarinho – e Carlos, que se pousara à borda do divã, com a face espantada e as mãos nos joelhos, achou-se quase sem transição transportado dos rugidos do ventre do Viegas para um rumor de populaça, num bairro de judeus, na velha cidade de Heidelberg.

– Mas espera lá! – exclamou ele. – Deixa-me respirar. Isso não é o começo do livro! Isso não é o caos...

Ega então recostou-se, desabotoou a sobrecasaca, respirou também.

– Não, não é o primeiro episódio... Não é o caos. É já no século XV... Mas num livro destes pode-se começar pelo fim... Conveio-me fazer este episódio: chama-se a *Hebreia*.

"A Cohen!", pensou Carlos.

Ega tornou a alargar o colarinho – e foi lendo, animando-se, ferindo as palavras para as fazer viver, soltando grandes cheios de voz nas sonoridades finais dos períodos. Depois da sombria pintura dum bairro medieval de Heidelberg, o famoso Átomo, o *Átomo do Ega,* aparecia alojado no coração do esplêndido príncipe Franck, poeta, cavaleiro e bastardo do imperador Maximiliano. E todo esse coração de herói palpitava pela judia Ester, pérola maravilhosa do Oriente, filha do velho rabino Salomão, um grande doutor da Lei, perseguido pelo ódio teológico do Geral dos Dominicanos.

Isto contava-o o Átomo num monólogo, tão recamado de imagens como um manto da Virgem está recamado de estrelas – e que era uma declaração dele, Ega, à mulher do Cohen. Depois abria-se um intermédio panteísta: rompiam coros de flores, coros de astros, cantando na linguagem da luz, ou na eloquência dos perfumes, a beleza, a graça, a pureza, a alma celeste de Ester – e de Raquel... Enfim, chegava o negro drama da perseguição: a fuga da família hebraica, através de bosques de bruxas e brutas aldeias feudais; a aparição, numa encruzilhada, do príncipe Franck que vem proteger Ester, de lança alta, no seu grande corcel; o tropel da turba fanática, correndo a queimar o rabino e os seus livros hereges; a batalha, e o príncipe atravessado pelo chuço dum *reitre,* indo morrer no peito de Ester, que morre com ele num beijo. Tudo isto se precipitava com um sonoro e tumultuoso soluço; e era tratado com as maneiras modernas de estilo, o esforço atormentado inchando a expressão, as camadas de cor atiradas à larga para fazer ressaltar o tom de vida...

Ao findar, o *Átomo* exclamava, com a vasta solenidade dum cheio de órgão: "assim arrefeceu, parou, aquele coração de herói que eu habitava; e evaporado o princípio de vida, eu, agora livre, remontei aos astros, levando comigo a 'essência pura desse amor imortal' ".

– Então?... – disse Ega, esfalfado, quase trêmulo.

Carlos só pôde responder:

– Está ardente.

Depois elogiou a sério alguns lances, o coro das florestas, a leitura do *Eclesiastes,* de noite, entre as ruínas da torre de Othon, certas imagens dum grande voo lírico.

Ega, que tinha pressa, como sempre, enrolou o manuscrito, reabotoou a sobrecasaca, e já de chapéu na mão:

— Então, parece-te apresentável?...

— Vais publicar?

— Não, mas enfim... — e ficou nesta reticência, fazendo-se corado.

Carlos compreendeu tudo dias depois, encontrando na *Gazeta do Chiado* uma descrição "da leitura feita em casa do Exmo sr. Jacob Cohen, pelo nosso amigo João da Ega, de um dos mais brilhantes episódios do seu livro – *As Memórias dum Átomo*". E o jornalista acrescentava, dando a sua impressão pessoal: "É uma pintura dos sofrimentos por que passaram, nos tempos da intolerância religiosa, aqueles que seguem a Lei de Israel. Que poder de imaginação! Que fluência de estilo! O efeito foi extraordinário, e quando o nosso amigo fechou o manuscrito ao sucumbir da protagonista, vimos lágrimas em todos os olhos da numerosa e estimável colônia hebraica!"

Ó, furor do Ega! Rompeu nessa tarde pelo consultório, pálido, desorientado...

— Estas bestas! Estas bestas destes jornalistas! Leste? *Lágrimas em todos os olhos da numerosa e estimável colônia hebraica!* Faz cair a coisa em ridículo... E depois a *fluência de estilo.* Que burros! Que idiotas!

Carlos, que cortava as folhas dum livro, consolou-o. Aquela era a maneira nacional de falar de obras de arte... Não valia a pena bramar...

— Não, palavra, tinha vontade de quebrar a cara àquele foliculário!

— E por que lha não quebras?

— É um amigo dos Cohens.

E foi grunhindo impropérios contra a imprensa, a passos de tigre, pelo gabinete. Por fim, irritado com a indiferença de Carlos:

– Que diabo estás tu aí a ler? *Nature Parasitaire des accidents de l'Impaludisme...* Que blague, a medicina! Diz-me uma coisa. Que diabo serão umas picadas que me vêm aos braços, sempre que vou a adormecer?...

– Pulgas, bichos, vérmina... – murmurou Carlos com os olhos no livro.

– Animal! – rosnou Ega, arrebatando o chapéu.

– Vais-te, John?

– Vou, tenho que fazer! – E junto do reposteiro, ameaçando o céu com o guarda-chuva, chorando quase de raiva: – Estes burros destes jornalistas! São a escória da sociedade!

Daí a dez minutos reapareceu, bruscamente; e já com outra voz, num tom de caso sério:

– Ouve cá. Tinha-me esquecido. Tu queres ser apresentado aos Gouvarinhos?

– Não tenho um interesse especial – respondeu Carlos, erguendo os olhos do livro, depois de um silêncio. – Mas não tenho também uma repugnância especial.

– Bem – disse Ega. – Eles desejam conhecer-te, sobretudo a condessa faz empenho... Gente inteligente, passa-se lá bem... Então, decidido! Terça-feira vou-te buscar ao Ramalhete, e vamo-nos *gouvarinhar.*

Carlos ficou pensando naquela proposta do Ega, na maneira como ele sublinhara o *empenho* da condessa. Lembrava-se agora que ela era muito íntima da Cohen; e ultimamente, em S. Carlos, naquela fácil vizinhança de frisa, surpreendera certos olhares dela... Mesmo, segundo o Taveira, ela realmente *fazia-lhe um olhão.* E Carlos achava-a picante, com os seus cabelos crespos e ruivos, o narizinho petulante, e os olhos escuros, dum grande brilho, dizendo mil coisas. Era deliciosamente bem-feita – e tinha uma pele muito clara, fina e doce à vista, a que se sentia mesmo de longe o cetim.

Depois daquele dia tristonho de aguaceiros, ele resolvera passar um bom serão de trabalho, ao canto do fogão, no conforto do seu *robe de chambre.* Mas, ao café, os olhos da Gouvarinho começaram a faiscar-lhe por entre o fumo do charuto, a fazer-lhe *um olhão,* colocando-se tentadoramente entre ele e a sua noite de estudo, pondo-lhe nas veias um vivo calor de mocidade... Tudo culpa do Ega, esse Mefistófeles de Celorico!

Vestiu-se, foi a S. Carlos. Ao sentar-se porém à boca da frisa preparado, de colete branco e pérola negra na camisa, em lugar dos cabelos crespos e ruivos, avistou a carapinha retinta de um preto, um preto de 12 anos, trombudo e luzidio, de grande colarinho à mamã sobre uma jaqueta de botões amarelos; ao lado outro preto, mais pequeno, com o mesmo uniforme de colégio, enterrava pela venta aberta o dedo calçado de pelica branca. Ambos eles lhe relancearam os olhos bogalhudos, cor de prata embaciada. A pessoa que os acompanhava, escondida para o fundo, parecia ter um catarro ascoroso.

Dava-se a *Lúcia* em benefício, com a segunda dama. Os Cohens não tinham vindo – nem o Ega. Muitos camarotes estavam desertos em toda a tristeza do seu velho papel vermelho. A noite chuviscosa, com um bafo de sudoeste, parecia penetrar ali, derramando o seu pesadume, a morna sensação da sua umidade. Nas cadeiras, vazias, havia uma mulher solitária, vestida de cetim claro; Edgardo e Lúcia desafinavam; o gás dormia, e os arcos das rabecas, sobre as cordas, pareciam ir adormecendo também.

– Isto está lúgubre – disse Carlos ao amigo Cruges, que ocupava o escuro da frisa.

Cruges, amodorrado num acesso de *spleen,* com o cotovelo sobre as costas da cadeira, os dedos por entre a cabeleira, todo ele embrulhado em crepes sobrepostos de melancolia, respondeu, como do fundo dum sepulcro:

– Pesadote.

Por indolência, Carlos ficou. E, pouco a pouco, aquele preto de que os seus olhos se não podiam despegar, ali entronizado na poltrona de repes verde da Gouvarinho, com a manga da jaqueta plantada no rebordo onde costumava alvejar um lindo braço, foi-lhe arrastando, a seu pesar, a imaginação para a pessoa dela; relembrou *toilettes* com que ela ali estivera; e nunca lhe pareceram tão picantes, como agora que os não via, os seus cabelos ruivos, cor de brasa às luzes, dum encrespado forte, como crestados da chama interna. A carapinha do preto, essa, em lugar de risca tinha um sulco cavado à tesoura na massa de lã espessa. Quem seriam, por que estavam ali aqueles africanos de perfil trombudo?

– Tu já reparaste nesta extraordinária carapinha, Cruges?

O outro, que se não mexera da sua atitude de estátua tumular, grunhiu da sombra um monossílabo surdo.

Carlos respeitou-lhe os nervos.

De repente, ao desafinar mais áspero dum coro, Cruges deu um salto.

– Isto só a pontapé... Que empresa esta! – rugiu ele, envergando furiosamente o paletó.

Carlos foi levá-lo no *coupé* à Rua das Flores, onde ele morava com a mãe e uma irmã; e até o Ramalhete não cessou de lamentar consigo o seu serão de estudo perdido.

O criado de Carlos, o Batista (familiarmente, o Tista), esperava-o, lendo o jornal, na confortável antecâmara dos "quartos do menino", forrada de veludo cor de cereja, ornada de retratos de cavalos e panóplias de velhas armas, com divãs do mesmo veludo, e muito alumiada a essa hora por dois candeeiros de globo pousados sobre colunas de carvalho, onde se enrolavam lavores de ramos de vide.

Carlos tinha desde os 11 anos este criado de quarto, que viera com o Brown para Santa Olávia, depois de ter servido em Lisboa, na Legação Inglesa, e ter acompanhado o ministro, *sir* Hercules Morrisson, várias vezes a Londres. Foi em Coimbra, nos Paços de Celas, que Batista começou a ser um personagem; Afonso correspondia-se com ele de Santa Olávia. Depois viajou com Carlos; enjoaram nos mesmos paquetes, partilharam dos mesmos *sandwiches* no bufete das gares; Tista tornou-se um confidente. Era hoje um homem de 50 anos, desempenado, robusto, com um colar de barba grisalha por baixo do queixo, e o ar excessivamente *gentleman.* Na rua, muito direito na sua sobrecasaca, com o par de luvas amarelas espetado na mão, a sua bengala de cana-da-índia, os sapatos bem envernizados, tinha a considerável aparência de um alto funcionário. Mas conservava-se tão fino e tão desembaraçado, como quando em Londres aprendera a valsar e a *boxar* na rude balbúrdia dos salões-dançantes, ou como quando mais tarde, durante as férias de Coimbra, acompanhava Carlos a Lamego e o ajudava a saltar o muro do quintal do sr. escrivão de fazenda – aquele que tinha uma mulher tão garota.

Carlos foi buscar um livro ao gabinete de estudo, entrou no quarto, estendeu-se, cansado, numa poltrona. À luz opalina dos globos, o leito entreaberto mostrava, sob a seda dos cortinados, um luxo efeminado de bretanhas, bordados e rendas.

– Que há hoje no *Jornal da Noite?* – perguntou ele bocejando, enquanto Batista o descalçava.

– Eu li-o todo, meu senhor, e não me pareceu que houvesse coisa alguma. Em França continua sossego... Mas a gente nunca pode saber, porque estes jornais portugueses imprimem sempre os nomes estrangeiros errados.

– São umas bestas. O sr. Ega hoje estava furioso com eles...

Depois, enquanto Batista preparava com esmero um *grog* quente, Carlos já deitado, aconchegado, abriu preguiçosamente o livro, voltou duas folhas, fechou-o, tomou uma *cigarette* e ficou fumando com as pálpebras cerradas, numa imensa beatitude. Através das cortinas pesadas sentia-se o sudoeste que batia o arvoredo, e os aguaceiros alagando os vidros.

– Tu conheces os srs. condes de Gouvarinho, Tista?

– Conheço o Pimenta, meu senhor, que é criado de quarto do sr. conde... Criado de quarto e serve à mesa.

– E que diz então esse Tormenta? – perguntou Carlos, numa voz indolente, depois dum silêncio.

– Pimenta, meu senhor! O Manuel é Pimenta. O sr. Gouvarinho chama-lhe Romão, porque estava acostumado ao outro criado que era Romão. E já isto não é bonito, porque cada um tem o seu nome. O Manuel é Pimenta. O Pimenta não está contente...

E Batista, depois de colocar junto da cabeceira a salva com o *grog,* o açucareiro, as *cigarettes,* transmitiu as revelações do Pimenta. O conde de Gouvarinho, além de muito maçador e muito pequinhento, não tinha nada de cavalheiro; dera um fato de cheviote claro ao Romão (ao Pimenta), mas tão coçado e tão cheio de riscas de tinta, de limpar a pena à perna e ao ombro, que o Pimenta deitou o presente fora. O conde e a senhora não se davam bem; já no tempo do Pimenta, uma ocasião, à mesa, tinham-se pegado de tal modo que ela agarrou do copo e do prato, e esmigalhou-os no chão. E outra qualquer teria feito o mesmo; porque o sr. conde, quando começava a repisar, a remoer, não se podia aturar. As questões eram sempre por causa de dinheiro. O Tompson velho estava farto de abrir os cordões à bolsa...

– Quem é esse Tompson velho, que nos aparece agora, a esta hora da noite? – perguntou Carlos, a seu pesar interessado.

– O Tompson velho é o pai da sra. condessa. A sra. condessa era uma *miss* Tompson, dos Tompson do Porto. O sr. Tompson não tem querido ultimamente emprestar nem mais um real ao genro; de sorte que, uma vez, já no tempo do Pimenta também, o sr. conde, furioso, disse à senhora que ela e o pai se deviam lembrar que eram gente de comércio e que fora ele que fizera dela uma condessa; e, com perdão de V. Ex.ª, a senhora condessa ali mesmo à mesa mandou o condado à tábua... Estas coisas não estão no gênero do Pimenta.

Carlos bebeu um gole de *grog*. Bailava-lhe nos lábios uma pergunta, mas hesitava. Depois refletiu na puerilidade de tão rígidos escrúpulos, a respeito duma gente que ao jantar, diante do escudeiro, quebrava a porcelana, mandava à tábua o título dos antepassados. E perguntou:

– Que diz o sr. Pimenta da senhora condessa, Batista? Ela diverte-se?

– Creio que não, meu senhor. Mas a criada de confiança dela, uma escocesa, essa é desobstinada. E não fica bem à senhora condessa ser assim tão íntima com ela...

Houve um silêncio no quarto, a chuva cantou mais forte nos vidros.

– Passando a outro assunto, Batista. Vamos a saber, há quanto tempo não escrevo eu a *madame* Rughel?

Batista tirou do bolso interior da sua casaca um livro de apontamentos, aproximou-se da luz, encavalou a luneta no nariz, e verificou, com método, estas datas: "Dia 1º de janeiro, telegrama expedido com felicitações do começo de ano a *madame* Rughel, Hôtel d'Albe, Champs Elysées, Paris. Dia 3, telegrama recebido de *madame* Rughel, reciprocando cumprimentos, exprimindo amizade, anunciando partida para Hamburgo. Dia 15, carta lançada ao correio, para *madame* Rughel, William-Strasse, Hamburgo, Allemagne". Depois – mais nada. De modo que havia já cinco semanas que o menino não escrevia a *madame* Rughel...

– É necessário escrever amanhã – disse Carlos.

Batista tomou uma nota.

Depois, entre uma fumaça lânguida, a voz de Carlos ergueu-se de novo na paz dormente do quarto:

– *Madame* Rughel era muito bonita, não é verdade, Batista? É a mulher mais bonita que tu tens visto na tua vida!

O velho criado meteu o livro no bolso da casaca, e respondeu, sem hesitar, muito certo de si:

– *Madame* Rughel era uma senhora de muita vista. Mas a mulher mais linda em que tenho posto os olhos, se o menino dá licença, era aquela senhora do coronel de hussardos que vinha ao quarto do hotel em Viena.

Carlos atirou a *cigarette* para a salva – e, escorregando pela roupa abaixo, todo invadido por uma onda de recordações alegres, exclamou da profundidade do seu conforto, no antigo tom de ênfase boêmia dos Paços de Celas:

– O sr. Batista não tem gosto nenhum! *Madame* Rughel era uma ninfa de Rubens, senhor! *Madame* Rughel tinha o esplendor duma deusa da Renascença, senhor! *Madame* Rughel devia ter dormido no leito imperial de Carlos Quinto... Retire-se, senhor!

Batista entalou mais o *couvre-pieds*, relanceou pelo quarto um olhar solícito, e, contente da ordem em que as coisas adormeciam, saiu, levando o candeeiro. Carlos não dormia; e não pensava na coronela de hussardos nem em *madame* Rughel. A figura que no escuro dos cortinados lhe aparecia, num vago dourado que provinha do reflexo de seus cabelos soltos, era a Gouvarinho – a Gouvarinho que não tinha o esplendor duma deusa da Renascença como *madame* Rughel, nem era a mulher mais linda em que Batista pusera os seus olhos como a coronela de hussardos; mas, com o seu nariz petulante e a sua boca grande, brilhava mais e melhor que todas na imaginação de Carlos – porque ele esperara-a essa noite e ela não tinha aparecido.

Na terça-feira prometida Ega não veio buscar Carlos para se irem *gouvarinhar*. E foi Carlos que daí a dias, entrando como por acaso no Universal, perguntou rindo ao Ega:

– Então quando nos *gouvarinhamos?*

Nessa noite, em S. Carlos, num entreato dos *Huguenotes,* Ega apresentou-o ao sr. conde de Gouvarinho, no corredor das frisas. O conde, muito amável, lembrou logo que já tivera, mais de uma vez, o prazer de passar pela porta de Santa Olávia, quando ia ver os seus velhos amigos, os Tedins, a Entre-Rios – uma formosa vivenda também. Falaram então do Douro, da Beira, compararam outras paisagens. Para o conde, nada havia, no nosso Portugal, como os campos do Mondego; mas a sua parcialidade era perdoável, pois nesses férteis vales nascera e se criara; e falou um momento de Formoselha, onde tinha casa, onde vivia idosa e doente sua mãe, a sra. condessa viúva...

Ega, que afetara beber as palavras do conde, começou então uma controvérsia, sustentando, como se se tratasse dos dogmas duma fé, a beleza superior do Minho, "esse paraíso idílico". O conde sorria; via ali, como ele observou a Carlos, batendo amavelmente no ombro do Ega, a rivalidade das duas províncias. Emulação fecunda, de resto, no seu pensar...

– Aí está, por exemplo – dizia ele –, o ciúme entre Lisboa e Porto. É uma verdadeira dualidade como a que existe entre a Hungria e a Áustria... Ouço por ali lamentá-la. Pois bem, eu, se fosse poder, instigá-la-ia, acirrá-la-ia, se V. Ex.[as] me permitem a expressão. Nesta luta das duas grandes cidades do reino, podem outros ver despeitos mesquinhos, eu vejo elementos de progresso. Vejo civilização!

Proferia estas coisas como do alto dum pedestal, muito acima dos homens, deixando-as providamente cair dos tesouros do seu intelecto à maneira de dons inestimáveis. A voz era lenta e rotunda; os cristais da sua luneta de ouro faiscavam vistosamente; e no bigode encerado, na pera curta, havia ao mesmo tempo alguma coisa de doutoral e de casquilho.

Carlos dizia: "Tem V. Ex.ª razão, sr. conde". O Ega dizia: "Você vê essas coisas de alto, Gouvarinho". Ele cruzara as mãos por baixo das abas da casaca – e estavam todos três muito sérios.

Depois o conde abriu a porta da frisa, Ega desapareceu. E, daí a um momento, Carlos, apresentado como "vizinho de camarote", recebia da sra. condessa um grande *shake-hands,* em que tilintara uma infinidade de aros de prata e de *bangles* índios sobre a sua luva preta de doze botões.

A sra. condessa, um pouco corada, ligeiramente nervosa, lembrou logo a Carlos que o vira no verão passado em Paris, no salão baixo do Café Inglês; até por sinal estava nessa noite um velho abominável com duas garrafas vazias diante de si, e contando alto, para uma mesa defronte, histórias horrorosas do sr. Gambetta; um sujeito ao lado protestou; o outro não fez caso, era o velho duque de Grammont. O conde passou os dedos lentos pela testa, com um ar quase angustioso; não se lembrava de nada disso! Queixou-se logo amargamente da sua falta de memória. Uma coisa tão indispensável em quem segue a vida pública, a memória! e ele, desgraçadamente, não possuía nem um átomo. Por exemplo, lera (como todo o homem devia ler) os vinte volumes da *História Universal* de César Cantù; lera-os com atenção, fechado no seu gabinete, absorvendo-se na obra. Pois, senhores, escapara-lhe tudo – e ali estava sem saber história!

– V. Ex.ª tem boa memória, sr. Maia?

– Tenho uma razoável memória.

– Inapreciável bem de que goza!

A condessa voltara-se para a plateia, coberta com o leque, com o ar constrangido, como se aquelas palavras pueris do marido a diminuíssem, a desfeassem... Carlos então falou da ópera. Que belo escudeiro huguenote fazia o Pandolli! A condessa não aturava o Corcelli, o tenor, com as suas notas ásperas e aquela obesidade que o tornava *buffo*. Mas também (lembrava Carlos) onde havia hoje tenores? Passara essa grande raça dos Mários, homens de beleza, de inspiração realizando os grandes tipos líricos. Nicolini era já uma degeneração... Isto fez lembrar a Patti. A condessa adorava-a, e a sua graça de fada, e a sua voz semelhante a uma chuva de ouro!...

Os olhos brilhavam-lhe, dizia mil coisas; em certos movimentos, o cabelo, crespamente ondeado, tomava tons de ouro vermelho; e em torno dela errava, no calor do gás e da enchente, um aroma exagerado de verbena. Estava de preto, com uma gargantilha de rendas negras à Valois, afogando-lhe o pescoço onde pousavam duas rosas escarlates. E toda a sua pessoa tinha um arzinho de provocação e de ataque. De pé, calado, grave, o conde batia a coxa com a claque fechada.

O quarto ato começara, Carlos ergueu-se; e os seus olhos encontraram defronte, na frisa do Cohen, o Ega, de binóculo, observando-o, mirando a condessa e falando a Raquel, que sorria, movia o leque com um ar dolente e vago.

– Nós recebemos às terças-feiras – disse a condessa a Carlos, e o resto da frase perdeu-se num murmúrio e num sorriso.

O conde acompanhou-o fora, ao corredor.

– É sempre uma honra para mim – dizia ele caminhando ao lado de Carlos – fazer o conhecimento das pessoas que valem alguma coisa neste país... V. Ex.ª é desse número, bem raro infelizmente.

Carlos protestou, risonho. E o outro, na sua voz lenta e rotunda:

– Não lisonjeio. Eu nunca lisonjeio... Mas a V. Ex.ª podem-se dizer estas coisas, porque pertence à *élite:* a desgraça de Portugal é a falta de gente. Isto é um país sem pessoal. Quer-se um bispo? Não há um bispo. Quer-se um economista? Não há um economista. Tudo assim! Veja V. Ex.ª mesmo nas profissões subalternas. Quer-se um bom estofador? Não há um bom estofador...

Um cheio de instrumentos e vozes, dum tom sublime, passando pela porta da frisa entreaberta, cortou-lhe umas últimas palavras sobre a deficiência dos fotógrafos... Escutou com a mão no ar:

– É o *coro dos punhais,* não? Ah! vamos a ouvir... Ouve-se sempre isto com proveito. Há filosofia nesta música... É pena que lembre tão vivamente os tempos da intolerância religiosa, mas há ali incontestavelmente filosofia!

VI

CARLOS, NESSA MANHÃ, ia visitar de surpresa a casa do Ega, a famosa "Vila Balzac", que esse fantasista andara meditando e dispondo desde a sua chegada a Lisboa, e onde se tinha enfim instalado.

Ega dera-lhe esta denominação literária pelos mesmos motivos por que a alugara num subúrbio longínquo, na solidão da Penha de França, para que o nome de Balzac, seu padroeiro, o silêncio campestre, os ares limpos, tudo ali fosse favorável ao estudo, às horas de arte e de ideal. Porque ia fechar-se lá, como num claustro de letras, a findar as *Memórias dum Átomo!* Somente, por causa das distâncias, tinha tomado ao mês um *coupé* da companhia.

Carlos teve dificuldades em encontrar a "Vila Balzac": não era, como tinha dito Ega no Ramalhete, logo adiante do Largo da Graça um *chalezinho* retirado, fresco, assombreado, sorrindo entre árvores. Passava-se primeiro a Cruz dos Quatro Caminhos; depois penetrava-se numa vereda larga, entre quintais, descendo pelo pendor da colina, mas acessível a carruagens; e aí, num recanto, ladeada de muros, aparecia enfim uma casota de paredes enxovalhadas, com dois degraus de pedra à porta, e transparentes novos dum escarlate estridente.

Nessa manhã, porém, debalde Carlos deu puxões desesperados à corda da campainha, martelou a aldrava da porta, gritou a toda voz por cima do muro do quintal e das copas das árvores o nome do Ega: a "Vila Balzac" permaneceu muda como desabitada, no seu retiro rústico. E todavia pareceu a Carlos que, justamente antes de bater, ouvira o estalar de rolhas de *champagne.*

Quando Ega soube esta tentativa, mostrou-se indignado com os criados, que assim abandonavam a casa, lhe davam um ar suspeito de Torre de Nesle...

— Vai lá amanhã; se ninguém responder, escala as janelas, pega fogo ao prédio, como se fossem apenas as Tulherias.

Mas no dia seguinte, quando Carlos chegou, já a "Vila Balzac" o esperava, toda em festa: à porta "o pajem", um garoto de feições horrivelmente viciosas, perfilava-se na sua jaqueta azul de botões de metal, com uma gravata muito branca e muito tesa; as duas janelas em cima, abertas, mostrando o repes verde das bambinelas, bebiam à larga todo o ar do campo e o sol de inverno; e no topo da estreita escada, tapetada de vermelho, Ega, num prodigioso *robe de chambre,* de um estofo adamascado do século XVIII, vestido de corte de alguma das suas avós, exclamou dobrando a fronte ao chão:

— Bem-vindo, meu príncipe, ao humilde tugúrio do filósofo!

Ergueu, com um gesto rasgado, um reposteiro de repes verde, dum verde feio e triste, e introduziu o "príncipe" na sala onde tudo era verde também: o repes que recobria uma mobília de nogueira, o teto de tabuado, as listas verticais do papel da parede, o pano franjado da mesa e o reflexo dum espelho redondo, inclinado sobre o sofá.

Não havia um quadro, uma flor, um ornato, um livro — apenas sobre a jardineira uma estatueta de Napoleão I, de pé, equilibrado sobre o orbe terrestre, nessa conhecida atitude em que o herói, com um ar pançudo e fatal, esconde uma das mãos por trás das costas, e enterra a outra nas profundidades do seu colete. Ao lado uma garrafa de *champagne,* encarapuçada de papel dourado, esperava entre dois copos esguios.

— Para que tens tu aqui Napoleão, John?

— Como alvo de injúrias – disse Ega. – Exercito-me sobre ele a falar dos tiranos...

Esfregou as mãos radiante. Estava nessa manhã em alegria e em verve. E quis imediatamente mostrar a Carlos o seu quarto de cama: aí reinava um cretone de ramagens alvadias, sobre fundo vermelho, e o leito enchia, esmagava tudo. Parecia ser o motivo, o centro da "Vila Balzac"; e nele se esgotara a imaginação artística do Ega. Era de madeira, baixo como um divã, com a barra alta, um rodapé de renda, e de ambos os lados um luxo de tapetes de felpo escarlate; um largo cortinado de seda da Índia avermelhada envolvia-o num aparato de tabernáculo; e dentro, à cabeceira, como num lupanar, reluzia um espelho.

Carlos, muito seriamente, aconselhou-lhe que tirasse o espelho. Ega deu a todo o leito um olhar silencioso e doce, e disse depois de passar um pontinha de língua pelo beiço:

– Tem seu *chic*...

Sobre a mesinha de cabeceira erguia-se um montão de livros: a *Educação* de Spencer ao lado de Baudelaire, a *Lógica* de Stuart Mill por cima do *Cavaleiro da Casa Vermelha*. No mármore da cômoda havia outra garrafa de *champagne* entre dois copos; o toucador, um pouco em desordem, mostrava uma enorme caixa do pó de arroz no meio de plastrons e gravatas brancas do Ega, e um maço de ganchos de cabelo ao lado de ferros de frisar.

– E onde trabalhas tu, Ega, onde fazes tu a grande arte?
– Ali – disse o Ega, alegremente, apontando para o leito.

Mas foi mostrar logo o seu recantozinho estudioso, formado por um biombo, ao lado da janela, e tomado todo por uma mesa de pé de galo, onde Carlos assombrado descobriu, entre o belo papel de cartas do Ega, um *Dicionário de Rimas*...

E a visita à casa continuou.

Na sala de jantar, quase nua, caiada de amarelo, um armário de pinho envidraçado abrigava melancolicamente um serviço barato de louça nova; e do fecho da janela pendia um vestuário vermelho, que parecia roupão de mulher.

– É sóbrio e simples – exclamou o Ega – como compete àquele que se alimenta duma côdea de Ideal e duas garfadas de Filosofia. Agora, à cozinha!...

Abriu uma porta. Uma frescura de campos entrava pelas janelas abertas; e entreviam-se árvores de quintal, um verde de terrenos vagos, depois lá embaixo o branco de casarias rebrilhando ao sol; uma rapariga muito sardenta e muito forte sacudiu o gato do colo, ergueu-se, com o *Jornal de Notícias* na mão. Ega apresentou-a, num tom de farsa:

— A sra. Josefa, solteira, de temperamento sanguíneo, artista culinária da "Vila Balzac", e, como se pode observar pelo papel que lhe pende das garras, cultora das boas letras!

A moça sorria, sem embaraço, habituada decerto a estas familiaridades boêmias.

— Eu hoje não janto cá, senhora Josefa – continuava o Ega no mesmo tom. – Este formoso mancebo que me acompanha, duque do Ramalhete e príncipe de Santa Olávia, dá hoje de papar ao seu amigo e filósofo... E como, quando eu recolher, talvez a senhora Josefa esteja entregue ao sono da inocência, ou à vigília da devassidão, aqui lhe ordeno que me tenha amanhã para o meu *lunch* duas formosas perdizes.

E subitamente, numa outra voz, com um olhar que ela devia perceber:

— Duas perdizezinhas bem assadas e bem coradinhas. Frias está claro... O costume.

Travou do braço de Carlos, voltaram à sala.

— Com franqueza, Carlos, que te parece a "Vila Balzac"?

Carlos respondeu como a respeito do episódio da *Hebreia:*

— Está ardente.

Mas elogiou o asseio, a vista da casa e a frescura dos cretones. De resto, para um rapaz, para uma cela de trabalho...

— Eu – dizia o Ega, passeando pela sala, com as mãos enterradas nos bolsos do seu prodigioso *robe de chambre* –, eu não tolero o bibelô, *bric-à-brac,* a cadeira arqueológica, essas mobílias de arte... Que diabo, o móvel deve estar em harmonia com a ideia e o sentir do homem que o usa! Eu não penso nem sinto como um cavaleiro do século XVI, para que me hei de cercar de coisas do século XVI? Não há nada que me faça tanta melancolia, como ver numa sala um venerável contador do tempo de Francisco I, recebendo pela face conversas sobre eleições e altas de fundos. Faz-me o efeito dum belo herói de armadura de aço, viseira caída e crenças profundas no peito, sentado a uma mesa de voltarete a jogar copas. Cada século tem o seu gênio próprio e a sua atitude própria. O século XIX concebeu a Democracia e a sua atitude é esta... – E, enterrando-se de estalo numa poltrona, espetou as pernas magras para o ar. – Ora, esta atitude é impossível num escabelo do tempo do Prior do Crato. Menino, toca a beber o *champagne*.

E, como Carlos olhava a garrafa desconfiado, Ega acudiu:
– É excelente, que pensas tu? Vem diretamente da melhor casa de Epernay, arranjou-mo o Jacob.
– Que Jacob?
– O Jacob Cohen, o Jacob.

Ia cortar as guitas da rolha, quando o atravessou uma súbita recordação, e pousando a garrafa outra vez, entalando o monóculo no olho:
– É verdade! Então, noutro dia, que tal, em casa dos Gouvarinhos? Eu infelizmente não pude ir.

Carlos contou a *soirée*. Havia dez pessoas, espalhadas pelas duas salas, num zun-zum dormente, à meia-luz dos candeeiros. O conde maçara-o indiscretamente com a política, admirações idiotas por um grande orador, um deputado de Mesão Frio, e explicações sem fim sobre a reforma da instrução. A condessa, que estava muito constipada, horrorizou-o dando sobre a Inglaterra, apesar de inglesa, as opiniões da Rua de Cedofeita. Imaginava que a Inglaterra é um país sem poetas, sem artistas, sem ideais, ocupando-se só de amontoar libras... Enfim, secara-se.

– Que diabo! – murmurou o Ega num tom de viva desconsolação.

A rolha estalou, ele encheu os copos em silêncio; e numa *saúde* muda os dois amigos beberam o *champagne;* que Jacob arranjara ao Ega, para o Ega se regalar com Raquel.

Depois, de pé, com os olhos no tapete, agitando devagar o copo novamente cheio onde a espuma morria, Ega tornou a murmurar, naquela entoação triste de inesperado desapontamento:
– Que ferro!...

E após um momento:
– Pois, menino, pensei que a Gouvarinho te apetecia...

Carlos confessou que nos primeiros dias, quando Ega lhe falara dela, tivera um caprichozinho, interessara-se por aqueles cabelos cor de brasa...

– Mas agora, mal a conheci, o capricho foi-se...

Ega sentara-se, com o copo na mão; e depois de contemplar algum tempo as suas meias de seda, escarlates como as dum prelado, deixou cair, muito sério, estas palavras:

– É uma mulher deliciosa, Carlinhos.

E, como Carlos encolhia os ombros, Ega insistiu: a Gouvarinho era uma senhora de inteligência e de gosto; tinha originalidade, tinha audácia, uma pontinha de romantismo muito picante...

– E, como corpinho de mulher, não há melhor que aquilo de Badajós para cá!

– Vai-te daí, Mefistófeles de Celorico!

E Ega, divertido, cantarolou:

> *Je sui Mephisto...*
> *Je sui Mephisto...*

Carlos, no entanto, fumando preguiçosamente, continuava a falar na Gouvarinho e, nessa brusca saciedade que o invadira, mal trocara com ela três palavras numa sala. E não era a primeira vez que tinha destes falsos arranques de desejo, vindo quase com as formas de amor, ameaçando absorver, pelo menos por algum tempo, todo o seu ser, e resolvendo-se em tédio, em "seca". Eram como os fogachos de pólvora sobre uma pedra; uma fagulha ateia-os, num momento tornam-se chama veemente que parece que vai consumir o Universo, e por fim fazem apenas um rastro negro que suja a pedra. Seria o seu um desses corações de fraco, moles e flácidos, que não podem conservar um sentimento, o deixam fugir, escoar-se pelas malhas lassas do tecido reles?

– Sou um ressequido! – disse ele sorrindo. – Sou um impotente de sentimento, como Satanás... Segundo os padres da Igreja, a grande tortura de Satanás é que não pode amar.

– Que frases essas, menino! – murmurou Ega.

Como frases? Era uma atroz realidade! Passava a vida a ver as paixões falharem-lhe nas mãos como fósforos. Por exemplo, com a coronela de hussardos em Viena! Quando ela faltou ao primeiro *rendez-vous,* chorara lágrimas como punhos, com a cabeça enterrada no travesseiro e aos coices à roupa. E daí a duas semanas, mandava postar o Batista à janela do hotel, para ele se safar, mal a pobre coronela dobrasse a esquina! E com a holandesa, com *madame* Rughel, pior ainda. Nos primeiros dias foi uma insensatez: queria se estabelecer para sempre na Holanda, casar com ela (apenas ela se divorciasse), outras loucuras; depois os braços que ela lhe deitava ao pescoço, e que lindos braços, pareciam-lhe pesados como chumbo...

– Passa fora, pedante! E ainda lhe escreves! – gritou Ega.

– Isso é outra coisa. Ficamos amigos, puras relações de inteligência. *Madame* Rughel é uma mulher de muito espírito. Escreveu um romance, um desses estudos íntimos e delicados, como os de *miss* Broughton: chama-se *Rosas Murchas*. Eu nunca li, é em holandês...

– As *Rosas Murchas!* em holandês! – exclamou Ega apertando as mãos na cabeça.

Depois vindo plantar-se diante de Carlos, de monóculo no olho:

– Tu és extraordinário, menino!... Mas o teu caso é simples, é o caso de D. Juan. D. Juan também tinha essas alternações de chama e cinza. Andava à busca do seu ideal, da *sua mulher*, procurando-a principalmente, como de justiça, entre as mulheres dos outros. E *après avoir couché,* declarava que se tinha enganado, que não era aquela. Pedia desculpa e retirava-se. Em Espanha experimentou assim mil e três. Tu és simplesmente, como ele, um devasso; e hás de vir a acabar desgraçadamente como ele, numa tragédia infernal!

Esvaziou outro copo de *champagne,* e a grandes passadas pela sala:

– Carlinhos da minha alma, é inútil que ninguém ande à busca da *sua mulher*. Ela virá. Cada um tem a *sua mulher,* e necessariamente tem de a encontrar. Tu estás aqui, na Cruz dos Quatro Caminhos, ela está talvez em Pequim; mas tu, aí a raspar o meu repes com o verniz dos sapatos, e ela a orar no templo do Confúcio, estais ambos insensivelmente, irresistivelmente, fatalmente, marchando um para o outro!... Estou eloquentíssimo hoje, e temos dito coisas idiotas. Toca a vestir. E, enquanto eu adorno a carcaça, prepara mais frases sobre Satanás!

Carlos ficou na sala verde, acabando o charuto – enquanto dentro o Ega batia com as gavetas, lançando, a todo o desafinado da sua voz roufenha, a *Barcarola* de Gounod. Quando apareceu, vinha de casaca, gravata branca, enfiando o paletó – com o olho brilhante do *champagne*.

Desceram. O pajem lá estava à porta perfilado, ao pé do *coupé* de Carlos, que esperara. E a sua fardeta azul de botões amarelos, a magnífica parelha baia reluzindo como um cetim vivo, as pratas dos arreios, a majestade do cocheiro louro com o seu ramo na libré, tudo ali fazia, junto da "Vila Balzac", um quadro rico que deleitou o Ega.

– A vida é agradável – disse ele.

O *coupé* partiu, ia entrar no Largo da Graça, quando uma caleche de praça, aberta, o cruzou a largo trote. Dentro um sujeito de chapéu baixo ia lendo um grande jornal.

– É o Craft! – gritou Ega, debruçando-se pela portinhola.

O *coupé* parou. Ega de um pulo estava na calçada, correndo, bradando:

– Oh Craft! Oh Craft!

Quando, daí a um momento, sentiu duas vozes aproximarem-se, Carlos desceu também do *coupé,* achou-se em face dum homem baixo, louro, de pele rosada e fresca, e aparência fria. Sob o fraque correto percebia-se-lhe uma musculatura de atleta.

– O Carlos, o Craft – gritou o Ega, lançando esta apresentação com uma simplicidade clássica.

Os dois homens, sorrindo, tinham-se apertado a mão. E Ega insistia para que voltassem todos à "Vila Balzac", fossem beber a outra garrafa de *champagne,* a celebrar o *advento do Justo!* Craft recusou, com o seu modo calmo e plácido; chegara na véspera do Porto, abraçara já o nobre Ega, e aproveitava agora a viagem àquele bairro longínquo para ir ver o velho Shlegen, um alemão que vivia à Penha de França.

– Então outra coisa! – exclamou Ega. – Para conversarmos, para que vocês se conheçam mais, venham vocês jantar comigo amanhã ao Hotel Central. Dito, hem? Perfeitamente. Às seis.

Apenas o *coupé* partiu de novo, Ega rompeu nas costumadas admirações pelo Craft, encantado com aquele encontro que dava mais um retoque luminoso à sua alegria. O que o entusiasmava no Craft era aquele ar imperturbável de *gentleman* correto, com que ele igualmente jogaria uma partida de bilhar, entraria numa batalha, arremeteria com uma mulher, ou partiria para a Patagônia...

– É das melhores coisas que tem Lisboa. Vais-te morrer por ele... E que casa que ele tem nos Olivais, que sublime *bric-à-brac!*

Subitamente estacou, e com um olhar inquieto, uma ruga na testa:

– Como diabo soube ele da Vila Balzac?
– Tu não fazes segredo dela, hem?
– Não... Mas também não a pus nos anúncios! E o Craft chegou ontem, ainda não esteve com ninguém que eu conheça... É curioso!
– Em Lisboa sabe-se tudo...
– Canalha de terra! – murmurou Ega.

O jantar no Central foi adiado, porque o Ega, alargando pouco a pouco a ideia, convertera-o agora numa festa de cerimônia em honra do Cohen.

– Janto lá muitas vezes – disse ele a Carlos –, estou lá todas as noites... É necessário repagar a hospitalidade... Um jantar no Central é o que basta. E para o efeito moral, pespego-lhe à mesa o marquês e a besta do Steinbroken. O Cohen gosta de gente assim...

Mas o plano teve ainda de ser alterado: o marquês partira para a Golegã, e o pobre Steinbroken estava sofrendo dum incômodo de entranhas. Ega pensou no Cruges e no Taveira – mas receou a cabeleira desleixada do Cruges, e alguns dos seus ataques de amargo *spleen* que estragariam o jantar. Terminou por convidar dois íntimos do Cohen; mas teve então de suprimir o Taveira, que estava de mal com um desses cavalheiros por palavras que tinham trocado em casa da "Lola gorda".

Decididos os convidados, fixado o jantar para uma segunda-feira, Ega teve uma conferência com o *maître-de-hôtel* do Central, em que lhe recomendou muita flor, dois ananases para enfeitar a mesa, e exigiu que um dos pratos do *menu*, qualquer deles, fosse *à la Cohen;* e ele mesmo sugeriu uma ideia: *tomates farcies à la Cohen...*

Nessa tarde, às seis horas, Carlos, ao descer a Rua do Alecrim para o Hotel Central, avistou Craft dentro da loja de *bric-à-brac* do tio Abraão.

Entrou. O velho judeu, que estava mostrando a Craft uma falsa faiança do Rato, arrancou logo da cabeça o sujo barrete de borla, e ficou curvado em dois, diante de Carlos, com as duas mãos sobre o coração.

Depois, numa linguagem exótica, misturada de inglês, pediu ao senhor D. Carlos da Maia, ao seu digno senhor, ao seu *beautiful gentleman,* que se dignasse examinar uma maravilhazinha que lhe tinha reservada; e o seu muito *generous gentleman* tinha só a voltar os olhos, a maravilhazinha estava ali ao lado, numa cadeira. Era um retrato de espanhola, apanhado a fortes brochadelas de primeira impressão, e pondo, sobre um fundo audaz de cor-de-rosa murcha, uma face gasta de velha garça, picada das bexigas, caiada, ressudando vício, com um sorriso bestial que prometia tudo.

Carlos, tranquilamente, ofereceu dez tostões. Craft pasmou duma tal prodigalidade; e o bom Abraão, num riso mudo que lhe abria entre a barba grisalha uma grande boca dum só dente, saboreou muito a "chalaça dos seus ricos senhores". Dez tostõezinhos! Se o quadrinho tivesse por baixo o nomezinho de Fortuny, valia dez continhos de réis. Mas não tinha esse nomezinho bendito... Ainda assim valia dez notazinhas de vinte mil-réis...

– Dez cordas para te enforcar, hebreu sem alma! – exclamou Carlos.

E saíram, deixando o velho intrujão à porta, curvado em dois, com as mãos sobre o coração, desejando mil felicidades aos seus generosos fidalgos...

– Não tem uma única coisa boa, este velho Abraão – disse Carlos.

– Tem a filha – disse o Craft.

Carlos achava-a bonita, mas horrivelmente suja. Então, a propósito do Abraão, falou a Craft dessas belas coleções dos Olivais, que o Ega, apesar do desdém que afetava pelo bibelô e pelo móvel de arte, lhe descrevera como sublimes.

Craft encolheu os ombros.

– O Ega não entende nada. Mesmo em Lisboa, não se pode chamar ao que eu tenho uma coleção. É um *bric-à-brac* de acaso... De que, de resto, me vou desfazer!

Isto surpreendeu Carlos. Compreendera das palavras do Ega ser essa uma coleção formada com amor, no laborioso decurso de anos, orgulho e cuidado duma existência de homem...

Craft sorriu daquela legenda. A verdade era que só em 1872, ele começara a interessar-se pelo *bric-à-brac;* chegava então da América do Sul; e o que fora comprado, descobrindo aqui e além, acumulara-o nessa casa dos Olivais, alugada então por fantasia, uma manhã que aquele pardieiro, com o seu bocado de quintal em redor, lhe parecera pitoresco, sob o sol de abril. Mas agora, se pudesse desfazer-se do que tinha, ia dedicar-se então a formar uma coleção homogênea e compacta de arte do século XVIII.

– Aqui nos Olivais?

– Não. Numa quinta que tenho ao pé do Porto, junto mesmo ao rio.

Entravam então no peristilo do Hotel Central – e nesse momento um *coupé* da Companhia, chegando a largo trote do lado da Rua do Arsenal, veio estacar à porta.

Um esplêndido preto, já grisalho, de casaca e calção, correu logo à portinhola; de dentro um rapaz muito magro, de barba muito negra, passou-lhe para os braços uma deliciosa cadelinha escocesa, de pelos esguedelhados, finos como seda e cor de prata; depois apeando-se, indolente e *poseur,* ofereceu a mão a uma senhora alta, loura, com um meio-véu muito apertado e muito escuro que realçava o esplendor da sua carnação ebúrnea. Craft e Carlos afastaram-se, ela passou diante deles, com um passo soberano de deusa, maravilhosamente bemfeita, deixando atrás de si como uma claridade, um reflexo de cabelos de ouro, e um aroma no ar. Trazia um casaco colante de veludo branco de Gênova, e num momento sobre as lajes do peristilo brilhou o verniz das suas botinas. O rapaz ao lado, esticado num fato de xadrezinho inglês, abria negligentemente um telegrama; o preto seguia com a cadelinha nos braços. E no silêncio a voz de Craft murmurou:

– *Très chic.*

Em cima, no gabinete que o criado lhes indicou, Ega esperava, sentado no divã de marroquim, e conversando com um rapaz baixote, gordo, frisado como um noivo de província, de camélia ao peito e plastron azul-celeste. O Craft conhecia-o; Ega apresentou a Carlos o sr. Dâmaso Salcede, e mandou servir *vermouth,* por ser tarde, segundo lhe parecia, para esse requinte literário e satânico do *absinto...*

Fora um dia de inverno suave e luminoso, as duas janelas estavam ainda abertas. Sobre o rio, no céu largo, a tarde morria, sem uma aragem, numa paz elísia, com nuvenzinhas muito altas, paradas, tocadas de cor-de-rosa; as terras, os longes da outra banda, já se iam afogando num vapor aveludado, do tom de violeta; a água jazia lisa e luzidia como uma bela chapa de aço novo; e aqui e além, pelo vasto ancoradouro, grossos navios de carga, longos paquetes estrangeiros, dois couraçados ingleses dormiam, com as mastreações imóveis, como tomados de preguiça, cedendo ao afago do clima doce...

– Vimos agora lá embaixo – disse Craft indo sentar-se no divã – uma esplêndida mulher, com uma esplêndida cadelinha *griffon,* e servida por um esplêndido preto!

O sr. Dâmaso Salcede, que não despregava os olhos de Carlos, acudiu logo:

– Bem sei! Os Castro Gomes... Conheço-os muito... Vim com eles de Bordéus... Uma gente muito *chic* que vive em Paris.

Carlos voltou-se, reparou mais nele, perguntou-lhe, afável e interessando-se:

– O sr. Salcede chegou agora de Bordéus?

Estas palavras pareceram deleitar Dâmaso como um favor celeste: ergueu-se imediatamente, aproximou-se do Maia, banhado num sorriso:

– Vim aqui há quinze dias, no *Orenoque*. Vim de Paris... Que eu em podendo é lá que me pilham! Esta gente conhecia em Bordéus. Isto é, verdadeiramente, conhecia a bordo. Mas estávamos todos no Hotel de Nantes. Gente muito *chic:* criado de quarto, governanta inglesa para a filhita, *femme de chambre,* mais de vinte malas... *Chic* a valer! Parece incrível, uns brasileiros... Que ela na voz não tem sotaque nenhum, fala como nós. Ele sim, ele muito sotaque... Mas elegante também V. Ex.ª não lhe pareceu?

– *Vermouth?* – perguntou-lhe o criado, oferecendo a salva.

– Sim, uma gotinha para o apetite. V. Ex.ª não toma, sr. Maia? Pois eu, assim que posso, é direitinho para Paris! Aquilo é que é terra! Isto aqui é um chiqueiro... Eu, em não indo lá todos os anos, acredite V. Ex.ª, até começo a andar doente. Aquele *boulevardezinho,* hem!... Ai, eu gozo aquilo!... E sei gozar, sei gozar, que eu conheço aquilo a palmo... Tenho até um tio em Paris.

– E que tio! – exclamou Ega, aproximando-se. – Íntimo de Gambetta, governa a França... O tio do Dâmaso governa a França, menino!

Dâmaso, escarlate, estourava de gozo.

– Ah, lá isso influência tem. Íntimo do Gambetta, tratam-se por tu, até vivem quase juntos... E não é só com o Gambetta; é com o MacMahon, com o Rochefort, com o outro de que me esquece agora o nome, com todos os republicanos, enfim!... É tudo quanto ele queira. V. Ex.ª não o conhece? É um homem de barbas brancas... Era irmão de minha mãe, chama-se Guimarães. Mas em Paris chamam-lhe Mr. de Guimaran...

Nesse momento a porta envidraçada abriu-se de golpe, Ega exclamou: "Saúde ao poeta"!

E apareceu um indivíduo muito alto, todo abotoado numa sobrecasaca preta, com uma face escaveirada, olhos encovados, e sob o nariz aquilino, longos, espessos, românticos bigodes grisalhos; já todo calvo na frente, os anéis fofos duma grenha muito seca caíam-lhe inspiradamente sobre a gola; e em toda a sua pessoa havia coisa de antiquado, de artificial e de lúgubre.

Estendeu silenciosamente dois dedos ao Dâmaso, e abrindo os braços lentos para Craft, disse numa voz arrastada, cavernosa, ateatrada:

– Então és tu, meu Craft! Quando chegaste tu, rapaz? Dá-me cá esses ossos honrados, honrado inglês!

Nem um olhar dera a Carlos. Ega adiantou-se, apresentou-os:

– Não sei se são relações. Carlos da Maia... Tomás de Alencar, o nosso poeta...

Era ele! o ilustre cantor das *Vozes d'Aurora,* o estilista de *Elvira,* o dramaturgo do *Segredo do Comendador.* Deu dois passos graves para Carlos, esteve-lhe apertando muito tempo a mão em silêncio – e sensibilizado, mais cavernoso:

– V. Ex.ª, já que as etiquetas sociais querem que eu lhe dê excelência, mal sabe a quem apertou agora a mão...

Carlos, surpreendido, murmurou:

– Eu conheço muito de nome...

E o outro com o olho cavo, o lábio trêmulo:

– Ao camarada, ao inseparável, ao íntimo de Pedro da Maia, do meu pobre, do meu valente Pedro!

– Então, que diabo, abracem-se! – gritou Ega. – Abracem-se, com um berro, segundo as regras...

Alencar já tinha Carlos estreitado ao peito, e quando o soltou, retomando-lhe as mãos, sacudindo-lhas, com uma ternura ruidosa:

– E deixemo-nos já de excelências! Que eu te vi nascer, meu rapaz! Trouxe-te muito ao colo! Sujaste-me muita calça! Co'os diabos, dá cá outro abraço!

Craft olhava estas coisas veementes, impassível; Dâmaso parecia impressionado; Ega apresentou um copo de *vermouth* ao poeta.

– Que grande cena, Alencar! Jesus, Senhor! Bebe, para te recuperares da emoção...

Alencar esgotou-o dum trago; e declarou aos amigos que não era a primeira vez que via Carlos. Já o admirara no seu *phaeton,* muitas vezes, e aos seus belos cavalos ingleses. Mas não se quisera dar a conhecer. Ele nunca se atirava aos braços de ninguém, a não ser das mulheres... Foi encher outro cálice de *vermouth,* e com ele na mão, plantado diante de Carlos, começou, num tom patético:

– A primeira vez que te vi, filho, foi no Pote das Almas! Estava eu no Rodrigues, esquadrinhando alguma dessa velha literatura, hoje tão desprezada... Lembro-me até que era um volume das *Églogas* do nosso delicioso Rodrigues Lobo, esse verdadeiro poeta da natureza, esse rouxinol tão português, hoje, está claro, metido a um canto, desde que para aí apareceu o Satanismo, o Naturalismo e o Bandalhismo, e outros esterquilínios em *ismo...* Nesse momento passaste, disseram-me quem eras, e caiu-me o livro da mão... Fiquei ali uma hora, acredita, a pensar, a rever o passado...

E atirou o *vermouth* às goelas. Ega, impaciente, olhava o relógio. Um criado, entrando, acendeu o gás; a mesa surgiu da penumbra, com um brilho de cristais e louças, um luxo de camélias em ramos.

No entanto Alencar (que à luz viva parecia mais gasto e mais velho) começara uma grande história, e como fora ele o primeiro que vira Carlos depois de nascer, e como fora ele que lhe dera o nome.

– Teu pai – dizia ele –, o meu Pedro, queria te pôr o nome de Afonso, desse santo, desse varão doutras idades, Afonso da Maia! Mas tua mãe, que tinha lá as suas ideias, teimou em que havias de ser Carlos. E justamente por causa dum romance que eu lhe emprestara; nesses tempos podiam-se emprestar romances a senhoras, ainda não havia a pústula e o pus... Era um romance sobre o último Stuart, aquele belo tipo do príncipe Carlos Eduardo, que vocês, filhos, conhecem todos bem, e que na Escócia, no tempo de Luís XIV... Enfim, adiante! Tua mãe, devo dizê-lo, tinha literatura e da melhor. Consultou-me, consultava-me sempre, nesse tempo eu era *alguém,* e lembro-me de lhe ter respondido... (Lembro-me, apesar de já lá irem vinte e cinco anos... Que digo eu? Vinte e sete! Vejam vocês isto, filhos, vinte e sete anos!) Enfim, voltei-me para tua mãe, e disse-lhe, palavras textuais: "Ponha-lhe o nome de Carlos Eduardo, minha rica senhora, Carlos Eduardo, que é o verdadeiro nome para o frontispício dum poema, para a fama dum heroísmo ou para o lábio de uma mulher!"

Dâmaso, que continuava a admirar Carlos, deu *bravos* estrondosos; Craft bateu ligeiramente os dedos; e o Ega, que rondava a porta, nervoso, de relógio na mão, soltou de lá um *muito bem* desenxabido.

Alencar, radiante com o seu efeito, derramava em roda um sorriso que lhe mostrava os dentes estragados. Abraçou outra vez Carlos, atirou uma palmada ao coração, exclamou:

– Caramba, filhos, sinto uma luz cá dentro!

A porta abriu-se, o Cohen entrou, todo apressado, desculpando-se logo da sua demora – enquanto Ega, que se precipitara para ele, lhe ajudava a despir o paletó. Depois apresentou-o a Carlos – a única pessoa ali de quem o Cohen não era íntimo. E dizia, tocando o botão da campainha elétrica:

– O marquês não pôde vir, menino, e o pobre Steinbroken, coitado, está com a sua gota, a gota de diplomata, de lorde e de banqueiro... A gota que tu hás de ter, velhaco!

Cohen, um homem baixo, apurado, de olhos bonitos, e suíças tão pretas e luzidias que pareciam ensopadas em verniz, sorria, descalçando as luvas, dizendo que, segundo os ingleses, havia também a gota da gente pobre; e era essa naturalmente a que lhe competia a ele...

Ega, no entanto, travara-lhe do braço, colocara-o preciosamente à mesa, à sua direita; depois ofereceu-lhe um botão de camélia dum ramo; o Alencar floriu-se também – e os criados serviram as ostras.

Falou-se logo do crime da Mouraria, drama fadista que impressionava Lisboa, uma rapariga com o ventre rasgado à navalha por uma companheira, vindo morrer na rua em camisa, dois faias esfaqueando-se, toda uma viela em sangue – uma *sarrabulhada* como disse o Cohen, sorrindo e provando o Bucellas.

Dâmaso teve a satisfação de poder dar detalhes; conhecera a rapariga, a que dera as facadas, quando ela era amante do visconde da Ermidinha... Se era bonita? Muito bonita. Umas mãos de duquesa... E como aquilo cantava o *fado!* O pior era que mesmo no tempo do visconde, quando ela era *chic,* já se empiteirava... E o visconde, honra lhe seja, nunca lhe perdera a amizade; respeitava-a, mesmo depois de casado ia vê-la, e tinha-lhe prometido que se ela quisesse deixar o *fado* lhe punha uma confeitaria para os lados da Sé. Mas ela não queria. Gostava daquilo, do Bairro Alto, dos cafés de *lepes;* dos chulos...

Esse mundo de fadistas, de faias, parecia a Carlos merecer um estudo, um romance... Isto levou logo a falar-se do *Assommoir;* de Zola e do realismo, e o Alencar imediatamente, limpando os bigodes dos pingos de sopa, suplicou que se não discutisse, à hora asseada do jantar, essa literatura *latrinária.* Ali todos eram homens de asseio, de sala, hem? Então, que se não mencionasse o *excremento!*

Pobre Alencar! O naturalismo; esses livros poderosos e vivazes, tirados a milhares de edições; essas rudes análises, apoderando-se da Igreja, da Realeza, da Burocracia, da Finança, de todas as coisas santas, dissecando-as brutalmente e mostrando-lhes a lesão, como a cadáveres num anfiteatro; esses estilos novos, tão preciosos e tão dúcteis, apanhando em flagrante a linha, a cor, a palpitação mesma da vida; tudo isso (que ele, na sua confusão mental, chamava *Ideia nova),* caindo assim de chofre e escangalhando a catedral romântica, sob a qual tantos anos ele tivera altar e celebrara missa, tinha desnorteado o pobre Alencar e tornara-se o desgosto literário da sua velhice. A princípio reagiu. "Para pôr um dique definitivo à torpe maré", como ele disse em plena Academia, escreveu dois folhetins cruéis; ninguém os leu; a "maré torpe" alastrou-se, mais profunda, mais larga. Então Alencar refugiou-se na *moralidade* como uma rocha sólida. O naturalismo, com as suas aluviões de obscenidade, ameaçava corromper o pudor social? Pois bem. Ele, Alencar, seria o paladino da Moral, o gendarme dos bons costumes. Então o poeta das *Vozes d'Aurora,* que durante vinte anos, em cançoneta e ode, propusera comércios lúbricos a todas as damas da capital; então o romancista de *Elvira* que, em novela e drama, fizera a propaganda do amor ilegítimo, representando os deveres conjugais como montanhas de tédio, dando a todos os maridos formas gordurosas e bestiais, e a todos os amantes a beleza, o esplendor e o gênio dos antigos Apolos; então Tomás Alencar que (a acreditarem-se as confissões autobiográficas da *Flor de Martírio)* passava ele próprio uma existência medonha, de adultérios, lubricidades, orgias, entre veludos e vinhos de Chipre – e de ora em diante austero, incorruptível, todo ele uma torre de pudicícia, passou a vigiar atentamente o jornal, o livro, o teatro. E mal lobrigava sintomas nascentes de Realismo num beijo que estalava mais alto, numa brancura de saia que se arregaçava demais – eis o nosso Alencar que soltava por sobre o país um grande grito de alarme, corria à pena, e as suas imprecações lembravam (a acadêmicos fáceis de contentar) o rugir de Isaías. Um dia, porém, Alencar teve uma destas revelações que prostram os mais fortes; quanto mais ele denunciava um livro como imoral, mais o livro se vendia como agradável! O Universo pareceu-lhe coisa torpe e o autor de *Elvira* encavacou...

Desde então reduziu a expressão do seu rancor ao mínimo, a essa frase curta lançada com nojo:

– Rapazes, não se mencione o *excremento!*

Mas nessa noite teve o regozijo de encontrar aliados. Craft não admitia também o Naturalismo, a realidade feia das coisas e da sociedade estatelada nua num livro. A arte era uma idealização! Bem, então que mostrasse os tipos superiores duma humanidade aperfeiçoada, as formas mais belas do viver e do sentir... Ega, horrorizado, apertava as mãos na cabeça, quando do outro lado Carlos declarou que o mais intolerável no Realismo eram os seus grandes ares científicos, a sua pretensiosa estética deduzida duma filosofia alheia, e a invocação de Claude Bernard, do experimentalismo, do positivismo, de Stuart Mill e de Darwin, a propósito duma lavadeira que dorme com um carpinteiro!

Assim atacado, entre dois fogos, Ega trovejou: justamente o fraco do realismo estava em ser ainda pouco científico, inventar enredos, criar dramas, abandonar-se à fantasia literária! A forma pura da arte naturalista devia ser a monografia, o estudo seco dum tipo, dum vício, duma paixão, tal qual como se tratasse dum caso patológico, sem pitoresco e sem estilo!...

– Isso é absurdo – dizia Carlos –, os caracteres só se podem manifestar pela ação...

– E a obra de arte – acrescentou Craft – vive apenas pela forma...

Alencar interrompeu-os, exclamando que não eram necessárias tantas filosofias.

– Vocês estão gastando cera com ruins defuntos, filhos. O Realismo critica-se deste modo: mão no nariz! Eu quando vejo um desses livros, enfrasco-me logo em água-de-colônia. Não discutamos o *excremento*.

– *Sole normande?* – perguntou-lhe o criado, adiantando a travessa.

Ega ia fulminá-lo. Mas, vendo que o Cohen dava um sorriso enfastiado e superior a essas controvérsias de literaturas, calou-se; ocupou-se só dele, quis saber que tal ele achava aquele St. Emilion; e, quando o viu confortavelmente servido de *sole normande,* lançou com grande alarde de interesse esta pergunta:

– Então, Cohen, diga-nos você, conte-nos cá... O empréstimo faz-se ou não se faz?

E acirrou a curiosidade, dizendo para os lados que aquela questão do empréstimo era grave. Uma operação tremenda, um verdadeiro episódio histórico!...

O Cohen colocou uma pitada de sal à beira do prato, e respondeu, com autoridade, que o empréstimo tinha de se realizar *absolutamente*. Os empréstimos em Portugal constituíam hoje uma das fontes de receita, tão regular, tão indispensável, tão sabida como o imposto. A única ocupação mesmo dos ministérios era esta – *cobrar o imposto e fazer o empréstimo.* E assim se havia de continuar...

Carlos não entendia de finanças; mas parecia-lhe que, desse modo, o país ia alegremente e lindamente para a bancarrota.

– Num galopezinho muito seguro e muito a direito – disse o Cohen, sorrindo. – Ah, sobre isso, ninguém tem ilusões, meu caro senhor. Nem os próprios ministros da Fazenda!... A bancarrota *é* inevitável; é como quem faz uma soma...

Ega mostrou-se impressionado. Olha que brincadeira, hem! E todos escutavam o Cohen. Ega, depois de lhe encher o cálice de novo, fincara os cotovelos na mesa para lhe beber melhor as palavras.

– A bancarrota é tão certa, as coisas estão tão dispostas para ela – continuava o Cohen – que seria mesmo fácil a qualquer, em dois ou três anos, fazer falir o país...

Ega gritou sofregamente pela *receita.* Simplesmente isto: manter uma agitação revolucionária constante; nas vésperas de se lançarem os empréstimos haver duzentos maganões decididos que caíssem à pancada na municipal e quebrassem os candeeiros com vivas à República; telegrafar isto em letras bem gordas para os jornais de Paris, de Londres e do Rio de Janeiro; assustar os mercados, assustar o brasileiro, e a bancarrota estalava. Somente, como ele disse, isto não convinha a ninguém.

Então Ega protestou com veemência. Como não convinha a ninguém? Ora essa! Era justamente o que convinha a todos!... À bancarrota seguia-se uma revolução, evidentemente. Um país que vive da *inscrição,* em não lha pagando, agarra no cacete; e procedendo por princípio, ou procedendo apenas por vingança – o primeiro cuidado que tem é varrer a monarquia que lhe representa o *calote,* e com ela o crasso pessoal do constitucionalismo. E, passada a crise, Portugal, livre da velha dívida, da velha gente, dessa coleção grotesca de bestas...

A voz de Ega sibilava... Mas vendo assim tratados de *grotescos,* de *bestas,* os homens de ordem que fazem prosperar os bancos, Cohen pousou a mão no braço do seu amigo e chamou-o ao bom senso. Evidentemente, ele era o primeiro a dizê-lo, em toda essa gente que figurava desde 46 havia medíocres e patetas; mas também homens de grande valor!

– Há talento, há saber – dizia ele com um tom de experiência. – Você deve reconhecê-lo, Ega... Você é muito exagerado! Não senhor, há talento, há saber.

E, lembrando-se que algumas dessas *bestas* eram amigos do Cohen, Ega reconheceu-lhes talento e saber. O Alencar porém cofiava sombriamente o bigode. Ultimamente pendia para ideias radicais, para a democracia humanitária de 1848; por instinto, vendo o romantismo desacreditado nas letras, refugiava-se no romantismo político, como num asilo paralelo; queria uma república governada por gênios, a fraternização dos povos, os Estados Unidos da Europa... Além disso, tinha longas queixas desses politiquetes, agora gente do Poder, outrora seus camaradas de redação, de café e de *batota*...

– Isso – disse ele – lá a respeito de talento e de saber, histórias... Eu conheço-os bem, meu Cohen...

O Cohen acudiu:

– Não senhor, Alencar, não senhor! Você também é dos tais... Até lhe fica mal dizer isso... É exageração. Não senhor, há talento, há saber.

E o Alencar, perante esta intimação do Cohen, o respeitado diretor do Banco Nacional, o marido da divina Raquel, o dono dessa hospitaleira casa da Rua do Ferregial onde se jantava tão bem, recalcou o despeito, admitiu que não deixava de haver talento e saber.

Então, tendo assim, pela influência do seu banco, dos belos olhos da sua mulher e da excelência do seu cozinheiro, chamado estes espíritos rebeldes ao respeito dos parlamentares e à veneração da Ordem, Cohen condescendeu em dizer, no tom mais suave da sua voz, que o país necessitava reformas...

Ega, porém, incorrigível nesse dia, soltou outra enormidade:

– Portugal não necessita reformas, Cohen, Portugal o que precisa é a invasão espanhola.

Alencar, patriota à antiga, indignou-se. O Cohen, com aquele sorriso indulgente de homem superior que lhe mostrava os bonitos dentes, viu ali apenas "um dos paradoxos do nosso Ega". Mas o Ega falava com seriedade, cheio de razões. Evidentemente, dizia ele, invasão não significa perda absoluta de independência. Um receio tão estúpido é digno só de uma sociedade tão estúpida como a do *Primeiro de Dezembro*. Não havia exemplo de seis milhões de habitantes serem engolidos, de um só trago, por um país que tem apenas quinze milhões de homens. Depois ninguém consentiria em deixar cair nas mãos de Espanha, nação militar e marítima, esta bela linha de costa de Portugal. Sem contar as alianças que teríamos, a troco das colônias – das colônias que só nos servem, como a prata de família aos morgados arruinados, para ir empenhando em casos de crise... Não havia perigo; o que nos aconteceria, dada uma invasão, num momento da guerra europeia, seria levarmos uma sova tremenda, pagarmos uma grossa indenização, perdermos uma ou duas províncias, ver talvez a Galiza estendida até o Douro...

– *Poulet aux champignons* – murmurou o criado, apresentando-lhe a travessa.

E, enquanto ele se servia, perguntavam-lhe dos lados onde via ele a *salvação do país,* nessa catástrofe que tornaria povoação espanhola Celorico de Basto, a nobre Celorico, berço de heróis, berço dos Egas...

– Nisto: no ressuscitar do espírito público e do gênio português! Sovados, humilhados, arrasados, escalavrados, tínhamos de fazer um esforço desesperado para viver. E em que bela situação nos achávamos! Sem monarquia, sem essa caterva de políticos, sem esse tortulho da *inscrição,* porque tudo desaparecia, estávamos novos em folha, limpos, escarolados, como se nunca tivéssemos servido. E recomeçava-se uma história nova, um outro Portugal, um Portugal sério e inteligente, forte e decente, estudando, pensando, fazendo civilização como outrora... Meninos, nada regenera uma nação como uma medonha tareia... Oh! Deus de Ourique, manda-nos o castelhano! E você, Cohen, passe-me o St. Emilion.

Agora, num rumor animado, discutia-se a invasão. Ah, podia-se fazer uma bela resistência! Cohen afiançava o dinheiro. Armas, artilharia iam comprar-se à América – e Craft ofereceu logo a sua coleção de espadas do século XVI. Mas generais? Alugavam-se. MacMahon, por exemplo, devia estar barato...

– O Craft e eu organizamos uma guerrilha – gritou o Ega.

– Às ordens, meu coronel.

– O Alencar – continuava Ega – é encarregado de ir despertar pela província o patriotismo, com cantos e com odes!

Então o poeta, pousando o cálice, teve um movimento de leão que sacode a juba:

– Isto é uma velha carcaça, meu rapaz, mas não está só para odes! Ainda se agarra uma espingarda, e como a pontaria é boa, ainda vão à terra um par de galegos... Caramba, rapazes, só a ideia dessas coisas me põe o coração negro! E como vocês podem falar nisso, a rir, quando se trata do país, desta terra onde nascemos, que diabo! Talvez seja má, de acordo, mas, caramba! é a única que temos, não temos outra! É aqui que vivemos, é aqui que rebentamos... Irra, falemos doutra coisa, falemos de mulheres!

Dera um repelão ao prato, os olhos umedeciam-se-lhe de paixão patriótica...

E, no silêncio que se fez, Dâmaso, que desde as informações sobre a rapariga do Ermidinha emudecera, ocupado a observar Carlos com religião, ergueu a voz pausadamente, disse, com ar de bom senso e de finura:

– Se as coisas chegassem a esse ponto, se se pusessem assim feias, eu cá, à cautela, ia-me raspando para Paris...

Ega triunfou, pulou de gosto na cadeira. Eis ali, no lábio sintético de Dâmaso, o grito espontâneo e genuíno do brio português! Raspar-se, pirar-se!... Era assim que de alto a baixo pensava a sociedade de Lisboa, a malta constitucional, desde el-Rei nosso Senhor até aos cretinos de secretaria!...

– Meninos, ao primeiro soldado espanhol que apareça à fronteira, o país em massa foge como uma lebre! Vai ser uma debandada única na história!

Houve uma indignação, Alencar gritou:

– Abaixo o traidor!

Cohen interveio, declarou que o soldado português era valente, à maneira dos turcos – sem disciplina, mas teso. O próprio Carlos disse, muito sério:

– Não senhor... Ninguém há de fugir, e há de se morrer bem.

Ega rugiu. Para quem estavam eles fazendo essa pose heroica? Então ignoravam que esta raça, depois de cinquenta anos de constitucionalismo, criada por esses saguões da Baixa, educada na piolhice dos liceus, roída de sífilis, apodrecida no bolor das secretarias, arejada apenas ao domingo pela poeira do Passeio, perdera o músculo como perdera o caráter, e era a mais fraca, a mais covarde raça da Europa?...

– Isso são os lisboetas – disse Craft.

– Lisboa é Portugal – gritou o outro. – Fora de Lisboa não há nada. O país está todo entre a Arcada e S. Bento!...

– A mais miserável raça da Europa! – continuava ele a berrar. – E que exército! Um regimento, depois de dois dias de marcha, dava entrada em massa no hospital! Com seus olhos tinha ele visto, no dia da abertura das cortes, um marujo sueco, um rapagão do Norte, fazer debandar, a socos, uma companhia de soldados; as praças tinham literalmente largado a fugir, com a patrona a bater-lhe os rins; e o oficial, enfiado de terror, meteu-se para uma escada, a vomitar!...

Todos protestaram. Não, não era possível... Mas se ele tinha visto, que diabo!... Pois sim, talvez, mas com os olhos falazes da fantasia...

– Juro pela saúde da mamã! – gritou Ega furioso.

Mas emudeceu. O Cohen tocara-lhe no braço. O Cohen ia falar.

O Cohen queria dizer que o futuro pertence a Deus. Que os espanhóis, porém, pensassem na invasão, isso parecia-lhe certo – sobretudo se viessem, como era natural, a perder Cuba. Em Madri todo o mundo lho dissera. Já havia mesmo negócios de fornecimentos entabulados...

– Espanholadas, galegadas! – rosnou Alencar, por entre dentes, sombrio e torcendo os bigodes.

– No *Hotel de Paris* – continuou Cohen – em Madri conheci eu um magistrado que me disse com um certo ar que não perdia a esperança de se vir estabelecer de todo em Lisboa; tinha-lhe agradado muito Lisboa, quando cá estivera a banhos. E, enquanto a mim, estou que há muitos espanhóis que estão à espera deste aumento de território para se empregarem!

Então Ega caiu em êxtase, apertou as mãos contra o peito. Oh! que delicioso traço! Oh! que admiravelmente observado!

– Este Cohen! – exclamava ele para os lados. – Que finamente observado! Que traço adorável! Hem, Craft? Hem, Carlos? Delicioso!

Todos cortesmente admiraram a finura do Cohen. Ele agradecia, com o olho enternecido, passando pelas suíças a mão onde reluzia um diamante. E nesse momento os criados serviram um prato de ervilhas num molho branco, murmurando:

– *Petits pois à la Cohen.*

À la Cohen? Cada um verificou o seu *menu* mais atentamente. E lá estava, era o legume: *petits pois à la Cohen!* Dâmaso, entusiasmado, declarou isto "*chic* a valer!" E fez-se, com o *champagne* que se abria, a primeira saúde ao *Cohen!*

Esquecera-se a bancarrota, a invasão, a pátria – o jantar terminava alegremente. Outras *saúdes* cruzaram-se, ardentes e loquazes; o próprio Cohen, com o sorriso de quem cede a um capricho de criança, bebeu à Revolução e à Anarquia, brinde complicado, que o Ega erguera, já com o olho muito brilhante. Sobre a toalha, a sobremesa alastrava-se, destroçada; no prato do Alencar as pontas de cigarros misturavam-se a bocados de ananás mastigado. Dâmaso, todo debruçado sobre Carlos, fazia-lhe o elogio da parelha inglesa, e daquele *phaeton* que era a coisa mais linda que passeava Lisboa. E logo depois do seu brinde de demagogo, sem razão, Ega arremetera contra Craft, injuriando a Inglaterra, querendo excluí-la dentre as nações pensantes, ameaçando-a de uma Revolução social que a ensoparia em sangue; o outro respondia com acenos de cabeça, imperturbável, partindo nozes.

Os criados serviram o café. E como havia já três longas horas que estavam à mesa, todos se ergueram, acabando os charutos, conversando, na animação viva que dera o *cham-*

pagne. A sala, de teto baixo, com os cinco bicos de gás ardendo largamente, enchera-se de um calor pesado, onde se ia espalhando agora o aroma forte das *chartreuses* e dos licores por entre a névoa alvadia do fumo.

Carlos e Craft, que abafavam, foram respirar para a varanda; e aí recomeçou logo, naquela comunidade de gostos que os começava a ligar, a conversa da Rua do Alecrim sobre a bela coleção dos Olivais. Craft dava detalhes; a coisa rica e rara que tinha era um armário holandês do século XVI; de resto, alguns bronzes, faianças e boas armas...

Mas ambos se voltaram ouvindo, no grupo dos outros, junto à mesa, estridências de voz, e como um conflito que rompia: Alencar, sacudindo a grenha, gritava contra a *palhada filosófica;* e do outro lado, com o cálice de *cognac* na mão, Ega, pálido e afetando uma tranquilidade superior, declarava toda essa babugem lírica que por aí se publica digna da polícia correcional...

– Pegaram-se outra vez – veio dizer Dâmaso a Carlos, aproximando-se da varanda. – É por causa do Craveiro. Estão ambos divinos!

Era com efeito a propósito de poesia moderna, de Simão Craveiro, do seu poema a *Morte de Satanás*. Ega estivera citando, com entusiasmo, estrofes do episódio da *Morte,* quando o grande esqueleto simbólico passa em pleno sol no *Boulevard,* vestido como uma *cocotte,* arrastando sedas rumorosas:

> "E entre duas costelas, no decote,
> Tinha um *bouquet* de rosas!"

E o Alencar, que detestava o Craveiro, o homem da *Ideia nova,* o paladino do Realismo, triunfara, cascalhara, denunciando logo nessa simples estrofe dois erros de gramática, um verso errado, e uma imagem roubada a Baudelaire!

Então Ega, que bebera um sobre outro dois cálices de *cognac,* tornou-se muito provocante, muito pessoal.

– Eu bem sei por que tu falas, Alencar – dizia ele agora. – E o motivo não é nobre. É por causa do epigrama que ele te fez:

> O Alencar d'Alenquer,
> Aceso com a primavera...

— Ah, vocês nunca ouviram isto? — continuou ele voltando-se, chamando os outros. — É delicioso, é das melhores coisas do Craveiro. Nunca ouviste, Carlos? É sublime, sobretudo, esta estrofe:

> O Alencar d'Alenquer
> Que quer? Na verde campina
> Não colhe a tenra bonina
> Nem consulta o malmequer...
> Que quer? Na verde campina
> O Alencar d'Alenquer
>   Quer menina!

— Eu não me lembro do resto, mas termina com um grito de bom senso, que é a verdadeira crítica de todo esse lirismo pandilha:

> O Alencar d'Alenquer
>   Quer cacete!

Alencar passou a mão pela testa lívida, e com o olho cavo fito no outro, a voz rouca e lenta:

— Olha, João da Ega, deixa-me dizer-te uma coisa, meu rapaz... Todos esses epigramas, esses dichotes lorpas do raquítico e dos que o admiram passam-me pelos pés como um enxurro de cloaca... O que faço é arregaçar as calças! Arregaço as calças... Mais nada, meu Ega. Arregaço as calças!

E arregaçou-as realmente, mostrando a ceroula, num gesto brusco e de delírio.

— Pois quando encontrares enxurros desses — gritou-lhe o Ega —, agacha-te e bebe-os! Dão-te sangue e força ao lirismo!

Mas Alencar, sem o ouvir, berrava para os outros, esmurrando o ar:

— Eu, se esse Craveirote não fosse um raquítico, talvez me entretivesse a rolá-lo aos pontapés por esse Chiado abaixo, a ele e à versalhada, a essa lambisgonhice excrementícia com que seringou Satanás! E, depois de o besuntar bem de lama, esborrachava-lhe o crânio!

— Não se esborracham assim crânios — disse de lá o Ega num tom frio de troça.

Alencar voltou para ele uma face medonha. A cólera e o *cognac* incendiavam-lhe o olhar; todo ele tremia:

— Esborrachava-lho, sim, esborrachava, João da Ega! Esborrachava-lho assim, olha, assim mesmo! — Rompeu a atirar patadas ao soalho, abalando a sala, fazendo tilintar cristais e louças. — Mas não quero, rapazes! Dentro daquele crânio só há excremento, vômito, pus, matéria verde, e se lho esborrachasse, porque lho esborrachava, rapazes, todo o miolo podre saía, empestava a cidade, tínhamos o cólera! Irra! tínhamos a peste!

Carlos, vendo-o tão excitado, tomou-lhe o braço, quis calmá-lo:

— Então, Alencar! Que tolice... Isso vale lá a pena!...

O outro desprendeu-se, arquejante, desabotoou a sobrecasaca, soltou o último desabafo:

— Com efeito, não vale a pena ninguém zangar-se por causa desse Craveirote da *Ideia nova,* esse caloteiro, que se não lembra que a porca da irmã é uma meretriz de doze vinténs em Marco de Canaveses!

— Não, isso agora é demais, pulha! — gritou Ega, arremessando-se de punhos fechados.

Cohen e Dâmaso, assustados, agarraram-no. Carlos puxara logo para o vão da janela o Alencar que se debatia, com os olhos chamejantes, a gravata solta. Tinha caído uma cadeira; a correta sala, com os seus divãs de marroquim, os seus ramos de camélias, tomava um ar de taberna, numa bulha de faias, entre a fumaraça de cigarros. Dâmaso, muito pálido, quase sem voz, ia dum a outro:

— Oh! meninos, oh! meninos, aqui, no Hotel Central! Jesus!... Aqui no Hotel Central!...

E, de entre os braços do Cohen, Ega berrava, já rouco:

– Esse pulha, esse covarde... Deixe-me, Cohen! Não, isso hei de esbofeteá-lo!... A D. Ana Craveiro, uma santa!... Esse caluniador... Não, isso hei de esganá-lo!...

Craft, no entanto, impassível, bebia aos goles a sua *chartreuse*. Já presenciara, mais vezes, duas literaturas rivais engalfinhando-se, rolando no chão, num latir de injúrias; a torpeza do Alencar sobre a irmã do outro fazia parte dos costumes de crítica em Portugal; tudo isso o deixava indiferente, com um sorriso de desdém. Além disso sabia que a reconciliação não tardaria, ardente e com abraços. E não tardou. Alencar saiu do vão da janela, atrás de Carlos, abotoando a sobrecasaca, grave e como arrependido. A um canto da sala, Cohen falava ao Ega com autoridade, severo, à maneira dum pai; depois voltou-se, ergueu a mão, ergueu a voz, disse que ali todos eram cavalheiros; e como homens de talento e de coração fidalgo os dois deviam abraçar-se...

– Vá, um *shake-hands,* Ega, faça isso por mim!... Alencar, vamos, peço-lho eu!

O autor de *Elvira* deu um passo, o autor das *Memórias dum Átomo* estendeu a mão; mas o primeiro aperto foi *gauche* e mole. Então Alencar, generoso e rasgado, exclamou que entre ele e o Ega não devia *ficar uma nuvem!* Tinha-se excedido... Fora o seu desgraçado gênio, esse calor de sangue, que durante toda a existência só lhe trouxera lágrimas! E ali declarava bem alto que Ana Craveiro era uma santa! Tinha-a conhecido em Marco de Canaveses, em casa dos Peixotos... Como esposa, como mãe, Ana Craveiro era impecável. E reconhecia, do fundo da alma, que o Craveiro tinha carradas de talento!...

Encheu um copo de *champagne,* ergueu-o alto, diante do Ega, como um cálice de altar:

– À tua, João!

Ega, generoso também, respondeu:

– À tua, Tomás!

Abraçaram-se. Alencar jurou que ainda na véspera, em casa de D. Joana Coutinho, ele dissera que não conhecia ninguém mais cintilante que o Ega! Ega afirmou logo que em poemas nenhuns corria, como nos do Alencar, uma tão bela veia lírica. Apertaram-se outra vez, com palmadas pelos ombros. Trataram-se de *irmãos na arte,* trataram-se de *gênios!...*

– São extraordinários – disse Craft baixo a Carlos, procurando o chapéu. – Desorganizam-me, preciso ar!...

A noite alongava-se, eram onze horas. Ainda se bebeu mais *cognac.* Depois Cohen saiu levando o Ega. Dâmaso e Alencar desceram com Carlos, que ia recolher a pé pelo Aterro.

À porta, o poeta parou com solenidade.

– Filhos – exclamou ele tirando o chapéu e refrescando largamente a fronte –, então? Parece-me que me portei como um *gentleman!*

Carlos concordou, gabou-lhe a generosidade...

– Estimo bem que me digas isso, filho, porque tu sabes o que é ser *gentleman!* E agora vamos lá por esse Aterro fora... Mas deixa-me ir ali primeiro comprar um pacote de tabaco...

– Que tipo! – exclamou Dâmaso, vendo-o afastar-se. – E a coisa ia-se pondo feia...

E imediatamente, sem transição, começou a fazer elogios a Carlos. O sr. Maia não imaginava há quanto tempo ele desejava conhecê-lo!

– Oh! senhor...

– Creia V. Ex.ª Eu não sou de sabujices... Mas pode V. Ex.ª perguntar ao Ega, quantas vezes o tenho dito: V. Ex.ª é a coisa melhor que há em Lisboa!

Carlos baixava a cabeça, mordendo o riso. Dâmaso repetia, do fundo do peito:

– Olhe que isto é sincero, sr. Maia! Acredite V. Ex.ª que isto é do coração!

Era realmente sincero. Desde que Carlos habitava Lisboa, tivera ali, naquele moço gordo e bochechudo, sem o saber, uma adoração muda e profunda; o próprio verniz dos seus sapatos, a cor das suas luvas eram para o Dâmaso motivo de veneração, e tão importantes como princípios. Considerava Carlos um tipo supremo de *chic,* do seu querido *chic,* um Brummel, um d'Orsay, um Morny – uma "destas coisas que só se veem lá fora", como ele dizia arregalando os olhos. Nessa tarde, sabendo que vinha jantar com o Maia, conhecer o Maia, estivera duas horas ao espelho experimentando gravatas, perfumara-se como para os braços duma mulher; e por causa de Carlos mandara estacionar ali o *coupé,* às dez horas, com o cocheiro de ramo ao peito.

– Então essa senhora brasileira vive aqui? – perguntou Carlos, que dera dois passos, olhava uma janela alumiada no segundo andar.

Dâmaso seguiu-lhe o olhar.

– Vive lá do outro lado. Estão aqui há quinze dias... Gente *chic...* E ela é de apetecer, V. Ex.ª reparou? Eu a bordo atirei-me... E ela dava cavaco! Mas tenho andado muito preso desde que cheguei, jantar aqui, *soirée* acolá, umas aventurazitas... Não tenho podido cá vir, deixei-lhes só bilhetes; mas trago-a de olho, que ela demora-se... Talvez venha cá amanhã, estou cá, agora, a sentir umas cócegas... E se me pilho só com ela, zás, ferro-lhe logo um beijo! Que eu cá, não sei se V. Ex.ª é a mesma coisa, mas eu cá, com mulheres, a minha teoria é esta: atração! Eu cá, é logo: atração!

Nesse momento Alencar voltava do estanco, de charuto na boca. Dâmaso despediu-se, atirando muito alto ao cocheiro, para que Carlos ouvisse, a *adresse* da Morelli, a segunda dama de S. Carlos.

– Bom rapaz, este Dâmaso – dizia Alencar, travando do braço de Carlos, ao seguirem ambos pelo Aterro. – É lá muito dos Cohens, muito querido na sociedade. Rapaz de fortuna, filho do velho Silva, o agiota, que esfolou muito teu pai; e a mim também. Mas ele assina Salcede; talvez nome da mãe; ou talvez inventado. Bom rapaz... O pai era um velhaco! Parece que estou a ouvir o Pedro dizer-lhe com o seu ar de fidalgo, que o tinha e do grande: "Silva judeu, dinheiro, e a rodo!..." Outros tempos, meu Carlos, grandes tempos. Tempos de gente!

E então por esse longo Aterro, triste no ar escuro, com as luzes do gás dormente luzindo em fila de enterro, Alencar foi falando desses "grandes tempos" da sua mocidade e da mocidade de Pedro; e, através das suas frases de lírico, Carlos sentia vir como um aroma antiquado desse mundo defunto... Era quando os rapazes ainda tinham um resto de calor das guerras civis, e o calmavam indo em bando varrer botequins ou rebentando pilecas de seges em galopadas para Sintra. Sintra era então um ninho de amores, e sob as suas românticas ramagens as fidalgas abandonavam-se aos braços dos poetas. Elas eram Elviras, eles eram Antonis. O dinheiro abundava; a corte era alegre; a Regeneração literata e galante ia engrandecer o país, belo jardim da Europa; os bacharéis chegavam de Coimbra, frementes de eloquência; os ministros da Coroa recitavam ao piano; o mesmo sopro lírico inchava as odes e os projetos de lei...

– Lisboa era bem mais divertida – disse Carlos.

– Era outra coisa, meu Carlos! Vivia-se! Não existiriam esses ares científicos, toda essa palhada filosófica, esses badamecos positivistas... Mas havia coração, rapaz! Tinha-se faísca! Mesmo nessas coisas da política... Vê esse chiqueiro agora aí, essa malta de bandalhos... Nesse tempo ia-se ali à Câmara e sentia-se a inspiração, sentia-se o rasgo!... Via-se luz nas cabeças!... E depois, menino, havia muitíssimo boas mulheres...

Os ombros descaíam-lhe na saudade desse mundo perdido. E parecia mais lúgubre com a sua grenha de inspirado saindo-lhe de sob as abas largas do chapéu velho, a sobrecasaca coçada e malfeita colando-se-lhe lamentavelmente às ilhargas.

Um momento caminharam em silêncio. Depois, na Rua das Janelas Verdes, o Alencar *quis refrescar*. Entraram numa pequena venda, onde a mancha amarela dum candeeiro de petróleo destacava numa penumbra de subterrâneo, alumiando o zinco úmido do balcão, garrafas nas prateleiras, e o vulto triste da patroa com um lenço amarrado nos queixos. Alencar parecia íntimo no estabelecimento; apenas soube que a sra. Cândida estava com dor de dentes, aconselhou logo remédios, familiar, descido das nuvens românticas, com os cotovelos sobre o balcão. E quando Carlos quis pagar a cana branca zangou-se, bateu a sua placa de dois tostões sobre o zinco polido, exclamou com nobreza:

– Eu é que faço a honra da bodega, meu Carlos! Nos palácios os outros pagarão... Cá na taberna pago eu!

À porta tomou o braço de Carlos. Depois de alguns passos lentos no silêncio da rua, parou de novo, e murmurou numa voz vaga, contemplativa, como repassada da vasta solenidade da noite:

— Aquela Raquel Cohen é divinamente bela, menino! Tu conhece-a?

— De vista.

— Não te faz lembrar uma mulher da Bíblia? Não digo lá uma dessas viragos, uma Judite, uma Dalila... Mas um desses lírios poéticos da Bíblia... É seráfica!

Era agora a paixão platônica do Alencar, a sua dama, a sua Beatriz...

— Tu viste há tempos, no *Diário Nacional,* os versos que lhe fiz?

> "Abril chegou! Sê minha!
> Dizia o vento à rosa."

— Não me saiu mau! Aqui há uma maliciazinha: *Abril chegou, sê minha...* Mas logo: *Dizia o vento à rosa.* Compreendes? Calhou bem este efeito. Mas não imagines lá outras coisas, ou que lhe faço a corte... Basta ser a mulher do Cohen, um amigo, um irmão... E a Raquel, para mim, coitadinha, é como uma irmã... Mas é divina. Aqueles olhos, filho, um veludo líquido!...

Tirou o chapéu, refrescou a fronte vasta. Depois noutro tom, e como a custo:

— Aquele Ega tem muito talento... Vai lá muito aos Cohens... A Raquel acha-lhe graça...

Carlos parara, estavam defronte do Ramalhete. Alencar deu um olhar à severa frontaria de convento, adormecida, sem um ponto de luz.

— Tem bom ar esta vossa casa... Pois entra tu, meu rapaz, que eu vou andando por aqui para a minha toca. E quando quiseres, filho, lá me tens na Rua do Carvalho, 52, 3º andar. O prédio é meu, mas eu ocupo o terceiro andar. Comecei por habitar no primeiro, mas tenho ido trepando... A única coisa mesmo que tenho trepado, meu Carlos, é de andares...

Teve um gesto, como desdenhando essas misérias.

– E hás de ir lá jantar um dia. Não te posso dar um banquete, mas hás de ter uma sopa e um assado... O meu Mateus, um preto (um amigo!), que me serve há muitos anos, quando há que cozinhar, sabe cozinhar! Fez muito jantar a teu pai, ao meu pobre Pedro... Que aquilo foi casa de alegria, meu rapaz. Dei lá cama e mesa, e dinheiro para a algibeira, a muita dessa canalha que hoje por aí trota em *coupé* da companhia e de correio atrás... E agora, quando me avistam, voltam para o lado o focinho...

– Isso são imaginações – disse Carlos com amizade.

– Não são, Carlos – respondeu o poeta, muito grave, muito amargo. – Não são. Tu não sabes a minha vida. Tenho sofrido muito repelão, rapaz. E não o merecia! Palavra, que o não merecia...

Agarrou o braço de Carlos, e com voz abalada:

– Olha que esses homens que por aí figuram embebedavam-se comigo, emprestei-lhes muito pinto, dei-lhes muita ceia... E agora são ministros, são embaixadores, são personagens, são o diabo. Pois ofereceram-te eles um bocado do *bolo* agora que o têm na mão? Não. Nem a mim. Isto é duro, Carlos, isto é muito duro, meu Carlos. E, que diabo, eu não queria que me fizessem conde, nem que me dessem uma embaixada... Mas aí alguma coisa numa secretaria... Nem um chavelho! Enfim, ainda há para o bocado do pão, e para a meia onça de tabaco... Mas esta ingratidão tem-me feito cabelos brancos... Pois não te quero maçar mais, e que Deus te faça feliz como tu mereces, meu Carlos!

– Tu não queres subir um bocado, Alencar?

Tanta franqueza enterneceu o poeta.

– Obrigado, rapaz – disse ele, abraçando Carlos. – E agradeço-lhe isso, porque sei que vem do coração... Todos vocês têm coração... Já teu pai o tinha, e largo, e grande como o dum leão! E agora crê uma coisa: é que tens aqui um amigo. Isto não é palavreado, isto vem de dentro... Pois adeus, meu rapaz. Queres tu um charuto?

Carlos aceitou logo, como um presente do céu.

– Então aí tens um charuto, filho! – exclamou Alencar com entusiasmo.

E aquele charuto dado a um homem tão rico, ao dono do Ramalhete, fazia-o por um momento voltar aos tempos em que nesse Marrare ele estendia em redor a charuteira cheia, com o seu grande ar de Manfredo triste. Interessou-se então pelo charuto. Acendeu ele mesmo um fósforo. Verificou se ficava bem aceso. E que tal, charuto razoável? Carlos achava um excelente charuto!

– Pois ainda bem que te dei um bom charuto!

Abraçou-o outra vez; e estava batendo uma hora, quando ele enfim se afastou, mais ligeiro, mais contente de si, trauteando um trecho de *fado*.

Carlos no seu quarto, antes de se deitar, acabando o péssimo charuto do Alencar estirado numa *chaise-longue,* enquanto Batista lhe fazia uma chávena de chá, ficou pensando nesse estranho passado que lhe evocara o velho lírico...

E era simpático o pobre Alencar! Com que cuidado exagerado, ao falar de Pedro, de Arroios, dos amigos e dos amores de então, ele evitara pronunciar sequer o nome de Maria Monforte! Mais de uma vez, pelo Aterro fora, estivera para lhe dizer: "Podes falar de mamã, amigo Alencar, que eu sei perfeitamente que ela fugiu com um italiano!"

E isto fê-lo insensivelmente recordar da maneira como essa lamentável história lhe fora revelada, em Coimbra, numa noite de troça, quase grotescamente. Porque o avô, obedecendo à carta testamentária de Pedro, contara-lhe um romance decente: um casamento de paixão, incompatibilidades de naturezas, uma separação cortês, depois a retirada da mamã com a filha para a França, onde tinham morrido ambas. Mais nada. A morte de seu pai fora-lhe apresentada sempre como brusco remate de uma longa nevrose...

Mas Ega sabia tudo, pelos tios... Ora uma noite tinham ceado ambos; Ega muito bêbado, e num acesso de idealismo, lançara-se num paradoxo tremendo, condenando a honestidade das mulheres como origem da decadência das raças; e dava por prova os bastardos, sempre inteligentes, bravos, gloriosos! Ele, Ega, teria orgulho se sua mãe, sua própria mãe, em lugar de ser a santa burguesa que rezava o terço à lareira, fosse como a mãe de Carlos, uma inspirada, que por amor dum exilado abandonara fortuna, respeitos, honra, vida! Carlos, ao ouvir isto, ficara petrificado, no meio da ponte, sob o calmo luar. Mas não pôde interrogar o Ega, que já taramelava, agoniado, e que não tardou a vomitar-lhe ignobilmente nos braços. Teve de o arrastar à casa das Seixas, despi-lo, aturar-lhe os beijos e a ternura borracha, até que o deixou abraçado ao travesseiro, babando-se, balbuciando "que queria ser bastardo, que queria que a mamã fosse uma marafona!..."

E ele mal pudera dormir essa noite, com a ideia daquela mãe, tão outra do que lhe haviam contado, fugindo nos braços dum desterrado – um polaco talvez! Ao outro dia, cedo, entrava pelo quarto do Ega, a pedir-lhe, pela sua grande amizade, a verdade toda...

Pobre Ega! Estava doente; fez-se branco como o lenço que tinha amarrado na cabeça com panos de água sedativa; e não achava uma palavra, coitado! Carlos, sentado na cama, como nas noites de cavaco, tranquilizou-o. Não vinha ali ofendido, vinha ali curioso! Tinham-lhe ocultado um episódio extraordinário da sua gente, que diabo, queria sabê-lo! Havia romance! Para ali o romance!

Ega, então, lá ganhou ânimo, lá balbuciou a sua história – a que ouvira ao tio Ega –, a paixão de Maria por um príncipe, a fuga, o longo silêncio de anos que se fizera sobre ela...

Justamente as férias chegavam. Apenas em Santa Olávia, Carlos contou ao avô a bebedeira do Ega, os seus discursos doidos, aquela revelação vinda entre arrotos. Pobre avô! Um momento nem pôde falar – e a voz por fim veio-lhe tão débil e dolente como se dentro do peito lhe estivesse morrendo o coração. Mas narrou-lhe, detalhe a detalhe, o feio romance todo até aquela tarde em que Pedro lhe aparecera, lívido, coberto de lama, a cair-lhe nos braços, chorando a sua dor com a fraqueza duma criança. E o desfecho desse amor culpado, acrescentara o avô, fora a morte da mãe em Viena de Áustria, e a morte da

pequenita, da neta que ele nunca vira, e que a Monforte levara...
E eis aí tudo. E assim, aquela vergonha doméstica estava agora enterrada, ali, no jazigo de Santa Olávia, e em duas sepulturas distantes, em país estrangeiro...

Carlos recordava-se bem que nessa tarde, depois da melancólica conversa com o avô, devia ele experimentar uma égua inglesa; e ao jantar não se falou senão da égua que se chamava *Sultana*. E a verdade era que daí a dias tinha esquecido a mamã. Nem lhe era possível sentir por esta tragédia senão um interesse vago e como literário. Isso passara-se havia vinte e tantos anos, numa sociedade quase desaparecida. Era como o episódio histórico de uma velha crônica de família, um antepassado morto em Alcácer-Quibir, ou uma das suas avós dormindo num leito real. Aquilo não lhe dera uma lágrima, não lhe pusera um rubor na face. Decerto, preferiria poder orgulhar-se de sua mãe como duma rara e nobre flor de honra; mas não podia ficar toda a vida a amargurar-se com os seus erros. E por quê? A sua honra dele não dependia dos impulsos falsos ou torpes que tivera o coração dela. Pecara, morrera, acabou-se. Restava, sim, aquela ideia do pai, findando numa poça de sangue, no desespero dessa traição. Mas não conhecera seu pai: tudo o que possuía dele e da sua memória, para amar, era uma fria tela malpintada, pendurada no quarto de vestir, representando um moço moreno, de grandes olhos, com luvas de camurça amarelas e um chicote na mão... De sua mãe não ficara nem um daguerreótipo, nem sequer um contorno a lápis. O avô tinha-lhe dito que era loura. Não sabia mais nada. Não os conhecera; não lhes dormira nos braços; nunca recebera o calor da sua ternura. Pai, mãe eram para ele como símbolos dum culto convencional. O papá, a mamã, os seres amados estavam ali todos – no avô.

Batista trouxera o chá, o charuto do Alencar acabara; e ele continuava na *chaise-longue*, como amolecido nestas recordações, e cedendo já, num meio adormecimento, à fadiga do longo jantar... E então, pouco a pouco, diante das suas pálpebras cerradas, uma visão surgiu, tomou cor, encheu todo o aposento. Sobre o rio, a tarde morria numa paz elísia. O peristilo do Hotel

Central alargava-se, claro ainda. Um preto grisalho vinha, com uma cadelinha no colo. Uma mulher passava, alta, com uma carnação ebúrnea, bela como uma deusa, num casaco de veludo branco de Gênova. O Craft dizia ao seu lado *très-chic*. E ele sorria, no encanto que lhe davam estas imagens, tomando o relevo, a linha ondeante, e a coloração de coisas vivas.

Eram três horas quando se deitou. E, apenas adormecera na escuridão dos cortinados de seda, outra vez um belo dia de inverno morria sem uma aragem, banhado de cor-de-rosa; o banal peristilo do hotel alargava-se, claro ainda na tarde; o escudeiro preto voltava, com a cadelinha nos braços; uma mulher passava, com um casaco de veludo branco de Gênova, mais alta que uma criatura humana, caminhando sobre nuvens, com um grande ar de Juno que remonta ao Olimpo; a ponta dos seus sapatos de verniz enterrava-se na luz do azul, por trás as saias batiam-lhe como bandeiras ao vento. E passava sempre... O Craft dizia *très-chic*. Depois tudo se confundia, e era só o Alencar, um Alencar colossal, enchendo todo o céu, tapando o brilho das estrelas com a sua sobrecasaca negra e malfeita, os bigodes esvoaçando ao vendaval das paixões, alçando os braços, clamando no espaço:

Abril chegou, sê minha!

VII

No Ramalhete, depois do almoço, com as três janelas do escritório abertas bebendo a tépida luz do belo dia de março, Afonso da Maia e Craft jogavam uma partida de xadrez ao pé da chaminé já sem lume, agora cheia de plantas, fresca e festiva como um altar doméstico. Numa faixa oblíqua de sol, sobre o tapete, o reverendo Bonifácio, enorme e fofo, dormia de leve a sua sesta.

Craft tornara-se, em poucas semanas, íntimo no Ramalhete. Carlos e ele, tendo muitas similitudes de gosto e de ideias, o mesmo fervor pelo *bric-à-brac* e pelo *bibelô;* o uso apaixonado da esgrima, igual *diletantismo* de espírito, uniram-se imediatamente em relações de superfície, fáceis e amáveis. Afonso, por seu lado, começara logo a sentir uma estima elevada por aquele *gentleman* de boa raça inglesa, como ele os admirava, cultivado e forte, de maneiras graves, de hábitos rijos, sentindo finamente e pensando com retidão. Tinham-se encontrado ambos entusiastas de Tácito, de Macaulay, de Burke, e até dos poetas laquistas; Craft era grande no xadrez; o seu caráter ganhara nas longas e trabalhadas viagens a rica solidez dum bronze; para Afonso da Maia "aquilo era deveras um homem". Craft, madrugador, saía cedo dos Olivais a cavalo, e vinha sim às vezes almoçar de surpresa com os Maias; por vontade de Afonso jantaria lá sempre; mas ao menos as noites passava-as invariavelmente no Ramalhete, tendo enfim, como ele dizia, encontrado em Lisboa um recanto onde se podia conversar bem sentado, no meio de ideias, e com boa educação.

Carlos saía pouco de casa. Trabalhava no seu livro. Aquela revoada de clientela que lhe dera esperanças duma carreira cheia, ativa, tinha passado miseravelmente, sem se fixar; restavam-lhe três doentes no bairro; e sentia agora que as suas carruagens, os cavalos, o Ramalhete, os hábitos de luxo o condenavam irremediavelmente ao *diletantismo*. Já o fino dr. Teodósio lhe dissera um dia, francamente: "Você é muito elegante pra médico! As suas doentes, fatalmente, fazem-lhe olho! Quem é o burguês que lhe vai confiar a esposa dentro duma alcova?... Você aterra o *pater-famílias*!" O laboratório mesmo prejudicara-o. Os colegas diziam que o Maia, rico, inteligente, ávido de inovações, de modernismos, fazia sobre os doentes experiências fatais. Tinha-se troçado muito a sua ideia, apresentada na *Gazeta Médica,* a prevenção das epidemias pela inoculação dos vírus. Consideravam-no um fantasista. E ele, então, refugiava-se todo nesse livro sobre a medicina antiga e moderna, o *seu livro,* trabalhado com vagares de artista rico, tornando-se o interesse intelectual de um ou dois anos.

Nessa manhã, enquanto dentro prosseguia grave e silenciosa a partida de xadrez, Carlos no terraço, estendido numa vasta cadeira índia de bambu, à sombra do toldo, acabava o seu charuto, lendo uma revista inglesa, banhado pela carícia tépida daquele bafo de primavera que aveludava o ar, fazia já desejar árvores e relvas...

Ao lado dele, numa outra cadeira de bambu, também de charuto na boca, o sr. Dâmaso Salcede percorria o *Figaro*. De perna estirada, numa indolência familiar, tendo o amigo Carlos ao seu lado, vendo junto ao terraço as rosas das roseiras de Afonso, sentindo por trás, através das janelas abertas, o rico e nobre interior do Ramalhete, o filho do agiota saboreava ali uma dessas horas deliciosas que ultimamente encontrava na intimidade dos Maias.

Logo na manhã seguinte ao jantar do Central, o sr. Salcede fora ao Ramalhete deixar os seus bilhetes, objetos complicados e vistosos, tendo ao ângulo, numa dobra simulada, o seu retratozinho em fotografia, um capacete com plumas por cima do nome DÂMASO CÂNDIDO DE SALCEDE, por baixo as suas honras – COMENDADOR DE CRISTO, ao fundo a sua *adresse – Rua de S. Domingos, à Lapa;* mas esta indicação estava riscada, e ao lado, a tinta azul, esta outra mais aparatosa – GRAND HÔTEL, BOULEVARD DES CAPUCINES, CHAMBRE no 103. Em seguida procurou Carlos no consultório, confiou ao criado outro cartão. Enfim, uma tarde, no Aterro, vendo passar Carlos a pé, correu para ele, pendurou-se dele, conseguiu acompanhá-lo ao Ramalhete.

Aí, logo desde o pátio, rompeu em admirações extáticas, como dentro dum museu, lançando, diante dos tapetes, das faianças e dos quadros, a sua grande frase – *"chic* a valer!" Carlos levou-o para o *fumoir*, ele aceitou um charuto; e começou a explicar, de perna traçada, algumas das suas opiniões e alguns dos seus gostos. Considerava Lisboa chinfrim, e só estava bem em Paris – sobretudo por causa do gênero "fêmea" de que em Lisboa se passavam fomes; ainda que nesse ponto a Providência não o tratava mal. Gostava também do *bric-à-brac;* mas apanhava-se muita espiga, e as cadeiras antigas, por exemplo, não lhe pareciam cômodas para a gente se sentar. A leitura entretinha-o, e ninguém o pilhava sem livros à cabeceira da cama; ultimamente andava às voltas com Daudet, que lhe diziam ser muito *chic,* mas ele achava-o confusote. Em rapaz perdia sempre as noites, até as quatro ou cinco da madrugada, no delírio! Agora não, estava mudado e pacato; enfim, não dizia que de vez em quando não se abandonasse a um excessozinho; mas só em dias alternados... E as suas perguntas foram terríveis. O sr. Maia achava *chic* ter um *cab* inglês? Qual era mais elegante, assim para um rapaz da sociedade que quisesse ir passar o verão lá fora, Nice ou Trouville?... Depois ao sair, muito sério, quase comovido, perguntou ao sr. Maia (se o sr. Maia não fazia segredo) quem era o seu alfaiate.

E desde esse dia, não o deixou mais. Se Carlos aparecia no teatro, Dâmaso imediatamente arrancava-se da sua cadeira, às vezes na solenidade duma bela ária, e pisando os botins dos cavalheiros, amarrotando a compostura das damas, abalava, abria de estalo a *claque,* vinha-se instalar na frisa, ao lado de Carlos, com a bochecha corada, camélia na casaca, exibindo os botões de punho que eram duas enormes bolas. Uma ou duas vezes que Carlos entrara casualmente no Grêmio, Dâmaso abandonou logo a partida, indiferente à indignação dos parceiros, para se vir colar à ilharga do Maia, oferecer-lhe marrasquino ou charutos, segui-lo de sala em sala como um rafeiro. Numa dessas ocasiões, tendo Carlos soltado um trivial gracejo, eis o Dâmaso rompendo em risadas soluçantes, rebolando-se pelos sofás, com as mãos nas ilhargas, a gritar que rebentava! Juntaram-se sócios; ele, sufocado, repetia a pilhéria; Carlos fugiu vexado. Chegou a odiá-lo; respondia-lhe só com monossílabos; dava voltas perigosas com o *dog-cart,* se lhe avistava de longe a bochecha, a coxa roliça. Debalde: Dâmaso Cândido de Salcede filara-o, e para sempre.

Depois, um dia, Taveira apareceu no Ramalhete com uma extraordinária história. Na véspera, no Grêmio (tinham-lhe contado, ele não presenciara) um sujeito, um Gomes, num grupo onde se comentavam os Maias, erguera a voz, exclamara que Carlos era um asno! Dâmaso, que estava ao lado mergulhado na *Ilustração,* levantou-se, muito pálido, declarou que, tendo a honra de ser amigo do sr. Carlos da

Maia, quebrava a cara com a bengala ao sr. Gomes se ele ousasse babujar outra vez esse cavalheiro; e o sr. Gomes tragou, com os olhos no chão, a afronta, por ser raquítico de nascença – e porque era inquilino de Dâmaso e andava muito atrasado na renda. Afonso da Maia achou este feito brilhante; e foi por desejo seu que Carlos trouxe o sr. Salcede uma tarde a jantar ao Ramalhete.

Este dia pareceu belo a Dâmaso, como se fosse feito de azul e ouro. Mas melhor ainda foi a manhã em que Carlos, um pouco incomodado e ainda deitado, o recebeu no quarto, como entre rapazes... Daí datava a sua intimidade: começou a tratar Carlos por *você*. Depois, nessa semana, revelou aptidões úteis. Foi despachar à alfândega (Vilaça achava-se no Alentejo) um caixote de roupa para Carlos. Tendo aparecido num momento em que Carlos copiava um artigo para a *Gazeta Médica,* ofereceu a sua boa letra, letra prodigiosa, de uma beleza litográfica; e daí por diante passava horas à banca de Carlos, aplicado e vermelho, com a ponta da língua de fora, o olho redondo, copiando apontamentos, transcrições de revistas, materiais para o livro... Tanta dedicação merecia um *tu* de familiaridade. Carlos deu-lho.

Dâmaso, no entanto, imitava o Maia com uma minuciosidade inquieta, desde a barba, que começava agora a deixar crescer, até a forma dos sapatos. Lançara-se no *bric-à-brac.* Trazia sempre o *coupé* cheio de lixos arqueológicos, ferragens velhas, um bocado de tijolo, a asa rachada de um bule... E se avistava um conhecido, fazia parar, entreabria a portinhola como um ádito de sacrário, exibia a preciosidade:

– Que te parece? *Chic* a valer!... Vou mostrá-la ao Maia. Olha-me isto, hem! Pura meia-idade, do reinado de Luís XIV. O Carlos vai-se roer de inveja!

Nesta intimidade de rosas havia todavia para Dâmaso horas pesadas. Não era divertido assistir em silêncio, do fundo duma poltrona, às infindáveis discussões de Carlos e de Craft sobre arte e sobre ciência. E, como ele confessou depois, chegara a encavacar um pouco quando o levaram ao laboratório para fazer no seu corpo experiências de eletricidade... – "Pareciam dois demônios engalfinhados em mim, disse ele à sra. condessa de Gouvarinho; e eu então que embirro com o espiritismo!..."

Mas tudo isto ficava regiamente compensado, quando à noite, num sofá do Grêmio, ou ao chá numa casa amiga, ele podia dizer, correndo a mão pelo cabelo:

– Passei hoje um dia divino com o Maia. Fizemos armas *bric-à-brac,* discutimos... Um dia *chic!* Amanhã tenho uma manhã de trabalho com o Maia... Vamos às colchas.

Nesse domingo, justamente, deviam ir às colchas, ao Lumiar. Carlos concebera um *boudoir* todo revestido de colchas antigas de cetim, bordadas a dois tons especiais, pérola e botão-de-ouro. O tio Abraão esquadrinhava-as por toda a Lisboa e pelos subúrbios; e nessa manhã viera anunciar a Carlos a existência de duas preciosidades *so beautiful! oh! so lovely!* em casa de umas senhoras Medeiros que esperavam o sr. Maia às duas horas...

Já três vezes Dâmaso tossira, olhara o relógio, mas, vendo Carlos confortavelmente mergulhado na revista, recaía também na sua indolência de homem *chic,* investigando o *Figaro*. Enfim, dentro, o relógio Luís XV cantou argentinamente as duas...

– Esta é boa! – exclamou Dâmaso ao mesmo tempo, com uma palmada na coxa. – Olha quem aqui me aparece! A Susana! A minha Susana!

Carlos não despegara os olhos da página.

– Ó Carlos – acrescentou ele –, fazes favor? Ouve. Ouve esta que é boa. Esta Susana é uma pequena que eu tive em Paris... Um romance! Apaixonou-se por mim, quis se envenenar, o diabo!... Pois diz aqui o *Figaro* que debutou nas *Folies-Bergères*. Fala nela... É boa, hem? E era rapariguita *chic*... E o *Figaro* diz que ela teve aventuras, naturalmente sabia o que se passou comigo... Todo o mundo sabia em Paris. Ora, a Susana! Tinha bonitas pernas. E custou-me a ver livre dela!

– Mulheres! – murmurou Carlos, refugiando-se mais no fundo da revista.

Dâmaso era interminável, torrencial, inundante a falar das "suas conquistas", naquela sólida satisfação em que vivia de que todas as mulheres, desgraçadas delas, sofriam a fascinação da sua pessoa e da sua *toilette.* E em Lisboa, realmente, era exato. Rico, estimado na sociedade, com *coupé* e parelha, todas as meninas tinham para ele um olhar doce. E no *demi-monde,* como ele dizia, "tinha prestígio a valer". Desde moço fora célebre, na capital, por pôr casas a espanholas; a uma mesmo dera carruagem ao mês; e este fausto excepcional tornara-o bem depressa o D. João V dos prostíbulos. Conhecia-se também a sua ligação com a viscondessa da Gafanha, uma carcaça esgalgada, caiada, rebocada, gasta por todos os homens válidos do país; ia nos 50 anos, quando chegou a vez do Dâmaso – e não era decerto uma delícia ter nos braços aquele esqueleto rangente e lúbrico; mas dizia-se que em nova dormira num leito real, e que augustos bigodes a tinham lambuzado; tanta honra fascinou Dâmaso, e colou-se-lhe às saias com uma fidelidade tão sabuja, que a decrépita criatura, farta, enojada já, teve de o enxotar à força e com desfeitas. Depois gozou uma tragédia: uma atriz do *Princípe Real,* uma montanha de carne, apaixonada por ele, numa noite de ciúme e de genebra, engoliu uma caixa de fósforos; naturalmente daí a horas estava boa, tendo vomitado abominavelmente sobre o colete do Dâmaso, que chorava ao lado, mas desde então este homem de amor julgou-se fatal! Como ele dizia a Carlos, depois de tanto drama na sua vida, quase tremia, tremia verdadeiramente de fitar uma mulher...

– Passaram-se cenas com esta Susana! – murmurou ele, depois de um silêncio em que estivera catando películas nos beiços.

E, com um suspiro, retomou o *Figaro.* Houve outra vez um silêncio no terraço. Dentro, a partida continuava. Para lá da sombra do toldo, agora, o sol ia aquecendo, batendo a pedra, os vasos de louça branca, numa refração de ouro claro em que palpitavam as asas das primeiras borboletas voando em redor dos craveiros sem flor; embaixo, o jardim verdejava, imóvel na luz, sem um bulir de ramo, refrescado pelo cantar do repuxo, pelo brilho líquido da água do tanque, avivado, aqui e além, pelo vermelho ou o amarelo das rosas, pela carnação das últimas camélias... O bocado de rio que se avistava entre os prédios era azul-ferrete como o céu; e entre rio e céu, o monte punha uma grossa barra verde-escura, quase negra no resplendor do dia, com os dois moinhos parados no alto, as duas casinhas alvejando embaixo, tão luminosas e cantantes que pareciam viver. Um repouso dormente de domingo envolvia o bairro; e, muito alto, no ar, passava o claro repique dum sino.

– O duque de Norfolk chegou a Paris – disse Dâmaso num tom entendido e traçando a perna. – O duque de Norfolk é *chic,* não é verdade, ó Carlos?

Carlos, sem erguer os olhos, lançou para os céus um gesto, como exprimindo o infinito do *chic!*

Dâmaso largara o *Figaro* para meter um charuto na boquilha; depois desapertou os últimos botões do colete, deu um puxão à camisa para mostrar melhor a marca que era um S enorme sob uma coroa de conde, e de pálpebra cerrada, com o beiço trombudo, ficou mamando gravemente a boquilha...

– Tu estás hoje em beleza, Dâmaso – disse-lhe Carlos que deixara também a revista e o contemplava com melancolia.

Salcede corou de gozo. Escorregou um olhar ao verniz dos sapatos, à meia cor de carne, e revirando para Carlos o bogalho azulado da órbita:

– Eu agora ando bem... Mas, muito *blasé.*

E foi realmente com um ar *blasé* que se ergueu a ir buscar a uma mesa de jardim, ao lado, onde estavam jornais e charutos, a *Gazeta Ilustrada,* "para ver o que ia pela pátria". Apenas lhe deitou os olhos soltou uma exclamação.

– Outro debute? – perguntou Carlos.

– Não, é a besta do Castro Gomes!

A *Gazeta Ilustrada* anunciava que "o sr. Castro Gomes, o cavalheiro brasileiro que no Porto fora vítima da sua dedicação por ocasião da desgraça ocorrida na Praça Nova, e de que o nosso correspondente J. T. nos deu uma descrição tão opulenta de colorido realista, acha-se restabelecido e é hoje esperado no Hotel Central. Os nossos parabéns ao arrojado *gentleman".*

– Ora está S. Ex.ª restabelecida! – exclamou Dâmaso, atirando para o lado o jornal. – Pois deixa estar que, agora, é a ocasião de lhe dizer na cara o que penso... Aquele pulha!

– Tu exageras – murmurou Carlos, que se apoderara vivamente do jornal, e relia a notícia.

– Ora essa! – exclamou Dâmaso, erguendo-se. – Ora essa! Queria ver se fosse contigo... É uma besta! É um selvagem!

E repetiu mais uma vez a Carlos essa história que o magoava. Desde a sua chegada de Bordéus, logo que o Castro Gomes se instalara no Hotel Central, ele fora deixar-lhe bilhetes duas vezes – a última na manhã seguinte ao jantar do Ega. Pois bem, S. Ex.ª não se dignara agradecer a visita! Depois eles tinham partido para o Porto; fora aí que, passeando só na Praça Nova, vendo a parelha de uma caleche desbocada, duas senhoras em gritos, Castro Gomes se lançara ao freio dos cavalos – e, cuspido contra as grades, tinha deslocado um braço. Teve de ficar no Porto, no Hotel, cinco semanas. E ele imediatamente (sempre com o olho na mulher) mandara-lhe dois telegramas: um de sentimento, lamentando; outro de interesse, pedindo notícias. Nem a um nem a outro, o animal respondeu!

– Não, isso – exclamava Salcede, passeando pelo terraço, e recordando estas injúrias – hei de lhe fazer uma desfeita!... Não pensei ainda o quê, mas há de amargar-lhe... Lá isso, desconsiderações não admito a ninguém! A ninguém!

Arredondava o olho, ameaçador. Desde o seu feito no Grêmio, quando o raquítico apavorado emudecera diante dele, Dâmaso ia-se tornando feroz. Pela menor coisa falava em "quebrar caras".

– A ninguém! – repetia ele, com puxões ao colete. – Desconsiderações, a ninguém!

Nesse momento ouviu-se dentro, no escritório, a voz rápida do Ega – e quase imediatamente ele apareceu, com um ar de pressa, e atarantado.

– Olá, Damasozinho!... Carlos, dás-me aqui embaixo uma palavra?

Desceram do terraço, penetraram no jardim, até junto de duas olaias em flor.

– Tu tens dinheiro? – foi aí logo a exclamação ansiosa do Ega.

E contou a sua terrível atrapalhação. Tinha uma letra de noventa libras que se vencia no dia seguinte. Além disso, 25 libras que devia ao Eusebiozinho, e que ele lhe reclamara numa carta indecente; e era isto que desesperava o Ega...

– Quero pagar a esse canalha, e quando o vir colar-lhe a carta à cara com um escarro. Além disso, a letra! E tenho para tudo isto 15 tostões...

– O Eusebiozinho é homem de ordem... Enfim, queres 115 libras – disse Carlos.

Ega hesitou, com uma cor no rosto. Já devia dinheiro a Carlos. Estava-se sempre dirigindo àquela amizade, como a um cofre inesgotável...

– Não, bastam-me oitenta. Ponho o relógio no prego, e a peliça, que já não faz frio...

Carlos sorriu, subiu logo ao quarto a escrever um cheque, enquanto Ega procurava cuidadosamente um bonito botão de rosa para florir a sobrecasaca. Carlos não tardou, trazendo na mão o cheque, que alargara até 120 libras, para o Ega ficar *armado*.

– Seja pelo amor de Deus, menino! – disse o outro, embolsando o papel, com um belo suspiro de alívio.

Imediatamente trovejou contra o Eusebiozinho, esse vilão! Mas tinha já uma vingança. Ia remeter-lhe a soma toda em cobre num saco de carvão, com um rato morto dentro, e um bilhete, começando assim: *ascorosa lombriga e imunda osga, aí te atiro ao focinho,* etc. ...

– Como tu podes consentir aqui, usando as tuas cadeiras, respirando o teu ar, aquele ser repulsivo!...

Mas era até sujo mencionar o Eusebiozinho!... Quis saber dos trabalhos de Carlos, do grande livro. Falou também do seu *Átomo,* e, por fim, numa voz diferente, aplicando o monóculo a Carlos:

– Dize-me outra coisa. Por que não tens tu voltado aos Gouvarinhos?

Carlos tinha só esta razão: não se divertia lá.

Ega encolheu os ombros. Parecia-lhe aquilo uma puerilidade...

— Tu não percebeste nada — exclamou ele. — Aquela mulher tem uma paixão por ti... Basta que se pronuncie o teu nome, sobe-lhe todo o sangue à cara.

E como Carlos ria, incrédulo, Ega, muito grave, deu a sua palavra de honra. Ainda na véspera, estava-se falando de Carlos, e ele espreitara-a. Sem ser um Balzac, nem uma broca de observação, tinha a visão correta; pois bem, lá lhe vira na face, nos olhos, toda a expressão de um sentimento sincero...

— Não estou a fazer romance, menino... Gosta de ti, palavra! Tem-na quando quiseres.

Carlos achava deliciosa aquela naturalidade mefistofélica com que Ega o induzia a quebrar uma infinidade de leis religiosas, morais, sociais, domésticas...

— Ah! bem — exclamou Ega —, se tu me vens com essa *blague* da cartilha e do código, então não falemos mais nisso! Se apanhastes a sarna da virtude, com comichões por qualquer coisa, então era uma vez um homem, vai para a Trapa comentar o *Ecclesiastes*...

— Não — disse Carlos, sentando-se num banco sob as árvores, ainda com uns restos da preguiça do terraço —, o meu motivo não é tão nobre. Não vou lá, porque acho o Gouvarinho um maçador.

Ega teve um sorriso mudo.

— Se a gente fosse a fugir das mulheres que têm maridos maçadores...

Sentou-se ao lado de Carlos, começou a riscar em silêncio o chão areado; e sem erguer os olhos, deixando cair as palavras, uma a uma, com melancolia:

— Anteontem, toda a noite, a pé firme, das dez à uma, estive a ouvir a história da demanda do Banco Nacional!

Era quase uma confidência, e como o desabafo dos tédios secretos em que se debatia, naquele mundo dos Cohens, o seu temperamento de artista. Carlos enterneceu-se.

— Meu pobre Ega, então toda a demanda?

— Toda! E a leitura do relatório da assembleia geral! E interessei-me! E tive opiniões!... A vida é um inferno.

Subiram ao terraço. Dâmaso reocupara a sua cadeira de vime, e, com um canivetezinho de madrepérola, estava tratando das unhas.

— Então decidiu-se? — perguntou ele logo ao Ega.

— Decidiu-se ontem! Não há *cotillon*.

Tratava-se de uma grande *soirée* mascarada que iam dar os Cohens, no dia dos anos de Raquel. A ideia desta festa sugerira-a o Ega, a princípio com grandes proporções de gala artística, a ressurreição histórica de um sarau no tempo de D. Manuel. Depois viu-se que uma tal festa era irrealizável em Lisboa — e desceu-se a um plano mais sóbrio, um simples baile *costumé,* a capricho...

— Tu, Carlos, já decidiste como vais?

— De dominó, um severo dominó preto, como convém a um homem de ciência...

— Então — exclamou Ega —, se se trata de ciência, vai de rabona e chinelas de ourelo!... A ciência faz-se em casa e de chinelas... Nunca ninguém descobriu uma lei do Universo metido dentro de um dominó... Que sensaboria, um dominó!...

Justamente a sra. D. Raquel desejava evitar, no seu baile, essa monotonia dos dominós. E em Carlos não havia desculpa. Não o prendiam vinte ou trinta libras; e, com aquele esplêndido físico de cavaleiro da Renascença, devia ornar a sala pelo menos com um soberbo Francisco I.

— É nisto — ajuntava ele com fogo — que está a beleza de uma *soirée* de máscaras! Não lhe parece, a você, Dâmaso? Cada um deve aproveitar a sua figura... Por exemplo, a Gouvarinho vai muito bem. Teve uma inspiração: com aquele cabelo ruivo, o nariz curto, as maçãs do rosto salientes, é Margarida de Navarra...

— Quem é Margarida de Navarra? — perguntou Afonso da Maia aparecendo no terraço com Craft.

— Margarida, a duquesa de Angouleme, a irmã de Francisco I, a Margarida das Margaridas, a pérola dos Valois, a padroeira da Renascença, a sra. condessa de Gouvarinho!...

Riu muito, foi abraçar Afonso, explicou-lhe que se discutia o baile dos Cohens. E apelou logo para ele, para o Craft, acerca do nefando dominó de Carlos. Não estava aquele mocetão, com os seus ares de homem de armas, talhado para um soberbo Francisco I, em toda a glória de Marignan?

O velho deu um olhar enternecido à beleza do neto.

– Eu te digo, John, talvez tenhas razão; mas Francisco I, rei de França, não se pode apear de uma tipoia e entrar numa sala, só. Precisa corte, arautos, cavaleiros, damas, bobos, poetas... Tudo isso é difícil.

Ega curvou-se. Sim senhor, de acordo! Ali estava uma maneira inteligente de compreender o baile dos Cohens!...

– E tu, de que vais? – perguntou Afonso.

Era um segredo. Tinha a teoria de que, naquelas festas, um dos encantos consistia na surpresa: dois sujeitos por exemplo que tendo jantado juntos, de jaquetão, no Bragança, se encontram à noite, um na púrpura imperial de Carlos V, outro com a escopeta de bandido da Calábria...

– Eu cá não faço segredo – disse ruidosamente Dâmaso. – Eu cá vou de selvagem.

– Nu?

– Não. De Nelusko na *Africana.* Oh sr. Afonso da Maia, que lhe parece? Acha *chic?*

– *Chic* não exprime bem – disse Afonso sorrindo. – Mas *grandioso* é, decerto.

Quiseram então saber como ia Craft. Craft não ia de coisa nenhuma; Craft ficava nos Olivais, de *robe de chambre.*

Ega encolheu os ombros com tédio, quase com cólera. Aquelas indiferenças pelo baile dos Cohens feriam-no como injúrias pessoais. Ele estava dando a essa festa o seu tempo, estudos na biblioteca, um trabalho fumegante de imaginação; e pouco a pouco ela tomava aos seus olhos a importância de uma celebração de arte, provando o gênio de uma cidade. Os "dominós", as abstenções pareciam-lhe evidências de inferioridade de espírito. Citou então o exemplo do Gouvarinho: ali estava um homem de ocupações, de posição política, nas vésperas de ser ministro, que não só ia ao baile, mas estudara o seu *costume,* estudara, e ia muito bem, ia de *marquês de Pombal!*

– Reclamo para ser ministro – disse Carlos.

– Não o precisa – exclamou Ega. – Tem todas as condições para ser ministro: tem voz sonora, leu Maurício Block, está encalacrado, e é um asno!...

E, no meio das risadas dos outros, ele arrependido de demolir assim um cavalheiro, que se interessava pelo baile dos Cohens, acudiu logo:

– Mas é muito bom rapaz, e não se dá ares nenhuns! É um anjo!

Afonso repreendia-o, risonho e paternal:

– Ora tu, John, que não respeitas nada...

– O desacato é a condição do progresso, sr. Afonso da Maia. Quem respeita decai. Começa-se por admirar o Gouvarinho, vai-se a gente esquecendo, chega a reverenciar o monarca, e quando mal se precata tem descido a venerar o Todo-Poderoso!... É necessário cautela!

– Vai-te embora, John, vai-te embora! Tu és o próprio Anticristo...

Ega ia responder, exuberante e em veia; mas dentro o tinir argentino do relógio Luís XV, com o seu gentil minueto, emudeceu-o.

– O quê? quatro horas!

Ficou aterrado, verificou no seu próprio relógio, deu em redor rápidos silenciosos apertos de mão, desapareceu como um sopro.

Todos de resto estavam pasmados de ser tão tarde! E assim passara a hora de ir ao Lumiar ver as colchas antigas das senhoras Medeiros...

– Quer você então meia hora de florete, Craft? – perguntou Carlos.

– Seja; e é necessário dar a lição ao Dâmaso...

– É verdade, a lição... – murmurou Dâmaso, sem entusiasmo, com um sorriso murcho.

A sala de esgrima era uma casa térrea, debaixo dos quartos de Carlos, com janelas gradeadas para o jardim, por onde resvalava, através das árvores, uma luz esverdinhada. Em dias enevoados era necessário acender os quatro bicos de gás. Dâmaso seguiu, atrás dos dois, com uma lentidão de rês desconfiada.

Aquelas lições, que ele solicitara por amor do *chic*, iam-se-lhe tornando odiosas. E nessa tarde, como sempre, apenas se enchumaçou com o plastrão de anta, se cobriu com a caraça de arame, começou a transpirar, a fazer-se branco. Diante dele Craft, de florete na mão, parecia-lhe cruel e bestial, com aqueles seus ombros de Hércules sereno, o olhar claro e frio. Os dois ferros rasparam. Dâmaso estremeceu todo.

– Firme – gritou-lhe Carlos.

O desgraçado equilibrava-se sobre a perna roliça; o florete de Craft vibrou, rebrilhou, voou sobre ele; Dâmaso recuou, sufocado, cambaleando e com o braço frouxo...

– Firme! – berrava-lhe Carlos.

Dâmaso, exausto, abaixou a arma.

– Então que querem vocês, é nervoso! É por ser a brincar... Se fosse a valer, vocês veriam.

Assim acabava sempre a lição; e ficava depois abatido sobre uma banqueta de marroquim, arejando-se com o lenço, pálido como a cal dos muros.

– Vou-me até casa – disse ele daí a pouco, fatigado de tanto cruzar de ferro. – Queres alguma coisa, Carlinhos?

– Quero que venhas cá jantar amanhã... Tens o marquês.

– *Chic* a valer... Não faltarei.

Mas faltou. E, como toda essa semana aquele moço pontual não apareceu no Ramalhete, Carlos, sinceramente inquieto, julgando-o moribundo, foi uma manhã à casa dele, à Lapa. Mas aí, o criado (um galego achavascado e triste, que, desde as suas relações com os Maias, Dâmaso trazia entalado numa casaca e mortalmente aperreado em sapatos de verniz) afirmou-lhe que o sr. Damasozinho estava de boa saúde, e até saíra a cavalo. Carlos veio então ao tio Abraão; o tio Abraão também não avistara, havia dias, aquele bom senhor Salcede, *that beautiful gentleman!* A curiosidade de Carlos levou-o ao Grêmio; no Grêmio nenhum criado vira ultimamente o sr. Salcede. "Está por aí de lua de mel com alguma bela andaluza", pensou Carlos.

Chegara ao fim da Rua do Alecrim quando viu o conde de Steinbroken, que se dirigia ao Aterro, a pé, seguido da sua vitória a passo. Era a segunda vez que o diplomata fazia exercício depois do seu desgraçado ataque de entranhas. Mas não tinha já vestígios da doença: vinha todo rosado e louro, muito sólido na sua sobrecasaca e com uma bela rosa-de-chá na botoeira. Declarou mesmo a Carlos que estava "más forrt". E não lamentava os sofrimentos, porque eles lhe tinham dado o meio de apreciar as simpatias que gozava em Lisboa. Estava enternecido. Sobretudo o cuidado de S. M. – o augusto cuidado de S. M. – fizera-lhe melhor que "todos os drogues de botique"! Realmente nunca as relações entre esses dois países, tão estreitamente aliados, Portugal e a Finlândia, tinham sido "más firmes, pur assi dizerre, más intimes, que durrante seu ataque de intestinais"!

Depois, travando do braço a Carlos, aludiu comovido ao oferecimento de Afonso da Maia, que pusera à sua disposição Santa Olávia, para ele se restabelecer nesses ares fortes e limpos do Douro. Ó, esse convite tocara-o *au plus profond de son coeur*. Mas, infelizmente, Santa Olávia era longe, tão longe!... Tinha de se contentar com Sintra, de onde podia vir todas as semanas, uma, duas vezes, vigiar a Legação. *C'était ennuyeux, mais...* A Europa estava num desses momentos de crise, em que homens de Estado, diplomatas, não podiam afastar-se, gozar as menores férias. Precisavam estar ali, na brecha, observando, informando...

– *C'est très grave* – murmurou ele, parando, com um pavor vago no olhar azulado... – *C'est excessivemente grave*!

Pediu a Carlos que olhasse em torno de si para a Europa. Por toda a parte uma confusão, um *gâchis*. Aqui a questão do Oriente... além o socialismo; por cima o Papa, a complicar tudo... Oh, *très grave!*

– *Tenez, la France, par exemple... D'abord Gambetta. Oh, je ne dis pas non, il est très fort, il est excessivement fort... Mais... Voilà! C'est très grave...*

Por outro lado os radicais, *les nouvelles couches*. Era excessivamente grave...

– *Tenez, je vais vous dire une chose, entre nous!*

Mas Carlos não escutava, nem sorria já. Do fim do Aterro aproximava-se, caminhando depressa, uma senhora

– que ele reconheceu logo, por esse andar que lhe parecia de uma deusa pisando a terra, pela cadelinha cor de prata que lhe trotava junto às saias, e por aquele corpo maravilhoso onde vibrava, sob linhas ricas de mármore antigo, uma graça quente, ondeante e nervosa. Vinha toda vestida de escuro, numa *toilette* de *serge* muito simples, que era como o complemento natural da sua pessoa, colando-se bem sobre ela, dando-lhe, na sua correção, um ar casto e forte; trazia na mão um guarda-sol inglês, apertado e fino como uma cana; e toda ela, adiantando-se assim no luminoso da tarde, tinha, naquele cais triste de cidade antiquada, um destaque estrangeiro, como o requinte caro de civilizações superiores. Nenhum véu, nessa tarde, lhe assombreava o rosto. Mas Carlos não pôde detalhar-lhe as feições; apenas, de entre o esplendor ebúrneo da carnação, sentiu o negro profundo de dois olhos que se fixaram nos seus. Insensivelmente deu um passo para a seguir. Ao seu lado Steinbroken, sem ver nada, estava achando Bismarck assustador. À maneira que ela se afastava, parecia-lhe maior, mais bela; e aquela imagem falsa e literária de uma deusa marchando pela Terra prendia-se-lhe à imaginação. Steinbroken ficara aterrado com o discurso do chanceler no Reichstag... Sim, era bem uma deusa. Sob o chapéu, numa forma de trança enrolada, aparecia o tom do seu cabelo castanho, quase louro à luz; a cadelinha trotava ao lado, com as orelhas direitas.

– Evidentemente – disse Carlos – Bismarck é inquietador...

Steinbroken porém já deixara Bismarck. Steinbroken agora atacava lord Beaconsfield.

– *Il est très fort... Oui, je vous l'accorde, il est excessivement fort... Mais voilà... Où va-t-il?*

Carlos olhava para o Cais de Sodré. Mas tudo lhe parecia deserto. Steinbroken, antes de adoecer, justamente, tinha dito ao ministro dos negócios estrangeiros aquilo mesmo: lord Beaconsfield é muito forte, mas para onde vai ele? O que queria ele?... E S. Ex.ª tinha encolhido os ombros... S. Ex.ª não sabia...

– *Eh, oui! Beaconsfield est très fort... Vous avez lu son speech chez le lord-maire? Épatant, mon cher, épatant!... Mais voilà... Où va-t-il?*

– Steinbroken, não me parece que seja prudente deixar-se aqui estar a arrefecer no Aterro...

– Deverras? – exclamou o diplomata, passando logo a mão rapidamente pelo estômago e pelo ventre.

E não se quis demorar um instante mais! Como Carlos ia recolher também, ofereceu-lhe um lugar na vitória até o Ramalhete.

– Venha então jantar conosco, Steinbroken.

– *Charmé mon cher, charmé.*

A vitória partiu. E o diplomata, agasalhando as pernas e o estômago num grande *plaid* escocês:

– Pôs, Maia, fazemos um belo passêo... Mas este Aterro no é diverrtido.

Não era divertido o Aterro!... Carlos achara-o nessa tarde o mais delicioso lugar da Terra!

Ao outro dia, voltou mais cedo; e, apenas dera alguns passos entre as árvores, viu-a logo. Mas não vinha só; ao seu lado o marido, esticado, apurado numa jaqueta de casimira quase branca, com uma ferradura de diamantes no cetim negro da gravata, fumava, indolente e lânguido, e trazia a cadelinha debaixo do braço. Ao passar, deu um olhar surpreendido a Carlos – como descobrindo enfim entre os bárbaros um ser de linha civilizada, e disse-lhe algumas palavras baixo, a ela.

Carlos encontrara outra vez os seus olhos, profundos e sérios; mas não lhe parecera tão bela; trazia uma outra *toilette* menos simples, de dois tons, cor de chumbo e cor de creme, e no chapéu, de abas grandes à inglesa, vermelhava alguma coisa, flor ou pena. Nessa tarde não era a deusa descendo das nuvens de ouro que se enrolavam além sobre o mar; era uma bonita senhora estrangeira que recolhia ao seu hotel.

Voltou ainda três vezes ao Aterro, não a tornou a ver; e então envergonhou-se, sentiu-se humilhado com este interesse romanesco que o trazia assim, numa inquietação de rafeiro perdido, farejando o Aterro, da rampa de Santos ao Cais de Sodré, à espera de uns olhos negros e de uns cabelos louros de passagem em Lisboa, e que um paquete da *Royal Mail* levaria uma dessas manhãs...

E pensar que toda essa semana deixara o seu trabalho abandonado sobre a mesa! E que todas as tardes, antes de sair, se demorava ao espelho, estudando a gravata! Ah, miserável, miserável, natureza...

Ao fim dessa semana, Carlos estava no consultório, já para sair, calçando as luvas, quando o criado entreabriu o reposteiro, e murmurou com alvoroço:

– Uma senhora!

Apareceu um menino muito pálido, de caracóis louros, vestido de veludo preto – e atrás uma mulher, toda de negro, com um véu justo e espesso como uma máscara.

– Creio que vim tarde – disse ela, hesitando, junto da porta.

– O sr. Carlos da Maia ia sair...

Carlos reconheceu a Gouvarinho.

– Oh! senhora condessa!

Desembaraçou logo o divã dos jornais e das brochuras; ela olhou um momento, como indecisa, aquele amplo e mole assento de serralho; depois sentou-se à borda e de leve, com o pequeno junto de si.

– Venho trazer-lhe um doente – disse ela sem erguer o véu, como falando do fundo daquela *toilette* negra que a dissimulava. – Não o mandei chamar, porque realmente pouco é, e tinha hoje de passar por aqui... Além disso, o meu pequeno é muito nervoso; se vê entrar o médico, parece-lhe que vai morrer. Assim é como uma visita que se faz... E não tens medo, não é verdade, Charlie?

O pequeno não respondeu; de pé, quedo ao lado da mamã, mimoso e débil sob os caracóis de anjo que lhe caíam até os ombros, devorava Carlos com uns grandes olhos tristes.

Carlos pôs um interesse quase terno na sua pergunta:

– Que tem ele?

Havia dias, aparecera-lhe uma impigem no pescoço. Além disso, por trás da orelha, tinha como uma dureza de caroço. Aquilo inquietava-a. Ela era forte, de uma boa raça, que dera atletas e velhos de grande idade. Mas na família do marido, em todos os Gouvarinhos, havia uma anemia hereditária. O conde mesmo, com aquela sólida aparência, era um achacado. E ela, receando que a influência debilitante de Lisboa não conviesse a Charlie, estava com o vago projeto de lhe fazer ir passar algum tempo ao campo, em Formoselha, a casa da avó.

Carlos, aproximando ligeiramente a cadeira, estendeu os braços a Charlie:

– Ora venha cá o meu lindo amigo, para vermos isso. Que magnífico cabelo ele tem, senhora condessa!

Ela sorriu. E Charlie, seriozinho, bem ensinado, sem aquele terror do médico de que falara a mamã, veio logo, desapertou delicadamente o seu grande colarinho, e, quase entre os joelhos de Carlos, dobrou o pescoço macio e alvo como um lírio.

Carlos viu apenas uma pequena mancha cor-de-rosa desvanecendo-se; do "caroço" não havia vestígio; e então uma ligeira vermelhidão subiu-lhe ao rosto, procurou vivamente os olhos da condessa, como compreendendo tudo, querendo ver neles a confissão do sentimento que a trouxera ali com um pretexto pueril, sob aquela *toilette* negra, aqueles véus que a mascaravam...

Mas ela permaneceu impenetrável, sentada à borda do divã com as mãos cruzadas, atenta, como esperando as suas palavras, num vago susto de mãe.

Carlos abotoou o colarinho do pequeno e disse:

– Não é absolutamente nada, minha senhora.

No entanto, fez perguntas de médico sobre o regime e a natureza de Charlie. A condessa, num tom pesaroso, queixou-se de que a educação da criança não fosse, como ela desejava, mais forte e mais viril; mas o pai opunha-se ao que ele chamava "a aberração inglesa", a água fria, os exercícios a todo o ar, a ginástica...

– A água fria e a ginástica – disse Carlos sorrindo – têm melhor reputação do que merecem... É o seu único filho, senhora condessa?

– É, tem os mimos de morgado – disse ela, passando a mão pelos cabelos louros do pequeno.

Carlos assegurou-lhe que, apesar do seu aspecto nervoso e delicado, Charlie não devia dar-lhe cuidado; nem havia necessidade de o exilar para os ares de Formoselha... Depois ficaram um momento calados.

– Não imagina como me tranquilizou – disse ela, erguendo-se, dando um jeito ao véu. – De mais a mais é um gosto vir consultá-lo... Não há aqui o menor ar de doença, nem de remédios... E realmente tem isto muito bonito... – acrescentou, dando um olhar lento em redor aos veludos do gabinete.

– Tem justamente esse defeito – exclamou Carlos rindo. – Não inspira nenhum respeito pela minha ciência... Eu estou com ideias de alterar tudo, pôr aqui um crocodilo empalhado, corujas, retortas, um esqueleto, pilhas de infólios...

– A cela de Fausto.

– Justamente, a cela de Fausto.

– Falta-lhe Mefistófeles – disse ela alegremente, com um olhar que brilhou sob o véu.

– O que me falta é Margarida!

A senhora condessa, com um lindo movimento, encolheu os ombros, como duvidando discretamente; depois tomou a mão de Charlie, e deu um passo lento para a porta, puxando outra vez o véu.

– Como V. Ex.ª se interessa pela minha instalação – acudiu Carlos querendo retê-la –, deixe-me mostrar-lhe a outra sala.

Correu o reposteiro. Ela aproximou-se, murmurou algumas palavras, aprovando a frescura dos cretones, a harmonia dos tons claros; depois o piano fê-la sorrir.

– Os seus doentes dançam quadrilhas?

– Os meus doentes, senhora condessa – respondeu Carlos –, não são bastante numerosos para formar uma quadrilha. Raras vezes mesmo tenho dois para uma valsa... O piano está simplesmente ali para dar ideias alegres; é como uma promessa tácita de saúde, de futuras *soirées,* de bonitas árias do *Trovador* em família...

– É engenhoso – disse ela dando familiarmente alguns passos na sala, com Charlie colado aos vestidos.

E Carlos, caminhando ao lado dela:

– V. Ex.ª não imagina como eu sou engenhoso!

– Já noutro dia me disse... Como foi que disse? Ah! que era muito inventivo quando odiava.

– Muito mais quando amo – disse ele rindo.

Mas ela não respondeu; parara junto do piano, remexeu um momento as músicas espalhadas, feriu duas notas no teclado.

– É um chocalho.

– Oh, senhora condessa!

Ela seguiu, foi examinar um quadro a óleo, copiado de Landseer – um focinho de cão de S. Bernardo, maciço e bonacheirão, adormecido sobre as patas. Quase roçando-lhe o vestido, Carlos sentia o fino perfume de verbena que ela usava sempre exageradamente; e, entre aqueles tons negros que a cobriam, a sua pele parecia mais clara, mais doce à vista, e atraindo como um cetim.

– Este é um horror – murmurou ela, voltando-se –, mas disse-me o Ega que há quadros lindos no Ramalhete... Falou-me sobretudo dum Greuze e dum Rubens... É pena que se não possam ver essas maravilhas.

Carlos lamentava também que uma existência de solteirões lhes impedisse, a ele e ao avô, de receberem senhoras. O Ramalhete estava tomando uma melancolia de mosteiro. Se assim continuassem mais alguns meses, sem que se sentisse ali um calor de vestido, um aroma de mulher, vinha a nascer a erva pelos tapetes.

– É por isso – acrescentou ele muito sério – que eu vou obrigar o avô a casar-se.

A condessa riu, os seus lindos dentes miudinhos alvejaram na sombra do véu.

– Gosto da sua alegria – disse ela.

— É uma questão de regime. V. Ex.ª não é alegre?

Ela encolheu os ombros, sem saber... Depois, batendo com a ponta do guarda-sol na sua botina de verniz que brilhava sobre o tapete claro, murmurou com os olhos baixos, deixando ir as palavras, num tom de intimidade e de confidência:

— Dizem que não, que sou triste, que tenho *spleen*...

O olhar de Carlos seguira o dela, pousara-se na botina de verniz que calçava delicadamente um pé fino e comprido; Charlie, entretido, mexia nas teclas do piano — e ele baixou a voz para lhe dizer:

— É que a senhora condessa tem um mau regime. É necessário tratar-se, voltar aqui, consultar-me... Tenho talvez muito que lhe dizer!

Ela interrompeu-o vivamente, erguendo para ele os olhos, donde se escapou um clarão de ternura e de triunfo:

— Venha-mo antes dizer um destes dias, tomar chá comigo, às cinco horas... Charlie!

O pequeno veio logo dependurar-se-lhe do braço.

Carlos, acompanhando-a abaixo à rua, lamentava a fealdade da sua escada de pedra:

— Mas vou mandar tapetar tudo para quando a senhora condessa volte a dar-me a honra de me vir consultar...

Ela gracejou, toda risonha:

— Ah! não! O sr. Carlos da Maia prometeu-nos a todos a saúde... E naturalmente não espera que seja eu que venha cá tomar chá consigo...

— Oh, minha senhora, eu, quando começo a esperar, não ponho limites nenhuns às minhas esperanças...

Ela parou, com o pequeno pela mão, olhou para ele, como pasmada, encantada com aquela grandiosa certeza de si mesmo.

— Então vai por aí além, por aí além...?

— Vou por aí além, por aí além, minha senhora!

Estavam no último degrau, diante da claridade e do rumor da rua.

— Mande-me chegar um *coupé*.

Um cocheiro, ao aceno de Carlos, lançou logo a tipoia.

— E agora – disse ela sorrindo – mande-o ir à igreja da Graça.

— A senhora condessa vai beijar o pé do Senhor dos Passos?

Ela corou de leve, murmurou:

— Ando fazendo as minhas devoções...

Depois saltou ligeiramente para o *coupé,* deixando Charlie, que Carlos ergueu nos braços e lhe colocou ao lado, paternalmente.

— Que Deus a leve em sua santa guarda, senhora condessa!

Ela agradeceu com um olhar, um movimento de cabeça – ambos tão doces como carícias.

Carlos subiu; e, sem tirar o chapéu, ficou ainda enrolando uma *cigarette,* passeando naquela sala sempre deserta, sempre fria, onde ela deixara agora alguma coisa do seu calor e do seu aroma...

Realmente gostava daquela audácia dela – ter vindo assim ao consultório, toda escondida, quase mascarada numa grande *toilette* negra, inventando um caroço no pescocinho são de Charlie, para o ver, para dar um nó brusco e mais apertado naquele leve fio de relações que ele tão negligentemente deixara cair e quebrar...

O Ega desta vez não fantasiara; aquele bonito corpo oferecia-se tão claramente como se se despisse. Ah! se ela fosse de sentimentos errantes e fáceis – que bela flor a colher, a respirar, a deitar fora depois! Mas não; como dizia o Batista, a senhora condessa nunca se tinha divertido. E o que ele não queria era achar-se envolvido numa paixão ciosa, uma dessas ternuras tumultuosas de mulher de 30 anos, de que depois se desembaraçaria dificilmente... Nos braços dela o seu coração ficaria mudo; e, apenas esgotada a primeira curiosidade, começaria o tédio dos beijos que se não desejam, a horrível maçada do prazer a frio. Depois, teria de ser íntimo da casa, receber pelo ombro as palmadas do senhor conde, ouvir-lhe a voz morosa destilando doutrina... Tudo isto o assustava... E, todavia, gostara daquela audácia! Havia ali uma pontinha de romantismo, muito irregular, e picante... E devia ser deliciosamente bem-feita... A sua imaginação despia-a, enrolava-se-lhe no cetim das formas, onde sentia ao mesmo tempo alguma coisa de maduro e de virginal... E outra vez, como nas primeiras noites que os vira em S. Carlos, aqueles cabelos tentavam-no, assim avermelhados, tão crespos e quentes...

Saiu. E dera apenas alguns passos na Rua Nova do Almada, quando avistou o Dâmaso, num *coupé* lançado a grande trote, que o chamava, mandava parar, com a face à portinhola, vermelho e radiante:

– Não tenho podido lá ir – exclamou ele, apoderando-se-lhe da mão, apenas Carlos se aproximou, e apertando-lha com entusiasmo. – Tenho andado num turbilhão! Eu te contarei! Um romance divino... Mas eu te contarei!... Tem cuidado com a roda! Bate lá, ó *Calção!*

A parelha abalou; ele ainda se debruçou da portinhola, agitou a mão, gritou no rumor da rua:

– Um romance divino, *chic* a valer!

Justamente, dias depois, no Ramalhete, na sala de bilhar, Craft, que acabava de "bater" o marquês, perguntou, pousando o taco e acendendo o cachimbo:

– E notícias do nosso Dâmaso? Já se esclareceu esse lamentável desaparecimento?...

Carlos então contou como o encontrara, afogueado e triunfante, atirando-lhe da portinhola do *coupé,* em plena Rua Nova do Almada, a notícia de um *romance divino!*

– Bem sei – disse o Taveira.

– Como sabes?... – exclamou Carlos.

Taveira vira-o na véspera, num grande *landau* da Companhia, com uma esplêndida mulher, muito elegante e que parecia estrangeira...

– Ora essa! – gritou Carlos. – E com uma cadelinha escocesa?

– Exatamente, uma cadelinha escocesa, um *griffon* cor de prata... Quem são?

– E um rapaz magro, de barba muito preta, com um ar inglesado?

– Justamente... Muito correto, um ar *sport*... Que gente é?
– Uma gente brasileira, penso eu.

Eram os Castros Gomes, decerto! Isto parecia-lhe espantoso. Havia apenas duas semanas que no terraço o Dâmaso, de punhos fechados, bramara contra os Castros Gomes e as suas "desconsiderações"! Ia pedir outros pormenores ao Taveira; mas o marquês ergueu a voz do fundo da poltrona onde se estirara, e quis saber a opinião de Carlos sobre o grande acontecimento dessa manhã na *Gazeta Ilustrada*. Na *Gazeta Ilustrada?*... Carlos não sabia, essa manhã não vira jornal nenhum.

– Então não lhe digam nada – gritou o marquês. – Venha a surpresa! Cá há a *Gazeta?* Manda buscar a *Gazeta!*

Taveira puxou o cordão da campainha; e quando o escudeiro trouxe a *Gazeta,* ele apoderou-se dela, quis fazer uma leitura solene.

– Deixa-lhe ver primeiro o retrato – berrou o marquês, erguendo-se.

– Primeiro o artigo! – exclamava o Taveira, defendendo-se, com o jornal atrás das costas.

Mas cedeu, e pôs o papel diante dos olhos de Carlos, largamente, como um sudário desdobrado. Carlos reconheceu logo o retrato do Cohen... E a prosa que se alastrava em redor, encaixilhando a face escura de suíças retintas, era um trabalho de seis colunas, em estilo emplumado e cantante, celebrando até os céus as virtudes domésticas do Cohen, o gênio financeiro do Cohen, os ditos de espírito do Cohen, a mobília das salas do Cohen; havia ainda um parágrafo aludindo à festa próxima, ao grande sarau de máscaras do Cohen. E tudo isto vinha assinado – J. da E. – as iniciais de João da Ega!

– Que tolice! – exclamou Carlos, com tédio, atirando o jornal para cima do bilhar.

– É mais que tolice – observou Craft –, é uma falta de senso moral.

O marquês protestou. Gostava do artigo. Achava-o brilhante, e de velhaco!... E de resto em Lisboa quem dava por uma falta de senso moral?...

– Você, Craft, não conhece Lisboa! Todo o mundo acha isto muito natural. É íntimo da casa, celebra os donos. É admirador da mulher, lisonjeia o marido. Está na lógica cá da terra... Você verá que sucesso isto vai ter... E lá que o artigo está lindo, isso está!

Tomou-o de cima do bilhar, leu alto o trecho sobre o *boudoir* cor-de-rosa de *madame* Cohen: "Respira-se ali (dizia o Ega) alguma coisa de perfumado, íntimo e casto, como se todo aquele cor-de-rosa exalasse de si o aroma que a rosa tem"!

– Isto, caramba, é lindo em toda a parte! – exclamou o marquês. – Tem muito talento, aquele diabo! Tomara eu ter o talento que ele tem!...

– Nada disso impede – repetiu Craft, cachimbando tranquilamente – que seja uma extraordinária falta de senso moral.

– Pura e simplesmente insensato! – disse Cruges, desenroscando-se do canto dum sofá, para deixar cair às sílabas esta pesada opinião.

O marquês investiu com ele.

– Que entende você disso, seu maestro? O artigo é sublime! E saiba mais: é de finório!

O maestro, com preguiça de argumentar, foi-se enroscar em silêncio ao outro canto do sofá.

E então o marquês, de pé e bracejando, apelou para Carlos, e quis saber o que é que Craft em princípio entendia por *senso moral.*

Carlos, que dava pela sala passos impacientes, não respondeu, tomou o braço do Taveira, levou-o para o corredor.

– Dize-me uma coisa: onde viste tu o Dâmaso, com essa gente? Para que lado iam?

– Iam pelo Chiado abaixo; anteontem, às duas horas... Estou convencido que iam para Sintra. Levavam uma maleta no *landau,* e atrás ia uma criada num *coupé* com uma mala maior... Aquilo cheirava a ida a Sintra. E a mulher é divina! Que *toilette,* que ar, que *chic!*... É uma Vênus, menino!... Como conheceria ele aquilo?...

– Em Bordéus, num paquete, não sei onde!

— Eu do que gostei foi dos ares que ele se ia dando por aquele Chiado! Cumprimento para a direita, cumprimento para a esquerda... A debruçar-se, a falar muito baixo para a mulher, com olho terno, alardeando conquista...

— Que besta! — exclamou Carlos, batendo com o pé no tapete.

— Chama-lhe besta — disse o Taveira. — Vem a Lisboa, por acaso, uma mulher civilizada e decente, e é ele que a conhece, e é ele que vai com ela para Sintra! Chama-lhe besta!... Anda daí, vamos à partidinha do dominó.

Taveira ultimamente introduzira o dominó no Ramalhete — e havia agora ali, às vezes, partidas ardentes, sobretudo quando aparecia o marquês. Porque a paixão do Taveira era bater o marquês.

Mas foi necessário que o marquês acabasse de bracejar, de desenrolar o arrazoado com que estava acabrunhando o Craft, que do fundo da poltrona, de cachimbo na mão e com ar de sono, respondia por monossílabos. Era ainda a propósito do artigo do Ega, da definição de *senso moral*. Já tinha falado de Deus, de Garibaldi, até do seu famoso perdigueiro *Finório;* e agora definia a Consciência... segundo ele, era o medo da polícia. Tinha o amigo Craft visto já alguém com remorsos? Não, a não ser no teatro da Rua dos Condes, em dramalhões...

— Acredite você uma coisa, Craft — terminou ele por dizer, cedendo ao Taveira que o puxava para a mesa —, isto de consciência é uma questão de educação. Adquire-se como as boas maneiras; sofrer em silêncio por ter traído um amigo, aprende-se exatamente como se aprende a não meter os dedos no nariz. Questão de educação... No resto da gente é apenas medo da cadeia, ou da bengala... Ah! vocês querem levar outra sova ao dominó como a de sábado passado? Perfeitamente, sou todo vosso...

Carlos, que estivera passando de novo os olhos pelo artigo do Ega, aproximou-se também da mesa. E estavam sentados, remexiam as pedras, quando à porta da sala apareceu o conde de Steinbroken, de casaca e crachá, grã-cruz sobre o colete branco, louro como uma espiga, esticado e resplandecente. Tinha jantado no Paço, e vinha acabar no Ramalhete a sua *soirée,* em família...

Então o marquês, que o não via desde o famoso ataque de intestinos, abandonou o dominó, correu a abraçá-lo ruidosamente – e sem o deixar sequer sentar, nem estender a mão aos outros, implorou-lhe logo uma das suas belas canções finlandesas, uma só, daquelas que lhe faziam tão bem à alma!...

– Só a *Balada,* Steinbroken... Eu também não me posso demorar, que tenho aqui a partida à espera. Só a *Balada!...* Vá, salta lá para dentro para o piano, Cruges...

O diplomata sorria, dizia-se cansado, tendo já feito música deliciosa no Paço com Sua Majestade. Mas nunca sabia resistir àquele modo folgazão do marquês – e lá foram para a sala do piano, de braço dado, seguidos pelo Cruges, que levara uma eternidade a desenroscar-se do canto do sofá. E daí a um momento, através dos reposteiros meio corridos, a bela voz de barítono do diplomata espalhava pelas salas, entre os suspiros do piano, a embaladora melancolia da *Balada,* com a sua letra traduzida em francês, que o marquês adorava, e em que se falava das névoas tristes do Norte, de lagos frios e de fadas louras...

Taveira e Carlos, no entanto, tinham começado uma grande partida de dominó, a tostão o ponto. Mas Carlos nessa noite não se interessava, jogando distraído, a cantarolar também baixo bocados tristes da *Balada;* depois, quando já Taveira tinha só uma pedra diante de si, e ele estava comprando interminavelmente as que restavam, voltou-se para o lado, para o Craft, a perguntar se o hotel da Lawrence, em Sintra, estava aberto todo o ano...

– A ida do Dâmaso para Sintra deu-te no goto – rosnou Taveira impaciente. – Anda, joga!

Carlos, sem responder, pousou molemente uma pedra.

– Dominó! – gritou Taveira.

E em triunfo, aos pulos, contou ele mesmo os 68 pontos que Carlos perdia.

Justamente o marquês entrava, e a vitória de Taveira indignou-o.

– Agora nós – exclamou ele, puxando vivamente uma cadeira.

– Ó Carlos, deixe-me você dar aqui uma sova neste ladrão. Depois jogamos de três... Como queres tu isto, Taveirete? A dois tostões o ponto? Ah, queres só a tostão... Muito bem, eu te ensinarei. Anda, desembaraça-te já desse doble-seis, miserável...

Carlos ficou ainda um momento olhando o jogo, com uma *cigarette* apagada nos dedos, o mesmo ar distraído; de repente, pareceu tomar uma decisão, atravessou o corredor, entrou na sala de música. Steinbroken fora ao escritório ver Afonso da Maia, e a partida de *whist;* e Cruges só, entre as duas velas do piano, com os olhos errantes pelo teto, improvisava para si, melancolicamente.

– Dize cá, Cruges – perguntou-lhe Carlos –, queres vir amanhã a Sintra?

O teclado calou-se, o maestro ergueu um olhar espantado. Carlos nem o deixou falar.

– Está claro que queres, não te faz senão bem vir a Sintra... Amanhã lá estou à porta, com o *break*. Mete sempre uma camisa numa maleta, que talvez passemos lá a noite... Às oito em ponto, hem?... E não digas nada lá dentro.

Carlos voltou para a sala, ficou a olhar a partida de dominó. Agora havia um largo silêncio. O marquês e Taveira moviam lentamente as pedras, sem uma palavra, com um ar de rancor surdo. Em cima do pano verde do bilhar as bolas brancas dormiam juntas, sob a luz que caía dos *abat-jours* de porcelana. Um som de piano, dolente e vago, passava por vezes. E Craft, com o braço descaído ao longo da poltrona, dormitava beatificamente.

VIII

NA MANHÃ SEGUINTE, às oito horas pontualmente, Carlos parava o *break* na Rua das Flores, diante do conhecido portão da casa do Cruges. Mas o trintanário, que ele mandara acima bater à campainha do terceiro andar, desceu com a estranha nova de que o sr. Cruges já não morava ali. Onde diabo morava então o sr. Cruges? A criada dissera que o sr. Cruges vivia agora na Rua de S. Francisco, quatro portas adiante do Grêmio. Durante um momento, Carlos, desesperado, pensou em partir só para Sintra. Depois lá largou para a Rua de S. Francisco, amaldiçoando o maestro, que mudara de casa sem avisar, sempre vago, sempre tenebroso!... E era em tudo assim, Carlos nada sabia do seu passado, do seu interior, das suas afeições, dos seus hábitos. O marquês, uma noite, levara-o ao Ramalhete, dizendo ao ouvido de Carlos que estava ali um gênio. Ele encantara logo todo o mundo pela modéstia das suas maneiras e a sua arte maravilhosa ao piano; e todo o mundo no Ramalhete começou a tratar Cruges por *maestro,* a falar também do Cruges, como de um gênio, a declarar que Chopin nunca fizera obra igual à *Meditação de Outono* do Cruges. E ninguém sabia mais nada. Fora pelo Dâmaso que Carlos conhecera a casa do Cruges e soubera que ele vivia lá com a mãe, uma senhora viúva, ainda fresca, e dona de prédios na Baixa.

Ao portão da Rua de S. Francisco, Carlos teve de esperar um quarto de hora. Primeiro apareceu furtivamente ao fundo da escada uma criada em cabelo, que espreitou o *break,* os criados de farda, e fugiu pelos degraus acima. Depois veio um criado em mangas de camisa trazer a maleta do senhor e um xalemanta. Enfim, o maestro desceu, a correr, quase aos trambolhões, com um *cache-nez de* seda na mão, o guarda-chuva debaixo do braço, abotoando atarantadamente o paletó.

Quando vinha pulando os últimos degraus, uma voz esganiçada de mulher gritou-lhe de cima:

– Olha, não te esqueçam as queijadas!

E Cruges subiu precipitadamente para a almofada, para o lado de Carlos, rosnando que, com a preocupação de se levantar tão cedo, tivera uma insônia abominável...

– Mas que diabo de ideia é essa de mudar de casa, sem avisar a gente, homem? – exclamou Carlos, atirando-lhe para cima dos joelhos um bocado do *plaid* que o agasalhava, porque o maestro parecia arrepiado.

– É que esta casa também é nossa – disse simplesmente Cruges.

– Está claro, aí está uma razão! – murmurou Carlos rindo e encolhendo os ombros.

Partiram.

Era uma manhã muito fresca, toda azul e branca, sem uma nuvem, com um lindo sol que não aquecia, e punha nas ruas, nas fachadas das casas, barras alegres de claridade dourada. Lisboa acordava lentamente; as saloias ainda andavam pelas portas com os ceirões de hortaliças; varria-se devagar a testada das lojas; no ar macio morria a distância um toque fino de missa.

Cruges, tendo acabado de arranjar o *cache-nez* e de abotoar as luvas, estendeu um olhar à esplêndida parelha baia reluzindo como um cetim sob o faiscar de prata dos arreios, aos criados com os seus ramos nas librés, a todo aquele luxo correto e rolando em cadência – onde fazia mancha o seu paletó; mas o que o impressionou foi o aspecto resplandecente de Carlos, o olhar aceso, as belas cores, o belo riso, o que quer que fosse de vibrante e de luminoso, que, sob o seu simples *veston* de xadrezinho castanho, naquela almofada burguesa de *break,* lhe dava um arranque de herói jovial, lançando o seu carro de guerra... Cruges farejou uma aventura, soltou logo a pergunta que desde a véspera lhe ficara nos lábios.

– Com franqueza, aqui para nós, que ideia foi esta de ir a Sintra?

Carlos gracejou. O maestro jurava o segredo pela alma melodiosa de Mozart, e pelas *fugas* de Bach? Pois bem, a ideia era vir a Sintra, respirar o ar de Sintra, passar o dia em Sintra... Mas, pelo amor de Deus, que o não revelasse a ninguém!

E acrescentou, rindo:

– Deixa-te levar, que não te hás de arrepender...

Não, Cruges não se arrependia. Até achava delicioso o passeio, gostara sempre muito de Sintra... Todavia não se lembrava bem, tinha apenas uma vaga ideia de grandes rochas e de nascentes de águas-vivas... E terminou por confessar que desde os 9 anos não voltara a Sintra.

O quê! o maestro não conhecia Sintra?... Então era necessário ficarem lá, fazer as peregrinações clássicas, subir à Pena, ir beber água à Fonte dos Amores, barquejar na várzea...

– A mim o que me está a apetecer muito é Seteais; e a manteiga fresca.

– Sim, muita manteiga – disse Carlos. – E burros, muitos burros... Enfim, uma écloga!

O *break* rodava na estrada de Benfica; iam passando muros enramados de quintas, casarões tristonhos de vidraças quebradas, vendas com o seu maço de cigarros à porta dependurado de uma guita; e a menor árvore, qualquer bocado de relva com papoulas, um fugitivo longe de colina verde, encantavam Cruges. Há que tempos ele não via o campo!

Pouco a pouco o sol elevara-se. O maestro desembaraçou-se do seu grande *cache-nez.* Depois, encalmado, despiu o paletó – e declarou-se morto de fome.

Felizmente estavam chegando à Porcalhota.

O seu vivo desejo seria comer o famoso coelho guisado, mas, como era cedo para esse acepipe, decidiu-se, depois de pensar muito, por uma bela pratada de ovos com chouriço. Era uma coisa que não provava havia anos e que lhe daria a sensação de estar na aldeia... Quando o patrão, com um ar importante e como fazendo um favor, pousou sobre a mesa sem a toalha a enorme travessa com o petisco, Cruges esfregou as mãos, achando aquilo deliciosamente campestre.

– A gente em Lisboa estraga a saúde! – disse ele, puxando para o prato uma montanha de ovo e chouriço. – Tu não tomas nada?...

Carlos, para lhe fazer companhia, aceitou uma chávena de café.

Daí a pouco Cruges, que devorava, exclamou com a boca cheia:

– O Reno também deve ser magnífico!

Carlos olhou-o espantado e rindo. A que vinha agora ali o Reno?... É que o maestro, desde que saíra as portas, estava cheio de ideias de viagens e de paisagens; queria ver as grandes montanhas onde há neve, os rios de que se fala na história. O seu ideal seria ir à Alemanha, percorrer a pé, com uma mochila, aquela pátria sagrada dos seus deuses, de Beethoven, de Mozart, de Wagner...

— Não te apetecia mais ir à Itália? — perguntou Carlos acendendo o charuto.

O maestro esboçou um gesto de desdém, teve uma das suas frases sibilinas:

— Tudo contradanças!...

Carlos então falou de um certo plano de ir à Itália, com o Ega, no inverno. Ir à Itália, para o Ega, era uma higiene intelectual: precisava calmar aquela imaginação tumultuosa de nervoso peninsular entre a plácida majestade dos mármores...

— O que ele precisava antes de tudo era chicote — rosnou Cruges.

E voltou a falar do caso da véspera, do famoso artigo da *Gazeta*. Achava aquilo, como ele dissera, pura e simplesmente insensato, e de uma sabujice indecorosa. E o que o afligia é que o Ega, com aquele talento, aquela verve fumegante, não fizesse nada...

— Ninguém faz nada — disse Carlos espreguiçando-se. — Tu, por exemplo, que fazes?

Cruges, depois de um silêncio, rosnou encolhendo os ombros:

— Se eu fizesse uma boa ópera, quem é que ma representava?

— E se o Ega fizesse um belo livro, quem é que lho lia?

O maestro terminou por dizer:

— Isto é um país impossível... Parece-me que também vou tomar café.

Os cavalos tinham descansado, Cruges pagou a conta, partiram. Daí a pouco entraram na charneca, que lhes pareceu infindável. De ambos os lados, a perder de vista, era um chão escuro e triste; e por cima um azul sem-fim, que naquela solidão parecia triste também. O trote compassado dos cavalos batia monotonamente a estrada. Não havia um rumor; por vezes um pássaro cortava o ar, num voo brusco, fugindo do ermo agreste. Dentro do *break* um dos criados dormia; Cruges, pesado dos ovos com chouriço, olhava, vaga e melancolicamente, as ancas lustrosas dos cavalos.

Carlos, no entanto, pensava no motivo que o trazia a Sintra. E realmente não sabia bem por que vinha; mas havia duas semanas que ele não avistava certa figura que tinha um passo de deusa pisando a terra, e que não encontrava o negro profundo de dois olhos que se tinham fixado nos seus; agora supunha que ela estava em Sintra, corria a Sintra. Não esperava nada, não desejava nada. Não sabia se a veria, talvez ela tivesse já partido. Mas vinha; e era já delicioso o pensar nela assim por aquela estrada fora, penetrar, com essa doçura no coração, sob as belas árvores de Sintra... Depois, era possível que daí a pouco, na velha Lawrence, ele a cruzasse de repente no corredor, roçasse talvez o seu vestido, ouvisse talvez a sua voz. Se ela lá estivesse, decerto viria jantar à sala, aquela sala que ele conhecia tão bem, que já lhe estava apetecendo tanto, com as suas pobres cortinhas de cassa, os ramos toscos sobre a mesa, e os dois grandes candeeiros de latão antigo... Ela entraria ali, com o seu belo ar claro de Diana loura; o bom Dâmaso apresentaria o seu amigo Maia; aqueles olhos negros, que ele vira passar de longe como duas estrelas, pousariam mais devagar nos seus; e, muito simplesmente, à inglesa, ela estender-lhe-ia a mão...

– Ora, até que finalmente! – exclamou Cruges, com um suspiro de alívio e respirando melhor.

Chegavam às primeiras casas de Sintra, havia já verduras na estrada, e batia-lhes no rosto o primeiro sopro forte e fresco da serra.

E, a passo, o *break* foi penetrando sob as árvores do Ramalhão. Com a paz das grandes sombras, envolvia-os pouco a pouco uma lenta e embaladora sussurração de ramagens, e como o difuso e vago murmúrio de águas correntes. Os muros estavam cobertos de heras e de musgos; através da folhagem, faiscavam longas flechas de sol. Um ar sutil e aveludado circulava, recendendo às verduras novas; aqui e além, nos ramos mais sombrios, pássaros chilreavam de leve; e naquele simples bocado de estrada, todo salpicado de manchas do sol, sentia-se já, sem se ver, a religiosa solenidade dos espessos arvoredos, a frescura distante das nascentes vivas, a tristeza que cai das penedias e o repouso fidalgo das quintas de verão... Cruges respirava largamente, voluptuosamente.

— A Lawrence onde é? Na serra? — perguntou ele com a ideia repentina de ficar ali um mês naquele paraíso.

— Nós não vamos para a Lawrence — disse Carlos saindo bruscamente do seu silêncio, e espertando os cavalos. — Vamos para o Nunes, estamos lá muito melhor!

Era uma ideia que lhe viera de repente, apenas passara as primeiras casas de S. Pedro, e o *break* começara a rolar naquelas estradas onde a cada momento ele a poderia encontrar. Tomara-o uma timidez, a que se misturava um laivo de orgulho, o receio melindrado de ser indiscreto, seguindo-a assim a Sintra, ainda que ela o não reconhecesse, indo instalar-se sob as mesmas telhas, apoderando-se de um lugar à mesma mesa... E ao mesmo tempo repugnou-lhe a ideia de lhe ser apresentado pelo Dâmaso; via-o já, bochechudo e vestido de campo, a esboçar um gesto de cerimônia, a mostrar o *seu amigo Maia,* a tratá-lo por tu, afetando intimidades com ela, cocando-a com um olho terno... Isto seria intolerável.

— Vamos para o Nunes, que se come melhor!

Cruges não respondeu, mudo, enlevado, recebendo como uma impressão religiosa de todo aquele esplendor sombrio de arvoredo, dos altos fragosos da serra entrevistos um instante lá em cima nas nuvens, desse aroma que ele sorvia deliciosamente, e do sussurro doce de águas descendo para os vales...

Só ao avistar o Paço descerrou os lábios:

— Sim senhor, tem *cachet*!

E foi o que mais lhe agradou este maciço e silencioso palácio, sem florões e sem torres, patriarcalmente assentado entre o casario da vila, com as suas belas janelas manuelinas que lhe fazem um nobre semblante real, o vale aos pés, frondoso e fresco, e no alto as duas chaminés colossais, disformes, resumindo tudo, como se essa residência fosse toda ela uma cozinha talhada às proporções de uma gula de rei que cada dia come todo um reino...

E apenas o *break* parou à porta do Nunes, foi-lhe ainda dar um olhar, tímido e de longe, receando alguma palavra rude da sentinela.

Carlos, no entanto, saltando logo da almofada, tomou à parte o criado do hotel, que descera a recolher as maletas.

– Você conhece o sr. Dâmaso Salcede? Sabe se ele está em Sintra?

O criado conhecia muito bem o sr. Dâmaso Salcede. Ainda na véspera pela manhã o vira entrar defronte, no bilhar, com um sujeito de barbas pretas... Devia estar na Lawrence, porque só com raparigas e em pândega é que o sr. Dâmaso vinha para o Nunes.

– Então, depressa, dois quartos! – exclamou Carlos, com uma alegria de criança, certo agora que *ela* estava em Sintra. – E uma sala particular, só para nós, para almoçarmos.

Cruges, que se aproximava, protestou contra esta sala solitária. Preferia a mesa redonda. Ordinariamente na mesa redonda encontram-se tipos...

– Bem – exclamou Carlos, rindo e esfregando as mãos –, põe o almoço na sala de jantar, põe-no até na praça... E muita manteiga fresca para o sr. Cruges!

O cocheiro levou o *break,* o criado sobraçou as maletas. Cruges, entusiasmado com Sintra, rompeu pela escada acima, a assobiar, conservando aos ombros o xalemanta, de que se não queria separar, porque lho emprestara a mamã. E, apenas chegou à porta da sala de jantar, estacou, ergueu os braços, teve um grito.

– Oh! Eusebiozinho!

Carlos correu, olhou... Era ele, o viúvo, acabando de almoçar, com duas raparigas espanholas.

Estava no topo da mesa, como presidindo, diante de uns restos de pudim e de pratos de fruta, amarelado, despenteado, carregado de luto, com a larga fita das lunetas pretas passada por trás da orelha, e uma rodela de tafetá negro sobre o pescoço, tapando alguma espinha rebentada.

Uma das espanholas era um mulherão trigueiro, com sinais de bexigas na cara; a outra muito franzina, de olhos meigos, tinha uma roseta de febre, que o pó de arroz não disfarçava. Ambas vestiam de cetim preto e fumavam cigarro. E na luz e na frescura que entrava pela janela, pareciam mais gastas, mais moles, ainda pegajosas da lentura morna dos colchões, e cheirando a bafio de alcova. Pertencendo à súcia havia um outro sujeito, gordo, baixo, sem pescoço, com as costas para a porta e a cabeça sobre o prato, babujando uma metade de laranja.

Durante um momento, Eusebiozinho ficou interdito, com o garfo no ar; depois lá se ergueu, de guardanapo na mão, veio apertar os dedos aos amigos, balbuciando logo uma justificação embrulhada, a ordem do médico para mudar de ares, aquele rapaz que o acompanhara, e que quisera trazer raparigas... E nunca parecera tão fúnebre, tão reles, como resmungando estas coisas hipócritas, encolhido à sombra de Carlos.

– Fizeste muito bem, Eusebiozinho – disse Carlos por fim, batendo-lhe no ombro. – Lisboa está um horror, e o amor é coisa doce.

O outro continuava a justificar-se. Então a espanhola magrita que fumava, afastada da mesa e com a perna traçada, elevou a voz, e perguntou ao Cruges se ele não lhe falava. O maestro afirmou-se um momento, e partiu de braços abertos para a sua amiga Lola. E foi, nesse canto da mesa, uma grulhada em espanhol, grandes apertos de mão, e *hombre, que no se le ha visto!* e *mira, que me he accordado de ti!* e *caramba, que reguapa, estás...* Depois a Lola, tomando um arzinho espremido, apresentou o outro mulherão, *la señorita* Concha...

Vendo isto, impressionado com tanta familiaridade, o sujeito obeso, que apenas levantara um instante a cabeça do prato, decidiu-se a examinar mais atentamente os amigos de Eusébio: cruzou o talher, limpou com o guardanapo a boca, a testa e o pescoço, encavalou laboriosamente no nariz uma grande luneta de vidros grossos, e erguendo a face larga, balofa e cor de cidra, examinou detidamente Cruges, e depois Carlos, com uma impudência tranquila.

Eusebiozinho apresentou o seu amigo Palma; e o seu amigo Palma, ouvindo o nome conhecido de Carlos da Maia, quis logo mostrar, diante de um *gentleman,* que era um *gentleman* também. Arrojou para longe o guardanapo, arredou para fora a cadeira; e de pé, estendendo a Carlos os dedos moles e de unhas roídas, exclamou, com um gesto para os restos da sobremesa:

– Se V. Ex.ª é servido, é sem-cerimônia... Que isto quando a gente vem a Sintra, é para abrir o apetite e fazer bem à barriga...

Carlos agradeceu, e ia retirar-se. Mas Cruges, que se animava e gracejava com a Lola, fez também do outro lado da mesa a sua apresentação:

– Carlos, quero que conheças aqui a lindíssima Lola, relações antigas, e a señorita Concha, que eu tive agora o prazer...

Carlos saudou respeitosamente as damas.

O mulherão da Concha rosnou secamente os *buenos dias,* parecia de mau humor, pesada do almoço, amodorrada para ali, sem dizer uma palavra, com os cotovelos fincados na mesa, os olhos pestanudos meio cerrados, ora fumando, ora palitando os dentes. Mas a Lola foi amável, fez de senhora, ergueu-se, ofereceu a Carlos a mãozita suada. Depois retomando o cigarro, dando um jeito às pulseiras de ouro, declarou, com um requebro de olhos, que conhecia de há muito Carlos...

– *No ha estado usted con Encarnación?*

Sim, Carlos tivera essa honra... que era feito dela, dessa bela Encarnación?

A Lola sorriu com finura, tocou no cotovelo do maestro. Não acreditava que Carlos ignorasse o que era feito da Encarnación... Enfim, terminou por dizer que a Encarnación estava agora com o Saldanha.

– Mas olhe que não é com o duque de Saldanha! – exclamou Palma, que se conservara de pé, com a bolsa do tabaco aberta sobre a mesa, fazendo um grande cigarro.

A Lolita, com um modo seco, replicou que o Saldanha não seria duque, mas era um *chico muy decente...*

– Olha – disse o Palma lentamente, de cigarro na boca e tirando a isca da algibeira –, duas boas bofetadas na cara lhe dei eu ainda não há três semanas... Pergunta ao Gaspar, o Gaspar assistiu... Foi até no Montanha... Duas bofetadas que lhe foi logo o chapéu parar ao meio da rua... O sr. Maia há de conhecer o Saldanha... Há de conhecer, que ele também tem um carrito e um cavalo.

Carlos fez um gesto indicando que não; e despedia-se de novo, saudando as damas, quando Cruges o chamou ainda, retendo-o mais um instante, enquanto satisfazia uma curiosidade: queria saber qual daquelas meninas era a *esposa do amigo Eusébio.*

Assim interpelado, o viúvo encordoou, rosnou com uma voz morosa, sem erguer as lunetas da laranja que descascava, que estava ali de passeio, não tinha esposa, e ambas aquelas meninas pertenciam ao amigo Palma...

E ainda ele mascava as últimas palavras, quando Concha, que digeria de perna estendida, se endireitou bruscamente como se fosse saltar, atirou um murro à borda da mesa e, com os olhos chamejantes, desafiou o Eusébio a que repetisse aquilo! Queria que ele repetisse! Queria que dissesse se tinha vergonha dela, e de dizer que a tinha trazido a Sintra... E como o Eusébio, já enfiado, tentava gracejar, fazer-lhe uma festa, ela despropositou, atirou-lhe os piores nomes, dando sempre punhadas na mesa, com uma fúria que lhe torcia a boca, lhe punha duas manchas de sangue no carão trigueiro. A Lolita, vexada, puxava-lhe pelo braço; a outra deu-lhe um repelão; e, mais excitada com a estridência da própria voz, esvaziou-se de toda a bílis, chamou-lhe porco, acusou-o de forreta, usou-o como um trapo vil.

Palma, aflito, debruçado sobre a mesa, exclamava num tom ansioso:

– Oh Concha, escuta lá!... Ouve lá!... Concha, eu te explico...

De repente, ela ergueu-se, a cadeira tombou para o lado; e o mulherão abalou pela sala fora, a grande cauda de cetim varreu desabridamente o soalho, ouviu-se dentro estalar uma porta. No chão ficara caído um pedaço da mantilha de renda.

O criado, que entrava do outro lado com a cafeteira, estacou, afiando o olho curioso, farejando o escândalo; depois, calado e secamente, foi servindo em roda o café.

Durante um momento houve um silêncio. Apenas porém o criado saiu, a Lolita e o Palma, agitados mas abafando a voz, atacaram o Eusebiozinho. Ele portara-se muito mal! Aquilo não fora de cavalheiro! Tinha trazido a rapariga a Sintra, devia-a respeitar, não a ter renegado assim, à bruta, diante de todos...

– *Esto no se hace* – dizia a Lolita, de pé, gesticulando, com os olhos brilhantes, voltada para Carlos – *ha sido una cosa muy fea!*...

E como o Cruges lamentava, sorrindo, ter sido a causa involuntária da catástrofe – ela baixou a voz, contou que a Concha era uma fúria, viera a Sintra com pouca vontade, e desde manhã estava de *muy malo humor... Pero lo de Silbeira habia sido una gran pulhice.*

Ele, coitado, com a cabeça caída e as orelhas em brasa, remexia desoladamente o seu café; não se lhe viam os olhos escondidos pelas lunetas pretas, mas percebia-se-lhe o grosso soluço que lhe afogava a garganta. Então Palma pousou a chávena, lambeu os beiços, e de pé no meio da sala, com a face luzidia, o colete desabotoado, fez, num tom entendido, o resumo daquele desgosto.

– Tudo provém disto, e desculpe-me você dizê-lo, Silveira: é que você não sabe tratar com espanholas!

A esta cruel palavra o viúvo sucumbiu. A colher caiu-lhe dos dedos. Ergueu-se, acercou-se de Carlos e de Cruges, como refugiando-se neles, vindo reconfortar-se ao calor da sua amizade, e desabafou, estas palavras angustiosas escaparam-se-lhe dos lábios:

– Vejam vocês! vem a gente a um sítio destes para gozar um bocado de poesia, e no fim é uma destas!...

Carlos bateu-lhe melacolicamente no ombro:
– A vida é assim, Eusebiozinho.
Cruges fez-lhe uma festa nas costas:
– Não se pode contar com prazeres, Silveirinha.

Mas Palma, mais prático, declarou que era forçoso arranjarem-se as coisas. Virem a Sintra, para questões e amuos, isso não! Naquelas pândegas queria-se harmonia, chalaça, e gozar. Coices, não. Então ficava-se em Lisboa, que era mais barato.

Chegou-se a Lola, passou-lhe os dedos pela face, com amor:

– Anda, Lolita, vai tu lá dentro à Concha, dize-lhe que se não faça tola, que venha tomar café... Anda, que tu sabe-a levar... Dize-lhe que peço eu!

Lolita esteve um momento escolhendo duas boas laranjas, foi dar um jeito ao cabelo diante do espelho, apanhou a cauda e saiu, atirando a Carlos, ao passar, um olhar e um sorrisinho.

Apenas ficaram sós, Palma voltou-se para o Eusébio, e deu-lhe conselhos muito sérios sobre o sistema de tratar espanholas. Era necessário levá-las por bons modos; por isso é que elas se pelavam por portugueses, porque lá em Espanha era à bordoada... Enfim, ele não dizia que, em certos casos, duas boas bolachas, mesmo um bom par de bengaladas, não fossem úteis... Sabiam, por exemplo, os amigos, quando se devia bater? Quando elas não gostavam da gente, e se faziam ariscas. Então, sim. Então zás, tapona, que elas ficavam logo pelo beiço... Mas depois bons modos, delicadeza, tal qual como com francesas.

– Acredite você isto, Silveira. Olhe que eu tenho experiência. E o sr. Maia que lhe diga se isto não é verdade, ele que tem também experiência e sabe viver com espanholas!

E isto foi dito com tanto calor, tanto respeito, que Cruges desatou a rir, fez rir Carlos também.

O sr. Palma, um pouco chocado, compôs mais as lunetas, e olhou para eles:

– Os senhores riem-se? Imaginam que eu estou a mangar? Olhem que eu comecei a lidar com espanholas aos 15 anos! Não, escusam de rir, que nisso ninguém me ganha! Lá o que se chama ter jeito para espanholas, cá o meco. E vamos lá, que não é fácil! É necessário ter um certo talento!... Olhem, o Herculano é capaz de fazer belos artigos e estilo catita... Agora tragam-no cá para lidar com espanholas e veremos! Não dá meia...

Eusebiozinho no entanto fora duas vezes escutar à porta. Todo o hotel caíra num grande silêncio, a Lolita não voltava. Então Palma aconselhou um grande passo.

– Vá você lá dentro, Silveira, entre pelo quarto e, assim sem mais nem menos, chegue-se ao pé dela...

– E tapona? – perguntou Cruges, muito seriamente, gozando o Palma.

– Qual tapona! Ajoelhe e peça perdão... Neste caso é pedir perdão... E como pretexto, Silveira, leve-lhe você mesmo o café.

Eusebiozinho, com um olhar ansioso e mudo, consultou os seus amigos. Mas o seu coração já decidira; e daí a um momento, com o pedaço de mantilha numa das mãos, a chávena do café na outra, enfiado e comovido, lá partia a passos lentos pelo corredor a pedir perdão à Concha.

E, logo atrás dele, Carlos e Cruges deixaram a sala, sem se despedirem do sr. Palma – que de resto, indiferente também, já se acomodara à mesa a preparar regaladamente o seu *grog*.

Eram duas horas quando os dois amigos saíram enfim do hotel, a fazer esse passeio a Seteais – que desde Lisboa tentava tanto o maestro. Na praça, por defronte das lojas vazias e silenciosas, cães vadios dormiam ao sol; através das grades da cadeia, os presos pediam esmola. Crianças, enxovalhadas e em farrapos, garotavam pelos cantos; e as melhores casas tinham ainda as janelas fechadas, continuando o seu sono de inverno, entre as árvores já verdes. De vez em quando aparecia um bocado da serra, com a sua muralha de ameias correndo sobre as penedias, ou via-se o castelo da Pena, solitário, lá no alto. E por toda a parte o luminoso ar de abril punha a doçura do seu veludo.

Defronte do hotel da Lawrence, Carlos retardou o passo, mostrou-o ao Cruges.

– Tem o ar mais simpático – disse o maestro. – Mas valeu muito a pena ir para o Nunes, só para ver aquela cena... E então com que o sr. Carlos da Maia tem experiências de espanholas?

Carlos não respondeu, os seus olhos não se despegavam daquela fachada banal, onde só uma janela estava aberta com um par de botinas de duraque secando ao ar. À porta, dois rapazes ingleses, ambos de *knickerbokers,* cachimbavam em silêncio; e defronte, sentados sobre um banco de pedra, dois burriqueiros ao lado dos burros não lhes tiravam o olho de cima, sorrindo-lhes, cocando-os como uma presa.

Carlos ia seguir, mas pareceu-lhe ouvir, distante e melancólico, saindo do silêncio do hotel, um vago som de flauta; e parou ainda, remexendo as suas recordações, quase certo de Dâmaso lhe ter dito que a bordo Castro Gomes tocava flauta...

– Isto é sublime! – exclamou do lado o Cruges, comovido.

Parara diante da grade donde se domina o vale. E dali olhava, enlevadamente, a rica vastidão de arvoredo cerrado, a que só se veem os cimos redondos, vestindo um declive da serra como o musgo veste um muro, e tendo àquela distância, no brilho da luz, a suavidade macia de um grande musgo escuro. E nesta espessura verde-negra havia uma frontaria de casa que o interessava, branquejando, afogada entre a folhagem, com um ar de nobre repouso, debaixo de sombras seculares... Um momento teve uma ideia de artista: desejou habitá-la com uma mulher, um piano e um cão terra-nova.

Mas o que o encantava era o ar. Abria os braços, respirava a tragos deliciosos:

– Que ar! Isto dá saúde, menino! Isto faz reviver!...

Para o gozar mais docemente, sentou-se adiante, num bocado de muro baixo, defronte de um alto terraço gradeado, onde velhas árvores assombreiam bancos de jardim, e estendem sobre a estrada a frescura das suas ramagens, cheias do piar das aves. E como Carlos lhe mostrava o relógio, as horas que fugiam para ir ver o palácio, a Pena, as outras belezas de Sintra, o maestro declarou que preferia estar ali, ouvindo correr a água, a ver monumentos caturras...

– Sintra não são pedras velhas, nem coisas góticas... Sintra é isto, uma pouca de água, um bocado de musgo... Isto é um paraíso!

E, naquela satisfação que o tornava loquaz, acrescentou, repetindo a sua chalaça:

– E V. Ex.ª deve sabê-lo, sr. Maia, porque tem experiência de espanholas!...

— Poupa-me, respeita a natureza — murmurou Carlos, que riscava pensativamente o chão com a bengala.

Ficaram calados. Cruges agora admirava o jardim, por baixo do muro em que estavam sentados. Era um espesso ninho de verdura, arbustos, flores e árvores, sufocando-se numa prodigalidade de bosque silvestre, deixando apenas espaço para um tanquezinho redondo, onde uma pouca de água, imóvel e gelada, com dois ou três nenúfares, se esverdinhava sob a sombra daquela ramaria profusa. Aqui e além, entre a bela desordem da folhagem, distinguiam-se arranjos de gosto burguês, uma volta de ruazita estreita como uma fita, faiscando ao sol, ou a banal palidez de um gesso. Noutros recantos, aquele jardim de gente rica, exposto às vistas, tinha retoques pretensiosos de estufa rara, aloés e cactos, braços aguardassolados de araucárias erguendo-se dentre as agulhas negras dos pinheiros bravos, lâminas de palmeira, com o seu ar triste de planta exilada, roçando a rama leve e perfumada das olaias floridas de cor-de-rosa. A espaços, com uma graça discreta, branquejava um grande pé de margaridas; ou em torno de uma rosa, solitária na sua haste, palpitavam borboletas aos pares.

— Que pena que isto não pertença a um artista! — murmurou o maestro. — Só um artista saberia amar estas flores, estas árvores, estes rumores...

Carlos sorriu. Os artistas, dizia ele, só amam na natureza os efeitos de linha e cor; para se interessar pelo bem-estar de uma tulipa, para cuidar de que um craveiro não sofra sede, para sentir mágoa de que a geada tenha queimado os primeiros rebentões das acácias — para isso só o burguês, o burguês que todas as manhãs desce ao seu quintal com um chapéu velho e um regador, e vê nas árvores e nas plantas uma outra família muda, por que ele é também responsável...

Cruges, que escutara distraidamente, exclamou:

— Diabo! É necessário que não me esqueçam as queijadas!

Um som de rodas interrompeu-os, uma caleche descoberta desembocou a trote do lado de Seteais. Carlos ergueu-se logo, certo de que era *ela,* e que ele ia ver os seus belos olhos brilhar e fulgir como duas estrelas. A caleche passou, levando um ancião de barbas de patriarca, e uma velha inglesa com o regaço cheio de flores e o véu azul flutuando ao ar. E logo atrás, quase no pó que as rodas tinham erguido, apareceu, caminhando pensativamente, de mãos atrás das costas, um homem alto todo de preto, com um grande chapéu panamá sobre os olhos. Foi Cruges que reconheceu os longos bigodes românticos, que gritou:

– Olha o Alencar! Oh! grande Alencar!...

Durante um momento, o poeta ficou assombrado, com os braços abertos, no meio da estrada. Depois, com a mesma efusão ruidosa, apertou Carlos contra o coração, beijou o Cruges na face porque conhecia Cruges desde pequeno, Cruges era para ele como um filho. Caramba! Eis aí uma surpresa que ele não trocava pelo título de duque! Ora o alegrão de os ver ali! Como diabo tinham eles vindo ali parar?

E não esperou a resposta, contou ele logo a sua história. Tivera um dos seus ataques de garganta, com uma ponta de febre, e o Melo, o bom Melo, recomendara-lhe mudança de ares. Ora ele, bons ares, só compreendia os de Sintra; porque ali não eram só os pulmões que lhe respiravam bem, era também o coração, rapazes!... De sorte que viera na véspera, no ônibus.

– E onde estás tu, Alencar? – perguntou logo Carlos.

– Pois onde queres tu que eu esteja, filho? Lá estou com a minha velha Lawrence. Coitada! está bem velha! mas para mim é sempre uma amiga, é quase uma irmã!... E vocês, que diabo? Para onde vão vocês com essas flores nas lapelas?

– A Seteais... Vou mostrar Seteais ao maestro.

Então também ele voltava a Seteais! Não tinha nada que fazer senão sorver bom ar, e cismar... Toda a manhã andara ali, vagamente, pendurando sonhos dos ramos das árvores. Mas agora já os não largava; era mesmo um dever ir ele próprio fazer ao maestro as honras de Seteais...

– Que aquilo é sítio muito meu, filhos! Não há ali árvore que me não conheça... Eu não vos quero começar já a impingir versos; mas, enfim, vocês lembram-se de uma coisa que eu fiz a Seteais e de que por aí se gostou...

Quantos luares eu lá vi?
Que doces manhãs d'abril?
E os ais que soltei ali
Não foram sete, mas mil!

Pois então já vocês veem, rapazes, que tenho razão para conhecer Seteais...

O poeta lançou no ar um vago suspiro, e durante um instante caminharam todos três calados.

– Dize-me uma coisa, Alencar – perguntou Carlos baixo, parando, e tocando no braço do poeta. – O Dâmaso está na Lawrence?

Não, que ele o tivesse visto. Verdade seja que na véspera, apenas chegara, fora-se deitar, fatigado; e nessa manhã almoçara só com dois rapazes ingleses. O único animal que avistara fora um lindo cãozinho de luxo, ladrando no corredor...

– E vocês onde estão?
– No Nunes.

Então o poeta, parando de novo, contemplando Carlos com simpatia:

– Que bem que fizeste em arrastar cá o maestro, filho!... Quantas vezes eu tenho dito àquele diabo, que se metesse no ônibus, viesse passar dois dias a Sintra. Mas ninguém o tira de martelar o piano. E olha tu que mesmo para a música, para compor, para entender um Mozart, um Chopin, é necessário ter visto isto, escutado este rumor, esta melodia da ramagem...

Baixou a voz, apontando para o maestro, que caminhava adiante, enlevado:

– Tem muito talento, tem muita ideia melódica!... Olha que andei com aquilo às cabritas... E a mãe, menino, foi muitíssimo boa mulher.

– Vejam vocês isto! – gritou Cruges que parara, esperando-os.

– Isto é sublime.

Era apenas um bocadito de estrada, apertada entre dois velhos muros cobertos de hera, assombreada por grandes árvores entrelaçadas, que lhe faziam um toldo de folhagem aberto à luz como uma renda; no chão tremiam manchas de sol; e, na frescura e no silêncio, uma água que se não via, ia fugindo e cantando.

– Se tu queres sublime, Cruges – exclamou Alencar –, então tens de subir à serra. Aí tens o espaço, tens a nuvem, tens a arte...

– Não sei, talvez goste mais disto – murmurou o maestro.

A sua natureza de tímido preferiria, decerto, estes humildes recantos, feitos de uma pouca de folhagem fresca e de um pedaço de muro musgoso, lugares de quietação e de sombra, onde se aninha com um conforto maior o cismar dos indolentes...

– De resto, filho – continuou Alencar –, tudo em Sintra é divino. Não há cantinho que não seja um poema... Olha, ali tens tu, por exemplo, aquela linda florinha azul... – e, ternamente, apanhou-a.

– Vamos andando, vamos andando – murmurou Carlos impaciente, e agora, desde que o poeta falara do cãozinho de luxo, mais certo de que ela estava na Lawrence, e que a ia brevemente encontrar.

Mas, ao chegar a Seteais, Cruges teve uma desilusão diante daquele vasto terreiro coberto de erva, com o palacete ao fundo, enxovalhado, de vidraças partidas, e erguendo pomposamente sobre o arco, em pleno céu, o seu grande escudo de armas. Ficara-lhe a ideia, de pequeno, que Seteais era um montão pitoresco de rochedos, dominando a profundidade de um vale; e a isto misturava-se vagamente uma recordação de luar e de guitarras... Mas aquilo que ele ali via era um desapontamento.

– A vida é feita de desapontamentos – disse Carlos. – Anda para diante!

E apressou o passo através do terreiro, enquanto o maestro, cada vez mais animado, lhe gritava a chalaça do dia:

– E V. Ex.ª deve sabê-lo, sr. Maia, porque tem experiência de espanholas!...

Alencar, que se demorara atrás a acender o cigarro, estendeu o ouvido, curioso, quis saber o que era isso de espanholas? O maestro contou-lhe o encontro no Nunes e os furores da Concha.

Iam ambos caminhando por uma das alamedas laterais, verde e fresca, de uma paz religiosa, como um claustro feito de folhagem. O terreiro estava deserto; a erva que o cobria crescia ao abandono, toda estrelada de botões-de-ouro brilhando ao sol, e de malmequerzinhos brancos. Nenhuma folha se movia; através da ramaria ligeira o sol atirava molhos de raios de ouro. O azul parecia recuado a uma distância infinita, repassado do silêncio luminoso; e só se ouvia às vezes, monótona e dormente, a voz de um cuco nos castanheiros.

Toda aquela vivenda, com a sua grade enferrujada sobre a estrada, os seus florões de pedra roídos da chuva, o pesado brasão rococó, as janelas cheias de teias de aranha, as telhas todas quebradas, parecia estar-se deixando morrer voluntariamente naquela verde solidão – amuada com a vida, desde que dali tinham desaparecido as últimas graças do tricorne e do espadim, e os derradeiros vestidos de anquinhas tinham roçado essas relvas... Agora Cruges ia descrevendo ao Alencar a figura do Eusebiozinho, com a chávena de café na mão, a ir pedir perdão à Concha; e a cada momento o poeta, com o seu grande chapéu panamá, se agachava a colher florinhas silvestres.

Quando passaram o Arco, encontraram Carlos sentado num dos bancos de pedra, fumando pensativamente a sua *cigarette*. O palacete deitava sobre aquele bocado de terraço a sombra dos seus muros tristes; do vale subia uma frescura e um grande ar; e algures, embaixo, sentia-se o prantear de um repuxo. Então o poeta, sentando-se ao lado do seu amigo, falou com nojo do Eusebiozinho. – Aí está uma torpeza que ele nunca cometera, trazer meretrizes a Sintra! Nem a Sintra nem a parte nenhuma... Mas muito menos a Sintra! Sempre tivera, todo o mundo devia ter, a religião daquelas árvores e o amor daquelas sombras...

– E esse Palma – acrescentou ele – é um traste! Eu conheço-o; ele teve uma espécie de jornal, e já lhe dei muita bofetada na Rua do Alecrim. Foi uma história curiosa... Ora eu ta conto, Carlos... Aquele canalha! quando me lembro!... Aquela vil bolinha de matéria pútrida!... Aquele chouricinho de pus!

Levantou-se, passando a mão nervosa sobre os bigodes, já excitado pela lembrança daquela velha desordem, vergastando o Palma com nomes ferozes, todo numa dessas fervuras de sangue que eram a sua desgraça.

Cruges, no entanto, encostado ao parapeito, olhava a grande planície de lavoura que se estendia embaixo, rica e bem trabalhada, repartida em quadros, verde-claros e verde-escuros, que lhe faziam lembrar um pano feito de remendos assim que ele tinha na mesa do seu quarto. Tiras brancas de estradas serpeavam pelo meio; aqui e além, numa massa de arvoredo, branquejava um casal; e a cada passo, naquele solo onde as águas abundam, uma fila de pequenos olmos revelava algum fresco ribeiro, correndo e reluzindo entre as ervas. O mar ficava ao fundo, numa linha unida, esbatida na tenuidade difusa da bruma azulada; e por cima arredondava-se um grande azul lustroso como um belo esmalte, tendo apenas, lá no alto, um farrapozinho de névoa, que ficara ali esquecido, e que dormia enovelado e suspenso na luz...

– Tive nojo! – exclamava o Alencar, rematando fogosamente a sua história. – Palavra que tive nojo! Atirei-lhe a bengala aos pés, cruzei os braços e disse-lhe: aí tem você a bengala, seu covarde, a mim bastam-me as mãos!

– Que diabo, não me hão de esquecer as queijadas! – murmurou Cruges, para si mesmo, afastando-se do parapeito.

Carlos erguera-se também, olhava o relógio. Mas antes de deixar Seteais, Cruges quis explorar o outro terraço ao lado; e, apenas subira os dois velhos degraus de pedra, soltou de lá um grito alegre:

– Bem dizia eu! cá estão eles... E vocês a dizer que não!

Foram-no encontrar triunfante, diante de um montão de penedos, polidos pelo uso, já com um vago feitio de assentos deixados ali outrora, poeticamente, para dar ao terraço uma graça agreste de selva brava. Então, não dizia ele? Bem dizia ele que em Seteais havia penedos!

— Se eu me lembrava perfeitamente! *Penedo da saudade,* não é que se chama, Alencar?

Mas o poeta não respondeu. Diante daquelas pedras cruzara os braços, sorria dolorosamente; e imóvel, sombrio no seu fato negro, com o panamá carregado para a testa, envolveu todo aquele recanto num olhar lento e triste.

Depois, no silêncio, a sua voz ergueu-se, saudosa e dolente:

— Vocês lembram-se, rapazes, nas *Flores e Martírios,* de uma das coisas melhores que lá tenho, em rimas livres, chamada *6 de Agosto?* Não se lembram talvez... Pois eu vo-la digo, rapazes!

Maquinalmente tirara do bolso um lenço branco. E com ele flutuante na mão, puxando Carlos para junto de si, chamando do outro lado o Cruges, baixou a voz como numa confidência sagrada, recitou, com um ardor surdo, mordendo as sílabas, trêmulo, numa paixão efêmera de nervoso:

> Vieste! Cingi-te ao peito.
> Em redor que noite escura!
> Não tinha rendas o leito,
> Nem tinha lavores na barra,
> Que era só a rocha dura...
> Muito ao longe uma guitarra
> Gemia vagos arpejos...
> (Vê tu que não me esqueceu)...
> E a rocha dura aqueceu
> Ao calor dos nossos beijos!

Esteve um momento embebendo o olhar nas pedras brancas batidas do sol, atirou para lá um gesto triste, e murmurou:

— Foi ali.

E afastou-se, alquebrado sob o seu grande chapéu panamá, com o lenço branco na mão. Cruges, que aqueles romantismos impressionavam, ficou a olhar para os penedos como para um sítio histórico. Carlos sorria. E quando ambos deixaram esse recanto do terraço, o poeta, agachado junto do arco, estava apertando o atilho da ceroula.

Endireitou-se logo, já toda a emoção o deixara, mostrava os maus dentes num sorriso amigo, e exclamou, apontando para o arco:

— Agora, Cruges, filho, repara tu naquela tela sublime.

O maestro embasbacou. No vão do arco, como dentro de uma pesada moldura de pedra, brilhava, à luz rica da tarde, um quadro maravilhoso, de uma composição quase fantástica, como a ilustração de uma bela lenda de cavalaria e de amor. Era no primeiro plano o terreiro, deserto e verdejando, todo salpicado de botões amarelos; ao fundo, o renque cerrado de antigas árvores, com hera nos troncos, fazendo ao longo da grade uma muralha de folhagem reluzente; e, emergindo abruptamente dessa copada linha de bosque assoalhado, subia no pleno resplendor do dia, destacando vigorosamente num relevo nítido sobre o fundo do céu azul-claro, o cume airoso da serra, toda cor de violeta-escura, coroada pelo castelo da Pena, romântico e solitário no alto, com o seu parque sombrio aos pés, a torre esbelta perdida no ar, e as cúpulas brilhando ao sol como se fossem feitas de ouro...

Cruges achou aquele quadro digno de Gustavo Doré. Alencar teve uma bela frase sobre a imaginação dos árabes. Carlos, impaciente, foi-os apressando para diante.

Mas agora Cruges, impressionado, estava com desejo de subir à Pena. Alencar, por si, ia também com prazer. A Pena para ele era outro ninho de recordações. Ninho? Devia antes dizer cemitério... Carlos hesitava, parado junto da grade. Estaria ela na Pena? E olhava a estrada, olhava as árvores, como se pudesse adivinhar, pelas pegadas no pó, ou pelo mover das folhas, que direção tinham tomado os passos que ele seguia... Por fim teve uma ideia.

— Vamos indo primeiro à Lawrence. E depois, se quisermos ir à Pena, arranjam-se lá os burros...

E nem mesmo quis escutar o Alencar, que tivera também uma ideia, falava de Colares, de uma visita ao seu amigo Carvalhosa; acelerou o passo para a Lawrence, enquanto o poeta tornava a arranjar o atilho da ceroula, e o maestro, num entusiasmo bucólico, ornava o chapéu de folhas de heras.

Defronte da Lawrence, os dois burriqueiros, de cigarro na boca, não tendo podido apoderar-se dos ingleses, preguiçavam ao sol.

– Vocês sabem – perguntou-lhes Carlos – se uma família, que está aqui no hotel, foi para a Pena?

Um dos homens pareceu adivinhar, exclamou logo, desbarretando-se:

– Sim, senhor, foram para lá há bocado, e aqui está o burrinho também para V. Ex.ª, meu amo!

Mas o outro, mais honesto, negou. Não, senhor, a gente que fora para a Pena estava no Nunes...

– A família que o senhor diz foi agora ali para baixo, para o palácio...

– Uma senhora alta?
– Sim, senhor.
– Com um sujeito de barba preta?
– Sim, senhor.
– E uma cadelinha?
– Sim, senhor.
– Tu conheces o sr. Dâmaso Salcede?
– Não, senhor... É o que tira retratos?
– Não, não tira retratos... Tomai lá.

Deu-lhes uma placa de cinco tostões; e voltou ao encontro dos outros, declarando que realmente era tarde para subirem à Pena.

– Agora o que tu deves ver, Cruges, é o palácio. Isso é que tem originalidade e *cachet!* Não é verdade, Alencar?...

– Eu vos digo, filhos – começou o autor de *Elvira* – historicamente falando...

– E eu tenho de comprar as queijadas – murmurou Cruges.

– Justamente! – exclamou Carlos. – Tens ainda as queijadas; é necessário não perder tempo; a caminho!

Deixou os outros ainda indecisos, abalou para o palácio, em quatro largas passadas estava lá. E logo da praça avistou, saindo já o portão, passando rente da sentinela, a famosa família hospedada na Lawrence e a sua cadelinha de luxo. Era, com efeito, um sujeito de barba preta, e de sapatos de lona branca; e, ao lado dele, uma matrona enorme, com um mantelete de seda, coisas de ouro pelo pescoço e pelo peito, e o cãozinho felpudo ao colo. Vinham ambos rosnando o quer que fosse, com mau modo um para o outro, e em espanhol.

Carlos ficou a olhar para aquele par com a melancolia de quem contempla os pedaços dum belo mármore quebrado. Não esperou mais pelos outros, nem os quis encontrar. Correu à Lawrence por um caminho diferente, ávido de uma certeza: – e aí, o criado que lhe apareceu disse-lhe que o sr. Salcede e os srs. Castro Gomes tinham partido na véspera para Mafra...

– E de lá?...

O criado ouvira dizer ao sr. Dâmaso que de lá voltavam a Lisboa.

– Bem – disse Carlos atirando o chapéu para cima da mesa –, traga-me você um cálice de *cognac,* e uma pouca de água fresca.

Sintra, de repente, pareceu-lhe intoleravelmente deserta e triste. Não teve ânimo de voltar ao palácio, nem quis sair mais dali; e arrancando as luvas, passeando em volta da mesa de jantar, onde murchavam os ramos da véspera, sentia um desejo desesperado de galopar para Lisboa, correr ao Hotel Central, invadir-lhe o quarto, vê-la, saciar os seus olhos nela!... Porque, o que o irritava agora era não poder encontrar, na pequenez de Lisboa, onde toda a gente se acotovela, aquela mulher que ele procurava ansiosamente! Duas semanas farejara o Aterro como um cão perdido; fizera peregrinações ridículas de teatro em teatro; numa manhã de domingo percorrera as missas! E não a tornara a ver. Agora sabia-a em Sintra, voava a Sintra, e não a via também. Ela cruzava-o uma tarde, bela como uma deusa transviada no Aterro, deixava-lhe cair na alma por acaso um dos seus olhares negros, e desaparecia, evaporava-se, como se tivesse realmente remontado ao céu, de ora em diante invisível e sobrenatural; e ele ali ficava, com aquele olhar no coração, perturbando todo o seu ser, orientando surdamente os seus pensamentos, desejos, curiosidades, toda a sua vida interior, para uma adorável desconhecida, de quem ele nada sabia senão que era alta e loura, e que tinha uma cadelinha escocesa... Assim acontece com as estrelas de acaso! Elas não são duma essência diferente nem contêm mais luz que as outras; mas por isso mesmo que passam fugitivamente e se esvaem, parecem despedir um fulgor mais divino, e o deslumbramento que deixam nos olhos é mais perturbador e mais longo... Ele não a tornara a ver. Outros viam-na. O Taveira vira-a. No Grêmio, ouvira um alferes de lanceiros falar dela, perguntar quem era, porque a encontrava todos os dias. O alferes encontrava-a todos os dias. Ele não a via, e não sossegava...

O criado trouxe o *cognac*. Então Carlos, preparando vagarosamente o seu refresco, conversou com ele, falou um momento dos dois rapazes ingleses, depois da espanhola obesa... Enfim, dominando uma timidez, quase corando, fez, através de grandes silêncios, perguntas sobre os Castro Gomes. E cada resposta lhe parecia uma aquisição preciosa. A senhora era muito madrugadora, dizia o criado; às sete horas tinha tomado banho, estava vestida e saía só. O sr. Castro Gomes, que dormia num quarto separado, nunca se mexia antes do meio-dia; e, à noite, ficava uma eternidade à mesa, fumando *cigarettes* e molhando os beiços em copinhos de *cognac* e água. Ele e o sr. Dâmaso jogavam o dominó. A senhora tinha montões de flores no quarto; e tencionavam ficar até domingo, mas fora ela que apressara a partida...

– Ah – disse Carlos depois de um silêncio –, foi a senhora que apressou a partida?...

– Sim, senhor, com cuidado na menina que tinha ficado em Lisboa... V. Ex.ª toma mais *cognac?*

Com um gesto Carlos recusou, e veio sentar-se no terraço. A tarde descia, calma, radiosa, sem um estremecer de folhagem, cheia de claridade dourada, numa larga serenidade que penetrava a alma. Ele tê-la-ia pois encontrado, ali mesmo naquele terraço, vendo também cair a tarde – se ela não estivesse impaciente por tornar a ver a filha, algum bebezinho louro que ficara só com a ama. Assim, a brilhante deusa era também uma boa mamã; e isto dava-lhe um encanto mais profundo, era assim que ele gostava mais dela, com este terno estremecimento humano nas suas belas formas de mármore. Agora, já ela estava em Lisboa; e imaginava-a nas rendas do seu *peignoir*, com o cabelo enrolado à pressa, grande e branca, erguendo ao ar o bebê nos seus esplêndidos braços de Juno, e falando-lhe com um riso de ouro. Achava-a assim adorável, todo o seu coração fugia para ela... Ah! poder ter o direito de estar junto dela, nessas horas de intimidade, bem junto, sentindo o aroma da sua pele, e sorrindo também a um bebê. E, pouco a pouco, foi-lhe surgindo na alma um romance, radiante e absurdo; um sopro de paixão, mais forte que as leis humanas, enrolava violentamente, levava juntos o seu destino e o dela; depois, que divina existência, escondida num ninho de flores e de sol, longe, nalgum canto da Itália... E toda a sorte de ideias de amor, de devoção absoluta, de sacrifício, invadiam-no deliciosamente, enquanto os seus olhos se esqueciam, se perdiam, enlevados na religiosa solenidade daquele belo fim da tarde. Do lado do mar subia uma maravilhosa cor de ouro pálido, que ia no alto diluir o azul, dava-lhe um branco indeciso e opalino, um tom de desmaio doce; e o arvoredo cobria-se todo de uma tinta loura, delicada e dormente. Todos os rumores tomavam uma suavidade de suspiro perdido. Nenhum contorno se movia como na imobilidade de um êxtase. E as casas, voltadas para o poente, com uma ou outra janela acesa em brasa, os cimos redondos das árvores apinhadas, descendo a serra numa espessa debandada para o vale, tudo parecera ficar de repente parado num recolhimento melancólico e grave, olhando a partida do sol, que mergulhava lentamente no mar...

– Oh, Carlos, tu estás aí?

Era embaixo, na estrada, a voz grossa do Alencar gritando por ele. Carlos apareceu à varanda do terraço.

– Que diabo estás tu aí a fazer, rapaz? – exclamou Alencar, agitando alegremente o seu panamá. – Nós lá estivemos à espera, no covil real... Fomos ao Nunes... Íamos agora procurar-te à cadeia!

E o poeta riu largamente da sua pilhéria, enquanto Cruges, ao lado, de mãos atrás das costas e a face erguida para o terraço, bocejava desconsoladamente.

– Vim *refrescar*, como tu dizes, tomar um pouco de *cognac,* que estava com sede.

Cognac? Eis aí o mimo por que o pobre Alencar estivera ansiando toda a tarde, desde Seteais. E galgou logo as escadas do terraço – depois de ter gritado para dentro, para a sua velha Lawrence, que lhe mandasse acima *meia da fina.*

– Viste o Paço, hem, Cruges? – perguntou Carlos ao maestro, quando ele apareceu, arrastando os passos. – Então, parece-me que o que nos resta a fazer é jantar, e abalar...

Cruges concordou. Voltava do palácio com um ar murcho, fatigado daquele vasto casarão histórico, da voz monótona do cicerone mostrando a cama de S. M. El-Rei, as cortinas do quarto de S. M. a Rainha, "melhores que as de Mafra", o tira-botas de S. A.; e trazia de lá uma pouca dessa melancolia que erra, como uma atmosfera própria, nas residências reais.

E aquela natureza de Sintra, ao escurecer, dizia ele, começava a entristecê-lo.

Então concordaram em jantar ali, na Lawrence, para evitar o espetáculo torpe do Palma e das damas, mandar vir à porta o *break,* e partir depois ao nascer do luar. Alencar, aproveitando a carruagem, recolhia também a Lisboa.

– E, para ser festa completa – exclamou ele, limpando os bigodes do *cognac –,* enquanto vocês vão ao Nunes pagar a conta e dar ordens para o *break,* eu vou me entender lá abaixo à cozinha com a velha Lawrence, e preparar-vos um *Bacalhau à Alencar;* récipe meu... E vocês verão o que é um bacalhau! Porque, lá isso, rapazes, versos os farão outros melhor; bacalhau, não!

Atravessando a praça, Cruges pedia a Deus que não encontrassem mais o Eusebiozinho. Mas, apenas puseram os pés nos primeiros degraus do Nunes, ouviram em cima o chalrar da súcia. Estavam na antessala, já todos reconciliados, a Concha contente – e instalados aos dois cantos de uma mesa, com cartas. O Palma, munido de uma garrafa de genebra, fazia uma *batotinha* para o Eusébio; e as duas espanholas, de cigarro na boca, jogavam languidamente a bisca.

O viúvo, enfiado, perdia. No monte, que começara miseravelmente com duas coroas, já luzia ouro; e Palma triunfava, chalaceando, dando beijocas na sua moça. Mas, ao mesmo tempo, fazia de cavalheiro, falava de dar a desforra, ficar ali, sendo necessário, até de madrugada.

– Então V. Ex.ᵃˢ não se tentam? Isto é para passar o tempo... Em Sintra tudo serve... Valete! Perdeu você outro mico no rei. Deve a libra mais quinze tostões, sô Silveira!

Carlos passara, sem responder, seguido pelo criado, no momento em que Eusebiozinho, furioso, já desconfiado, quis verificar, com as lunetas negras sobre o baralho, se lá estavam todos os reis.

Palma alastrou as cartas largamente, sem se zangar. Entre amigos, que diabo, tudo se admitia! A sua espanhola, essa sim, escandalizou-se, defendendo a honra do seu homem: então Palmita havia de ter empalmado o rei? Mas a Concha zelava o dinheiro do seu viúvo, exclamava que o rei podia estar perdido... Os reis estavam lá.

Palma atirou um cálice de genebra às goelas, e recomeçou a baralhar majestosamente.

– Então V. Ex.ᵃ não se tenta? – repetia ele para o maestro.

Cruges, com efeito, parara, roçando-se pela mesa, com o olho nas cartas e no ouro do monte, já sem força, remexendo o dinheiro nas algibeiras. Subitamente um ás decidiu-o. Com a mão nervosa, escorregou-lhe uma libra por baixo, jogando cinco tostões, e de porta. Perdeu logo. Quando Carlos voltou do quarto com o criado que descia as malas, o maestro estava em pleno vício, com a libra entalada, os olhos acesos, o ar esguedelhado.

– Então tu?... – exclamou Carlos com severidade.

– Já desço – rosnou o maestro.

E, à pressa, foi à paz da libra, num terno contra o rei. Cartada de cólicas! como disse o Palma; e foi com emoção que ele começou a puxar as cartas, espremendo-as uma a uma, num vagar mortal. A aparição de um bico arrancou-lhe uma praga. Era apenas um duque, Eusebiozinho perdia mais uma placa. Palma teve um suspirinho de alívio; e, escondendo com ambas as mãos o baralho, erguendo as lunetas faiscantes para o maestro:

– Então, sempre continua toda a libra?...
– Toda.

Palma teve outro suspiro, de ansiedade; e, mais pálido, voltou bruscamente as cartas.

– Rei! – gritou ele, empolgando o ouro.

Era o rei de paus, a sua espanhola bateu as palmas, o maestro abalou furioso.

Na Lawrence o jantar prolongou-se até as oito horas, com luzes; e o Alencar falou sempre. Tinha esquecido nesse dia as desilusões da vida, todos os rancores literários, estava numa veia excelente; e foram histórias dos velhos tempos de Sintra, recordações da sua famosa ida a Paris, coisas picantes de mulheres, bocados da crônica íntima da Regeneração... Tudo isto com estridências de voz, e *filhos isto!* e *rapazes aquilo!* e gestos que faziam oscilar as chamas das velas, e grandes copos de Colares emborcados de um trago. Do outro lado da mesa, os dois ingleses, corretos nos seus fraques negros, de cravos brancos na botoeira, pasmavam, com um ar embaraçado a que se misturava desdém, para esta desordenada exuberância de meridional.

A aparição do bacalhau foi um triunfo – e a satisfação do poeta tão grande, que desejou mesmo, caramba, rapazes, que ali estivesse o Ega!

– Sempre queria que ele provasse este bacalhau! Já que me não aprecia os versos, havia de me apreciar o cozinhado, que isto é um bacalhau de artista em toda a parte!... Noutro dia fi-lo lá em casa dos meus Cohens; e a Raquel, coitadinha, veio para mim e abraçou-me... Isto, filhos, a poesia e a cozinha são irmãs! Vejam vocês Alexandre Dumas... Dirão vocês que o pai Dumas não é um poeta... E então d'Artagnan? D'Artagnan é um poema... É a faísca, é a fantasia, é a inspiração, é o sonho, é o arroubo! Então, poço, já veem vocês, que é poeta!... Pois vocês hão de vir um dia destes jantar comigo, e há de vir o

Ega, hei de vos arranjar umas perdizes à espanhola, que vos hão de nascer castanholas nos dedos!... Eu, palavra, gosto do Ega! Lá essas coisas de Realismo e Romantismo, histórias... Um lírio é tão natural como um percevejo... Uns preferem fedor de sarjeta; perfeitamente, destape-se o cano público... Eu prefiro pós de marechala num seio branco; a mim o seio, e lá vai à vossa. O que se quer é coração. E o Ega tem-no. E tem faísca, tem rasgo, tem estilo... Pois, assim é que eles se querem, e lá vai à saúde do Ega!

Pousou o copo, passou a mão pelos bigodes, e rosnou mais baixo:

– E, se aqueles ingleses continuam a embasbacar para mim, vai-lhes um copo na cara, e é aqui um vendaval, que há de a Grã-Bretanha ficar sabendo o que é um poeta português!...

Mas não houve vendaval, a Grã-Bretanha ficou sem saber o que é um poeta português, e o jantar terminou num café tranquilo. Eram nove horas, fazia luar, quando Carlos subiu para a almofada do *break*.

Alencar, embuçado num capote, um verdadeiro capote de padre de aldeia, levava na mão um ramo de rosas; e, agora, guardara o seu panamá na maleta, trazia um boné de lontra. O maestro, pesado do jantar, com um começo de *spleen,* encolheu-se a um canto do *break,* mudo, enterrado na gola do paletó, com a manta da mamã sobre os joelhos. Partiram. Sintra ficava dormindo ao luar.

Algum tempo o *break* rodou em silêncio, na beleza da noite. A espaços, a estrada aparecia banhada duma claridade quente que faiscava. Fachadas de casas, caladas e pálidas, surgiam, de entre as árvores, com um ar de melancolia romântica. Murmúrios de águas perdiam-se na sombra; e, junto dos muros enramados, o ar estava cheio de aroma. Alencar acendera o cachimbo, e olhava a lua.

Mas quando passaram as casas de S. Pedro, e entraram na estrada, silenciosa e triste, Cruges mexeu-se, tossiu, olhou também para a lua, e murmurou de entre os seus agasalhos:

– Oh Alencar, recita para aí alguma coisa...

O poeta condescendeu logo – apesar de um dos criados ir ali ao lado deles, dentro do *break*. Mas que havia ele de recitar, sob o encanto da noite clara? Todo o verso parece frouxo, escutado diante da lua! Enfim, ia dizer-lhe uma história bem verdadeira e bem triste... Veio sentar-se ao pé do Cruges, dentro do seu grande capotão, esvaziou os restos do cachimbo e, depois de acariciar algum tempo os bigodes, começou, num tom familiar e simples:

> Era o jardim duma vivenda antiga
> Sem arrebiques d'arte ou flores de luxo;
> Ruas singelas d'alfazema e buxo,
> Cravos, roseiras...

– Com mil raios! – exclamou de repente o Cruges, saltando de dentro da manta, com um berro que emudeceu o poeta, fez voltar Carlos na almofada, assustou o trintanário.

O *break* parara, todos o olhavam suspensos; e, no vasto silêncio da charneca, sob a paz do luar, Cruges, sucumbido, exclamou:
– Esqueceram-me as queijadas!

IX

O DIA FAMOSO da *soirée* dos Cohens, ao fim dessa semana tão luminosa e tão doce, amanheceu enevoado e triste. Carlos, abrindo cedo a janela sobre o jardim, vira um céu baixo que pesava como se fosse feito de algodão em rama enxovalhado; o arvoredo tinha um tom arrepiado e úmido; ao longe o rio estava turvo, e no ar mole errava um hálito morno de sudoeste. Decidira não sair – e desde as nove horas, sentado à banca, embrulhado no seu vasto *robe de chambre* de veludo azul, que lhe dava o belo ar de um príncipe artista da Renascença, tentava trabalhar; mas, apesar de duas chávenas de café, de *cigarettes* sem fim, o cérebro, como o céu fora, conservava-se-lhe nessa manhã afogado em névoas.

Tinha destes dias terríveis; julgava-se então "uma besta"; e a quantidade de folhas de papel, dilaceradas, amarfanhadas, que lhe juncavam o tapete aos pés, davam-lhe a sensação de ser todo ele uma ruína.

Foi realmente um alívio, uma trégua naquela luta com as ideias rebeldes, quando Batista anunciou Vilaça, que lhe vinha falar de uma venda de montados no Alentejo, pertencentes à sua legítima.

– Negociozinho – disse o administrador, pousando o chapéu a um canto da mesa e dentro um rolo de papéis – que lhe mete na algibeira para cima de dois contos de réis... E não é mau presente, logo assim pela manhã...

Carlos espreguiçou-se, cruzando fortemente as mãos por trás da cabeça.

– Pois olhe, Vilaça, preciso bem de dois contos de réis, mas preferia que me trouxesse aí alguma lucidez de espírito... Estou hoje duma estupidez!

Vilaça considerou-o um momento, com malícia.

– Quer V. Ex.ª dizer que antes queria escrever uma bonita página do que receber assim perto de quinhentas libras? São gostos, meu senhor, são gostos... Ele é bom sair-se a gente um Herculano ou um Garrett, mas dois contos de réis são dois contos de réis... Olhe que sempre valem um folhetim. Enfim, o negócio é este.

Explicou-lho, sem se sentar, apressado, enquanto Carlos, de braços cruzados, considerava quanto era medonho o alfinete de peito que Vilaça trazia (um macacão de coral comendo uma pera de ouro) e distinguia vagamente, através da sua neblina mental, que se tratava de um visconde de Torral e de porcos... Quando Vilaça lhe apresentou os papéis, assinou-os com um ar moribundo.

– Então não fica para almoçar, Vilaça? – disse ele, vendo o procurador meter o seu rolo de papéis debaixo do braço.

– Muito agradecido a V. Ex.ª. Tenho de me encontrar com o nosso amigo Eusébio... Vamos ao ministério do reino, ele tem lá uma pretensão... Quer a comenda da Conceição... Mas este governo está desgostoso com ele.

– Ah! – murmurou Carlos com respeito e através de um bocejo – o governo não está contente com o Eusebiozinho?

– Não se portou bem nas eleições. Ainda há dias, o ministro do reino me dizia, em confidência: "O Eusébio é rapaz de merecimento, mas atravessado..." V. Ex.ª noutro dia, disse-me o Cruges, encontrou-o em Sintra.

– Sim, lá estava a fazer jus à comenda da Conceição.

Quando Vilaça saiu, Carlos retomou lentamente a pena e ficou um momento, com os olhos na página meio escrita, coçando a barba, desanimado e estéril. Mas quase em seguida apareceu Afonso da Maia, ainda de chapéu, à volta do seu passeio matinal no bairro, e com uma carta na mão, que era para Carlos, e que ele achara no escritório misturada ao seu correio. Além disso, esperava encontrar ali o Vilaça.

– Esteve aí, mas deitou a correr, para ir arranjar uma comenda para o Eusebiozinho – disse Carlos, abrindo a carta.

E teve uma surpresa, vendo no papel – que cheirava a verbena como a condessa de Gouvarinho – um convite do conde para jantar no sábado seguinte, feito em termos de simpatia tão escolhidos que eram quase poéticos; tinha mesmo uma frase sobre a amizade, falava dos *átomos em gancho* de Descartes. Carlos desatou a rir, contou ao avô que era um par do reino que o convidava a jantar, citando Descartes...

– São capazes de tudo – murmurou o velho.

E dando um olhar risonho aos manuscritos espalhados sobre a banca:

– Então, aqui trabalha-se, hem?

Carlos encolheu os ombros:

– Se é que se pode chamar a isto trabalhar... Olhe aí para o chão. Veja esses destroços... Enquanto se trata de tomar notas, coligir documentos, reunir materiais, bem, lá vou indo. Mas quando se trata de pôr as ideias, a observação, numa forma de gosto e de simetria, dar-lhe cor, dar-lhe relevo, então... Então foi-se...

– Preocupação peninsular, filho – disse Afonso, sentando-se ao pé da mesa, com o seu chapéu desabado na mão. – Desembaraça-te dela. É o que eu dizia noutro dia ao Craft, e ele concordava... O português nunca pode ser homem de ideias, por causa da paixão da forma. A sua mania é fazer belas frases, ver-lhes o brilho, sentir-lhes a música. Se for necessário falsear a ideia, deixá-la incompleta, exagerá-la, para a frase ganhar em beleza, o desgraçado não hesita... Vá-se pela água abaixo o pensamento, mas salve-se a bela frase.

– Questão de temperamento – disse Carlos. – Há seres inferiores, para quem a sonoridade de um adjetivo é mais importante que a exatidão de um sistema... Eu sou desses monstros.

– Diabo! então és um retórico...

– Quem o não é? E resta saber por fim se o estilo não é uma disciplina do pensamento. Em verso, o avô sabe, é muitas vezes a necessidade de uma rima que produz a originalidade de uma imagem... E quantas vezes o esforço para completar bem a cadência de uma frase não poderá trazer desenvolvimentos novos e inesperados de uma ideia... Viva a bela frase!

– O sr. Ega – anunciou o Batista, erguendo o reposteiro, quando começava justamente a tocar a sineta do almoço.

– Falai na frase... – disse Afonso, rindo.

– Hem? Que frase? O quê?... – exclamou Ega, que rompeu pelo quarto, com o ar estonteado, a barba por fazer, a gola do paletó levantada. – Oh! por aqui a esta hora, sr. Afonso da Maia! Como está V. Ex.ª? Dize-me cá, Carlos, tu é que me podes tirar duma atrapalhação... Tu terás por acaso uma espada que me sirva?

E, como Carlos o olhava assombrado, acrescentou, já impaciente:

– Sim, homem, uma espada! Não é para me bater, estou em paz com toda a humanidade... É para esta noite, para o fato de máscara.

O Matos, aquele animal, só na véspera lhe dera o *costume* para o baile; e, qual é o seu horror, ao ver que lhe arranjara, em lugar de uma espada artística, um sabre da guarda municipal! Tivera vontade de lho passar através das entranhas. Correu ao tio Abraão, que só tinha espadins de corte, reles e pelintras como a própria corte! Lembrara-se do Craft e da sua coleção;

vinha de lá; mas aí eram uns espadões de ferro, catanas pesando arrobas, as durindanas tremendas dos brutos que conquistaram a Índia... Nada que lhe servisse. Fora então que lhe tinham vindo à ideia as panóplias antigas do Ramalhete.

– Tu é que deves ter... Eu preciso uma espada longa e fina, com os copos em concha, de aço rendilhado, forrados de veludo escarlate. E sem cruz, sobretudo sem cruz!

Afonso, tomando logo um interesse paternal por aquela dificuldade de John, lembrou que havia no corredor, em cima, umas espadas espanholas...

– Em cima, no corredor? – exclamou Ega, já com a mão no reposteiro.

Inútil precipitar-se, o bom John não as poderia encontrar. Não estavam à vista; arranjadas em panóplia, conservavam-se ainda nos caixões em que tinham vindo de Benfica.

– Eu lá vou, homem fatal, eu lá vou – disse Carlos, erguendo-se com resignação. – Mas olha que elas não têm bainhas.

Ega ficou sucumbido. E foi ainda Afonso que achou uma ideia, o salvou.

– Manda fazer uma simples bainha de veludo negro; isso faz-se numa hora. E manda-lhe coser ao comprido rodelas de veludo escarlate...

– Esplêndido – gritou Ega. – O que é ter gosto!

E, apenas Carlos saiu, trovejou contra o Matos.

– Veja V. Ex.ª isto, um sabre da guarda municipal! E é quem faz aí os fatos para todos os teatros! Que idiota!... E é tudo assim, isto é um país insensato!...

– Meu bom Ega, tu não queres tornar decerto Portugal inteiro, o Estado, sete milhões de almas, responsáveis por esse comportamento do Matos?

– Sim senhor – exclamava o Ega passeando pelo gabinete, com as mãos enterradas nos bolsos do paletó –, sim senhor, tudo isso se prende. O *costumier* com um fato do século XIV manda um sabre da guarda municipal; por seu lado o ministro, a propósito de impostos, cita as *Meditações* de Lamartine; e o literato, essa besta suprema...

Mas calou-se, vendo a espada que Carlos trazia na mão, uma folha do século XVI, de grande têmpera, fina e vibrante, com copos trabalhados como uma renda – e tendo gravado no aço o nome ilustre do espadeiro, Francisco Ruy de Toledo.

Embrulhou-a logo num jornal, recusou à pressa o almoço que lhe ofereciam, deu dois vivos *shake-hands,* atirou o chapéu para a nuca, ia abalar, quando a voz de Afonso o deteve:

– Ouve lá, John – dizia o velho alegremente –, isso é uma espada cá da casa, que nunca brilhou sem glória, creio eu... Vê como te serves dela!

Ao pé do reposteiro, Ega voltou-se, exclamou, apertando contra o peito do paletó o ferro, enrolado no *Jornal do Comércio:*

– Não a sacarei sem justiça nem a embainharei sem honra. *Au revoir!*

– Que vida, que mocidade! – murmurou Afonso. – Muito feliz é este John!... Pois vai-te arranjando, filho, que já tocou a primeira vez para o almoço.

Carlos ainda se demorou um instante a reler, com um sorriso, a aparatosa carta do Gouvarinho; e ia enfim chamar o Batista para se vestir, quando embaixo, à entrada particular, o timbre elétrico começou a vibrar violentamente. Um passo ansioso ressoou na antecâmara, o Dâmaso apareceu esbaforido, de olho esgazeado, com a face em brasa. E, sem dar tempo a que Carlos exprimisse a surpresa de o ver enfim no Ramalhete, exclamou, lançando os braços ao ar:

– Ainda bem que te encontro, caramba! Quero que venhas daí, que me venhas ver um doente... Eu te explicarei... É aquela gente brasileira. Mas, pelo amor de Deus, vem depressa, menino!

Carlos erguera-se, pálido:

– É ela?

– Não, é a pequena, esteve a morrer... Mas veste-te, Carlinhos, veste-te, que a responsabilidade é minha!

– É um bebê, não é?

– Qual bebê!... É uma pequena crescida, de seis anos... Anda daí!

Carlos, já em mangas de camisa, estendia o pé ao Batista, que, com um joelho em terra, apressado também, quase fez saltar os botões da bota. E Dâmaso, de chapéu na cabeça, agitava-se, exagerando a sua impaciência, a estalar de importância.

– Sempre a gente se vê em coisas!... Olha que responsabilidade a minha! Vou visitá-los, como costumo às vezes, de manhã... E vai, tinham partido para Queluz.

Carlos voltou-se, com a sobrecasaca meio vestida:
– Mas então?
– Escuta, homem! Foram para Queluz, mas a pequena ficou com a governanta... Depois do almoço deu-lhe uma dor. A governanta queria um médico inglês, porque não fala senão inglês... Do hotel foram procurar o Smith, que não apareceu... E a pequena a morrer!... Felizmente, cheguei eu, e lembrei-me logo de ti... Foi sorte encontrar-te, caramba!

E acrescentou, dando um olhar ao jardim:
– Também, irem a Queluz com um dia destes! Hão de se divertir... Estás pronto, hem? Eu tenho lá embaixo o *coupé*... Deixa as luvas, vais muito bem sem luvas!

– O avô que não me espere para almoçar – gritou Carlos ao Batista, já no fundo da escada.

Dentro do *coupé,* um ramo enorme enchia quase o assento.

– Era para ela – disse o Dâmaso, pondo-o sobre os joelhos. – Péla-se por flores.

Apenas o coupé partiu, Carlos, cerrando a vidraça, fez a pergunta que desde a aparição do Dâmaso lhe faiscava nos lábios.

– Mas então tu, que querias quebrar a cara a esse Castro Gomes?...

O Dâmaso contou logo tudo, triunfante. Fora tudo um equívoco! Ah, as explicações do Castro Gomes tinham sido de um *gentleman.* Senão, quebrava-lhe a cara. Isso não, desconsiderações, a ninguém! a ninguém! Mas fora assim: os bilhetes de visita que ele lhe deixara conservavam a sua *adresse* do *Grand Hôtel* em Paris. E o Castro Gomes, supondo que ele vivia lá, obedecendo à indicação, mandara para lá os seus cartões! Curioso, hem? É de estúpido... E a falta de resposta aos telegramas fora culpa de *madame,* descuido, naquele momento de aflição, vendo o marido com o braço escavacado... Ah, tinham-lhe dado satisfações humildes. E agora eram íntimos, estava lá quase sempre...

– Enfim, menino, um romance... Mas isso é para mais tarde!

O coupé parara à porta do Hotel Central. Dâmaso saltou, correu ao guarda-portão.

– Mandou o telegrama, Antônio?

– Já lá vai...

– Tu compreendes – dizia ele a Carlos, galgando as escadas –, mandei-lhes logo um telegrama para o hotel em Queluz. Não estou para ter mais responsabilidades!...

No corredor, defronte do escritório, um criado passava, com um guardanapo debaixo do braço:

– Como está a menina? – gritou-lhe o Dâmaso.

O criado encolheu os ombros, sem compreender.

Mas Dâmaso já trepava o outro lanço de escada, soprando, gritando:

– Por aqui, Carlos, eu conheço isto a palmos! Número 26!

Abriu com estrondo a porta do número 26. Uma criada, que estava à janela, voltou-se.

– Ah! *Bonjour*, Melanie! – exclamava Dâmaso, no seu extraordinário francês. – A criança estava melhor? *l'enfant était meilleur?* Ali lhe trazia o doutor, *monsieur le docteur Maia.*

Melanie, uma rapariga magra e sardenta, disse que *mademoiselle* estava mais sossegada, e ela ia avisar *miss* Sarah, a governanta. Passou o espanador pelo mármore duma consola, ajeitou os livros sobre a mesa, e saiu, dardejando a Carlos um olhar vivo como uma faísca.

A sala era espaçosa, com uma mobília de repes azul, e um grande espelho sobre a consola dourada, entre as duas janelas; a mesa estava coberta de jornais, de caixas de charutos e de romances de Cappendu; sobre uma cadeira, ao lado, ficara enrolado um bordado.

– Esta Melanie, esta desleixada – murmurava o Dâmaso, fechando a janela com um esforço sobre o fecho perro. – Deixar assim tudo aberto! Jesus, que gente!

– Este cavalheiro é bonapartista – disse Carlos, vendo sobre a mesa os números do *Pays*.

– Isso, temos questões terríveis! – exclamou o Dâmaso. – E eu enterro-o sempre... É bom rapaz, mas tem pouco fundo.

Melanie voltou, pedindo a *monsieur le docteur* para entrar um instante no gabinete de *toilette*. E aí, depois de apanhar uma toalha caída, de dardejar a Carlos outro olharzinho petulante, disse que *miss* Sarah vinha imediatamente, e retirou-se na ponta dos sapatos. Fora, na sala, ergueu-se logo a voz do Dâmaso, falando a Melanie de *sa responsabilité, et qu'il était très affligé.*

Carlos ficou só, na intimidade daquele gabinete de *toilette*, que nessa manhã ainda não fora arrumado. Duas malas, pertencentes decerto a *madame*, enormes, magníficas, com fecharias e cantos de aço polido, estavam abertas; duma transbordava uma cauda rica, de seda forte cor de vinho; e na outra era um delicado alvejar de roupa branca, todo um luxo secreto e raro de rendas e *baptistes*, dum brilho de neve, macio pelo uso e cheirando bem. Sobre uma cadeira alastrava-se um monte de meias de seda, de todos os tons, unidas, bordadas, abertas em renda, e tão leves, que uma aragem as faria voar; e no chão corria uma fila de sapatinhos de verniz, todos do mesmo estilo, longos, com o tacão baixo e grandes fitas de laçar. A um canto estava um cesto acolchoado de seda cor-de-rosa, onde decerto viajara a cadelinha.

Mas o olhar de Carlos prendia-se sobretudo a um sofá onde ficara estendido, com as duas mangas abertas, à maneira de dois braços que se oferecem, o casaco branco de veludo lavrado de Gênova com que ele a vira, a primeira vez, apear-se à porta do hotel. O forro, de cetim branco, não tinha o menor acolchoado, tão perfeito devia ser o corpo que vestia; e assim, deitado sobre o sofá, nessa atitude viva, num desabotoado de seminudez, adiantando em vago relevo o cheio de dois seios, com os braços alargando-se, dando-se todos, aquele estofo parecia exalar um calor humano e punha ali a forma dum corpo amoroso, desfalecendo num silêncio de alcova. Carlos sentiu bater o coração. Um perfume indefinido e forte de jasmim, de marechala, de *tanglewood* elevava-se de todas aquelas coisas íntimas, passava-lhe pela face com um bafo suave de carícia...

Então desviou os olhos, aproximou-se da janela, que tinha por perspectiva a fachada enxovalhada do *Hotel Shneid*. Quando se voltou, *miss* Sarah estava diante dele, vestida de preto e muito corada; era uma pessoa simpática, redondinha e pequena, com um ar de rola farta, os olhos sentimentais, e uma testa de virgem sob bandós lisos e louros. Balbuciava umas palavras em francês, em que Carlos só percebeu *docteur*.

– *Yes, I am the doctor* – disse ele.

A face da boa inglesa iluminou-se. Oh! era tão bom ter enfim com quem se entender! A menina estava muito melhor! Oh!, o doutor vinha livrá-la duma responsabilidade!...

Abriu o reposteiro, fê-lo penetrar num quarto com as janelas todas cerradas, onde ele apenas distinguiu a forma dum grande leito e o brilho de cristais num toucador. Perguntou para quem eram aquelas trevas.

Miss Sarah pensara que a escuridão faria bem à menina e a adormeceria. E trouxera-a ali para o quarto da mamã, por ser mais largo e mais arejado.

Carlos fez abrir as janelas; e, quando a grande luz entrou, ao avistar a pequena no leito, sob os cortinados abertos, não conteve a sua admiração.

– Que linda criança!

E ficou um instante a contemplá-la, num enlevo de artista, pensando que os brancos mais mimosos, mais ricos, sob a mais sábia combinação de luz, não igualariam a palidez ebúrnea daquela pele maravilhosa; e esta adorável brancura era ainda realçada por um cabelo negro, tenebroso, forte, que reluzia sob a rede. Os seus dois olhos grandes, dum azul profundo e líquido, pareciam nesse instante maiores, muito sérios, e muito abertos para ele.

Estava encostada a um grande travesseiro, toda quieta, com o susto ainda da dor, perdida naquele vasto leito, e apertando nos braços uma enorme boneca paramentada, de pelo riçado, de olhos também azuis e arregalados também.

Carlos tomou-lhe a mãozinha e beijou-lha, perguntando se a boneca também estava doente.

– Cricri também teve dor – respondeu ela muito séria, sem tirar dele os seus magníficos olhos. – Eu já não tenho...

Estava com efeito fresca como uma flor, com a linguazinha muito rosada, e sua vontade já de *lanchar.*

Carlos tranquilizou *miss* Sarah. Oh, ela via bem que *mademoiselle* estava boa. O que a assustara fora achar-se ali só, sem a mamã, com aquela responsabilidade. Por isso a tinha deitado... Oh, se fosse uma criança inglesa, saía com ela para o ar... Mas estas meninas estrangeiras, tão delicadas... E o labiozinho gordo da inglesa traía um desdém compassivo por estas raças inferiores e deterioradas.

– Mas a mamã não é doente?

Oh!, não! *Madame* era muito forte. O senhor, esse sim, parecia mais fraco...

– E como se chama a minha querida amiga? – perguntou Carlos, sentado à cabeceira do leito.

– Esta é Cricri – disse a pequena, apresentando outra vez a boneca. – Eu chamo-me Rosa, mas o papá diz que eu sou Rosicler.

– Rosicler? Realmente? – disse Carlos sorrindo daquele nome de livro de cavalaria, recendente a torneios e a bosques de fadas.

Então, como colhendo simplesmente informações de médico, perguntou a *miss* Sarah se a menina sentira a mudança de clima. Habitavam ordinariamente Paris, não é verdade?

Sim, viviam em Paris no inverno, no parque Monceaux; de verão iam para uma quinta da Touraine, ao pé mesmo de Tours, onde ficavam até o começo da caça; e iam sempre passar um mês a Dieppe. Pelo menos fora assim, nos últimos três anos, desde que ela estava com *madame.*

Enquanto a inglesa falava, Rosa, com a sua boneca nos braços, não cessava de olhar Carlos gravemente e como maravilhada. Ele, de vez em quando, sorria-lhe, ou acariciava-lhe a mãozinha. Os olhos da mãe eram negros; os do pai de azeviche e pequeninos; de quem herdara ela aquelas maravilhosas pupilas dum azul tão rico, líquido e doce?

Mas a sua visita de médico findara, ergueu-se para receitar um calmante. Enquanto a inglesa preparava muito cuidadosamente o papel e experimentava a pena, ele examinou um momento o quarto. Naquela instalação banal do hotel, certos retoques duma elegância delicada revelavam a mulher de gosto e de luxo: sobre a cômoda e sobre a mesa havia grandes ramos de flores; os travesseiros e os lençóis não eram do hotel, mas próprios, de bretanha fina, com rendas e largos monogramas bordados a duas cores. Na poltrona que ela usava, uma casimira de Tarnah disfarçava o medonho *reps* desbotado.

Depois, ao escrever a receita, Carlos notou ainda sobre a mesa alguns livros de encadernações ricas, romances e poetas ingleses; mas destoava ali, estranhamente, uma brochura singular – o *Manual de Interpretação dos Sonhos*. E ao lado, em cima do toucador, entre os marfins das escovas, os cristais dos frascos, as tartarugas finas, havia outro objeto extravagante, uma enorme caixa de pó de arroz, toda de prata dourada, com uma magnífica safira engastada na tampa dentro dum círculo de brilhantes miúdos, uma joia exagerada de *cocotte,* pondo ali uma dissonância audaz de esplendor brutal.

Carlos voltou junto do leito e pediu um beijo a Rosicler; ela estendeu-lhe logo a boquinha fresca como um botão de rosa; ele não ousou beijá-la assim naquele grande leito da mãe, e tocou-lhe apenas na testa.

– Quando vens tu outra vez? – perguntou ela agarrando-o pela manga do casaco.

– Não é necessário vir outra vez, minha querida. Tu estás boa, e Cricri também.

– Mas eu quero o meu lanche... Dize a Sarah que eu posso tomar o meu lanche... E Cricri também.

– Sim, já podeis ambas petiscar alguma coisa...

Fez as suas recomendações à mestra, e depois apertando a mãozinha da pequena:

– E agora adeus, minha linda Rosicler, uma vez que és Rosicler...

E não quis ser menos amável com a boneca, deu-lhe também um *shake-hands*.

Isto pareceu cativar Rosa ainda mais. A inglesa, ao lado, sorria, com duas covinhas na face.

Não era necessário, lembrou Carlos, conservar a criança na cama, nem torturá-la com cautelas exageradas...

– *Oh, no, sir!*

E se a dor reaparecesse, ainda que ligeira, mandá-lo logo chamar...

– *Oh, yes, sir!*

E ali deixava o seu bilhete, com a sua *adresse*.

– *Oh, thank you, sir!*

Ao voltar à sala, o Dâmaso saltou do sofá, onde percorria um jornal, como uma fera a quem se abre a jaula.

– Credo, imaginei que ias lá ficar toda a vida! Que estiveste tu a fazer? Irra, que estopada!

Carlos, calçando as luvas, sorria sem responder.

– Então, é coisa de cuidado?

– Não tem nada. Tem uns lindos olhos... E um nome extraordinário.

– Ah, Rosicler – murmurou Dâmaso, agarrando o chapéu com mau modo –, muito ridículo, não é verdade?

A criada francesa apareceu outra vez a abrir a porta da sala, dardejando para Carlos o mesmo olhar quente e vivo. Dâmaso recomendou-lhe muito que dissesse aos senhores que ele tinha vindo logo com o médico; e que havia de voltar à noite para lhes fazer uma surpresa e para saber se tinham gostado de Queluz – *si ils avaient aimé Queluz.*

Depois, ao passar diante do escritório, meteu a cabeça, para dizer ao guarda-livros que a menina estava boa, tudo ficava em sossego.

O guarda-livros sorriu e cortejou.

– Queres que te vá levar à casa? – perguntou ele a Carlos, embaixo, abrindo a porta do *coupé,* ainda com um resto de mau humor.

Carlos preferia ir a pé.

– E acompanha-me tu um bocado, Dâmaso, tu agora não tens fazer.

Dâmaso hesitou, olhando o céu áspero, as nuvens pesadas de chuva. Mas Carlos tomara-lhe o braço, arrastava-o, amável e gracejando.

– Agora que te tenho aqui, velhaco, homem fatal, quero o *romance*... Tu disseste que tinhas um *romance*. Não te largo. És meu. Venha o *romance*. Eu sei que os tens sempre bons. Quero o *romance*!

Pouco a pouco Dâmaso sorria, as bochechas esbraseavam-se-lhe de satisfação.

– Vai-se fazendo pela vida – disse ele a estourar de jactância.

– Vocês estiveram em Sintra?...

– Estivemos, mas isso não foi divertido... O romance é outro!

Desprendeu-se do braço de Carlos. Fez um sinal ao cocheiro para que os seguisse, e regalou-se pelo Aterro fora de contar o seu *romance*.

– A coisa é esta... O marido daqui a dias vai para o Brasil, tem lá negócios. E ela fica! Fica com as criadas e com a pequena, à espera, dois ou três meses. Diz que já andaram até a ver casas mobiliadas, que ela não quer estar no hotel... E eu, íntimo, a única pessoa que ela conhece, metido de dentro... Hem, percebes agora?

– Perfeitamente – disse Carlos, arrojando para longe o charuto, com um gesto nervoso. – E, decerto, a pobre criatura já está fascinada! Já lhe deste, como costumas, um beijo ardente entre duas portas! Já a desgraçada se surtiu da caixa de fósforos, para mais tarde quando a abandonares!

Dâmaso enfiava.

– Não venhas já tu com o espírito e com a chufazinha... Não lhe dei beijos que ainda não houve ocasião... Mas o que te posso dizer é que tenho mulher!

– Pois já era tempo – exclamou Carlos, sem conter um gesto brusco, e atirando-lhe as palavras como chicotadas. – Já era tempo! Andavas aí metido com umas criaturas ignóbeis, uma ralé de lupanar... Enfim, agora há progresso. E eu gosto que os meus amigos vivam numa ordem de sentimentos decentes... Mas vê lá... Não sejas o costumado Dâmaso! Não te vás pôr a alardear isso pelo Grêmio e pela Casa Havanesa!

Desta vez Dâmaso estacou, sufocado, sem compreender aquele modo, semelhante azedume. E terminou por balbuciar, lívido:

– Tu podes entender muito de medicina e de *bric-à-brac,* mas lá a respeito de mulheres e da maneira de fazer as coisas, não me dás lições...

Carlos olhou-o, com um desejo brutal de o espancar. E, de repente, sentiu-o tão inofensivo, tão insignificante, com o seu ar bochechudo e mole, que se envergonhou do surdo despeito que o atravessara, tomou-lhe o braço, teve duas palavras amáveis.

– Dâmaso, tu não me compreendeste. Eu não te quis fazer zangar... É para teu bem... O que eu receava é que tu, imprudente, arrebatado, apaixonado, fosses perder essa bela aventura por uma indiscrição...

E o outro ficou logo contente, sorrindo já, abandonando-se ao braço do seu amigo, certo que o desejo do Maia era que ele tivesse uma amante *chic.* Não, ele não se tinha zangado, nunca se zangava com os íntimos... Compreendia bem que o que Carlos dizia era por amizade...

– Mas tu, às vezes, tens essa coisa que te pegou o Ega, gostas do teu bocadinho de espírito...

E então tranquilizou-o. Não, por imprudência não havia ele de "perder a coisa". Aquilo ia com todas as regras. Lá nisso sobrava-lhe experiência. A Melanie já a tinha na mão; já lhe dera duas libras.

– Isto de mais a mais é uma coisa muito séria... Ela conhece meu tio, é íntima dele desde pequena, tratam-se até por *tu...*

– Que tio?

– Meu tio Joaquim... Meu tio Joaquim Guimarães. *Mr.* de Guimaran, o que vive em Paris, o amigo de Gambetta...

– Ah! sim, o comunista...

– Qual comunista, até tem carruagem!

Subitamente lembrou-lhe outra coisa, um ponto de *toilette* em que queria consultar Carlos.

– Amanhã vou jantar com eles, e vão também dois brasileiros, amigos dele, que chegaram aí há dias e que partem pelo mesmo paquete... Um é *chic,* é da Legação do Brasil em Londres. De maneira que é jantar de cerimônia. O Castro Gomes não me disse nada; mas, que te parece, achas que vá de casaca?...

– Sim, atira-lhe casaca, e uma boa rosa na lapela.

O Dâmaso olhou-o, pensativo.

– A mim tinha-me lembrado o hábito de Cristo.

– O hábito de Cristo... Sim, põe o hábito de Cristo ao pescoço, e põe a rosa na botoeira.

– Será talvez demais, Carlos!

– Não, fica bem ao teu tipo.

Dâmaso fizera parar o *coupé* que os tinha seguido a passo. E no último aperto de mão a Carlos:

– Tu sempre vais à noite, aos Cohens, de dominó? O meu fato de selvagem ficou divino. Eu venho mostrá-lo à noite à brasileira... Entro no hotel embrulhado num capote, e apareço-lhes de repente na sala, de selvagem, de Nelusko, a cantar:

> *Alerta, marinari,*
> *Il vento cangia...*

Chic a valer!... *Good bye!*

Às dez horas Carlos vestia-se para o baile dos Cohens. Fora, a noite fizera-se tenebrosa, com lufadas de vento, pancadas de água, que a cada instante batiam agrestemente o jardim. Ali, no gabinete de *toilette,* errava no ar tépido um vago aroma de sabonete e de bom charuto. Sobre duas cômodas de pau-preto, marchetadas a marfim, duas serpentinas de velho bronze erguiam os seus molhos de velas acesas, pondo largos reflexos doces sobre a seda castanha das paredes. Ao lado do alto *espelho-psyché* alastrava-se já, em cima duma poltrona, o dominó de cetim negro com um grande laço azul-claro.

Batista, com a casaca na mão, esperava que Carlos acabasse a chávena de chá preto que ele estava bebendo aos goles, de pé, em mangas de camisa e de gravata branca. De repente, o timbre elétrico da porta particular retiniu, apressado e violento.

– Talvez outra surpresa – murmurou Carlos. – Hoje é o dia das surpresas...

Batista sorriu, ia pousar a casaca para abrir quando embaixo vibrou outro repique brutal, duma impaciência frenética.

Então Carlos, curioso, saiu à antecâmara; e aí, à meia-luz das lâmpadas Carcel, ainda quebrantada pelo tom dos veludos cor de cereja, viu, ao abrir-se a porta por onde entrou um sopro áspero da noite, aparecer vivamente uma forma esguia e vermelha, com um confuso tinir de ferro. Depois, pela escada acima, duas penas negras de galo ondearam, um manto escarlate esvoaçou – e o Ega estava diante dele, caracterizado, vestido de Mefistófeles!

Carlos apenas pôde dizer *bravo* – o aspecto do Ega emudeceu-o. Apesar dos toques de caracterização que quase o mascaravam, sobrancelhas de diabo, guias de bigode ferozmente exageradas –, sentia-se bem a aflição em que vinha, com os olhos injetados, perdido, numa terrível palidez. Fez um gesto a Carlos, arremessou-se pelo gabinete dentro. Batista, logo, discretamente, retirou-se cerrando o reposteiro.

Estavam sós. Então Ega, apertando desesperadamente as mãos, numa voz rouca e de agonia:

– Tu sabes o que me sucedeu, Carlos?

Mas não pôde dizer mais, sufocado, tremendo todo; e diante dele, devorando-o com os olhos, Carlos tremia também, enfiado.

– Cheguei a casa dos Cohens – continuou Ega por fim com esforço e quase balbuciando – mais cedo, como tínhamos combinado. Ao entrar na sala, já estavam duas ou três pessoas... Ele vem direito a mim, e diz-me: "Você, seu infame, ponha-se já no meio da rua... Já no meio da rua, senão, diante desta gente, corro-o a pontapés!" E eu, Carlos...

Mas a cólera outra vez abafou-lhe a voz. E esteve um momento mordendo os beiços, recalcando os soluços, com os olhos reluzentes de lágrimas.

Quando as palavras voltaram, foi uma explosão selvagem:

– Quero me bater em duelo com aquele malvado, a cinco passos, meter-lhe uma bala no coração!

Outros sons estrangulados escaparam-se-lhe da garganta; e, batendo furiosamente o pé, esmurrando o ar, berrava, sem cessar, como cevando-se na estridência da própria voz.

– Quero matá-lo! Quero matá-lo! Quero matá-lo!

Depois, alucinado, sem ver Carlos, rompeu a passear desabridamente pelo quarto, às patadas, com o manto deitado para trás, a espada mal afivelada batendo-lhe as canelas escarlates.

– Então descobriu tudo – murmurou Carlos.

– Está claro que descobriu tudo – exclamou o Ega, no seu passear arrebatado, atirando os braços ao ar. – Como descobriu não sei. Sei isto, já não é pouco. Pôs-me fora!... Hei de lhe meter uma bala no corpo! Pela alma de meu pai, hei de lhe varar o coração!... Quero que vás lá logo pela manhã com o Craft... E as condições são estas: à pistola, a quinze passos!

Carlos, agora outra vez sereno, acabava a sua chávena de chá. Depois, disse muito simplesmente:

– Meu querido Ega, tu não podes mandar desafiar o Cohen.

O outro estacou de repelão, atirando pelos olhos dois relâmpagos de ira – a que as medonhas sobrancelhas de crepe, as duas penas de galo ondeando na gorra davam uma ferocidade teatral e cômica.

– Não o posso mandar desafiar?

– Não.

– Então põe-me fora de casa...

– Estava no seu direito.

– No seu direito!... Diante de toda a gente?...

– E tu, não eras amante da mulher diante de toda a gente?...

O Ega ficou a olhar um momento para Carlos, como atordoado. Depois fez um grande gesto:

— Não se trata da mulher!... Não se falou da mulher!... É uma questão de honra para mim, quero mandá-lo desafiar, quero matá-lo...

Carlos encolheu os ombros.

— Tu não estás em ti. Tens só uma coisa a fazer; é ficar amanhã em casa, a ver se ele te manda desafiar a ti...

— O quê, o Cohen! — exclamou Ega. — É um covarde, é um canalha!... Ou o mato, ou lhe rasgo a cara com um chicote. Desafiar-me! Olha quem... Tu estás doido...

E recomeçou o seu passear desabalado do espelho para a janela, soprando, rilhando os dentes, com repelões para trás ao manto que faziam oscilar, nas serpentinas, as chamas altas das velas.

Carlos não dizia nada, de pé junto da mesa, enchendo lentamente de novo a sua chávena. Tudo aquilo começava a parecer-lhe pouco sério, pouco digno, as ameaças de pontapés do marido, os furores melodramáticos do Ega — e mesmo não podia deixar de sorrir diante daquele Mefistófeles esgrouviado, espalhando pelo quarto o brilho escarlate do seu manto de veludo, e a falar furiosamente de honra e de morte, com sobrancelhas postiças e escarcela de couro à cinta.

— Vamos falar ao Craft! — exclamou de repente Ega, parando, com esta brusca resolução. — Quero ver o que diz o Craft. Tenho lá embaixo uma tipoia, estamos lá num instante!

— Ir agora à quinta, aos Olivais? — disse Carlos, olhando o relógio.

— Se és meu amigo, Carlos!...

Carlos imediatamente, sem chamar o Batista, acabou de se vestir.

Ega, no entanto, ia preparando uma chávena de chá, deitando-lhe rum, ainda tão nervoso, que mal podia segurar a garrafa. Depois, com um grande suspiro, acendeu uma *cigarette*. Carlos entrara na alcova de banho, ao lado, alumiada por um forte jato de gás que assobiava. Fora, a chuva continuava seguida e monótona, as goteiras escoavam-se no chão mole do jardim.

— Achas que a tipoia aguentará? — perguntou Carlos de dentro.

— Aguenta, é o *Canhoto* — disse Ega.

Agora reparara no dominó, fora erguê-lo, examinava-lhe o cetim rico, o belo laço azul-claro. Depois, tendo encontrado diante de si o grande *espelho-psyché,* entalou o monóculo no olho, recuou um passo, contemplou-se de alto a baixo — e terminou por pousar uma das mãos na cinta, apoiar a outra galhardamente sobre os copos da espada.

— Eu não estava mal, oh Carlos, hem?

— Estavas esplêndido — respondeu o outro de dentro da alcova. — Foi pena estragar-se tudo... Como estava ela?

— Devia estar de Margarida.

— E ele?

— A besta? De beduíno.

E continuou ao espelho, gozando a sua figura esguia, as penas da gorra, os sapatos bicudos de veludo e a ponta flamante da espada erguendo o manto por trás, numa prega fidalga.

— Mas então — disse Carlos, aparecendo a enxugar as mãos — tu não fazes ideia do que se passou, o que ele diria à mulher, o escândalo...

— Não faço ideia nenhuma — disse o Ega, agora mais sereno. — Quando entrei na primeira sala estava ele, de beduíno; estava um outro sujeito de urso, e uma senhora não sei de quê, de tirolesa creio eu... Ele veio para mim, e disse-me aquilo: "Ponha-se fora!" Não sei mais nada... Nem posso perceber... O canalha, se descobriu, naturalmente, para não estragar a festa, não disse nada a Raquel... Depois é que elas são!

Ergueu as mãos para o céu, murmurou:

— É horroroso!

Deu ainda uma volta pelo quarto, e depois, numa outra voz, franzindo a face:

— Não sei que diabo aquele Godefroy me deu para colar as sobrancelhas, que me picam que nem diabo!

— Tira-as...

Diante do espelho, Ega hesitava em desmanchar o seu semblante feroz de Satanás. Mas arrancou-as por fim — e a gorra emplumada, muito justa, que lhe escaldava a cabeça. Então Carlos lembrou-lhe que, para ir à casa do Craft, se desembaraçasse do manto e da espada, se agasalhasse num paletó dele. Ega deu ainda um longo e mudo olhar ao seu flamejante traje infernal, e com um profundo suspiro começou a desafivelar o talim. Mas o paletó era muito largo, muito comprido; teve de lhe dar uma dobra nas mangas. Depois Carlos meteu-lhe um boné escocês na cabeça. E assim arranjado, com as canelas vermelhas de diabo aparecendo sob o paletó, a gargantilha escarlate à Carlos IX emergindo da gola, a velha casqueta de viagem na nuca, o pobre Ega tinha o ar lamentável dum Satanás pelintra, agasalhado pela caridade dum *gentleman,* e usando-lhe o fato velho.

Batista alumiou, grave e discreto. Ega, ao passar por ele, murmurou:

– Isto vai mal, Batista, isto vai mal...

O velho criado teve um movimento triste de ombros, como significando que nada no mundo ia bem.

Na rua negra, a parelha quieta dobrava a cabeça sob a chuva. O *Canhoto,* ao ouvir falar de uma gorjeta de libra, fez um grande espalhafato, rompeu às chicotadas; e a velha traquitana lá partiu a galope, a escorrer de água, atroando a calçada.

Por vezes um *coupé* particular cruzava-os, os casacos de guta-percha dos criados branquejavam à luz das lanternas. Então a ideia da festa que devia agora resplandecer; Margarida ignorando tudo, valsando nos braços doutros, ansiosa, à espera dele; a ceia depois, o *champagne,* as coisas brilhantes que ele teria dito – todas essas delícias perdidas se vinham cravar no coração do pobre Ega, arrancavam-lhe pragas surdas. Carlos fumava silenciosamente, com o pensamento no Hotel Central.

Depois de Santa Apolônia a estrada começou, infindável, desabrigada, batida pelo ar agreste do rio. Nenhum dizia uma palavra, cada um para o seu canto, arrepiados na friagem que entrava pelas gretas da tipoia. Carlos não cessava de ver o casaco branco de veludo, com as duas mangas abertas, como dois braços que se ofereciam...

Passava da uma hora quando chegaram à quinta; a sineta do portão, aos puxões do cocheiro encharcado, retumbou lúgubre naquele silêncio escuro da aldeia. Um cão ladrou furiosamente; outros latidos ao longe responderam; e ainda esperaram muito, antes que um criado, sonolento e resmungão, aparecesse com uma lanterna. Uma rua de acácias conduzia à casa; o Ega praguejava, enterrando os seus belos sapatos de veludo no chão lamacento.

Craft, surpreendido com aquele tumulto, veio-lhes ao encontro no corredor, de *robe de chambre* e a *Revista dos Dois Mundos* debaixo do braço. Percebeu logo que havia desastre. Levou-os em silêncio para o seu gabinete, onde um bom lume de carvão na chaminé aquecia, alegrava o aposento todo estofado de cretones claros. Ambos foram direitos ao lume.

Ega rompera logo a contar o seu caso – enquanto Craft, sem espanto nem exclamações, ia preparando metodicamente sobre a mesa três *grogs* de *cognac* e limão. Carlos, sentado ao pé do fogão, aquecia os pés; e Craft veio acabar de ouvir o Ega, acomodando-se também na sua poltrona, do outro lado da chaminé, com o seu cachimbo na boca.

– Enfim – exclamou Ega, de pé, cruzando os braços –, que me aconselhas tu agora?

– Tens a fazer só isto – disse Craft –, esperar amanhã em casa que te mande os seus padrinhos... Que tenho a certeza que não manda... E depois, se vos baterdes, deixar-te ferir ou matar.

– Perfeitamente o que eu disse – murmurou Carlos, provando o seu *grog*.

Ega olhou-os a ambos, sucessivamente, petrificado. E logo, num fluxo de palavras desordenadas, queixou-se de não ter amigos. Ali estava, naquela crise, a maior da sua vida; e em lugar de encontrar, nos seus camaradas de infância e de Coimbra, apoio, solidariedade, lealdade *à tort et à travers,* abandonavam-no, pareciam querer enterrá-lo e expô-lo a irrisões maiores... Ia-se comovendo; os olhos vermelhejavam-lhe sob as lágrimas. E quando algum deles ia interrompê-lo, numa palavra de senso, batia o pé, persistia na sua teima – um desafio, matar o Cohen, vingar-se! Tinha sido insultado. Não existia outra coisa. Não se tinha falado na mulher. Era ele que devia primeiro mandar padrinhos, lavar a sua honra. Havia pessoas na sala, quando o outro o insultou. Havia um urso e uma tirolesa... E enquanto a deixar-se varar por uma bala, não! Tinha mais direito a viver que o Cohen, que era um burguês e um agiota... E ele era um homem de estudo e de arte! Tinha na cabeça livros, ideias, coisas grandes. Devia-se ao país, à civilização!... Se fosse ao campo, era para fazer a sua pontaria, e abater o Cohen, ali, como uma besta imunda...

– Mas o que é, é que não tenho amigos! – gritou ele exausto por fim, caindo para o canto dum sofá.

Craft bebia em silêncio, e aos goles, o seu *cognac*.

Foi Carlos que se ergueu, sério e áspero. Ele não tinha direito de duvidar da sua amizade. Quando lhe tinha ela faltado? Mas era necessário não ser pueril nem teatral... A questão estava simplesmente em que o Cohen o surpreendera, amando-lhe a mulher. Logo, podia matá-lo, podia entregá-lo aos tribunais, podia escavacá-lo na sala a pontapés...

– Ou pior – interrompeu Craft. – Mandar-te a senhora, com este bilhetinho: "Guarde-a".

– Ou isso! – continuava Carlos. – Não, senhor; limita-se a proibir-te a entrada em casa, um pouco asperamente, sim, mas indicando que, depois de ter feito isto, não quer nada mais violento nem mais dramático. Teve portanto um ato de moderação. E tu queres mandá-lo desafiar por isso?...

Mas Ega revoltou-se outra vez, deu um pulo, disparatou pela sala, sem paletó agora, esguedelhado, parecendo mais fantástico naquele simples gibão escarlate, com os sapatos de veludo enlameados, as longas pernas de cegonha cobertas de malha de seda vermelha. E teimava que se não tratava disso! Não, não se tratava da mulher! A questão era outra...

Carlos então zangou-se.

– Para que diabo te expulsou ele de casa, então? Não disparates, homem! Nós estamos-te a dizer o que faz um homem de senso. E é triste que te custe tanto a perceber o que manda o senso. Traíste um amigo teu... Nada de equívocos! Tu declaravas bem alto a tua amizade pelo Cohen. Traíste-o, tens de aceitar a lei; se ele te quiser matar, tens de morrer. Se ele não quiser fazer nada, tens de ficar de braços cruzados. Se ele te quiser chamar aí por essas ruas um infame, tens de baixar a cabeça, e reconhecer-te infame...

— Então tenho de engolir a afronta?

Os dois amigos explicaram-lhe que aquele fato de Satanás lhe perturbava a lucidez do critério mundano — e que chegava a ser torpe falar ele, Ega, de *afronta*.

Ega, outra vez acabrunhado sobre o sofá, conservou um momento a cabeça enterrada nas mãos.

— Eu já nem sei — disse ele por fim. — Vocês devem ter razão... Eu estou-me a sentir idiota... Então, vamos, que hei de eu fazer?

— Vocês têm a tipoia à espera? — perguntou tranquilamente Craft.

Carlos mandara desaparelhar, recolher o gado esfalfado.

— Excelente! Então, meu caro Ega, tens outra coisa a fazer, antes de morrer amanhã talvez, é cear esta noite. Eu ia cear, e por motivos longos de explicar, há nesta casa um peru frio. E há de haver uma garrafa de Bourgogne...

Daí a pouco estavam à mesa — naquela bela sala de jantar do Craft, que encantava sempre Carlos, com as suas tapeçarias ovais representando bocados solitários de arvoredo, as severas faianças da Pérsia e a sua original chaminé flanqueada por duas figuras negras de núbios com olhos rutilantes de cristal. Carlos, que se declarara esfomeado, trinchava já o peru, enquanto Craft desarrolhava, com veneração, duas garrafas do seu Chambertin, para reconfortar Mefistófeles.

Mas Mefistófeles, sombrio e com os olhos avermelhados, repeliu o prato, desviou o copo. Depois, sempre condescendeu em provar o Chambertin.

— Pois eu — dizia Craft empunhando o talher —, quando vocês chegaram, estava a ler um artigo interessante sobre a decadência do protestantismo em Inglaterra...

— Que é aquilo, além, naquela lata? — perguntou Ega, com uma voz moribunda.

Um *pâtè de foie-gras*. Mefistófeles escolheu com tédio uma trufa.

– Bem bom, este teu Chambertin – suspirou ele.

– Anda, come e bebe com franqueza – gritou-lhe Craft. – Não te romantizes. Tu o que tens é fome. Todas as tuas ideias esta noite se ressentem da debilidade!

Então Ega confessou que devia estar fraco. Com aquela excitação do seu traje de Satanás nem jantara, contando cear em casa do outro... Sim, com efeito, tinha apetite! Excelente *foie-gras*...

E daí a pouco devorava: foram talhadas de peru, uma porção imensa de língua de Oxford, duas vezes presunto de Iorque, todas aquelas boas coisas inglesas que havia sempre em casa do Craft. E ele só bebeu quase toda uma garrafa de Chambertin.

O escudeiro fora preparar o café; e, no entanto, ia-se discutindo, em todas as hipóteses, a atitude provável do Cohen com a mulher. Que faria ele? Talvez lhe perdoasse. Ega afirmava que não: era vaidoso e de rancores longos! Num convento também não a fechava, sendo judia...

– Talvez a mate – disse Craft, com toda a seriedade.

Ega, já com os olhos brilhantes do Bourgogne, declarou tragicamente que ele então entrava num mosteiro. Os dois gracejaram, sem piedade. Em que mosteiro queria ele entrar? Nenhum era congênere com o Ega! Para dominicano era muito magro, para trapista muito lascivo, muito palrador para jesuíta, e para beneditino muito ignorante... Era necessário criar uma ordem para ele! Craft lembrou a *Santa Blague!*

– Vocês não têm coração – exclamou Ega, enchendo outro grande copo. – Vocês não sabem, eu adorava aquela mulher!

Então largou a falar de Raquel. E teve ali, decerto, os momentos melhores de toda aquela paixão – porque pôde, sem escrúpulo, fazer reluzir a sua auréola de amante, banhar-se no mar de leite das confidências vaidosas. Começou por contar o encontro com ela na Foz, enquanto Craft, sem perder uma palavra, como quem se instrui, se erguera a abrir uma garrafa de *champagne*. Disse depois os passeios na Cantareira; as cartinhas ainda hesitantes e platônicas, trocadas entre folhas de livros emprestados, em que ela se assinava *Violeta de Parma;* o primeiro beijo, o melhor, surripiado entre duas portas, enquanto o marido correra acima a buscar-lhe charutos especiais; os *rendez-vous* no Porto, no Cemitério do Repouso, as pressões ardentes de mãos à sombra dos ciprestes e os planos de voluptuosidade combinados entre as lápides fúnebres...

– Muito curioso! – dizia o Craft.

Mas Ega teve de se calar, o criado entrava com o café. Enquanto se enchiam as chávenas, e Craft fora buscar uma caixa de charutos, ele acabou a garrafa de *champagne,* já pálido, com o nariz afilado.

O criado saiu, correndo o reposteiro de tapeçaria; e logo Ega, com o cálice de *cognac* ao lado, recomeçou as confidências, contou a volta a Lisboa, a "Vila Balzac", as manhãs deliciosas passadas lá com ela no calor dum ninho de amor...

Mas agora interrompia-se, vago e com os olhos turvos, enterrando um momento a cabeça entre os punhos. Depois lá vinha outro detalhe, os nomes lúbricos que ela lhe dava, uma certa coberta de seda preta onde ela brilhava como um jaspe... Duas lágrimas embaciaram-lhe os olhos, jurou que queria morrer!

– Se vocês soubessem que corpo de mulher! – gritou ele de repente. – Oh! meninos, que corpo de mulher... Imaginem vocês um peito...

– Não queremos saber – disse Carlos. – Cala-te, tu estás bêbado, miserável!

Ega ergueu-se, retesando a perna, arrimado de lado à mesa.

Bêbado! Ele? Ora essa!... Era coisa que não podia, era empiteirar-se. Tinha feito o possível, bebido tudo, até aguarrás. Nunca! Não podia...

– Olha, vou pôr aquela garrafa à boca, tu verás... E fico frio, fico impassível. A discutir filosofia... Queres que te diga o que penso de Darwin? É uma besta... Ora aí tens. Dá cá a garrafa.

Mas Craft recusou-lha; e, um momento, Ega ficou oscilando, a olhar para ele, com a face lívida.

– Ou me dás a garrafa... ou me dás a garrafa, ou te meto uma bala no coração... Não, nem vales a bala... Vou dar-te uma bolacha!

De repente os olhos cerraram-se-lhe, abateu-se sobre a cadeira, daí sobre o chão, como um fardo.

– Terra! – disse tranquilamente Craft.

Tocou a campainha, o escudeiro entrou, apanharam João da Ega. E, enquanto o levavam para o quarto dos hóspedes e lhe despiam o fato de Satanás, não cessou de choramingar, dando beijos babosos pelas mãos de Carlos, balbuciando:

– Raquelzinha!... Racaqué, minha Raquezinha! gostas do teu bibichinho?...

Quando Carlos partiu na tipoia para Lisboa, não chovia, um vento frio ia varrendo o céu, já clareava a alvorada.

Ao outro dia, às dez horas, Carlos voltou aos Olivais. Achou Craft dormindo, e subiu ao quarto do Ega. As janelas tinham ficado abertas, um largo raio de sol dourava o leito; e ele ressonava ainda, no meio daquela auréola, deitado de lado, com os joelhos contra o estômago, o nariz dentro dos lençóis.

Quando Carlos o sacudiu, o pobre John abriu um olho triste, e bruscamente ergueu-se sobre o cotovelo, espantado para o quarto, para os cortinados de damasco verde, para um retrato de dama empoada que lhe sorria de dentro da sua moldura dourada. Decerto as memórias da véspera o assaltaram, porque se enterrou para baixo, com os lençóis até o queixo; e a sua face esverdeada, envelhecida, exprimiu a desconsolação de deixar aqueles fofos colchões, a paz confortável da quinta – para ir afrontar a Lisboa toda a sorte de coisas amargas.

– Está frio lá fora? – perguntou ele melancolicamente.

– Não, está um dia adorável. Mas levanta-te, depressa! Se lá for alguém da parte do Cohen, podem imaginar que fugiste...

Ega deu imediatamente um pulo na cama, e atordoado, esguedelhado, procurava a roupa, com as canelas nuas, tropeçando contra os móveis. Só achou o gibão de Satanás. Chamaram o criado, que trouxe umas calças de Craft. Ega enfiou-as à pressa; e sem se lavar, com a barba por fazer, a gola do paletó erguida, enterrou enfim na cabeça o boné escocês, voltou-se para Carlos, disse com ar trágico:

– Vamos a isso!

Craft, que se erguera, foi acompanhá-los ao portão, onde esperava o *coupé* de Carlos. Na alameda de acácias, tão tenebrosa na véspera sob a chuva, cantavam agora os pássaros. A quinta, fresca e lavada, verdejava ao sol. O grande terra-nova do Craft pulava em roda deles.

– Dói-te a cabeça, Ega? – perguntou Craft.

– Não – respondeu o outro, acabando de abotoar o paletó. – Eu ontem não estava bêbado... O que estava era fraco.

Mas, ao entrar para o *coupé,* fez, com um ar profundo e filosófico, esta reflexão:

– O que é a gente beber bons vinhos... Estou como se não fosse nada!

Craft recomendou que, se houvesse novidade, lhe mandassem um telegrama; fechou a portinhola, o *coupé* partiu.

Durante a manhã não veio telegrama à quinta; e quando Craft apareceu na "Vila Balzac", onde uma carruagem de Carlos esperava à porta, já escurecera, duas velas ardiam na triste sala verde. Carlos, estirado no sofá, dormitava, com um livro aberto sobre o estômago; e Ega passeava dum lado para outro, todo vestido de preto, pálido, com uma rosa na botoeira. Tinham estado ali na sala, naquela seca, esperando todo o dia as testemunhas do Cohen.

– Que te dizia eu? Não há nada, nem podia haver – murmurou Craft.

Mas Ega, agora agitado de ideias negras, temia que ele tivesse assassinado a mulher! O sorriso cético de Craft indignou-o. Quem conhecia melhor o Cohen do que ele? Sob a aparência burguesa, era um monstro! Tinha-lhe visto matar um gato, só por capricho de derramar sangue...

– Tenho um pressentimento de desgraça – balbuciou ele aterrado.

E logo nesse momento a campainha retiniu. Ega acordou precipitadamente Carlos, empurrou os dois amigos para o quarto de cama. Craft ainda lhe disse que, àquela hora, não podiam ser os amigos do Cohen. Mas ele queria estar só na sala; e lá ficou, mais pálido, rígido, muito abotoado na sobrecasaca, com os olhos cravados na porta.

– Que maçada! – dizia Carlos dentro, tenteando a escuridão do quarto.

Craft acendeu no toucador um resto de vela. Uma luz triste espalhou-se, tudo apareceu num desarranjo; no meio do chão estava caída uma camisa de dormir; a um canto ficara a bacia de banho com água de sabão; e, no centro, o enorme leito, envolto nas suas cortinas de seda vermelha, conservava uma majestade de tabernáculo.

Um momento estiveram calados. Craft metódico, e como quem se instrui, examinava o toucador, onde havia um maço de ganchos de cabelo, uma liga com o fecho quebrado, um ramo de violetas murchas. Depois foi olhar o mármore da cômoda; aí ficara um prato com ossos de frango, e ao lado uma meia folha de papel escrita a lápis, toda emendada, de certo trabalho literário do Ega. Ele achava tudo isto muito curioso.

Da sala, no entanto, vinha um ciciar de vozes sutil e íntimo. Carlos, escutando, julgou sentir uma fala abafada de mulher... Impaciente, foi à cozinha. A criada estava sentada à mesa, com a mão metida pelos cabelos, sem fazer nada, a olhar para a luz; o pajem, espaparrado numa cadeira, chupava o seu cigarro.

– Quem foi que entrou? – perguntou Carlos.

– Foi a criada do sr. Cohen – disse o garoto, escondendo o cigarro atrás das costas.

Carlos voltou ao quarto, anunciando:

– É a confidente. As coisas terminam amavelmente.

– E como queria você que terminassem? – disse Craft. – O Cohen tem o seu Banco, os seus negócios, as suas letras a vencer, o seu crédito, a sua respeitabilidade, todo um arranjo de coisas a que não convém um escândalo... É isto que calma os maridos. Além disso, já se satisfez, já lhe ofereceu pontapés...

Nesse instante houve um rumor na sala, Ega abriu violentamente a porta.

— Não há nada — exclamou ele —, deu-lhe uma coça, e vão amanhã para Inglaterra!

Carlos olhou para o Craft — que movia a cabeça, como vendo todas as suas previsões realizadas, e aprovando plenamente.

— Uma coça — dizia o Ega, com os olhos chamejantes e numa voz que sibilava. — E depois fizeram as pazes... Vem ainda a ser um *ménage* modelo! A bengala purifica tudo... Que canalha!

Estava furioso. Nesse momento odiava Raquel — não perdoando ao seu ídolo ter-se deixado desfazer à paulada. Lembrava-se justamente da bengala do Cohen, um junco da Índia, com uma cabeça de galgo por castão. E aquilo zurzira as carnes que ele tinha apertado com paixão! Aquilo pusera vergões roxos onde os seus lábios tinham avivado sinais cor-de-rosa! E tinham *feito as pazes*. E assim terminava, reles e chinfrim, o romance melhor da sua vida! Preferiria sabê-la morta, a sabê-la espancada. Mas não! levava a sova, deitava-se depois com o marido, e ele mesmo, decerto arrependido, chamando-lhe nomes doces, a ajudava, em ceroulas, a fazer as aplicações de arnica! Aquilo acabava em arnica!

— Entre vossemecê para aqui, sra. Adélia — gritou ele para a sala —, entre para aqui! Aqui só há amigos. O segredo acabou, o pudor acabou! Isto são amigos! Somos três, mas somos um! Tem vossemecê diante de si o grande mistério da Santíssima Trindade. Sente-se, sra. Adélia, sente-se... Não faça cerimônia... E pode contar... Aqui a sra. Adélia, meninos, viu tudo, viu a coça!

A sra. Adélia, uma moça gordinha e baixa, de bonitos olhos, com um chapéu de flores vermelhas, veio logo da sala retificando. Não, ela não vira... Então o sr. Ega não tinha percebido bem... Ela só *ouvira*.

— Aqui está como foi, meus senhores... Eu tinha ficado em pé, naturalmente, até o fim do baile, que estava que nem me tinha nas pernas. Era já dia claro, quando o senhor, ainda vestido de mouro, se fechou no quarto com a senhora. Eu fiquei na cozinha com o Domingos à espera que eles tocassem a campainha. De repente ouvimos gritos!... Eu fiquei estarrecida, pensei até que eram ladrões. Corremos, eu e o Domingos, mas a porta do quarto estava fechada, e os dois estavam por dentro, lá para o fundo da alcova. Eu ainda pus o olho à fechadura, mas não pude ver nada... Lá o estalar de bofetadas, e trambolhões, e sons de bengalada, isso sim, isso ouvia-se perfeitamente; e os gritos. Eu disse logo ao Domingos: "Ai que é uma questão, ai que lá se foi tudo". Mas, de repente, silêncio geral! Nós voltamos para a cozinha; daí a pouco o sr. Cohen apareceu, todo esguedelhado, em mangas de camisa, a dizer que nos podíamos deitar, que eles não precisavam nada, e que amanhã falaríamos!... Depois lá ficaram toda a noite, e pela manhã parece que estavam muito amiguinhos... Que eu não pus os olhos na senhora. O sr. Cohen apenas se levantou, veio à cozinha, fez-me ele as contas, e pôs-me fora; muito malcriado, até me ameaçou com a polícia... Foi pelo Domingos que eu soube agora, quando fui buscar o baú com um galego, que o sr. Cohen ia com a senhora para Inglaterra. Enfim, um chinfrim... Eu até tenho estado todo o dia com o estômago embrulhado.

A sra. Adélia com um suspiro, pondo os olhos no chão, calou-se. Ega, com os braços cruzados, olhava amargamente para os seus amigos. Que lhes parecia aquilo? Uma coça!... Se um covarde daqueles não merecia uma bala no coração! Mas ela também, deixar-se tocar, não ter fugido, consentir ainda depois em dormir com ele!... Tudo uma corja!

— E a sra. Adélia – perguntava Craft – não tem ideia de como ele descobriu?...

— Isso é que é prodigioso! – gritou Ega, apertando as mãos na cabeça.

Sim, prodigioso! Não fora carta apanhada: eles não se escreviam. Não podia ter surpreendido as visitas à "Vila Balzac"; as coisas estavam combinadas com uma arte muito sutil, perfeitamente impenetráveis. Para vir ali, nunca ela cometera a indiscrição de se servir da sua carruagem. Nunca ela claramente entrara pela porta. Os criados dele nunca a tinham visto, não sabiam quem era a senhora que o visitava... Tantos cuidados, e tudo estragado!

— Estranho, estranho! — murmurava Craft.

Houve um silêncio. A sra. Adélia terminara por descansar familiarmente numa cadeira, com a sua trouxazinha no regaço.

— Pois olhe, sr. Ega — disse ela, depois de refletir —, creia então uma coisa, é que foi em sonhos. Já tem acontecido... Foi a senhora que sonhou alto com V. Ex.ª, disse tudo, o sr. Cohen ouviu, ficou de pedra no sapato, espreitou-a, e descobriu a marosca... E eu sei que ela sonha alto.

Ega, diante da sra. Adélia, percorria-a desde as flores do chapéu até a roda das saias, com os olhos faiscantes.

— Como é possível que ele ouvisse? Se eles tinham quartos separados!... Eu sei que tinham.

A sra. Adélia baixou as pálpebras, acariciou com os dedos calçados de luvas pretas a sua trouxazinha redonda, e disse mais baixo estas palavras:

— Não tinham, não senhor. Nem a senhora consentia em tal arranjo... A senhora gosta muito do marido, e tem muitos ciúmes dele.

Houve um silêncio embaraçado e desagradável. Sobre o toucador o resto da vela acabava, com uma luz lúgubre. E Ega, que afetara sorrir, encolher os ombros, dava pelo quarto passos lentos e murchos, triturando o bigode com a mão trêmula.

Então Carlos, enojado, cansado daquele episódio que durava desde a véspera, e onde constantemente se remexera em lodo, declarou que era necessário findar! Eram oito horas, e ele queria jantar...

— Sim, vamos todos jantar — murmurou o Ega, com o ar confuso e embaçado.

De repente fez um sinal à sra. Adélia, arrastou-a para a sala, fechou-se lá outra vez.

— Você não está farto disto, Craft? — exclamou Carlos, desesperado.

— Não. Acho um estudo curioso.

Esperaram ainda dez minutos. Subitamente a vela extinguiu-se. Carlos, furioso, gritou pelo pajem. E o garoto entrava com um imundo candeeiro de petróleo — quando Ega, mais composto, voltou da sala. Tudo acabara, a sra. Adélia partira.

– Vamos lá jantar – disse ele. – Mas onde, a esta hora?

E ele mesmo lembrou o André, ao Chiado. Embaixo, além do *coupé* de Carlos, esperava a tipoia do Craft. As duas carruagens partiram. A "Vila Balzac" ficava apagada, muda, de ora em diante inútil.

No André tiveram de esperar muito tempo, num gabinete triste, com um papel de estrelinhas douradas, cortininhas de cassa barata sob sanefas de *reps* azul, e dois bicos de gás que silvavam. Ega, enterrado no sofá de molas gastas e lassas, cerrara os olhos, parecia exausto. Carlos ia contemplando as gravuras pela parede, todas relativas a espanholas: uma saindo da igreja; outra saltando uma pocinha de água; outra, de olhos baixos, escutando os conselhos de um canônico. Craft, já à mesa, com a cabeça entre os punhos, percorria um *Diário da Manhã,* que o criado oferecera para os senhores se entreterem.

De repente o Ega deu um murro no sofá, que rangeu lamentavelmente.

– Eu o que não percebo – gritou ele – é como aquele malvado descobriu!...

– A hipótese da sra. Adélia – disse Craft erguendo os olhos do jornal – parece provável. Ou em sonhos, ou acordada, a pobre senhora descaiu-se. Ou talvez uma denúncia anônima. Ou talvez apenas um acaso... O fato é que o homem desconfiou, espreitou-a, e apanhou-a.

Ega erguera-se:

– Eu não vos quis dizer diante da Adélia, que não estava no segredo todo. Mas vocês sabem a casa defronte da minha, do outro lado da viela, uma casa com um grande quintal? Aí mora uma tia da Gouvarinho, a D. Maria Lima, uma pessoa respeitável. A Raquel ia vê-la de vez em quando. São íntimas, a D. Maria Lima é íntima de todo o mundo. Depois saía por uma portinha do quintal, atravessava a viela, e estava à porta da minha casa, à porta escusa, à porta da escada que vai ter ao cacifro de banho. Já vocês veem... Os criados nem a avistavam. Quando ela lá lanchava, o lanche estava já posto no meu quarto, as portas fechadas. Mesmo se alguém visse, era uma senhora com um véu preto, que vinha de casa da Lima...

Como podia o homem apanhá-la?... Além disso, em casa da Lima, ela mudava de chapéu e punha um *waterproof*...

Craft cumprimentou.

– É brilhante! Parece de Scribe.

– Então – disse Carlos sorrindo – essa respeitável fidalga...

– A D. Maria, coitada... Eu te digo, é uma excelente velha, recebida em toda a parte, mas pobre, e faz destes favores... Às vezes mesmo em casa dela.

– Leva caro por esses serviços? – perguntou tranquilamente Craft, que em todo aquele caso procurava instruir-se.

– Não, coitada – disse o Ega. – Dão-se-lhe de vez em quando cinco libras.

O criado entrava com uma travessa de camarões, os três em silêncio acomodaram-se à mesa.

Depois do jantar recolheram ao Ramalhete. Ega ia lá dormir, receando, com os nervos tão excitados, a solidão da "Vila Balzac". Partiram, de charutos acesos, numa caleche descoberta, sob a noite estrelada e doce.

Felizmente não estava ninguém no Ramalhete; Ega, cansado, pôde retirar-se logo para o seu quarto, um aposento de hóspedes no segundo andar, onde havia um belo leito antigo de pau-preto. Aí, apenas o criado o deixou, Ega aproximou-se do tremó onde ardiam as luzes, e tirou do pescoço, de sob a camisa, um medalhão de ouro. Tinha dentro uma fotografia de Raquel – e a sua intenção agora era queimá-la, deitar ao balde das águas sujas as cinzas daquela paixão. Mas, ao abrir o medalhão, a face bonita, banhada num sorriso, sob o vidro oval, pareceu olhar para ele com uma tristeza no veludo das pupilas lânguidas... A fotografia mostrava apenas a cabeça, com uma abertura de decote no começo do vestido; e as recordações de Ega alargaram aquele decote uma vez mais, revendo o colo, o extraordinário cetim da pele, o sinalzinho sobre o seio esquerdo... O sabor dos seus beijos passou-lhe de novo nos lábios, sentiu na alma outra vez como o eco dos suspiros cansados que ela soltara nos seus braços. E ela ia-se embora, *nunca mais* a veria! Esta desolada amargura do *nunca mais* revolveu-o todo – e, com a face enterrada no travesseiro, o pobre demagogo, o grande fraseador soluçou muito tempo no segredo da noite.

Toda essa semana foi dolorosa para o Ega. Logo ao outro dia Dâmaso aparecera no Ramalhete, e por ele ouviram os rumores de Lisboa. Já se sabia no Grêmio, no Chiado, por toda a parte, que ele fora expulso da casa dos Cohens. O urso, a pastora do Tirol, testemunhas do episódio, tinham-no badalado com entusiasmo. Dizia-se mesmo que o Cohen lhe dera um pontapé. Os amigos da casa, esses, sobretudo o Alencar, pregavam com fervor a inocência da sra. D. Raquel. O Alencar contava publicamente que o Ega, provinciano inexperiente e leão de Celorico, tendo tomado por evidências de paixão os sorrisos de amabilidade de uma senhora que recebe, escrevera a sra. D. Raquel uma carta quase obscena, que ela, coitadinha, toda em lágrimas, viera mostrar ao marido.

– Então dão-me para baixo, hem, Dâmaso? – murmurou Ega que, no gabinete de Carlos, embrulhado numa velha *ulster*, e encolhido numa poltrona, escutava estas coisas com um ar cansado e doente.

Dâmaso confessou que na sociedade lhe davam para baixo.

Ah, ele sabia-o bem! Tinha antipatias em Lisboa. Ninguém lhe perdoara ainda a peliça. A sua verve, toda em sarcasmos, ofendia. E era desagradável para muita gente que um homem, com esse espírito tão perigoso de ferro em brasa, tivesse uma mãe rica e fosse independente.

Depois, no sábado seguinte, Carlos ao voltar do jantar dos Gouvarinhos – que fora excelente – contou-lhe a conversa que tivera com a sra. condessa. A condessa falara-lhe muito livremente, como um homem, daquele desastre do Ega. Tinha-se afligido muito, não só pela Raquel, coitada, de quem era amiga, mas pelo Ega, que ela apreciava tanto, tão interessante, tão brilhante, e que saía de tudo aquilo enxovalhado! O Cohen dizia a todos (dissera-o ao Gouvarinho) que ameaçara o Ega de pontapés, por ele ter escrito a sua mulher uma carta imunda. Os que não sabiam nada, como o Gouvarinho, acreditavam, apertavam as mãos na cabeça; e os que sabiam, os que havia seis meses sorriam da intimidade do Ega com os Cohens, afetavam também acreditar, cerravam os punhos de indignação. O Ega era odiado. E a pequena Lisboa, que vive entre o Grêmio e a Casa Havanesa, folgava em "enterrar" o Ega.

Ega, com efeito, sentia-se "enterrado". E nessa noite declarou a Carlos que decidira recolher-se à quinta da mãe, passar lá um ano a acabar as *Memórias dum Átomo,* e reaparecer em Lisboa com o seu livro publicado, triunfando sobre a cidade, esmagando os medíocres. Carlos não perturbou esta radiante ilusão.

Mas quando Ega, antes de partir, foi a recapitular os seus negócios de casa, de dinheiro, encontrou-se diante de coisas abomináveis. Devia a todo o mundo, desde o estofador até o padeiro; tinha três letras a vencer; aquelas dívidas, se as deixasse, soltas e ladrando, juntar-se-iam, na tagarelice pública, ao caso dos Cohens – e ele seria, além do amante ameaçado de pontapés, o pelintra perseguido pelos credores! Que havia de fazer, senão valer-se de Carlos? Carlos, para regular tudo, emprestou-lhe dois contos de réis.

Depois, tendo despedido os criados da "Vila Balzac", surgiram-lhe outras complicações. A mãe do pajem veio daí a dias ao Ramalhete, muito insolente, gritando que o filho lhe desaparecera! E era exato: o famoso pajem, pervertido pela cozinheira, sumira-se com ela para as vielas da Mouraria, a começar aí uma divertida carreira de *faia.*

Ega recusou-se a atender às reclamações da matrona. Que diabo tinha ele com essas torpezas?

Então o amante da criatura interveio, ameaçadoramente. Era um polícia, um esteio da ordem: e deu a entender que lhe seria fácil provar como na "Vila Balzac" se passavam "coisas contra a natureza", e que o pajem não era só para servir à mesa... Nauseado até a morte, Ega pactuou com a intrujisse, largou cinco libras ao polícia. Quando nessa noite, uma noite triste de água, Carlos e Craft o acompanharam a Santa Apolônia, ele disse-lhes na carruagem estas palavras, triste resumo dum amor romântico:

— Sinto-me como se a alma me tivesse caído a uma latrina! Preciso um banho por dentro!

Afonso da Maia, ao saber este desastre do Ega, tinha dito a Carlos, com tristeza:

— Má estreia, filho, péssima estreia!

E nessa noite, depois de voltar de Santa Apolônia, Carlos pensava nestas palavras, dizia também consigo: Péssima estreia!... E nem só a estreia do Ega era péssima; também a sua. E talvez, por pensar nisso, as palavras do avô tinham tido aquela tristeza. Péssimas estreias! Havia seis meses que o Ega chegara de Celorico, embrulhado na sua grande peliça, preparado a deslumbrar Lisboa com as *Memórias dum Átomo,* a dominá-la com a influência duma revista, a ser uma luz, uma força, mil outras coisas... E agora, cheio de dívidas e cheio de ridículo, lá voltava para Celorico, escorraçado. Péssima estreia! Ele, por seu lado, desembarcara em Lisboa, com ideias colossais de trabalho, armado como um lutador; era o consultório, o laboratório, um livro iniciador, mil coisas fortes... E que tinha feito? Dois artigos de jornal, uma dúzia de receitas, e esse melancólico capítulo da *Medicina entre os Gregos.* Péssima estreia!

Não, a vida não lhe parecia prometedora nesse instante, passeando na sala de bilhar com as mãos nos bolsos, enquanto ao lado os amigos conversavam, e fora uivava o sudoeste. Pobre Ega, que infeliz ele iria, encolhido ao canto do seu vagão!... Mas os outros, ali, não estavam mais alegres. Craft e o marquês tinham começado uma conversa sobre a vida, soturna e desconsoladora. De que servia viver, dizia Craft, não se sendo um Livingstone ou um Bismarque? E o marquês, com um ar filosófico, achava que o mundo se ia tornando estúpido. Depois chegou Taveira com a história horrível dum colega dele, cujo filho caíra pela escada, se despedaçara, no momento em que a mulher estava a morrer duma pleurisia. Cruges resmungou o quer que fosse sobre suicídio. As palavras arrastavam-se, melancólicas. Instintivamente, Carlos, de vez em quando, ia despertar as lâmpadas.

Mas tudo lhe pareceu resplandecer, quando daí a instantes Dâmaso chegou, e ele lhe disse que o Castro Gomes estava incomodado, e de cama.

– Naturalmente – acrescentou o Dâmaso –, mandam-te chamar, por teres já visto a pequena...

Carlos ao outro dia não saiu de casa, esperando um recado, faiscando de impaciência. Nenhum recado veio. E, duas tardes depois, ao descer para o Aterro – o primeiro encontro que teve, às Janelas Verdes, foi o Castro Gomes, de caleche descoberta, com a mulher ao lado e a cadelinha no colo.

Ela passou, sem o ver. E logo ali Carlos decidiu findar aquela tortura, pedir muito simplesmente ao Dâmaso que o apresentasse ao Castro Gomes, antes de ele partir para o Brasil... Não podia mais, precisava ouvir a voz dela, ver o que os seus olhos diziam quando eram interrogados de perto.

Mas toda essa semana achou-se constantemente, sem saber como, na companhia dos Gouvarinhos. Começou por encontrar o conde, que lhe travou do braço, arrastou-o à Rua de S. Marçal, instalou-o numa poltrona, no seu escritório, e leu-lhe um artigo que destinava ao *Jornal do Comércio* sobre a situação dos partidos em Portugal; depois convidou-o a jantar. Na tarde seguinte eles tinham uma partida de *croquet*. Carlos foi. E, a uma janela aberta, sobre o jardim, teve um momento de intimidade com a condessa, contou-lhe, rindo, como os cabelos dela o tinham encantado, a primeira vez que a vira. Nessa noite, ela falou dum livro de Tennyson, que não lera; Carlos ofereceu-lho, foi-lho levar ao outro dia, de manhã. Encontrou-a só, toda vestida de branco; e riam, baixavam já a voz, as duas cadeiras estavam mais juntas – quando o escudeiro anunciou a sra. D. Maria da Cunha. Era uma coisa tão extraordinária, a D. Maria da Cunha àquela hora! Carlos, de resto, gostava muito da D. Maria da Cunha, uma velha engraçada, toda bondade, cheia de simpatia por todos os pecados – e ela mesma muito pecadora quando era a linda Cunha. D. Maria era muito faladora, parecia ter que dizer em particular à condessa; e Carlos deixou-as, prometendo voltar uma dessas tardes tomar chá, e falar de Tennyson.

Na tarde em que ele se vestia para lá ir, Dâmaso apareceu-lhe no quarto, a dar-lhe uma novidade que o enchia de desgosto e de "ferro". O telhudo do Castro Gomes mudara de ideia, já não ia ao Brasil! Ficava ali, no Central, até o meado do verão! De sorte que estava tudo estragado...

Carlos pensou logo em falar da sua apresentação ao Castro Gomes. Mas como em Sintra, sem saber por quê, veio-lhe uma repugnância de a conhecer por meio do Dâmaso. E foi-se vestindo em silêncio.

Dâmaso, no entanto, maldizia a sua *chance*.

– E eu que tinha mulher, eu que a tinha, se houvesse ocasião. Mas que diabo queres tu, assim?...

Queixou-se então do Castro Gomes. Em resumo, era um telhudo. E a vida daquele homem era misteriosa... Que diabo estava ele a fazer em Lisboa? Ali havia dificuldades de dinheiro... E eles não se davam bem. Na véspera houvera decerto questão. Quando ele entrara, ela estava com os olhos vermelhos, e enfiada; e ele, nervoso, a passear pela sala, a retorcer a barba... Ambos contrafeitos, uma palavra cada quarto de hora...

– Sabes tu? – exclamou ele. – Tenho minha vontade de os mandar à fava.

Queixou-se também dela. Era sobretudo muito desigual. Ora bom modo, ora regelada; e, às vezes, ele dizia qualquer coisa, muito natural, destas coisas de conversa de sociedade, e ela punha-se a rir. Era de encavacar, hem? Enfim, gente muito esquisita.

– Onde vais tu? – disse ele, com um suspiro de aborrecimento, vendo Carlos pôr o chapéu.

Ia tomar chá com a Gouvarinho.

– Pois olha, vou contigo... Estou duma seca.

Carlos hesitou um instante, terminou por dizer:

– Vem, fazes-me até favor...

A tarde estava lindíssima, Carlos ia no *dog-cart*.

– Há que tempos que não damos assim um passeio juntos – disse Dâmaso.

– Tu andas lá metido com estrangeiros!...

Dâmaso deu outro suspiro, e não tornou a dizer mais nada. Depois, à porta dos Gouvarinhos, quando soube que a sra. condessa recebia, resolveu subitamente não entrar. Não, não entrava. Estava muito estúpido, incapaz de achar uma palavra...

– Ah, e outra coisa que me lembrou agora – exclamou ele, demorando ainda Carlos diante do portão. – O Castro Gomes, ontem, perguntou-me o que te havia de mandar pela visita à pequena... Eu disse que tu tinhas ido lá por favor, como meu amigo. E ele disse que te havia de vir deixar um bilhete... Naturalmente vens a conhecê-los.

Não era, pois, necessário que Dâmaso o apresentasse!

– Aparece à noite, Damasozinho, vai lá jantar amanhã! – exclamou Carlos, subitamente radiante, dando um ardente aperto de mão ao seu amigo.

Quando entrou na sala, um escudeiro acabava de servir chá. A sala, forrada dum papel severo, verde e ouro, com retratos de família em caixilhos pesados, abria por duas varandas sobre a folhagem do jardim. Em cima das mesas havia cestos de flores. No sofá, duas senhoras de chapéu, ambas de preto, conversavam, com a chávena na mão. A condessa, ao estender os dedos a Carlos, ficara tão cor-de-rosa – como a seda acolchoada da cadeira em que estava recostada, ao pé dum velador de pau-santo. Notou logo, sorrindo, o ar radiante de Carlos. Que lhe tinha acontecido de bom? Carlos sorriu também, disse que não era possível entrar ali com outro ar. Depois perguntou pelo conde...

O conde ainda não aparecera, detido decerto na câmara dos pares, onde se discutia o projeto sobre a Reforma da Instrução Pública.

Uma das senhoras de preto fazia votos para que se aliviassem os estudos. As pobres crianças sucumbiam verdadeiramente à quantidade exagerada de matéria, de coisas a decorar; o dela, o Joãozinho, andava tão pálido e tão desfigurado, que ela às vezes tinha vontade de o deixar ficar ignorante de todo. A outra senhora passou a chávena sobre uma consola ao lado, e, passando sobre os lábios a renda do lenço, queixou-se sobretudo dos examinadores. Era um escândalo as exigências, as dificuldades que punham, só para poder deitar *RR?*... Ao pequeno dela tinham feito as perguntas mais estúpidas, as mais reles; assim, por exemplo, o que era o sabão, por que lavava o sabão?...

A outra senhora e a condessa apertaram as mãos contra o peito, consternadas. E Carlos, muito amável, concordou que era uma abominação. O marido dela – continuava a dama de preto – ficara tão desesperado que, encontrando o examinador no Chiado, o ameaçou de lhe dar bengaladas. Uma imprudência, decerto; mas, enfim, o homem fora malvado!... Não havia verdadeiramente senão uma coisa digna de se estudar, eram as línguas. Parecia insensato que se torturasse uma criança com botânica, astronomia, física... Para quê? Coisas inúteis na sociedade. Assim, o pequeno dela, agora, tinha lições de química... Que absurdo! Era o que o pai dizia – para quê, se ele o não queria para boticário?

Depois dum silêncio, as duas senhoras ergueram-se ao mesmo tempo; e houve um murmúrio de beijos, um *frou-frou* de sedas.

Carlos ficou só com a sra. condessa, que reocupara a sua cadeira cor-de-rosa.

Imediatamente ela perguntou pelo Ega.

– Coitado, lá está para Celorico.

Ela protestou, com um lindo sorriso, contra aquela frase tão feia "lá está para Celorico". Não, não queria... Coitado do Ega! Merecia uma melhor oração fúnebre. Celorico era horrível para um fim de romance...

– Decerto – exclamou Carlos, rindo também – era mais belo dizer-se: *lá está para Jerusalém!*

Nesse momento o criado anunciou um nome, e apareceu o amigo Teles da Gama, um íntimo da casa. Quando soube que o conde devia estar ainda batalhando sobre a Reforma da Instrução, levou as mãos à cabeça como lamentando um tão feio desperdício de tempo, e não se quis demorar. Não, nem mesmo o excelente chá da sra. condessa o tentava. A verdade era que estava tão abandonado da graça de Deus, perdera de tal modo o sentimento das coisas belas, que entrara não para ver a sra. condessa, mas simplesmente falar ao conde. Então ela teve um bonito ar de princesa ofendida, perguntou a Carlos se uma tão rude sinceridade de montanhês não fazia saudades das maneiras polidas do antigo regime. E Teles da Gama, gingando de leve, declarava-se democrata, homem da natureza, com um riso que lhe mostrava dentes magníficos. Depois, ao sair, dando um *shake-hands* ao amigo Maia, quis saber quando o príncipe de Santa Olávia lhe dava enfim a honra de vir jantar com ele. A sra. condessa indignou-se. Não, era realmente demais! Fazer convites, na sua sala, diante dela – um homem que falava tanto da sua cozinheira alemã e nem sequer lhe oferecera jamais um prato de chucrute!

Teles da Gama, rindo sempre e gingando, jurou que andava a arranjar a sua sala de jantar para dar à sra. condessa uma festa, que havia de ficar nos anais do reino! Agora com o Maia era diferente: jantavam ambos na cozinha, com os pratos sobre os joelhos. E abalou, gingando sempre, rindo ainda da porta, mostrando os dentes magníficos.

– Muito alegre, este Gama, não é verdade? – disse a condessa.

– Muito alegre – disse Carlos.

Então a condessa olhou o relógio. Eram cinco e meia, àquela hora ela já não recebia; podiam, enfim, conversar um momento, em boa camaradagem. E o que houve foi um silêncio lento, em que os olhos de ambos se encontraram. Depois Carlos perguntou por Charlie, o seu lindo doente. Não estava bem, com uma ligeira tosse apanhada no passeio da Estrela. Ah, aquela criança nunca deixava de lhe dar cuidado! Ficou calada, com o olhar esquecido no tapete, movendo languidamente o leque; tinha nessa tarde uma *toilette* exagerada, dum tom de folha de outono amarelada, duma seda grossa, que ao menor movimento fazia um ruge-ruge de folhas secas.

– Que lindo tempo tem feito! – exclamou ela de repente, como acordando.

– Lindo! – disse Carlos. – Eu estive há dias em Sintra, e não imagina... Era duma beleza de idílio.

E imediatamente arrependeu-se, quis-se mal por ter falado da sua ida a Sintra, naquela sala.

Mas a condessa mal o escutara. Tinha-se erguido, falando de algumas canções que essa manhã recebera de Inglaterra, as novidades frescas da *season*. Depois, sentou-se ao piano, correu os dedos no teclado, perguntou a Carlos se conhecia aquela melodia – *The pale star*. Não, Carlos não conhecia. Mas todas essas canções inglesas se parecem, sempre do mesmo tom dolente, romanesco, e muito *miss*. E trata-se sempre dum parque melancólico, um regato lento, um beijo sob os castanheiros...

Então a condessa leu alto a letra da *Pale star*. E era a mesma coisa, uma estrelinha de amor palpitando no crepúsculo, um lago pálido, um tímido beijo sob as árvores...

– É sempre o mesmo – disse Carlos – e é sempre delicioso.

Mas a condessa atirou o papel para o lado, achando aquilo estúpido. Começou a remexer entre os papéis de música, nervosa, e com um olhar que escurecia. Para quebrar o silêncio, Carlos gabou-lhe as suas lindas flores.

– Ah, vou-lhe dar uma rosa! – exclamou ela logo, deixando as músicas.

Mas a flor que ela lhe queria dar estava no *boudoir*, ao lado. Carlos seguiu a sua grande cauda, onde corria um reflexo dourado de folhagem de outono batida do sol. Era um gabinete forrado de azul, com um bonito tremó do século XVIII, e, sobre um forte pedestal de carvalho, o busto em barro do conde, na sua expressão de orador, a fronte erguida, a gravata desmanchada, o lábio fremente...

A condessa escolheu um botão com duas folhas, e ela mesma lhe veio florir a sobrecasaca. Carlos sentia o seu aroma de verbena, o calor que subia do seu seio arfando com força. E ela não acabava de prender a flor, com os dedos trêmulos, lentos, que pareciam colar-se, deixar-se adormecer sobre o pano...

– *Voilà!* – murmurou enfim, muito baixo. – Aí está o meu belo cavaleiro da Rosa Vermelha... E agora, não me agradeça!

Insensivelmente, irresistivelmente, Carlos achou-se com os lábios nos lábios dela. A seda do vestido roçava-lhe, com um fino ruge-ruge entre os braços; e ela pendia para trás a cabeça, branca como uma cera, com as pálpebras docemente cerradas. Ele deu um passo, tendo-a assim enlaçada, e como morta; o seu joelho encontrou um sofá baixo, que rolou e fugiu. Com a cauda de seda enrolada nos pés, Carlos seguiu, tropeçando, o largo sofá, que rolou, fugiu ainda, até que esbarrou contra o pedestal onde o sr. conde erguia a fronte inspirada. E um longo suspiro morreu, num rumor de saias amarrotadas.

Daí a um momento estavam ambos de pé; Carlos, junto do busto, coçando a barba, com o ar embaraçado, e já vagamente arrependido; ela, diante do tremó Luís XV, compondo, com os dedos trêmulos, o frisado do cabelo. De repente, na antecâmara, ouviu-se a voz do conde. Ela, bruscamente, voltou-se, correu a Carlos, e, com os longos dedos cobertos de pedrarias, agarrou-lhe o rosto, atirou-lhe dois beijos faiscantes ao cabelo e aos olhos. Depois, sentou-se largamente no sofá – e estava falando de Sintra, rindo alto, quando o conde entrou, seguido de um velho calvo, que se vinha a assoar a um enorme lenço de seda da Índia.

Ao ver Carlos no *boudoir*, o conde teve uma bela surpresa, esteve-lhe apertando as mãos muito tempo, com calor, assegurando-lhe que ainda nessa manhã, na câmara, se lembrara dele...

– Então, por que vieram tão tarde? – exclamou a condessa, que se apoderara logo do velho, rindo, mexendo-se, animada, amável.

– O nosso conde falou! – disse o velho, ainda com o olho brilhante de entusiasmo.

– Falaste? – exclamou ela, voltando-se com um interesse encantador.

É verdade, falara; e desprevenido! Quando ouvira porém o Torres Valente (homem de literatura, mas um doido, sem senso prático), quando o ouvira defender a ginástica obrigatória nos colégios, erguera-se. Mas não imaginasse o amigo Maia, que ele tinha feito um discurso.

– Ora essa! – exclamou o velho, agitando o lenço. – E um dos melhores que eu tenho ouvido na câmara! Dos de arromba!

O conde, modestamente, protestou. Não; tinha simplesmente lançado uma palavra de bom senso, e de bom princípio. Perguntara apenas ao seu ilustre amigo, o sr. Torres Valente, se, na sua ideia, os nossos filhos, os herdeiros das nossas casas, estavam destinados para palhaços!...

– Ah, esta piada, sra. condessa! – exclamou o velho. – Eu só queria que V. Ex.ª ouvisse esta piada... E como ele a disse! Com um *chic*!

O conde sorriu, agradeceu para o lado, ao velho. Sim, dissera-lhe aquilo. E, respondendo a outras reflexões do Torres Valente, que não queria nos liceus, nem nos colégios, um ensino "todo impregnado de catecismo", ele lançara-lhe uma palavra cruel.

– Terrível – exclamou o velho num tom cavo, preparando o lenço para se assoar outra vez.

– Sim, terrível... Voltei-me para ele, e disse-lhe isto... "Creia o digno par que nunca este país retomará o seu lugar à testa da civilização, se, nos liceus, nos colégios, nos estabelecimentos de instrução, nós outros os legisladores formos, com mão ímpia, substituir a cruz pelo trapézio...

– Sublime – rosnou o velho, dando um ronco medonho dentro do lenço.

Carlos, erguendo-se, declarou aquilo duma ironia adorável.

E o conde, quando ele se despediu, não se contentou com um simples aperto de mão, passou-lhe o braço pela cinta, chamou-lhe o seu querido Maia. A condessa sorria, com o olhar ainda úmido, um resto de palidez, movendo o leque languidamente, recostada em duas almofadas do sofá – debaixo do busto do marido que erguia a fronte inspirada.

X

Três semanas depois, por uma tarde quente, com um céu triste de trovoada, e no momento em que estavam caindo algumas gotas grossas de chuva, Carlos apeava-se dum *coupé* de praça, que viera parar, devagar, à esquina da Patriarcal, com os estores verdes misteriosamente corridos. Dois sujeitos que passavam sorriram-se, como se o vissem escoar-se desjeitosamente duma portinha suspeita. E com efeito a velha traquitana de rodas amarelas acabava de ser uma alcova de amor, perfumada de verbena, durante as duas horas que Carlos rolara dentro dela, pela estrada de Queluz, com a sra. condessa de Gouvarinho.

A condessa tinha descido no Largo das Amoreiras. E Carlos aproveitara a solidão da Patriarcal para se desembaraçar do calhambeque de assento duro, onde durante a última hora sufocara, sem ousar descer as vidraças, com as pernas adormecidas, enfastiado de tantas sedas amarrotadas e dos beijos intermináveis que ela lhe dava na barba...

Até aí, durante essas três semanas, tinham-se encontrado numa casa da Rua de Santa Isabel, pertencente a uma tia da condessa que fora para o Porto com a criada, deixando-lhe a chave da casa e o cuidado do gato. A boa titi, uma velha pequenina chamada *miss* Jones, era uma santa, uma apóstola militante da Igreja Anglicana, missionária da Obra da Propaganda; e todos os meses fazia assim uma viagem de catequização à província, distribuindo Bíblias, arrancando almas à treva católica, purificando (como ela dizia) o tremedal papista... Já na escada havia um cheirinho adocicado e triste à devoção e à virgem velha; e no patamar pendia um largo cartão, com um dístico em letras de ouro entrelaçadas de lírios roxos, rogando aos que entravam que perseverassem nas vias do Senhor! Carlos entrou, tropeçando logo num montão de Bíblias. O quarto todo era um ninho de Bíblias; havia-as às pilhas por cima dos móveis, transbordando de velhas chapeleiras, misturadas a pares de galochas, caídas para o fundo da bacia de assento, todas do mesmo formato, entaladas numa encadernação negra como numa armadura de combate, carrancudas e agressivas! As paredes resplandeciam, forradas de cartonagens impressas em letras de cor, irradiando versículos duros da Bíblia, ásperos conselhos de moral, gritos dos salmos, ameaças insolentes do inferno... E no meio desta religiosidade anglicana, à cabeceira dum leitozinho de ferro, rígido e virginal, duas garrafas quase vazias de *cognac* e de gim. Carlos bebeu o gim da santa; e o leito rígido ficou revolto como um campo de batalha.

Depois a condessa começou a ter medo duma vizinha, uma Borges, que visitava a titi, e era viúva de um antigo procurador dos Gouvarinhos. Uma ocasião em que, no casto leito de *miss* Jones, eles fumavam languidamente cigarrilhas, três enormes argoladas à porta atroaram a casa. A pobre condessa quase desmaiou; Carlos, correndo à janela, viu um homem que se afastava, com uma estatueta de gesso na mão, outras dentro dum cesto. Mas a condessa jurava que fora a Borges quem mandara o italiano das imagens atirar-lhes para dentro aquelas aldrabadas, como três avisos, três rebates da Moral... Não quisera voltar mais ao beatífico *côté* da titi. E nessa tarde, como não havia ainda outro esconderijo, tinham abrigado os seus amores dentro daquela tipoia de praça.

Mas Carlos vinha de lá enervado, amolecido, sentindo já na alma os primeiros bocejos da saciedade. Havia três semanas apenas que aqueles braços perfumados de verbena se tinham atirado ao seu pescoço, e agora, pelo passeio de S. Pedro de Alcântara, sob o ligeiro chuvisco que batia as folhagens da alameda, ele ia pensando como se poderia desembaraçar da sua tenacidade, do seu ardor, do seu peso... É que a condessa ia-se tornando absurda com aquela determinação ansiosa e audaz de invadir toda a sua vida, tomar nela o lugar mais largo e mais profundo – como se o primeiro beijo trocado tivesse unido não só os lábios de ambos um momento, mas os seus destinos também e para sempre. Nessa tarde lá tinham voltado as palavras que ela balbuciava, caída sobre o seu peito, com os olhos afogados numa ternura suplicante: *Se tu quisesses! que felizes que seríamos! que vida adorável! ambos sós!...* E isto era claro – a condessa concebera a ideia extravagante de fugir com ele, ir viver num sonho eterno de amor lírico, nalgum canto do mundo, o mais longe possível da Rua de S. Marçal! *Se tu quisesses!* Não, com mil demônios, não queria fugir com a sra. condessa de Gouvarinho!...

E não era só isto – mas ainda exigências, egoísmos, explosões tumultuosas dum temperamento cioso: já mais de uma vez, nessas duas curtas semanas, por pieguices, ela despropositara, falara de morrer, debulhada em lágrimas... Ah! nas lágrimas havia ainda uma voluptuosidade, faziam parecer mais tenro o cetim do seu colo! O que o inquietava eram certos clarões que lhe sulcavam o rosto, um dardejar nervoso dos olhos secos, revelando a paixão que se acendera naqueles nervos de mulher de 33 anos, e a queimava até as profundidades do seu ser... Certamente este amor punha na sua vida um luxo mais, e um perfume. Mas o seu encanto estava em conservar-se fácil, sereno, sem penetrar mais fundo que a epiderme. Se ela, por qualquer coisa, tinha os olhos turvos de água, e falava em morrer, e torcia os braços, e queria fugir com ele – então adeus! Tudo estava estragado; e a sra. condessa com a sua verbena, os seus cabelos cor de brasa, e o seu pranto, era apenas um trambolho!

O chuveiro parara, um bocado de azul lavado apareceu entre nuvens. E Carlos descia a Rua de S. Roque, quando encontrou o marquês, saindo duma confeitaria, tristonho, com um embrulho na mão, e o pescoço abafado num enorme *cache-nez* de seda branca.

– Que é isso? Constipação? – perguntou Carlos.

– Tudo – disse o marquês, pondo-se a caminhar ao lado dele com uma lentidão de moribundo. – Deitei-me tarde. Cansaço. Opressão no peito. Pigarreira. Dores no lado. Um horror... Levo já aqui rebuçados.

– Não seja piegas, homem! Você o que precisa é *roast-beef* e uma garrafa de Borgonha... Não é hoje que você janta lá no Ramalhete?... É, até tem lá o Craft e o Dâmaso... Então descemos por essa Rua do Alecrim, que já não chove, depois pelo Aterro fora, a passo ginástico, e em chegando lá você está curado.

O pobre marquês encolheu os ombros. Apenas sentia o menor incômodo, uma dor, um arrepio, considerava-se logo, como ele dizia, *liquidado*. O mundo começava a findar para ele; tomavam-no terrores católicos, uma preocupação angustiosa da Eternidade. Nesses dias fechava-se no quarto com o padre capelão – com quem às vezes, todavia, terminava por jogar as damas.

– Em todo o caso – disse ele, tirando cautelosamente o chapéu ao passar pela porta aberta da igreja dos Mártires –, deixe-me você ir primeiro ao Grêmio... Quero escrever à Manueleta que não conte comigo esta noite...

Depois, distraída e melancolicamente, perguntou notícias desse devasso do Ega. Esse devasso do Ega lá estava em Celorico, na quinta materna, ouvindo arrotar o padre Serafim, e refugiando-se, segundo dizia, na grande arte: andava a compor uma comédia em cinco atos, que se devia chamar o *Lodaçal* – escrita para se vingar de Lisboa.

– O pior – murmurou o marquês, depois de um silêncio, e abafando-se mais no *cache-nez* – é se eu estou assim no domingo para as corridas!

– O quê! – exclamou Carlos. – Então as corridas são já no domingo?

O marquês foi-lhe explicando, enquanto desciam o Chiado, que as corridas se tinham apressado a pedido do Clifford, o grande *sportman* de Córdova, que devia trazer dois cavalos ingleses... Era um bocado humilhante depender do Clifford. Mas enfim o Clifford era um *gentleman* e com os seus cavalos de raça, os seus jóqueis ingleses, constituía a única feição séria do Hipódromo de Belém. Sem o Clifford aquilo era uma brincadeira de pilecas e de *abas*...

– Você não conhece o Clifford?... Belo rapaz! Um pouco *poseur,* mas ouro de lei.

Tinham entrado no pátio do Grêmio, o marquês estendeu o braço a Carlos.

– Veja esse pulso!

– O pulso está excelente... Vá você dar lá esse golpe à Manuela, que eu fico aqui à espera.

No domingo, pois, daí a cinco dias, eram as corridas... E *ela* estaria lá, ele ia conhecê-la, enfim! Durante essas três últimas semanas vira-a duas vezes; uma ocasião, estando a conversar com o Taveira à porta do Hotel Central, ela chegara a uma das varandas, de chapéu, calçando uma grande luva preta; doutra vez, havia dias, por uma tarde de chuva, ela viera parar à porta do Mourão, ao Chiado, num *coupé* da Companhia, e ficara esperando enquanto o trintanário levava dentro à loja um embrulho que tinha a forma dum cofre, apertado com uma fita vermelha. De ambas as vezes ela vira-o, demorara os olhos nele um momento; e parecera a Carlos que o último olhar se prolongara mais, como abandonando-se, umedecendo-se, numa leve doçura, ao pousar no seu... Era talvez uma ilusão; mas isto decidiu-o, na sua impaciência, a realizar a antiga ideia (ainda que desagradável) de ser apresentado pelo Dâmaso ao Castro Gomes. O pobre Dâmaso, a princípio, diante desta exigência, ficou perturbado; e com um ar de cão que defende o seu osso, lembrou logo a Carlos o deplorável comportamento do Castro Gomes, que não viera, como lho anunciara, havia três semanas, deixar o seu cartão ao Ramalhete... Mas Carlos desdenhava essas formalidades estreitas entre rapazes: o Castro Gomes parecia-lhe um homem de gosto e de *sport;* nem todos os dias aparecia em Lisboa quem soubesse dar com correção o nó da gravata; e seria agradável, mesmo para ele, Dâmaso, reunirem-se todos de vez em quando, com o Craft, com o marquês, a fumar um charuto e a falar de cavalos. Isto decidiu Dâmaso, que terminou por propor a Carlos o levá-lo uma tarde ao Hotel Central. Carlos, porém, não queria entrar pelo hotel dentro, de chapéu na mão atrás do Dâmaso. Resolveram então esperar pelas corridas, onde os Castro Gomes tencionavam ir. "Aí, no recinto da pesagem, disse o Dâmaso, a apresentação é mais *chic*... É mesmo podre de *chic*".

– Deus queira com efeito que não chova no domingo – murmurou Carlos quando o marquês desceu, mais tristonho, mais abafado no seu *cache-nez*.

Foram seguindo pelo meio da rua, em direção ao Ferregial. Adiante do Grêmio, encostado ao passeio, estava um *coupé* da Companhia, com um trintanário de luvas brancas, esperando junto ao portal. Carlos olhou, casualmente; e viu, debruçado à portinhola, um rosto de criança, duma brancura adorável, sorrindo-lhe, com um belo sorriso que lhe punha duas covinhas na face. Reconheceu-a logo. Era Rosa, era Rosicler; e ela não se contentou em sorrir, com o seu doce olhar azul fugindo todo para ele – deitou a mãozinha de fora, atirou-lhe um grande adeus. No fundo do *coupé,* forrado de negro, destacava um perfil claro de estátua, um tom ondeado de cabelo louro. Carlos tirou profundamente o chapéu, tão perturbado, que os seus passos hesitaram. *Ela* abaixou a cabeça, de leve; alguma coisa de luminoso, um confuso rubor de emoção, espalhou-se-lhe no rosto. E fugitivamente foi como se, da mãe e da filha, ao mesmo tempo, viesse para ele uma suave e quente emanação de simpatia.

– Caramba, aquilo pertence-lhe? – perguntou o marquês, que notara a impressão de *madame* Gomes.

Carlos corou.

– Não, é uma senhora brasileira a quem eu curei aquela pequerrucha...

– Irra! que gratidão! – rosnou o outro de dentro das dobras do seu *cache-nez.*

Caminhando em silêncio pelo Ferregial, Carlos revolvia uma ideia que lhe viera de repente, ao receber aquele doce olhar. Por que é que Dâmaso não levaria uma manhã o Castro Gomes aos Olivais, a ver as coleções do Craft?... Ele estaria lá, abria-se uma garrafa de *champagne,* discutiam *bric-à-brac.* Depois, muito naturalmente, ele convidava Castro Gomes a almoçar no Ramalhete, para lhe mostrar o grande Rubens, e as suas velhas colchas da Índia. E assim, já antes das corridas, existiria entre eles uma camaradagem, talvez um tratamento de *você.*

No Aterro, temendo o ar do rio, o marquês quis tomar uma tipoia; e, até o Ramalhete, continuaram calados. O marquês, outra vez inquieto, apalpava a garganta. Carlos discutia complicadamente consigo aquela lenta inclinação de cabeça, o olhar dela, o vivo rubor fugitivo... Ela até aí não o conhecia talvez. Mas, depois de atirar o seu grande *adeus,* Rosa, ainda sorrindo, voltara-se para a mãe, a dizer-lhe decerto que aquele era o médico que a curara, a ela e à boneca... E então a linda cor que lhe enternecera o rosto tomava uma significação mais profunda – era como a surpresa feliz, o enleio casto ao saber que o homem que ela notara já de algum modo tinha penetrado na sua intimidade, beijara a sua filha, se tinha mesmo sentado à beira do seu leito...

Depois ia refazendo o plano da visita aos Olivais, mais largo agora, mais brilhante. Por que não iria ela também ver as curiosidades do Craft? Que tarde encantadora, que festa, que lindo idílio! O Craft arranjava um lanche delicado no seu velho serviço de Wedgewood. Ele ficava à mesa junto dela. Depois iam ver o jardim já em flor; ou tomavam chá no pavilhão japonês, forrado de esteiras. Mas o que mais lhe apetecia era percorrer com ela as duas salas de Craft, parando ambos diante duma bela faiança ou dum móvel raro, e sentindo, através da concordância dos seus gostos, subir, como um perfume, a simpatia dos seus corações... Nunca a vira tão formosa como nessa tarde, dentro do *coupé* forrado de escuro, onde brilhava mais puramente a brancura do seu perfil. Sobre o regaço do vestido negro pousava o tom claro das suas luvas; e no chapéu frisava-se a ponta de uma pena cor de neve.

A tipoia parara ao portão do Ramalhete, estavam agora entre as silenciosas tapeçarias da antecâmara.

– Como é que ela conhece os Cruges? – perguntou de repente o marquês, com um tom desconfiado, desembaraçando-se do *cache-nez*.

Carlos olhou para ele, como mal-acordado.

– Ela quem? Aquela senhora? Como conhece o Cruges?... Homem, sim, tem você razão!... Aquela era a casa do Cruges!... A carruagem estava parada à porta do Cruges... Talvez alguém que more noutro andar.

– Não mora ninguém – disse o marquês, dando um passo para o corredor. – Em todo o caso, é um mulherão.

Carlos achou a palavra odiosa.

Do corredor ouvia-se já no escritório de Afonso, através da porta aberta, a voz petulante do Dâmaso falando alto de *handicap* e de *dead-beat*... E foram-no encontrar discursando sobre as corridas, com convicção, com autoridade, como membro do Jockey Club. Afonso, na sua velha poltrona, escutava-o, cortês e risonho, com o reverendo Bonifácio no colo. Ao canto do sofá, Craft folheava um livro.

E o Dâmaso apelou logo para o marquês. Não era verdade, como ele estivera dizendo ao sr. Afonso da Maia, que iam ser as melhores corridas que se tinham feito em Lisboa? Só para o grande prêmio nacional de seiscentos milréis havia oito cavalos inscritos! E, além disso, o Clifford trazia a *Mist*.

– Ah, é verdade, oh marquês, é necessário que você apareça sexta-feira à noite no Jockey Club, para acabarmos o *handicap*!

O marquês arrastara uma cadeira para o pé de Afonso, para lhe fazer a confidência dos seus achaques; mas como Dâmaso se metia entre eles, falando ainda da *Mist*, decidindo que a *Mist* era *chic,* querendo apostar cinco libras pela *Mist* contra o campo – o marquês terminou por se voltar, enfastiado, dizendo que o sr. Damasozinho se estava a dar ares patuscos... Apostar pela *Mist*! Todo o patriota devia apostar pelos cavalos do visconde de Darque, que era o único criador português!...

– Pois não é verdade, sr. Afonso da Maia?

O velho sorriu, amaciando o seu gato.

– O verdadeiro patriotismo, talvez – disse ele –, seria, em lugar de corridas, fazer uma boa tourada.

Dâmaso levou as mãos à cabeça. Uma tourada! Então o sr. Afonso da Maia preferia touros a corridas de cavalos? O sr. Afonso da Maia, um inglês!...

– Um simples beirão, sr. Salcede, um simples beirão, e que faz gosto nisso; se habitei a Inglaterra é que o meu rei, que era então, me pôs fora do meu país... Pois é verdade, tenho esse fraco português, prefiro touros. Cada raça possui o seu *sport* próprio, e o nosso é o touro: o touro com muito sol, ar de dia santo, água fresca e foguetes... Mas sabe o sr. Salcede qual é a vantagem da tourada? É ser uma grande escola de força, de coragem e de destreza... Em Portugal não há instituição que tenha uma importância igual à tourada de curiosos. E acredite uma coisa: é que se nesta triste geração moderna ainda há em

Lisboa uns rapazes com certo músculo, a espinha direita, e capazes de dar um bom soco, deve-se isso ao touro e à tourada de curiosos...

O marquês, entusiasmado, bateu palmas. Aquilo é que era falar! Aquilo é que era dar a filosofia do touro! Está claro que a tourada era uma grande educação física! E havia imbecis que falavam em acabar com os touros! Oh!, estúpidos, acabais então com a coragem portuguesa!...

— Nós não temos os jogos de destreza das outras nações — exclamava ele, bracejando pela sala e esquecido dos seus males. — Não temos o *cricket,* nem *football,* nem o *running,* como os ingleses; não temos a ginástica como ela se faz em França; não temos o serviço militar obrigatório que é o que torna o alemão sólido... Não temos nada capaz de dar a um rapaz um bocado de fibra. Temos só a tourada... Tirem a tourada, e não ficam senão badamecos derreados da espinha, a melarem-se pelo Chiado! Pois você não acha, Craft?

Craft, do canto do sofá, onde Carlos se fora sentar e lhe falava baixo, respondeu convencido:

— O quê, o touro? Está claro! O touro devia ser neste país como o ensino é lá fora: gratuito e obrigatório.

Dâmaso no entanto jurava a Afonso compenetradamente que gostava também muito de touros. Ah, lá nessas coisas de patriotismo ninguém lhe levava a palma... Mas as corridas tinham outro *chic*! Aqueles *Bois de Boulogne,* num dia de *Grand Prix,* hem!... Era de embatucar!

— Sabes o que é pena? — exclamou ele, voltando-se de repente para Carlos. — É que tu não tenhas um *four-in-hand*, um *mail-coach.* Íamos todos daqui, caía tudo de *chic!*

Carlos pensou também consigo que era uma pena não ter um *four-in-hand.* Mas gracejou, achando mais em harmonia com o Jockey Club da Travessa da Conceição irem todos dentro dum ônibus.

Dâmaso voltou-se para o velho, deixando cair os braços, descoroçoado:

— Aí está, sr. Afonso da Maia! Aí está por que em Portugal nunca se faz nada em termos! É porque ninguém quer concorrer para que as coisas saiam bem... Assim não é possível! Eu cá entendo isto: que num país, cada pessoa deve contribuir, quanto possa, para a civilização.

– Muito bem, sr. Salcede! – disse Afonso da Maia. – Eis aí uma nobre, uma grande palavra!

– Pois não é verdade? – gritou Dâmaso, triunfante, a estourar de gozo. – Assim eu, por exemplo...

– Tu, o quê? – exclamaram dos lados. – Que fizeste tu pela civilização?...

– Mandei fazer para o dia das corridas uma sobrecasaca branca... E vou de véu azul no chapéu!

Um escudeiro entrou com uma carta para Afonso, numa salva. O velho, sorrindo ainda das ideias de Dâmaso sobre a civilização, puxou a luneta, leu as primeiras linhas; toda a alegria lhe morreu no rosto, ergueu-se logo, tendo depositado cuidadosamente sobre a sua almofada o pesado Bonifácio.

– Isto é que é ter gosto, isto é que é compreender as coisas! – exclamava o Dâmaso, agitando os braços para Carlos, quando o velho desapareceu através do reposteiro de damasco. – Este teu avô, menino, é podre de *chic*!...

– Deixa lá o *chic* do avô... Anda cá, que te quero dizer uma coisa.

Abriu uma das janelas do terraço, levou para lá o Dâmaso, e disse-lhe aí, à pressa, o seu plano da visita aos Olivais, e a linda tarde que poderiam passar na quinta com os Castro Gomes... Ele já falara ao Craft, que estava de acordo, achava delicioso, ia encher tudo de flores. E agora só restava que o Dâmaso amigo, como amabilidade sua, convidasse os Castro Gomes...

– Caramba! – murmurou Dâmaso desconfiado. – Estás com furor de a conhecer!

Mas enfim concordou que era *chic* a valer! E via aí uma bela ocasião para ele!... Enquanto Carlos e Craff andassem mostrando as curiosidades ao Castro Gomes e lhe falassem de cavalos, ele, zás, ia para a quinta passear com ela... A calhar!

– Pois vou amanhã já falar-lhes... Estou convencido que aceitam logo. Ela péla-se por *bric-à-brac!*

– E vens dizer-me se aceitaram ou não...

– Venho dizer-te... Tu vais gostar dela; tem lido muito, entende também de literatura; e olha que às vezes a conversar atrapalha...

O marquês veio chamá-los para dentro, impaciente, querendo fechar a porta envidraçada, outra vez preocupado com a garganta. E desejava antes de jantar ir ao quarto de Carlos gargarejar com água e sal...

– E é isto um português forte – exclamou Carlos, travando-lhe alegremente do braço.

– Eu sou piegas na garganta – replicou logo o marquês, desprendendo-se dele e olhando-o com ferocidade. – E você é-o no sentimento. E o Craft é-o na respeitabilidade. E o Damasozinho é-o na tolice. Em Portugal é tudo Pieguice e Companhia!

Carlos, rindo, arrastou-o pelo corredor. E de repente, ao entrarem na antecâmara, deram com Afonso falando a uma mulher, carregada de luto, que lhe beijava a mão, meio de joelhos, sufocada de lágrimas; e ao lado outra mulher, com os olhos turvos de água também, embalava dentro do xale uma criancinha que parecia doente e gemia. Carlos parara embaraçado; o marquês instintivamente levou a mão à algibeira. Mas o velho, assim surpreendido na sua caridade, foi logo empurrando as duas mulheres para a escada; elas desciam, encolhidas, abençoando-o, num murmúrio de soluços; e ele, voltando-se para Carlos, quase se desculpou numa voz que ainda tremia:

– Sempre estes peditórios... Caso bem triste, todavia... E o que é pior é que por mais que se dê nunca se dá bastante. Mundo muito malfeito, marquês.

– Mundo muito malfeito, sr. Afonso da Maia – respondeu o marquês comovido.

No domingo seguinte, pelas duas horas, Carlos no seu *phaeton* de oito molas, levando ao lado Craft que durante os dois dias de corridas se instalara no Ramalhete, parou ao fim do Largo de Belém, no momento em que para o lado do hipódromo estavam já estalando foguetes. Um dos criados desceu a comprar o bilhete de pesagem para o Craft, numa tosca guarita de madeira, armada ali de véspera, onde se mexia um homenzinho de grandes barbas grisalhas.

Era um dia já quente, azul-ferrete, com um desses rutilantes sóis de festa que inflamam as pedras da rua, douram a poeirada baça do ar, põem fulgores de espelho pelas vidraças, dão a toda a cidade essa branca faiscação de cal, dum vivo monótono e implacável, que na lentidão das horas de verão cansa a alma, e vagamente entristece. No Largo dos Jerônimos, silencioso, e a escaldar na luz, um ônibus esperava, desatrelado, junto ao portal da igreja. Um trabalhador com o filho ao colo, e a mulher ao lado no seu xale de ramagens, andava ali, pasmando para a estrada, pasmando para o rio, a gozar ociosamente o seu domingo. Um garoto ia apregoando desconsoladamente programas das corridas que ninguém comprava. A mulher da água fresca, sem fregueses, sentara-se com a sua bilha à sombra, a catar um pequeno. Quatro pesados municipais a cavalo patrulhavam a passo aquela solidão. E a distância, sem cessar, o estalar alegre de foguetes morria no ar quente.

No entanto, o trintanário continuava debruçado na guarita, sem poder arranjar lá dentro o troco duma libra. Foi necessário Craft saltar da almofada, ir lá parlamentar, enquanto Carlos, impaciente, raspando com o chicote as ancas das éguas, luzidias como um cetim castanho, riscava no largo uma volta brusca e nervosa. Desde o Ramalhete viera assim governando, irritadamente, sem descerrar os lábios. É que toda aquela semana, desde a tarde em que combinara com o Dâmaso a visita aos Olivais, fora desconsoladora. O Dâmaso tinha desaparecido, sem mandar a resposta dos Castro Gomes. Ele, por orgulho, não procurara o Dâmaso. Os dias tinham passado, vazios; não se realizara o alegre idílio dos Olivais; ainda não conhecia *madame* Gomes; não a tornara a ver; não a esperava nas corridas. E aquele domingo de festa, o grande sol, a gente pelas ruas, vestida de casimiras e de sedas de missa, enchiam-no de melancolia e de mal-estar.

Uma caleche de praça passou, com dois sujeitos de flores ao peito, acabando de calçar as luvas; depois um *dog-cart,* governado por um homem gordo, de lunetas pretas, quase foi esbarrar contra o Arco. Enfim, Craft voltou com o seu bilhete, tendo sido descomposto pelo homem de barbas proféticas.

Para além do Arco, a poeira sufocava. Pelas janelas havia senhoras debruçadas, olhando por debaixo de sombrinhas. Outros municipais, a cavalo, atravancavam a rua.

À entrada para o hipódromo, abertura escalavrada num muro de quintarola, o *phaeton* teve de parar atrás do *dog-cart* do homem gordo – que não podia também avançar porque a porta estava tomada pela caleche de praça, onde um dos sujeitos de flor ao peito berrava furiosamente com um polícia. Queria que se fosse chamar o sr. Savedra! O sr. Savedra, que era do Jockey Club, tinha-lhe dito que ele podia entrar sem pagar a carruagem! Ainda lho dissera na véspera, na botica do Azevedo! Queria que se fosse chamar o sr. Savedra! O polícia bracejava, enfiado. E o cavalheiro, tirando as luvas, ia abrir a portinhola, esmurrar o homem – quando, trotando na sua grande horsa, um municipal de punho alçado correu, gritou, injuriou o cavalheiro gordo, fez rodar para fora a caleche. Outro municipal intrometeu-se, brutalmente. Duas senhoras, agarrando os vestidos, fugiram para um portal, espavoridas. E através do rebuliço, da poeira, sentia-se adiante, melancolicamente, um realejo tocando a *Traviata*.

O *phaeton* entrou – atrás do *dog-cart*, onde o homem gordo, a estourar de fúria, voltava ainda para trás a face escarlate, jurando dar parte do municipal.

– Tudo isto está arranjado com decência – murmurou Craft.

Diante deles o hipódromo elevava-se suavemente em colina, parecendo, depois da poeirada quente da calçada e das cruas reverberações da cal, mais fresco, mais vasto, com a sua relva já um pouco crestada pelo sol de junho, e uma ou outra papoula vermelhejando aqui e além. Uma aragem larga e repousante chegava vagarosamente do rio.

No centro, como perdido no largo espaço verde, negrejava, ao brilho do sol, um magote apertado de gente, com algumas carruagens pelo meio, donde sobressaíam tons claros de sombrinhas, o faiscar dum vidro de lanterna, ou um casaco branco de cocheiro. Para além, dos dois lados da tribuna real forrada dum baetão vermelho de mesa de Repartição, erguiam-se as duas tribunas públicas, com o feitio de traves mal pregadas, como palanques de arraial. A da esquerda, vazia, por pintar, mostrava à luz as fendas do tabuado. Na da direita, besuntada por fora de azul-claro, havia uma fila de senhoras quase todas de escuro encostadas ao rebordo, outras espalhadas pelos primeiros degraus; e o resto das bancadas permanecia deserto e desconsolado, dum tom alvadio de madeira, que abafava as cores alegres dos raros vestidos de verão. Por vezes a brisa lenta agitava no alto dos dois mastros o azul das bandeirolas. Um grande silêncio caía do céu faiscante.

Em volta do recinto da tribuna, fechado por um tapume de madeira, havia mais soldados de infantaria, com as baionetas lampejando ao sol. E no homem triste que estava à entrada, recebendo os bilhetes, metido dentro dum enorme colete branco, reteso de goma, e que lhe chegava até os joelhos – Carlos reconheceu o servente do seu laboratório.

Apenas tinham dado alguns passos encontraram Taveira à porta do bufete, onde se estivera reconfortando com uma cerveja. Tinha um molho de cravos amarelos ao peito, polainas brancas – e queria animar as corridas. Já vira a *Mist,* a égua de Clifford, e decidira apostar pela *Mist.* Que cabeça de animal, meninos, que finura de pernas!...

– Palavra que me entusiasmou! E está decidido, um dia não são dias, é necessário animar isto! Aposto três mil-réis. Quer você, Craft?

– Pois sim, talvez, depois... Vamos primeiro ver o aspecto geral.

No recinto em declive, entre a tribuna e a pista, havia só homens, a gente do Grêmio, das Secretarias e da Casa Havanesa; a maior parte à vontade, com jaquetões claros e de chapéu-coco; outros mais em estilo, de sobrecasaca e binóculo a tiracolo, pareciam embaraçados e quase arrependidos do seu *chic.* Falava-se baixo, com passos lentos pela relva, entre leves fumaraças de cigarro. Aqui e além um cavalheiro, parado, de mãos atrás das costas, pasmava languidamente para as senhoras. Ao lado de Carlos dois brasileiros queixavam-se do preço dos bilhetes, achando aquilo uma "sensaboria de rachar".

Defronte a pista estava deserta, com a relva pisada, guardada por soldados; e junto à corda, do outro lado, apinhava-se o magote de gente, com as carruagens pelo meio, sem um rumor, numa pasmaceira tristonha, sob o peso do sol de junho. Um rapazote, com uma voz dolente, apregoava água fresca. Lá ao fundo o largo Tejo faiscava, todo azul, tão azul como o céu, numa pulverização fina de luz.

O visconde de Darque, com o seu ar plácido de *gentleman* louro que começa a engordar, veio apertar a mão a Carlos e a Craft. E, mal eles lhe falaram dos seus cavalos *(Rabino,* o favorito, e o outro potro), encolheu os ombros, cerrou os olhos, como um homem que se sacrifica. Então, que diabo, os rapazes tinham querido!... Mas ele, realmente, não podia apresentar um cavalo decente, com as suas cores, senão daí a quatro anos. De resto não apurava cavalos para aquela melancolia de Belém, não imaginassem os amigos que ele era tão patriota; o seu fim era ir a Espanha, bater os cavalos de Caldillo.

– Enfim, vamos a ver... Dê você cá lume. Isto está um horror. E depois, que diabo, para corridas é necessário *cocottes* e *champagne*. Com esta gente séria, e água fresca, não vai!

Nesse momento um dos comissários das corridas, um rapagão sem barba, vermelho como uma papoula, a pingar de suor sob o chapéu branco deitado para a nuca, veio arrebatar o Darque, "que era muito preciso, lá na pesagem, para uma duvidazinha".

– Eu sou o dicionário – dizia o Darque, tornando a encolher os ombros resignadamente. – De vez em quando vem um destes senhores do Jockey Club, e folheia-me... Veja você, Maia, em que estado eu fico depois das corridas! Há de ser necessário encadernar-me de novo...

E lá foi, rindo da sua pilhéria – empurrado para diante pelo comissário, que lhe dava palmadas familiares nas costas e lhe chamava *catita*.

– Vamos nós ver as mulheres – disse Carlos.

Seguiram devagar ao comprido da tribuna. Debruçadas no rebordo, numa fila muda, olhando vagamente, como duma janela em dia de procissão, estavam ali todas as senhoras que vêm no *high-life* dos jornais, as dos camarotes de S. Carlos, as das terças-feiras dos Gouvarinhos. A maior parte tinha vestidos sérios de missa. Aqui e além um desses grandes chapéus emplumados à Gainsborough, que então se começavam a usar, carregava duma sombra maior o tom trigueiro de uma carinha miúda. E na luz franca da tarde, no grande ar da colina descoberta, as peles apareciam murchas, gastas, moles, com um baço de pó de arroz.

Carlos cumprimentou as duas irmãs do Taveira, magrinhas, lourinhas, ambas corretamente vestidas de xadrezinho; depois a viscondessa de Alvim, nédia e branca, com o corpete negro reluzente de vidrilhos, tendo ao lado a sua terna inseparável, a Joaninha Vilar, cada vez mais cheia, com um quebranto cada vez mais doce nos olhos pestanudos. Adiante eram as Pedrosos, as banqueiras, de cores claras, interessando-se pelas corridas, uma de programa na mão, a outra de pé e de binóculo estudando a pista. Ao lado, conversando com Steinbroken, a condessa de Soutal, desarranjada, com um ar de ter lama nas saias. Numa bancada isolada, em silêncio, Vilaça com duas damas de preto.

A condessa de Gouvarinho ainda não viera. E não estava também aquela que os olhos de Carlos procuravam, inquietamente e sem esperança.

– É um canteirinho de camélias meladas – disse o Taveira, repetindo um dito do Ega.

Carlos, no entanto, fora falar à sua velha amiga D. Maria da Cunha que, havia momentos, o chamava com o olhar, com o leque, com o seu sorriso de boa mamã. Era a única senhora que ousara descer do retiro ajanelado da tribuna, e vir sentar-se embaixo, entre os homens; mas, como ela disse, não aturava a seca de estar lá em cima perfilada, à espera da passagem do Senhor dos Passos. E, bela ainda sob os seus cabelos já grisalhos, só ela parecia divertir-se ali, muito à vontade, com os pés pousados na travessa duma cadeira, o binóculo no regaço, cumprimentada a cada instante, tratando os rapazes por *meninos*... Tinha consigo uma parenta que apresentou a Carlos, uma senhora espanhola, que seria bonita se não fossem as olheiras negras, cavadas até o meio da face. Apenas Carlos se sentou ao pé dela, D. Maria perguntou-lhe logo por esse aventureiro do Ega. Esse aventureiro, disse Carlos, estava em Celorico compondo uma comédia para se vingar de Lisboa, chamada o *Lodaçal*...

– Entra o Cohen? – perguntou ela, rindo.

– Entramos todos, sra. D. Maria. Todos nós somos lodaçal...

Nesse momento, por trás do recinto, rompia, com um taran-tan-tan molengão de tambores e pratos, o Hino da Carta, a que se misturou uma voz de oficial e o bater de coronhas. E, entre dourados de dragonas, El-Rei apareceu na tribuna, sorrindo, de quinzena de veludo, e chapéu branco. Aqui e além, raros sujeitos cumprimentaram, muito de leve; a senhora espanhola, essa, tomou o óculo do regaço de D. Maria, e de pé, muito descansadamente, pôs-se a examinar o rei. D. Maria achava ridícula a música, dando às corridas um ar de arraial... Além disso, que tolice, o hino, como num dia de parada!

– E este hino, então, que é medonho – dizia Carlos. – A sra. D. Maria não sabe a definição do Ega, e a sua teoria dos hinos? Maravilhosa!

– Aquele Ega! – dizia ela sorrindo, já encantada.

– O Ega diz que o hino é a definição pela música do caráter dum povo. Tal é o compasso do hino nacional, diz ele, tal é o movimento moral da nação. Agora veja a sra. D. Maria os diferentes hinos, segundo o Ega. A *Marselhesa* avança com uma espada nua. O *God Save the Queen* adianta-se, arrastando um manto real...

– E o Hino da Carta?

– O Hino da Carta ginga, de rabona.

E D. Maria ria ainda, quando a espanhola, sentando-se e repousando-lhe tranquilamente o binóculo no regaço, murmurou:

– *Tiene cara de buena persona.*

– Quem, o rei? – exclamaram a um tempo D. Maria e Carlos. – Excelente!

No entanto uma sineta tocava, perdida no ar. E no quadro indicador subiram os números dos dois cavalos que corriam o primeiro prêmio dos *Produtos*. Eram o nº 1 e o nº 4. D. Maria da Cunha quis-lhes saber os nomes, com o apetite de apostar e ganhar cinco tostões a Carlos. E como Carlos se erguia para arranjar um programa:

– Deixe estar o menino – disse ela, tocando-lhe no braço. – Aí vem o nosso Alencar, com o programa... Olhe para aquilo! Veja se ainda hoje os há por aí com aquele ar de sentimento e de poesia...

Com um fato novo de cheviote claro que o remoçava, de luvas *gris-perle,* o seu bilhete de pesagem na botoeira, o poeta vinha-se abanando com o programa, e já de longe sorrindo à sua boa amiga D. Maria. Quando chegou junto dela, descoberto, bem penteado nesse dia, com um lustre de óleo na grenha, levou-lhe a mão aos lábios, fidalgamente.

D. Maria fora uma das suas lindas contemporâneas. Tinham dançado muita ardente mazurca nos salões de Arroios. Ela tratava-o por *tu.* Ele dizia sempre *boa amiga,* e *querida Maria.*

– Deixa ver os nomes desses cavalos, Alencar... Senta-te aí, anda, faze companhia.

Ele puxou uma cadeira, rindo do interesse que ela tomava pelas corridas. E ele que a conhecera sempre uma entusiasta de touros!... Pois os nomes dos cavalos eram *Júpiter* e *Escocês*...

– Nenhum desses nomes me agrada, não aposto. E então que te parece tudo isto, Alencar?... A nossa Lisboa vai-se saindo da concha...

Alencar, pousando o chapéu sobre uma cadeira, e passando a mão pela sua vasta fronte de bardo, confessou que aquilo tinha realmente um certo ar de elegância, um perfume de corte... Depois, lá embaixo, aquele maravilhoso Tejo... sem falar na importância do apuramento das raças cavalares...

– Pois não é verdade, meu Carlos? Tu que entendes superiormente disso, que és um mestre em todos os *sports,* sabes bem que o apuramento...

— Sim, com efeito, o apuramento, muito importante...
— disse Carlos, vagamente, erguendo-se a olhar outra vez a tribuna.

Eram quase três horas, e agora, decerto, *ela* já não vinha; e a condessa de Gouvarinho não aparecia também... Começava a invadi-lo uma grande lassitude. Respondendo, com um leve movimento de cabeça, ao sorriso doce que lhe dava da tribuna a Joaninha Vilar, pensava em voltar para o Ramalhete, acabar tranquilamente a tarde dentro do seu *robe de chambre,* com um livro, longe de todo aquele tédio.

No entanto, ainda entravam senhoras. A menina Sá Videira, filha do rico negociante de sapatos de ourelo, passou pelo braço do irmão, abonecada, com o arzinho petulante e enojado de tudo, falando alto inglês. Depois foi a ministra da Baviera, a baronesa de Craben, enorme, empavoada, com uma face maciça de matrona romana, a pele cheia de manchas cor de tomate, a estalar dentro dum vestido de gorgorão azul com riscas brancas; e atrás o barão, pequenino, amável, aos pulinhos, com um grande chapéu de palha.

D. Maria da Cunha erguera-se para lhes falar; e durante um momento ouviu-se, como um glou-glou grosso de peru, a voz da baronesa achando que *c'était charmant, c'était três beau.* O barão, aos pulinhos, aos risinhos, *trouvait ça ravissant.* E o Alencar, diante daqueles estrangeiros que o não tinham saudado, apurava a sua atitude de grande homem nacional, retorcendo a ponta dos bigodes, alçando mais a fronte nua.

Quando eles seguiram para a tribuna, e a boa D. Maria se tornou a sentar, o poeta, indignado, declarou que abominava alemães! O ar de sobranceria com que aquela ministra, com feitio de barrica, deixando sair o sebo por todas as costuras do vestido, o olhara, a ele! Ora, a insolente baleia!

D. Maria sorria, olhando com simpatia o poeta. E voltando-se de repente para a senhora espanhola:

— Concha, *deja-me presentar te* D. Tomás de Alencar, *nuestro gran poeta lírico...*

Nesse momento, alguns dos rapazes mais amadores, dos que traziam binóculos a tiracolo, apressaram o passo para a corda da pista. Dois cavalos passavam num galope sereno, quase juntos, sob as vergastadas estonteadas de dois jóqueis de grandes bigodes. Uma voz erguendo-se disse que tinha ganhado *Escocês*. Outros afirmavam que fora *Júpiter*. E no silêncio que se fez, de lassidão e desapontamento, ondeou mais viva no ar, lançada pelos flautins da banda, a valsa de *madame Angot*. Alguns sujeitos tinham-se conservado de costas para a pista, fumando, olhando a tribuna – onde as senhoras continuavam debruçadas no parapeito, à espera do Senhor dos Passos. Ao lado de Carlos, um cavalheiro resumiu as impressões, dizendo que tudo *aquilo era uma intrujice.*

E quando Carlos se ergueu para ir procurar o Dâmaso, Alencar, muito animado com a espanhola, falava de Sevilha, de malaguenhas e do coração de Espronceda.

O desejo de Carlos agora era achar Dâmaso, saber por que falhara a visita aos Olivais – e depois ir-se embora para o Ramalhete, esconder aquela melancolia que o enevoava, estranha e pueril, misturada de irritabilidade, fazendo-lhe detestar as vozes que lhe falavam, os rantatans da música, até a beleza calma da tarde... Mas, ao dobrar a esquina da tribuna, topou com Craft, que o deteve, o apresentou a um rapaz louro e forte com quem estava falando alegremente. Era o famoso Clifford, o grande *sportman* de Córdova. Em redor sujeitos tinham parado, embasbacados para aquele inglês legendário em Lisboa, dono de cavalos de corridas, amigo do rei de Espanha, homem de todos os *chics*. Ele, muito à vontade, um pouco *poseur,* com um simples *veston* de flanela azul como no campo, ria alto com o Craft do tempo em que tinham estado no colégio de Rugby. Depois pareceu-lhe reconhecer Carlos, amavelmente. Não se tinham encontrado havia quase um ano, em Madri, num jantar, em casa de Pancho Calderón? E assim era. O aperto de mão que repetiram foi mais íntimo – e Craft quis que fossem regar aquela flor de amizade com uma garrafa de mau *champagne*. Em roda crescera a pasmaceira.

O bufete estava instalado debaixo da tribuna, sob o tabuado nu, sem sobrado, sem um ornato, sem uma flor. Ao fundo corria uma prateleira de taberna com garrafas e pratos de bolos. E, no balcão tosco, dois criados, estonteados e sujos, achatavam à pressa as fatias de *sandwiches* com as mãos úmidas de espuma da cerveja.

Quando Carlos e os dois amigos entraram, havia junto dum dos barrotes que especavam os degraus da tribuna, num grupo animado, com copos de *champagne* na mão, o marquês, o visconde de Darque, o Taveira, um rapaz pálido de barba preta, que tinha debaixo do braço enrolada a bandeira vermelha de *starter,* e o comissário imberbe, com o chapéu branco cada vez mais atirado para a nuca, a face mais esbraseada, o colarinho já mole de suor. Era ele que oferecia o *champagne;* e, apenas viu entrar Clifford, rompeu para ele, de taça no ar, fez tremer as vigas, soltando o seu vozeirão:

– À saúde do amigo Clifford! o primeiro *sportman* da península, e rapaz cá dos nossos!... Hip, hip, hurra!

Os copos ergueram-se, num clamor de hurras, onde destacou, vibrante e entusiasta, a voz do *starter.* Clifford agradecia, risonho, tirando lentamente as luvas, enquanto o marquês, puxando Carlos pelo braço para o lado, lhe apresentava rapidamente o comissário, seu primo D. Pedro Vargas.

– Muito gosto em conhecer...

– Qual história! Eu é que fazia furor! – exclamou o comissário. – Cá a rapaziada do *sport* deve-se conhecer toda... Porque isto cá é a confraria, e todo o resto é chinfrinada!

E imediatamente arrebatou o copo ao ar, berrou com um ímpeto que lhe trazia mais sangue à face:

– À saúde de Carlos da Maia, o primeiro elegante cá da pátria! a melhor mão de rédea... Hip, hip, burra...

– Hip, hip, hip... Hurra!

E foi ainda a voz do *starter* que deu o hurra mais vibrante e mais entusiasta.

Um empregado assomou à porta do bufete, e chamou o sr. comissário. O Vargas atirou uma libra para o balcão, abalou, gritando já de fora, com o olho aceso:

– Isto vai-se animando, rapazes! Caramba! É carregar no líquido! E você, ó lá de baixo, ó patrão, sô Manuel, mande vir esse gelo... Está a gente aqui a tomar a bebida quente... Despache um próprio, vá você, rebente! Irra!

No entanto, enquanto se desarrolhava o *champagne* de Craft, Carlos tinha convidado Clifford a jantar nessa noite no Ramalhete. O outro aceitou, molhando os lábios no copo, achando excelente que se continuasse a tradição de jantarem juntos, sempre que se encontravam.

– Olá! o general por aqui! – exclamou Craft.

Os outros voltaram-se. Era o Sequeira, com a face como um pimentão, entalado numa sobrecasaca curta que o fazia mais atarracado, de chapéu branco sobre o olho, e grande chicote debaixo do braço.

Aceitou um copo de *champagne* e teve muito prazer em conhecer o sr. Clifford...

– E que me diz você a esta sensaboria? – exclamou ele logo, voltando-se para Carlos.

Enquanto a si estava contente, pulava... Aquela corrida insípida, sem cavalos, sem jóqueis, com meia dúzia de pessoas a bocejar em roda, dava-lhe a certeza que eram talvez as últimas, e que o Jockey Club rebentava... E ainda bem! Via-se a gente livre dum divertimento que não estava nos hábitos do país. Corridas eram para se apostar. Tinha-se apostado? Não, então histórias!... Em Inglaterra e em França, sim! Aí eram um jogo como a roleta, ou como o monte... Até havia banqueiros, que eram os *bookmakers*... Então já viam!

E como o marquês, pousando o copo, e querendo calmar o general, falava do apuramento das raças, e da remonta – o outro ergueu os ombros, com indignação:

– Que me está você a cantar! Quer você dizer que se apura a raça para a remonta da cavalaria?... Ora vá lá montar o exército com cavalos de corridas!... Em serviço o que se quer não é o cavalo que corra mais, é o cavalo que aguente mais... O resto é uma história... Cavalos de corridas são fenômenos! São como o boi com duas cabeças... Então histórias!... Em França até lhes dão *champagne,* homem!... Então veja lá!...

E, a cada frase, sacudia os ombros, furiosamente. Depois, dum trago, esvaziou o seu copo de *champagne,* repetiu que tinha muito prazer em conhecer o sr. Clifford, rodou sobre os tacões, saiu, bufando, entalando mais debaixo do braço o chicote – que tremia na ponta como ávido de vergastar alguém.

Craft sorria, batia no ombro de Clifford.

– Veja você! Cá nós, velhos portugueses, não gostamos de novidade, e de *sports*... Somos pelo touro...

– Com razão – dizia o outro, sério e aprumando-se sobre o colarinho. – Ainda há dias me contava na Granja, o rei de Espanha...

De repente, fora, houve um rebuliço, e vozes sobressaltadas gritando *ordem!* Uma senhora, que atravessava com um pequenito, fugiu para dentro do bufete, enfiada. Um polícia passou, correndo.

Era uma desordem!

Carlos e os outros, saindo à pressa, viram ao pé da tribuna real um magote de homens – onde bracejava o Vargas. Do largo da pesagem, os rapazes corriam com curiosidade, já excitados, apinhando-se, alçando-se em pontas de pés; do recinto das carruagens acudiam outros, saltando as cordas da pista, apesar dos repelões dos polícias – e agora era uma massa tumultuosa de chapéus altos, de fatos claros, empurrando-se contra as escadas da tribuna real, onde um ajudante de El-Rei, reluzente de agulhetas e em cabelo, olhava tranquilamente.

E Carlos, furando, pôde enfim avistar no meio do montão um dos sujeitos que correra no prêmio dos *Produtos,* o que montava *Júpiter,* ainda de botas, com paletó alvadio por cima da jaqueta do jóquei, furioso, perdido, injuriando o juiz das corridas, o Mendonça, que arregalava os olhos, aturdido e sem uma palavra. Os amigos do jóquei puxavam-no, queriam que ele fizesse um protesto. Mas ele batia o pé, trêmulo, lívido, gritando que não se importava nada com protestos! Perdera a corrida por uma pouca-vergonha! O protesto ali era um arrocho! Porque o que havia naquele hipódromo era compadrice e ladroeira!

Indivíduos, mais sérios, indignaram-se com esta brutalidade.

– Fora! Fora!

Alguns tomavam o partido do jóquei; já aos lados outras questões surgiram, desabridas. Um sujeito vestido de cinzento berrava que o Mendonça decidira pelo Pinheiro, que montava *Escocês,* por ser íntimo dele; outro cavalheiro, de binóculo a tiracolo, achava aquela insinuação infame; e os dois, frente a frente, com os punhos fechados, tratavam-se furiosamente de *pulhas.*

E, todo este tempo, um homem baixote, de grandes colarinhos de pintinhas, procurava romper, erguia os braços, exclamava numa voz suplicante e rouca:

– Por quem são, meus senhores... Um momento!... Eu tenho experiência... Eu tenho experiência!

De repente o vozeirão do Vargas dominou tudo, como um urro de touro. Diante do jóquei, sem chapéu, com a face a estourar de sangue, gritava-lhe que era indigno de estar ali, entre gente decente! Quando um *gentleman* duvida do juiz da corrida, faz um protesto! Mas vir dizer que há ladrões, era só dum canalha e dum fadista como ele, que nunca devia ter pertencido ao Jockey Club! O outro, agarrado pelos amigos, esticando o pescoço magro como para lhe morder, atirou-lhe um nome sujo. Então o Vargas, com um encontrão para os lados, abriu espaço, repuxou as mangas, berrou:

– Repita lá isso! repita lá isso!

E imediatamente aquela massa de gente oscilou, embateu contra o tabuado da tribuna real, remoinhou em tumulto, com vozes de *ordem* e *morra,* chapéus pelo ar, baques surdos de murros.

Por entre o alarido vibravam, furiosamente, os apitos da polícia; senhoras, com as saias apanhadas, fugiam através da pista, procurando espavoridamente as carruagens; e um sopro grosseiro de desordem reles passava sobre o hipódromo, desmanchando a linha postiça de civilização e a atitude forçada de decoro...

Carlos achou-se ao pé do marquês, que exclamava, pálido:

– Isto é incrível! Isto é incrível!...

Carlos, pelo contrário, achava pitoresco.

— Qual pitoresco, homem! É uma vergonha, com todos esses estrangeiros!

No entanto a massa de gente dispersava, lentamente, obedecendo ao oficial da guarda, um moço pequenino mas decidido, que, em pontas de pés, aconselhava para os lados, numa voz de orador, "cavalheirismo" e "prudência..." O jóquei de paletó alvadio afastou-se, apoiado ao braço dum amigo, coxeando, com o nariz a pingar sangue; e o comissário desceu para a pista, com um cortejo atrás, triunfante, sem colarinho, arranjando o chapéu achatado numa pasta. A música tocava a marcha do *Profeta;* enquanto o desgraçado juiz das corridas, o Mendonça, encostado à tribuna real, com os braços caídos, aparvalhado, balbuciava num resto de assombro:

— Isto só a mim! Isto só a mim!

O marquês, num grupo a que se juntara o Clifford, Craft e Taveira, continuava a vociferar:

— Então, estão convencidos? Que lhes tenho eu sempre dito? Isto é um país que só suporta hortas e arraiais... Corridas, como muitas outras coisas civilizadas lá de fora, necessitam primeiro gente educada. No fundo todos nós somos fadistas! Do que gostamos é de vinhaça, e viola, e bordoada, e viva lá seu compadre! Aí está o que é!

Ao lado dele, Clifford, que no meio daquele desmancho todo esticava mais corretamente a sua linha de *gentleman,* mordia um sorriso, assegurando, com um ar de consolação, que conflitos iguais sucedem em toda a parte... Mas no fundo parecia achar tudo aquilo ignóbil. Dizia-se mesmo que ele ia retirar a *Mist.* E alguns davam-lhe razão. Que diabo! Era aviltante para um belo animal de raça correr num hipódromo sem ordem e sem decência, onde a todo momento podiam reluzir navalhas.

— Ouve cá, tu viste por acaso esse animal do Dâmaso? — perguntou Carlos, chamando para o lado o Taveira. — Há uma hora que ando a farejá-lo...

— Estava ainda há pouco do outro lado, no recinto das carruagens, com a Josefina do Salazar... Anda extraordinário, de sobrecasaca branca e de véu no chapéu!

Mas quando, daí a pouco, Carlos quis atravessar, a pista estava fechada. Ia-se correr o *Grande Prêmio Nacional.* Os números já tinham subido ao indicador, um tom de sineta morria no ar. Um cavalo do Darque, o *Rabino,* com o seu jóquei de encarnado e branco, descia, trazido à rédea por um *groom* e acompanhado pelo Darque; alguns sujeitos paravam a examinar-lhe as pernas, com o olho sério, afetando entender. Carlos demorou-se um momento também, admirando-o; era dum bonito castanho-escuro, nervoso e ligeiro, mas com o peito estreito.

Depois, ao voltar-se, viu de repente a Gouvarinho, que acabava decerto de chegar, e conversava de pé com D. Maria da Cunha. Estava com uma *toilette* inglesa, justa e simples, toda de casimira branca, dum branco de creme, onde as grandes luvas negras à mosqueteira punham um contraste audaz; e o chapéu preto também desaparecia sob as pregas finas dum véu branco, enrolado em volta da cabeça, cobrindo-lhe metade do rosto, com um ar oriental que não ia bem ao seu narizinho curto, ao seu cabelo cor de brasa. Mas em redor os homens olhavam para ela como para um quadro.

Ao avistar Carlos, a condessa não conteve um sorriso, um brilho de olhos que a iluminou. Instintivamente deu um passo para ele; e ficaram um instante isolados, falando baixo, enquanto D. Maria os observava, sorrindo, cheia já de benevolência, pronta já a abençoá-los maternalmente.

— Estive para não vir – dizia a condessa, que parecia nervosa. – O Gastão fez-se tão desagradável hoje! E naturalmente tenho de ir amanhã para o Porto.

— Para o Porto?...

— O papá quer que eu lá vá, são os anos dele... Coitado, vai-se fazendo velho, escreveu-me uma carta tão triste... Há dois anos que me não vê...

— O conde vai?

— Não.

E a condessa, depois de dar um sorriso ao ministro da Baviera, que a cumprimentava de passagem, aos pulinhos, acrescentou, mergulhando o olhar nos olhos de Carlos:

— E quero uma coisa.
— O quê?
— Que venhas também.

Justamente nesse instante, Teles da Gama, de programa e lápis na mão, parou junto deles:

— Você quer entrar numa *poule* monstro, Maia? Quinze bilhetes, dez tostões cada um... Lá em cima ao canto da tribuna está-se apostando ferozmente... A desordem fez bem, sacudiu os nervos, todo o mundo acordou... Quer V. Ex.ª também, sra. condessa?

Sim, a condessa também entrava na *poule*. Teles da Gama inscreveu-a, e abalou atarefado. Depois foi Steinbroken que se acercou, todo florido, de chapéu branco, ferradura de rubis na gravata, mais esticado, mais louro, mais inglês, neste dia solene de *sport* oficial.

— *Ah, comme vous êtes belle, comtesse!... Voilà une toilette merveilleuse, n'est ce pas, Maia?... Est-ce que nous n'allons pas parier quelque chose?*

A condessa contrariada, querendo falar a Carlos, risonha todavia, lamentou-se de ter já uma fortuna comprometida... Enfim sempre apostava cinco tostões com a Finlândia. Que cavalo tomava ele?

— *Ah, je ne sais pas, je ne connais pas les chevaux... D'abord, quand on parie...*

Ela, impaciente, ofereceu-lhe *Vladimir*. E teve de estender a mão a outro finlandês, o secretário de Steinbroken, um moço louro, lento, lânguido, que se curvara em silêncio diante dela, deixando escorregar do olho claro e vago o seu monóculo de ouro. Quase imediatamente Taveira excitado veio dizer que Clifford retirara a *Mist*.

Vendo-a assim cercada, Carlos afastou-se. Justamente o olhar de D. Maria, que o não deixara, chamava-o agora, mais carinhoso e vivo. Quando ele se chegou, ela puxou-lhe pela manga, fê-lo debruçar, para lhe murmurar ao ouvido, deliciada:

— Está hoje tão galante!
— Quem?

D. Maria encolheu os ombros, impaciente.

– Ora quem! Quem há de ser? O menino sabe perfeitamente. A condessa... Está de apetite.

– Muito galante, com efeito – disse Carlos friamente.

De pé, junto de D. Maria, tirando devagar uma *cigarette,* ele ruminava, quase com indignação, as palavras da condessa. Ir com ela para o Porto!... E via ali outra exigência audaz, a mesma tendência impertinente a dispor do seu tempo, dos seus passos, da sua vida! Tinha um desejo de voltar junto dela, dizer-lhe que *não,* secamente, desabridamente, sem motivos, sem explicações, como um brutal.

Acompanhada em silêncio pelo esguio secretário de Steinbroken, ela vinha agora caminhando lentamente para ele; e o olhar alegre com que o envolvia irritou-o mais, sentindo no seu brilho sereno, no sorrir calmo, quanto ela estava certa da sua submissão.

E estava. Apenas o finlandês se afastou languidamente – ela, muito tranquila, ali mesmo junto de D. Maria, falando em inglês, e apontando para a pista como se comentasse os cavalos do Darque, explicou-lhe um plano que imaginara, encantador. Em lugar de partir na terça-feira para o Porto – ia na segunda à noite, só com a criada escocesa, sua confidente, num compartimento reservado. Carlos tomava o mesmo comboio. Em Santarém, desciam ambos, muito simplesmente, e iam passar a noite ao hotel. No dia seguinte ela seguia para o Porto, ele recolhia a Lisboa...

Carlos abria os olhos para ela, assombrado, emudecido. Não esperava aquela extravagância. Supusera que ela o queria no Porto, escondido no *Francfort,* para passeios românticos à Foz, ou visitas furtivas a algum casebre da Aguardente... Mas a ideia duma noite, num hotel, em Santarém!

Terminou por encolher os ombros, indignado. Como queria ela, numa linha de caminho de ferro em que se encontra constantemente gente conhecida, apear-se com ele na estação de Santarém, dar-lhe o braço, maritalmente, e enfiarem para uma estalagem? Ela, porém, pensara em todos os detalhes. Ninguém a conheceria, disfarçada num grande *waterproof* e com uma cabeleira postiça.

— Com uma cabeleira!?
— O Gastão! — murmurou ela de repente.

Era o conde, por trás dele, abraçando-o ternamente pela cintura. E quis logo saber a opinião do amigo Maia sobre as corridas. Bastante animação, não é verdade? E bonitas *toilettes;* certo ar de luxo... Enfim, não envergonhavam. E aí estava provado o que ele sempre dissera, que todos os requintes da civilização se aclimatavam bem em Portugal...

— O nosso solo moral, Maia, como o nosso solo físico, é um solo abençoado!

A condessa voltara para o pé de D. Maria. E Teles da Gama, passando de novo, naquela faina ruidosa em que o trazia a formação da sua *poule,* chamou Carlos para a tribuna, para ele tirar o seu bilhete, e apostar com as senhoras...

— Oh Gouvarinho! venha também daí, homem! — exclamou ele.

— Que diabo! É necessário animar isto, é até patriótico. E o conde condescendeu, por patriotismo.

— É bom — dizia ele, travando do braço de Carlos — fomentar os divertimentos elegantes. Já uma vez o disse na câmara: o luxo é conservador.

Em cima, a um canto, num grupo de senhoras, foram com efeito encontrar uma animação — que quase fazia escândalo naquela tribuna silenciosa e à espera do Senhor dos Passos. A viscondessa de Alvim dobrava atarefadamente os bilhetes da *poule*, uma secretariazinha da Rússia, de bonitos olhos garços, apostava desesperadamente placas de cinco tostões, estonteada, já embrulhada, rabiscando com frenesi o seu programa. A Pinheiro, a mais magra, com um vestido leve de raminhos Pompadour que lhe fazia covas nas clavículas, dava opiniões pretensiosas sobre os cavalos, em inglês; enquanto o Taveira, de olhos úmidos no meio de todas aquelas saias, falava de arruinar as senhoras, de viver à custa das senhoras... E todos os homens, acotovelando-se, queriam fazer uma aposta com a Joaninha Vilar, que, de costas contra o rebordo da tribuna, gordinha e lânguida, sorrindo, com a cabeça deitada para trás, as pestanas mortas, parecia oferecer a todas aquelas mãos, que se estendiam gulosamente para ela, o seu apetitoso peito de rola.

Teles da Gama, no entanto, ia organizando a confusão alegre. Os bilhetes estavam dobrados, era necessário um chapéu... Então os cavalheiros afetaram um amor desordenado pelos seus chapéus, não os querendo confiar às mãos nervosas das senhoras; um rapaz, todo de luto, excedeu-se mesmo, agarrando as abas do seu, com ambas as mãos, aos gritos.

A secretariazinha da Rússia, impaciente, terminou por oferecer o barrete de marujo do seu pequeno – uma criança obesa, pousada ali para um lado como uma trouxa. Foi a Joaninha Vilar que levou em roda os bilhetes, rindo e chocalhando-os preguiçosamente; enquanto o secretário de Steinbroken, grave, como exercendo uma função, recolhia no seu grande chapéu as placas caindo uma a uma com um som argentino. E a tiragem foi o lindo divertimento da *poule*. Como estavam só quatro cavalos inscritos, e as entradas eram quinze, havia onze bilhetes brancos que aterravam. Todos ambicionavam tirar o número três, o de *Rabino,* o cavalo de Darque, favorito do *Prêmio Nacional.* Assim cada mãozinha sôfrega que se demorava no fundo do barrete, remexendo, tenteando os papéis, causava uma indignação folgazã, num exagero de risos.

– A sra. viscondessa procura demais!... E dobrou os números, conhece-os... É necessário probidade, sra. viscondessa!

– *Oh, mon Dieu, j'ai Minhoto, cette rosse!*

– *Je vous l'achette, madame!*

– O sra. D. Maria Pinheiro, V. Ex.ª leva dois números!...

– *Ah! je suis perdue... Blanc!*

– E eu! É necessário fazer outra *poule!* Vamos fazer outra *poule!*

– Isso! Outra *poule,* outra *poule!*

No entanto a enorme baronesa de Craben, num degrau mais elevado, que ela ocupava só, como um trono, erguera-se, com o seu bilhete na mão. Tinha tirado *Rabino;* e afetava superiormente não compreender esta fortuna, perguntava o que era *Rabino.* Quando o conde de Gouvarinho lhe explicou muito sério a importância de *Rabino,* e que *Rabino* era quase uma glória pública, ela mostrou a dentuça, condescendeu em rosnar do fundo do papo que *c'était charmant.* Todo o mundo a invejava; e a vasta baleia alastrou-se de novo sob o seu trono, abanando-se, com majestade.

E subitamente houve uma surpresa: enquanto eles tiravam os bilhetes, os cavalos tinham partido, passavam juntos diante da tribuna. Todos se ergueram, de binóculos na mão. O *starter* ainda estava na pista, com a bandeira vermelha inclinada ao chão; e as ancas dos cavalos fugiam na curva, lustrosos à luz, sob as jaquetas enfunadas dos jóqueis.

Então todo o rumor de vozes caiu; e no silêncio a bela tarde pareceu alargar-se em redor, mais suave e mais calma. Através do ar sem poeira, sem a vibração dos raios fortes, tudo tomava uma nitidez delicada; defronte da tribuna, na colina, a relva era dum louro quente; no grupo de carruagens cintilava por vezes o vidro de uma lanterna, o metal de um arreio, ou de pé, sobre uma almofada, destacava em escuro alguma figura de chapéu alto; e, pela pista verde, os cavalos corriam, mais pequenos, finamente recortados na luz. Ao fundo, a cal das casas cobria-se de uma leve aguada cor-de-rosa; e o distante horizonte resplandecia, com dourados de sol, brilhos de rio vidrado, fundindo-se numa névoa luminosa, onde as colinas, nos seus tons azulados, tinham quase transparência, como feitas duma substância preciosa...

– É *Rabino!* – exclamou, por trás de Carlos, um sujeito, de pé num degrau.

As cores encarnadas e brancas do Darque corriam com efeito na frente. Os dois outros cavalos iam juntos; e o último, num galope que adormecia, era *Vladimir,* outro potro do Darque, baio-claro, quase louro à luz.

Então, a secretária da Rússia bateu as palmas, interpelou Carlos, que justamente tirara na *poule* o número de *Vladimir.* A ela coubera *Minhoto,* uma pileca melancólica do Manuel Godinho; e tinham feito sobre os dois cavalos uma aposta complicada de luvas e de amêndoas. Já umas poucas de vezes os seus lindos olhos garços tinham procurado os de Carlos; e agora tocava-lhe no braço com o leque, gracejava, triunfava...

— *Ah, vous avez perdu, vous avez perdu! Mais c'est un vieux cheval de fiacre, vôtre Vladimir.*

Como um cavalo de fiacre? *Vladimir* era o melhor potro do Darque! Talvez ainda viesse a ser a única glória de Portugal, como outrora o *Gladiador* fora a única glória da França! Talvez ainda substituísse Camões...

— *Ah, vous plaisantez...*

Não, Carlos não gracejava. Estava até pronto a apostar tudo por *Vladimir.*

— Você aposta por *Vladimir?* — gritou Teles da Gama, voltando-se vivamente.

Carlos, por divertimento, sem mesmo saber por quê, declarou que tomava *Vladimir.* Então, em roda, foi uma surpresa; e todo o mundo quis apostar, aproveitar-se daquela fantasia de homem rico, que sustentava um potro verde, de três quartos de sangue, a que o próprio Darque chamava *pileca.* Ele sorria, aceitava; terminou até por erguer a voz, proclamar *Vladimir* contra o campo. E de todos os lados o chamavam, numa sofreguidão de saque.

— Mr. de Maia, dix tostons.

— *Parfaitement, madame.*

— O Maia, você quer meia libra?

— Às ordens.

— Maia, também eu! Ouça lá... Também eu!... Dois mil-réis.

— Oh, sr. Maia, eu dou dez tostões...

— Com o maior prazer, minha senhora...

Ao longe os cavalos davam a volta, na subida do terreno. *Rabino* já desaparecera, e *Vladimir,* num galope a que se sentia o cansaço, corria só na pista. Uma voz elevou-se, dizendo que ele manquejava. Então Carlos, que continuava a tomar *Vladimir* contra o campo, sentiu que lhe puxavam devagar pela manga; voltou-se; era o secretário de Steinbroken, chegando, sutilmente a tomar também parte no saque à bolsa do Maia, propondo dois soberanos, em seu nome e em nome do seu chefe, como uma aposta coletiva da legação, a aposta do reino da Finlândia.

– *C'est fait, monsieur!* – exclamou Carlos, rindo.

Agora começava a divertir-se. Apenas vira de relance *Vladimir*, e gostara da cabeça ligeira do potro, do seu peito largo e fundo; mas apostava sobretudo para animar mais aquele recanto da tribuna, ver brilhar gulosamente os olhos interesseiros das mulheres. Teles da Gama ao lado aprovava-o, achava aquilo patriótico e *chic*.

– É *Minhoto*! – gritou de repente Taveira.

Na volta, com efeito, fizera-se uma mudança. Subitamente *Rabino* perdera terreno, resistindo à subida, com o fôlego curto. E agora era *Minhoto,* o cavalicoque obscuro de Manuel Godinho, que se arremessava para a frente, vinha devorando a pista, num esforço contínuo, admiravelmente montado por um jóquei espanhol. E logo atrás vinham as cores escarlates e brancas de Darque; a princípio ainda pareceu que era *Rabino;* mas, apanhado de repente num raio oblíquo de sol, o cavalo cobriu-se de tons lustrosos de baio-claro, e foi uma surpresa ao reconhecer-se que era *Vladimir*! A corrida travava-se entre ele e *Minhoto*.

Os amigos de Godinho, precipitando-se para a pista, bradavam, de chapéus no ar:

– *Minhoto, Minhoto*!

E, em redor de Carlos, os que tinham apostado pelo campo contra *Vladimir* faziam também votos por *Minhoto,* em pontas de pés, junto do parapeito da tribuna, estendendo o braço para ele, animando-o:

– Anda, *Minhoto*!... Isso, assim!... Aguenta, rapaz!... Bravo!... *Minhoto*! *Minhoto*!

A russa, toda nervosa, na esperança de ganhar a *poule,* batia palmas. Até a enorme Craben se erguera, dominando a tribuna, enchendo-a com os seus gorgorões azuis e brancos – enquanto, ao lado dela, o conde de Gouvarinho, também de pé, sorria, contente no seu peito de patriota, vendo naqueles jóqueis à desfilada, nos chapéus que se agitavam, brilhar civilização...

De repente, de baixo, de ao pé da tribuna, de entre os rapazes que cercavam o Darque, uma exclamação partiu.

– *Vladimir! Vladimir!*

Com um arranque desesperado o potro viera juntar-se a *Minhoto;* e agora chegavam furiosamente, com brilhos vivos de cores claras, os focinhos juntos, os olhos esbugalhados, sob uma chuva de vergastadas.

Teles da Gama, esquecido da sua aposta, todo pelo Darque, seu íntimo, berrava por *Vladimir.* A russa, de pé num degrau, apoiada sobre o ombro de Carlos, pálida, excitada, animava *Minhoto* com gritinhos, com pancadas de leque. A agitação daquele canto da tribuna estendera-se embaixo ao recinto – onde se via uma linha de homens, contra a corda da pista, bracejando. Do outro lado, era uma fila de rostos pálidos, fixos numa curta ansiedade. Algumas senhoras tinham-se posto de pé nas carruagens. E através da colina, para ver a chegada, dois cavaleiros, segurando com as mãos os chapéus baixos, corriam à desfilada.

– *Vladimir! Vladimir!* – foram de novo os gritos isolados, aqui, além.

Os dois cavalos aproximavam-se, com um som surdo das patas, fazendo um ar de rajada.

– *Minhoto! Minhoto!*
– *Vladimir! Vladimir!*

Chegavam... De repente o jóquei inglês de *Vladimir,* todo em fogo, levantando o potro que lhe parecia fugir de entre as pernas, esticado e lustroso, fez silvar triunfantemente o chicote, e dum arremesso direto lançou-o além da meta, duas cabeças adiante de *Minhoto,* todo coberto de espuma.

Então em volta de Carlos foi uma desconsolação, um longo murmúrio de lassidão. Todos perdiam; ele apanhava a *poule,* ganhava as apostas, empolgava tudo. Que sorte! Que chance! Um adido italiano, tesoureiro da *poule,* empalideceu ao separar-se do lenço cheio de prata; e de todos os lados mãozinhas calçadas de *gris-perle,* ou de castanho, atiravam-lhe com um ar amuado as apostas perdidas, chuva de placas que ele recolhia, rindo no chapéu.

– *Ah, monsieur* – exclamou a vasta ministra da Baviera, furiosa – *mefiez-vous... Vous connaissez le proverbe: heureux au jeu...*

– *Hélas, madame!* – disse Carlos, resignado, estendendo-lhe o chapéu...

E outra vez um dedo sutil tocou-lhe no braço. Era o secretário de Steinbroken, lento e silencioso, que lhe trazia o seu dinheiro, e o dinheiro do seu chefe, a aposta do reino da Finlândia.

– Quanto ganha você? – exclamou Teles da Gama, assombrado.

Carlos não sabia. No fundo do chapéu já reluzia ouro. Teles contou, com o olho brilhante.

– Você ganha doze libras! – disse ele maravilhado, e olhando Carlos com respeito.

Doze libras! Esta soma espalhou-se em redor, num rumor de espanto. Doze libras! Embaixo os amigos de Darque, agitando os chapéus, davam ainda *hurras*. Mas uma indiferença, um tédio lento, ia pesando outra vez, desconsoladamente. Os rapazes vinham-se deixar cair nas cadeiras, bocejando, com um ar exausto. A música, desanimada também, tocava coisas plangentes da *Norma*.

Carlos, no entanto, num degrau da tribuna, com a ideia de descobrir o Dâmaso, sondava de binóculo o recinto das carruagens. A gente, agora, ia dispersando pela colina. As senhoras tinham retomado a imobilidade melancólica, no fundo das caleches, de mãos no regaço. Aqui e além um *dog-cart,* mal-arranjado, dava um trote curto pela relva. Numa vitória estavam as duas espanholas do Eusebiozinho, a Concha e a Carmen, de sombrinhas escarlates. E sujeitos, de mãos atrás das costas, pasmavam para um *char-à-bancs* a quatro atrelado à Daumont, onde, entre uma família triste, uma ama de lenço de lavradeira dava de mamar a uma criança cheia de rendas. Dois garotos esganiçados passeavam bilhas de água fresca.

Carlos descia da tribuna, sem ter descoberto o Dâmaso, quando deu justamente de frente com ele, dirigindo-se para a escada, afogueado, flamante, na sua famosa sobrecasaca branca.

– Onde diabo tens tu estado, criatura?

O Dâmaso agarrou-o pelo braço, alçou-se em pontas de pés, para lhe contar ao ouvido que tinha estado do outro lado com uma gaja divina, a Josefina do Salazar... *Chic* a valer! Lindamente vestida! Parecia-lhe que tinha mulher!

– Ah, Sardanapalo!...

– Faz-se pela vida... Volta cá acima à tribuna, anda. Eu ainda hoje não pude cavaquear com o *high-life!*... Mas estou furioso, sabes? Implicaram com o meu véu azul. Isto é um país de bestas! Logo troça, e *olhe não creste a pele,* e *onde mora, ó catitinha?* e chalaça... Uma canalha! Tive de tirar o véu... Mas já resolvi. Para as outras corridas venho nu! Palavra, venho nu! Isto é a vergonha da civilização, esta terra! Não vens daí? Então até já.

Carlos deteve-o.

– Escuta lá, homem, tenho que te dizer... Então, essa visita aos Olivais?... Nunca mais apareceste... Tínhamos combinado que fosses convidar o Castro Gomes, que viesses dar a resposta... Não vens, não mandas... O Craft à espera... Enfim um procedimento de selvagem.

Dâmaso atirou os braços ao ar. Então Carlos não sabia? Havia grandes novidades! Ele não voltara ao Ramalhete, como estava combinado, porque o Castro Gomes não podia ir aos Olivais. Ia partir para o Brasil. Já partira mesmo, na quarta-feira. A coisa mais extraordinária... Ele chega lá, para fazer o convite, e S. Ex.ª declara-lhe que sente muito, mas que parte no dia seguinte para o Rio... E já de mala feita, já alugada uma casa para a mulher ficar aqui à espera três meses, já a passagem no bolso. Tudo de repente, feito de sábado para segunda-feira... Telhudo, aquele Castro Gomes.

– E lá partiu – exclamou ele, voltando-se a cumprimentar a viscondessa de Alvim e Joaninha Vilar que desciam das tribunas. – Lá partiu, e ela já está instalada. Até já antes de ontem a fui visitar, mas não estava em casa... Sabes do que tenho medo? É que ela, nestes primeiros tempos, por causa da vizinhança, como está só, não queira que eu lá vá muito... Que te parece?

– Talvez... E onde mora ela?

Em quatro palavras, Dâmaso explicou a instalação de *madame*. Era muito engraçado, morava no prédio do Cruges! A mamã Cruges, havia já anos, alugava aquele primeiro andar mobiliado; o inverno passado estivera lá o Bertonni, o tenor, com a família. Casa bem arranjada, o Castro Gomes tinha tido dedo...

– E para mim, muito cômodo, ali ao pé do Grêmio... Então não voltas cá acima, a cavaquear com o femeaço? Até logo... Está hoje *chic* a valer a Gouvarinho! E está a pedir homem! *Good-bye*.

Defronte de Carlos a condessa de Gouvarinho, no grupo de D. Maria, a que se viera juntar a Alvim e Joaninha Vilar, não cessava de o chamar com o olhar inquieto, torturando o seu grande leque negro. Mas ele não obedeceu logo, parado ao pé dos degraus da tribuna, acendendo vagamente uma *cigarette*, perturbado por todas aquelas palavras do Dâmaso, que lhe deixavam na alma um sulco luminoso. Agora que a sabia só em Lisboa vivendo na mesma casa do Cruges, parecia-lhe que já a conhecia, sentia-se muito perto dela – podendo assim a todo o momento entrar os umbrais da sua porta, pisar os degraus que ela pisava. Na sua imaginação transluziam já possibilidades dum encontro, alguma palavra trocada, coisas pequeninas, sutis como fios, mas por onde os seus destinos se começariam a prender... E imediatamente veio-lhe a tentação pueril de ir lá, logo nessa mesma tarde, nesse instante, gozar como amigo do Cruges o direito de subir a escada dela, parar diante da porta dela – e surpreender uma voz, um som de piano, um rumor qualquer da sua vida.

O olhar da condessa não o deixava. Ele aproximou-se, enfim, contrariado; ela ergueu-se logo, deixou o seu grupo, e, dando alguns passos com ele pela relva, recomeçou a falar na ida a Santarém. Carlos, então, muito secamente, declarou toda essa invenção insensata.

– Por quê?

Ora por quê! Por tudo. Pelo perigo, pelos desconfortos, pelo ridículo... Enfim, a ela como mulher ficava-lhe bem ter fantasias pitorescas de romance; mas a ele competia-lhe ter bom senso.

Ela mordia o beiço, com todo o sangue na face. E não havia ali bom senso. Via só frieza. Quando ela arriscava tanto, ele podia bem, por uma noite, afrontar os desconfortos da estalagem...

– Mas não é isso!...

Então que era? Tinha medo? Não havia mais perigo do que nas idas à casa da titi. Ninguém a podia conhecer, com outra cor de cabelo, toda a sorte de véus, disfarçada num grande *waterproof*. Chegavam de noite, entravam para o quarto, donde não saíam mais, servidos apenas pela escocesa. No dia seguinte, no comboio da noite, ela seguia para o Porto, tudo acabava... E naquela insistência ela era o homem, o sedutor, com a sua veemência de paixão ativa, tentando-o, soprando-lhe o desejo; enquanto ele parecia a mulher, hesitante e assustada. E Carlos sentia isto. A sua resistência a uma noite de amor, prolongando-se assim, ameaçava ser grotesca; ao mesmo tempo o calor da voluptuosidade que emanava daquele seio, arfando junto dele e por ele, ia-o amolecendo lentamente. Terminou por olhar de certo modo; e, como se o desejo se lhe acendesse enfim de repente à curta chama que faiscava nas pupilas dela, negras, úmidas, ávidas, prometendo mil coisas, disse, um pouco pálido:

– Pois bem, perfeitamente... Amanhã à noite, na estação.

Nesse momento, em redor, romperam exclamações de troça: era um cavalo solitário que chegava, num galope pacato, passava a meta sem se apressar, como se descesse uma avenida do Campo Grande numa tarde de domingo. E em redor perguntava-se que corrida era aquela dum cavalo só – quando ao longe, como saindo da claridade loura do sol que descia sobre o rio, apareceu uma pobre pileca branca, empurrando-se, arquejando, num esforço doloroso, sob as chicotadas atarantadas dum jóquei de roxo e preto. Quando ela chegou, enfim, já o outro *gentleman-rider* voltara da meta, a passo, pachorrentamente, e estava conversando com os amigos, encostado à corda da pista.

Todo o mundo ria. E a corrida do Prêmio de El-Rei terminou assim, grotescamente.

Ainda havia o *Prêmio de Consolação* – mas agora desaparecera todo o interesse fictício pelos cavalos. Perante a calma e radiante beleza da tarde, algumas senhoras, imitando a Alvim, tinham descido para a pesagem, cansadas da imobilidade da tribuna. Arranjaram-se mais cadeiras; aqui e além, sobre a relva pisada, formavam-se grupos alegrados por algum vestido claro ou por uma pluma viva de chapéu; e palrava-se, como numa sala de inverno, fumando-se familiarmente. Em redor de D. Maria e da Alvim projetava-se um grande piquenique a Queluz. Alencar e o Gouvarinho discutiam a Reforma da Instrução. A horrível Craben, entre outros diplomatas e moços de binóculo a tiracolo, dava, do fundo grosso do papo, opiniões sobre Daudet, que ela achava *très agréable*. E, quando Carlos enfim abalou, o recinto, esquecidas as corridas, tomava um tom de *soirée,* no ar claro e fresco da colina, com o murmúrio de vozes, um mover de leques, e ao fundo a música tocando uma valsa de Strauss.

Carlos, depois de procurar muito Craft, encontrou-o no bufete com o Darque, com outros, bebendo mais *champagne.*

– Eu tenho de ir ainda a Lisboa – disse-lhe ele – e vou no *phaeton.* Abandono-o torpemente. Você vá para o Ramalhete como puder...

– Eu o levo! – gritou logo o Vargas, que tinha já a gravata toda desmanchada. – Levo-o no *dog-cart.* Eu me encarrego dele... O Craft fica por minha conta... É necessário recibo? À saúde do Craft, inglês cá dos meus... Hurra!

– Hurra! Hip, hip, hurra!

Daí a pouco, a trote largo no *phaeton,* Carlos descia o Chiado, dava a volta para a Rua de S. Francisco. Ia numa perturbação deliciosa e singular, com aquela certeza de que ela estava só na casa do Cruges; o último olhar que ela lhe dera parecia ir adiante dele, chamando-o; e um despertar tumultuoso de esperanças sem nome atirava-lhe a alma para o azul.

Quando parou diante do portão – alguém, por dentro das janelas dela, ia correndo lentamente os *estores*. Na rua silenciosa caía já uma sombra de crepúsculo. Atirou as rédeas ao cocheiro, atravessou o pátio. Nunca viera visitar o Cruges, nunca subira esta escada; e pareceu-lhe horrorosa, com os seus frios degraus de pedra, sem tapete, as paredes nuas e enxovalhadas alvejando tristemente no começo da escuridão. No patamar do primeiro andar parou. Era ali que ela vivia. E ficou olhando, com uma devoção ingênua, para as três portas pintadas de azul; a do centro estava inutilizada por um banco comprido de palhinha, e na do lado direito pendia, com uma enorme bola, o cordão da campainha. De dentro não vinha um rumor – e este pesado silêncio, juntando-se ao movimento de *estores* que ele vira fechar-se, parecia cercar as pessoas que ali viviam de solidão e de impenetrabilidade. Uma desconsolação passou-lhe na alma. Se ela agora, só, sem o marido, começasse uma vida reclusa e solitária? Se ele não tornasse mais a encontrar os seus olhos?

Foi subindo devagar até o andar do Cruges. E mal sabia o que havia de dizer ao maestro para explicar aquela visita estranha, deslocada... Foi um alívio quando a criadita lhe veio dizer que o menino Vitorino tinha saído.

Embaixo, Carlos tomou as rédeas, e foi levando lentamente o *phaeton* até o largo da Biblioteca. Depois retrocedeu, a passo. Agora, por trás do *estore* branco, havia uma vaga claridade de luz. Ele olhou-a como se olha uma estrela.

Voltou ao Ramalhete. Craft, coberto de pó, estava-se justamente apeando de uma caleche de praça. Um momento ficaram ali à porta, enquanto Craft, procurando troco para o cocheiro, contava o final das corridas. No *Prêmio de Consolação,* um dos cavaleiros tinha caído, quase ao pé da meta, sem se magoar; e, por último, já à partida, o Vargas, que ia na sua terceira garrafa de *champagne,* esmurrara um criado do bufete, com ferocidade.

– Assim – disse Craft completando o seu troco –, estas corridas foram boas pelo velho princípio shakespeariano de que *tudo é bom quando acaba bem.*

– Um murro – disse Carlos rindo – é com efeito um belo ponto final.

No peristilo, o velho guarda-portão esperava, descoberto, com uma carta na mão para Carlos. Um criado tinha-a trazido, instantes antes de S. Ex.ª chegar.

Era uma letra inglesa de mulher, num envelope largo com um sinete de armas. Carlos ali mesmo abriu-a; e, logo à primeira linha, teve um movimento tão vivo, de tão bela surpresa, iluminando-se-lhe tanto o rosto, que Craft do lado perguntou sorrindo:

– Aventura? Herança?...

Carlos, vermelho, meteu a carta no bolso, e murmurou:

– Um bilhete apenas, um doente...

Era apenas um doente, era apenas um bilhete, mas começava assim: "*Madame* Castro Gomes apresenta os seus respeitos ao sr. Carlos da Maia, e roga-lhe o obséquio..." – depois, em duas breves palavras, pedia-lhe para ir ver na manhã seguinte, o mais cedo possível, uma pessoa da família, que se achava incomodada.

– Bem, eu vou-me vestir – disse Craft... – Jantar às sete e meia, hem?

– Sim, o jantar... – respondeu Carlos, sem saber o quê, banhado todo num sorriso, como em êxtase.

Correu aos seus aposentos; e junto da janela, sem mesmo tirar o chapéu, leu uma vez mais o bilhete, outra vez ainda, contemplando enlevadamente a forma da letra, procurando voluptuosamente o perfume do papel.

Era datado desse mesmo dia à tarde. Assim, quando ele passara defronte da sua porta, já ela o escrevera, já o seu pensamento se demorara nele – quando mais não fosse senão ao traçar as letras simples do seu nome. Não era ela que estava doente. Se fosse Rosa, ela não diria tão friamente "uma pessoa da família". Era talvez o esplêndido preto de carapinha grisalha. Talvez *miss* Sarah, abençoada fosse ela para sempre, que queria um médico que entendesse inglês... Enfim havia lá uma pessoa numa cama, junto da qual ela mesma o conduziria, através dos corredores interiores daquela casa – que havia apenas instantes sentira tão fechada, e como impenetrável para sempre!... E depois este adorado bilhete, este delicioso pedido para ir a sua casa, agora que ela o conhecia, que vira Rosa atirar-lhe um grande adeus, tomava uma significação profunda, perturbadora...

Se ela não quisesse compreender, nem aceitar o distante amor que os seus olhos lhe tinham oferecido claramente, o mais luminosamente que tinham podido, nesses fugitivos instantes que se tinham cruzado com os dela – então poderia ter mandado chamar outro médico, um clínico qualquer, um estranho. Mas não; o seu olhar respondera ao dele, e ela abria-lhe a sua porta... E o que sentia a esta ideia era uma gratidão inefável, um impulso tumultuoso de todo o seu ser a cair-lhe aos pés, ficar-lhe beijando a orla do vestido, devotamente, eternamente, sem querer mais nada, sem pedir mais nada...

Quando Craft dali a pouco desceu, de casaca, fresco, alvo, engomado, correto, achou Carlos, ainda com toda a poeira da estrada, de chapéu na cabeça, passeando o quarto, nesta agitação radiante.

– Você está a faiscar, homem! – disse Craft, parando diante dele, com as mãos nos bolsos, e contemplando-o um instante do alto do seu resplandecente colarinho. – Você flameja!... Você parece que tem uma auréola na nuca!... A você sucedeu-lhe o que quer que seja de muito bom!

Carlos espreguiçou-se, sorrindo. Depois olhou para Craft um momento, em silêncio, encolheu os ombros, e murmurou:

– A gente, Craft, nunca sabe se o que lhe sucede é, em definitivo, bom ou mau.

– Ordinariamente é mau – disse o outro friamente, aproximando-se do espelho a retocar com mais correção o nó da gravata branca.

FIM DO PRIMEIRO VOLUME

EÇA DE QUEIROZ, VIDA E OBRA

EÇA DE QUEIROZ nasceu em 25 de novembro de 1845 em Póvoa de Varzim, Portugal, e morreu em Paris em 16 de agosto de 1900. Formado pela Universidade de Coimbra em 1866, dois anos depois estabeleceu-se como advogado em Lisboa. Em 1869, em companhia do Conde de Resende, vai para a Palestina e depois para o Egito, a fim de fazer a reportagem da inauguração do Canal de Suez. Dessa viagem surge a inspiração para *A Relíquia* e *O Egito*. Em 1870 é aprovado em concurso para a carreira diplomática e em 1872 é nomeado cônsul em Havana, Cuba. Em 1884 é transferido para a Inglaterra e em 1888 vai servir em Paris, onde morre em 1900. Eça foi o único romancista português no século XIX a conquistar fama internacional, no nível dos grandes escritores realistas como Flaubert e Zola. Sua herança é enorme, como escritor, e sua obra é definitivamente brilhante. Picaresco, irônico, criticava com sarcasmo e elegância (característica primeira da sua obra) o provincianismo de uma pequena burguesia atormentada por preconceitos e hipocrisias. Escreveu uma vasta obra, onde destacam-se clássicos como O *crime do Padre Amaro, O primo Basílio, Os Maias, A ilustre casa dos Ramires, A cidade e as serras* e *Alves & cia*. Introdutor do realismo na literatura de língua portuguesa, escreveu em uma carta a Teófilo Braga em 1878:

> *É necessário acutilar o mundo, o mundo sentimental, o mundo literário, o mundo agrícola, o mundo supersticioso (...) e destruir as falsas interpretações que lhes dá uma sociedade podre.*

Transitando entre o humor e a tragédia, o grotesco e o drama, Eça de Queiroz criou personagens antológicos; entre sua poderosa galeria de tipos estão personagens transcendentais como o impagável Fradique Mendes, o clássico Jacinto de Thormes de *A cidade e as serras*, ou o conselheiro Acácio, personagem que virou jargão popular. Traduzido para quase todas as línguas, Eça de Queiroz, quando da sua morte, mereceu de Émile Zola a seguinte observação: "...um grande romancista. Considero-o superior a Flaubert, que foi, no entanto, o meu mestre..."

VIDA E OBRA (CRONOLOGIA)

1845 – José Maria Eça de Queiroz nasce em Póvoa de Varzim em 25 de novembro, filho do Dr. José Maria Teixeira de Queiroz e de Dona Carolina Augusta Pereira d'Eça. É registrado como "filho natural", já que os pais casam-se somente 4 anos após seu nascimento. Com essa desavença paterna (há controvérsias quanto à razão do afastamento de pai e mãe) é criado inicialmente pela madrinha e ama Ana Joaquina Leal de Barros, que morre em 1851. Com a morte da madrinha passa a ser criado pelos avós paternos. Seu avô morre em seguida e a avó Joaquina Teodora de Queiroz (que assumiu sua educação) morre em 1855, deixando em testamento expresso recursos ao pequeno José Maria que garantiram sua subsistência e educação.

1855 – Morte da avó. Ingressa no Colégio da Lapa em Lisboa.

1861 – Matricula-se na Faculdade de Direito do Porto.

1865 – Atua no teatro acadêmico.

1866 – Forma-se em Direito e instala-se em Lisboa na casa dos pais. Começa a colaborar com a *Gazeta de Portugal* em folhetins que mais tarde serão reunidos e publicados sob o título geral de *Prosas bárbaras*.

1867 – Inicia o ano em Évora onde trabalha como advogado enquanto dirige o jornal político *Distrito de Évora*. Participa do Cenáculo, grupo de intelectuais dirigido por Antero de Quental.

1869 – Aparecem pela primeira vez na imprensa lisboeta os versos do poeta Carlos Fradique Mendes, uma brincadeira inventada por Eça, Antero de Quental e Batalha dos Reis, todos membros do *Cenáculo*. Nesse mesmo ano, em outubro, segue para o Oriente com o Conde de Resende para assistir à inauguração do Canal de Suez. Visita todo o Oriente Médio.

1870 – Chega a Lisboa em janeiro e publica quatro grandes reportagens no *Diário de Notícias* com o título de *De Port Said a Suez*. Com a colaboração de Ramalho Ortigão escreve e publica o romance *O mistério da estrada de Sintra*. Faz exame para Cônsul de Primeira Classe. É aprovado em primeiro lugar, mas não é nomeado. Primeiro número das *Farpas*, folhetim de crítica e literatura escrito por Eça e Ramalho Ortigão. Participa das *Conferências Democráticas* no Cassino de Lisboa (mais tarde proibidas pelo governo), onde faz a conferência *A nova literatura: o realismo como nova expressão da arte*.

1872 – É nomeado cônsul de primeira classe em Havana.

1873 – Afasta-se em licença de Havana e parte para os Estados Unidos e Canadá.

1874 – É transferido para Londres.

1875 – Publica *O crime do Padre Amaro* na *Revista Ocidental*, dirigida por Antero de Quental e Batalha dos Reis.

1876 – Primeira edição em livro do *Crime do Padre Amaro*.

1877 – São publicados no jornal *Actualidade* textos que mais tarde foram reunidos e publicados em livro sob o título de *Cartas de Londres*.

1878 – É transferido para Bristol. Publica *O primo Basílio*. Manda para seu editor o livro *O conde de Abranhos*, publicado somente após a sua morte.

1880 – Começa a colaborar na *Gazeta de Notícias* do Rio de Janeiro, colaboração que se estenderia (com interrupções) até 1897. É publicado em livro *O Mandarim* (escrito na França), depois de sair em folhetim (em 12 capítulos) no jornal *Diário de Portugal*.

1885 – Visita Émile Zola em Paris. Pede a mão de Emília de Castro a sua mãe Condessa de Resende.

1886 – Casa com Emília, filha dos condes de Resende.

1887 – Publica *A Relíquia*. Nasce Maria, a primeira filha.

1888 – É nomeado cônsul em Paris. Lança *Os Maias*. Começa a ser publicada a *Correspondência de Fradique Mendes* no jornal *O Repórter*. Nasce seu segundo filho, José Maria.

1889 – Nasce o terceiro filho, Antonio.

1890 – Nasce Alberto, o filho caçula.

1891 – Sai a tradução de Eça do romance de H. R. Haggard, *As minas de Salomão*.

1897 – Começa a ser publicada desde Paris a *Revista Moderna* onde aparecem os primeiros capítulos de *A ilustre casa de Ramires*.

1899 – Eça pronuncia-se contra a condenação de Dreyfus em carta a Domício da Gama.

1900 – Morre em sua casa em Neuilly em 16 de agosto, depois de longa doença. Publicação de edições revistas de *A ilustre casa de Ramires* e *Correspondência de Fradique Mendes*.

1901 – Publicação de *A cidade e as serras*.

1905 – Publicação de *Cartas da Inglaterra* e *Ecos de Paris*.

1907 – Publicação de *Cartas Familiares* e *Bilhetes de Paris*.

1909 – Publicação de *Notas contemporâneas*.

1912 – Publicação de *Últimas páginas*.

1925 – Publicação de *A capital*, *O conde de Abranhos*, *Alves & cia.* e *Correspondência*.

1926 – Publicação de *O Egito*.

1944 – Publicação de *Crônicas de Londres* e *Cartas de Lisboa*.

1945 – Publicação de *Cartas de Eça de Queiroz*.

1948 – Publicação de *Eça de Queiroz entre os seus – Cartas Íntimas*.

1980 – *Publicação de A tragédia da Rua das flores*.

Coleção **L&PM** POCKET (LANÇAMENTOS MAIS RECENTES)

634(8).**Testemunha da acusação** – Agatha Christie
635.**Um elefante no caos** – Millôr Fernandes
636.**Guia de leitura (100 autores que você precisa ler)** – Organização de Léa Masina
637.**Pistoleiros também mandam flores** – David Coimbra
638.**O prazer das palavras** – vol. 1 – Cláudio Moreno
639.**O prazer das palavras** – vol. 2 – Cláudio Moreno
640.**Novíssimo testamento: com Deus e o diabo, a dupla da criação** – Iotti
641.**Literatura Brasileira: modos de usar** – Luís Augusto Fischer
642.**Dicionário de Porto-Alegrês** – Luís A. Fischer
643.**Clô Dias & Noites** – Sérgio Jockymann
644.**Memorial de Isla Negra** – Pablo Neruda
645.**Um homem extraordinário e outras histórias** – Tchékhov
646.**Ana sem terra** – Alcy Cheuiche
647.**Adultérios** – Woody Allen
648.**Para sempre ou nunca mais** – R. Chandler
649.**Nosso homem em Havana** – Graham Greene
650.**Dicionário Caldas Aulete de Bolso**
651.**Snoopy: Posso fazer uma pergunta, professora? (5)** – Charles Schulz
652(10).**Luís XVI** – Bernard Vincent
653.**O mercador de Veneza** – Shakespeare
654.**Cancioneiro** – Fernando Pessoa
655.**Non-Stop** – Martha Medeiros
656.**Carpinteiros, levantem bem alto a cumeeira & Seymour, uma apresentação** – J.D.Salinger
657.**Ensaios céticos** – Bertrand Russell
658.**O melhor de Hagar 5** – Dik e Chris Browne
659.**Primeiro amor** – Ivan Turguêniev
660.**A trégua** – Mario Benedetti
661.**Um parque de diversões da cabeça** – Lawrence Ferlinghetti
662.**Aprendendo a viver** – Sêneca
663.**Garfield, um gato em apuros (9)** – Jim Davis
664.**Dilbert 1** – Scott Adams
665.**Dicionário de dificuldades** – Domingos Paschoal Cegalla
666.**A imaginação** – Jean-Paul Sartre
667.**O laúd e os cães** – Naguib Mahfuz
668.**Gramática do português contemporâneo** – Celso Cunha
669.**A volta do parafuso** seguido de **Daisy Miller** – Henry James
670.**Notas do subsolo** – Dostoiévski
671.**Abobrinhas da Brasilônia** – Glauco
672.**Geraldão (3)** – Glauco
673.**Piadas para sempre (3)** – Visconde da Casa Verde
674.**Duas viagens ao Brasil** – Hans Staden
675.**Bandeira de bolso** – Manuel Bandeira
676.**A arte da guerra** – Maquiavel
677.**Além do bem e do mal** – Nietzsche
678.**O coronel Chabert** seguido de **A mulher abandonada** – Balzac
679.**O sorriso de marfim** – Ross Macdonald
680.**100 receitas de pescados** – Sílvio Lancellotti
681.**O juiz e seu carrasco** – Friedrich Dürrenmatt
682.**Noites brancas** – Dostoiévski
683.**Quadras ao gosto popular** – Fernando Pessoa
684.**Romanceiro da Inconfidência** – Cecília Meireles
685.**Kaos** – Millôr Fernandes
686.**A pele de onagro** – Balzac
687.**As ligações perigosas** – Choderlos de Laclos
688.**Dicionário de matemática** – Luiz Fernandes Cardoso
689.**Os Lusíadas** – Luís Vaz de Camões
690(11).**Átila** – Éric Deschodt
691.**Um jeito tranquilo de matar** – Chester Himes
692.**A felicidade conjugal** seguido de **O diabo** – Tolstói
693.**Viagem de um naturalista ao redor do mundo** – vol. 1 – Charles Darwin
694.**Viagem de um naturalista ao redor do mundo** – vol. 2 – Charles Darwin
695.**Memórias da casa dos mortos** – Dostoiévski
696.**A Celestina** – Fernando de Rojas
697.**Snoopy: Como você é azarado, Charlie Brown! (6)** – Charles Schulz
698.**Dez (quase) amores** – Claudia Tajes
699(9).**Poirot sempre espera** – Agatha Christie
700.**Cecília de bolso** – Cecília Meireles
701.**Apologia de Sócrates** precedido de **Êutifron e** seguido de **Críton** – Platão
702.**Wood & Stock** – Angeli
703.**Striptiras (3)** – Laerte
704.**Discurso sobre a origem e os fundamentos da desigualdade entre os homens** – Rousseau
705.**Os duelistas** – Joseph Conrad
706.**Dilbert (2)** – Scott Adams
707.**Viver e escrever** (vol. 1) – Edla van Steen
708.**Viver e escrever** (vol. 2) – Edla van Steen
709.**Viver e escrever** (vol. 3) – Edla van Steen
710(10).**A teia da aranha** – Agatha Christie
711.**O banquete** – Platão
712.**Os belos e malditos** – F. Scott Fitzgerald
713.**Libelo contra a arte moderna** – Salvador Dalí
714.**Akropolis** – Valerio Massimo Manfredi
715.**Devoradores de mortos** – Michael Crichton
716.**Sob o sol da Toscana** – Frances Mayes
717.**Batom na cueca** – Nani
718.**Vida dura** – Claudia Tajes
719.**Carne trêmula** – Ruth Rendell
720.**Cris, a fera** – David Coimbra
721.**O anticristo** – Nietzsche
722.**Como um romance** – Daniel Pennac
723.**Emboscada no Forte Bragg** – Tom Wolfe
724.**Assédio sexual** – Michael Crichton
725.**O espírito do Zen** – Alan W.Watts
726.**Um bonde chamado desejo** – Tennessee Williams
727.**Como gostais** seguido de **Conto de inverno** – Shakespeare
728.**Tratado sobre a tolerância** – Voltaire
729.**Snoopy: Doces ou travessuras? (7)** – Charles Schulz
730.**Cardápios do Anonymus Gourmet** – J.A. Pinheiro Machado

731. **100 receitas com lata** – J.A. Pinheiro Machado
732. **Conhece o Mário?** vol.2 – Santiago
733. **Dilbert (3)** – Scott Adams
734. **História de um louco amor** seguido de **Passado amor** – Horacio Quiroga
735. (11).**Sexo: muito prazer** – Laura Meyer da Silva
736. (12).**Para entender o adolescente** – Dr. Ronald Pagnoncelli
737. (13).**Desembarcando a tristeza** – Dr. Fernando Lucchese
738. **Poirot e o mistério da arca espanhola & outras histórias** – Agatha Christie
739. **A última legião** – Valerio Massimo Manfredi
740. **As virgens suicidas** – Jeffrey Eugenides
741. **Sol nascente** – Michael Crichton
742. **Duzentos ladrões** – Dalton Trevisan
743. **Os devaneios do caminhante solitário** – Rousseau
744. **Garfield, o rei da preguiça (10)** – Jim Davis
745. **Os magnatas** – Charles R. Morris
746. **Pulp** – Charles Bukowski
747. **Enquanto agonizo** – William Faulkner
748. **Aline: viciada em sexo (3)** – Adão Iturrusgarai
749. **A dama do cachorrinho** – Anton Tchékhov
750. **Tito Andrônico** – Shakespeare
751. **Antologia poética** – Anna Akhmátova
752. **O melhor de Hagar 6** – Dik e Chris Browne
753. (12).**Michelangelo** – Nadine Sautel
754. **Dilbert (4)** – Scott Adams
755. **O jardim das cerejeiras** seguido de **Tio Vânia** – Tchékhov
756. **Geração Beat** – Claudio Willer
757. **Santos Dumont** – Alcy Cheuiche
758. **Budismo** – Claude B. Levenson
759. **Cleópatra** – Christian-Georges Schwentzel
760. **Revolução Francesa** – Frédéric Bluche, Stéphane Rials e Jean Tulard
761. **A crise de 1929** – Bernard Gazier
762. **Sigmund Freud** – Edson Sousa e Paulo Endo
763. **Império Romano** – Patrick Le Roux
764. **Cruzadas** – Cécile Morrisson
765. **O mistério do Trem Azul** – Agatha Christie
766. **Os escrúpulos de Maigret** – Simenon
767. **Maigret se diverte** – Simenon
768. **Senso comum** – Thomas Paine
769. **O parque dos dinossauros** – Michael Crichton
770. **Trilogia da paixão** – Goethe
771. **A simples arte de matar** (vol.1) – R. Chandler
772. **A simples arte de matar** (vol.2) – R. Chandler
773. **Snoopy: No mundo da lua! (8)** – Charles Schulz
774. **Os Quatro Grandes** – Agatha Christie
775. **Um brinde de cianureto** – Agatha Christie
776. **Súplicas atendidas** – Truman Capote
777. **Ainda restam aveleiras** – Simenon
778. **Maigret e o ladrão preguiçoso** – Simenon
779. **A viúva imortal** – Millôr Fernandes
780. **Cabala** – Roland Goetschel
781. **Capitalismo** – Claude Jessua
782. **Mitologia grega** – Pierre Grimal
783. **Economia: 100 palavras-chave** – Jean-Paul Betbèze
784. **Marxismo** – Henri Lefebvre
785. **Punição para a inocência** – Agatha Christie
786. **A extravagância do morto** – Agatha Christie
787. (13).**Cézanne** – Bernard Fauconnier
788. **A identidade Bourne** – Robert Ludlum
789. **Da tranquilidade da alma** – Sêneca
790. **Um artista da fome** seguido de **Na colônia penal e outras histórias** – Kafka
791. **Histórias de fantasmas** – Charles Dickens
792. **A louca de Maigret** – Simenon
793. **O amigo de infância de Maigret** – Simenon
794. **O revólver de Maigret** – Simenon
795. **A fuga do sr. Monde** – Simenon
796. **O Uruguai** – Basílio da Gama
797. **A mão misteriosa** – Agatha Christie
798. **Testemunha ocular do crime** – Agatha Christie
799. **Crepúsculo dos ídolos** – Friedrich Nietzsche
800. **Maigret e o negociante de vinhos** – Simenon
801. **Maigret e o mendigo** – Simenon
802. **O grande golpe** – Dashiell Hammett
803. **Humor barra pesada** – Nani
804. **Vinho** – Jean-François Gautier
805. **Egito Antigo** – Sophie Desplancques
806. (14).**Baudelaire** – Jean-Baptiste Baronian
807. **Caminho da sabedoria, caminho da paz** – Dalai Lama e Felizitas von Schönborn
808. **Senhor e servo e outras histórias** – Tolstói
809. **Os cadernos de Malte Laurids Brigge** – Rilke
810. **Dilbert (5)** – Scott Adams
811. **Big Sur** – Jack Kerouac
812. **Seguindo a correnteza** – Agatha Christie
813. **O álibi** – Sandra Brown
814. **Montanha-russa** – Martha Medeiros
815. **Coisas da vida** – Martha Medeiros
816. **A cantada infalível** seguido de **A mulher do centroavante** – David Coimbra
817. **Maigret e os crimes do cais** – Simenon
818. **Sinal vermelho** – Simenon
819. **Snoopy: Pausa para a soneca (9)** – Charles Schulz
820. **De pernas pro ar** – Eduardo Galeano
821. **Tragédias gregas** – Pascal Thiercy
822. **Existencialismo** – Jacques Colette
823. **Nietzsche** – Jean Granier
824. **Amar ou depender?** – Walter Riso
825. **Darmapada: A doutrina budista em versos**
826. **J'Accuse...!** – a verdade em marcha – Zola
827. **Os crimes ABC** – Agatha Christie
828. **Um gato entre os pombos** – Agatha Christie
829. **Maigret e o sumiço do sr. Charles** – Simenon
830. **Maigret e a morte do jogador** – Simenon
831. **Dicionário de teatro** – Luiz Paulo Vasconcellos
832. **Cartas extraviadas** – Martha Medeiros
833. **A longa viagem de prazer** – J. J. Morosoli
834. **Receitas fáceis** – J. A. Pinheiro Machado
835. (14).**Mais fatos & mitos** – Dr. Fernando Lucchese
836. (15).**Boa viagem!** – Dr. Fernando Lucchese
837. **Aline: Finalmente nua!!! (4)** – Adão Iturrusgarai
838. **Mônica tem uma novidade!** – Mauricio de Sousa
839. **Cebolinha em apuros!** – Mauricio de Sousa
840. **Sócios no crime** – Agatha Christie
841. **Bocas do tempo** – Eduardo Galeano
842. **Orgulho e preconceito** – Jane Austen
843. **Impressionismo** – Dominique Lobstein
844. **Escrita chinesa** – Viviane Alleton
845. **Paris: uma história** – Yvan Combeau
846. (15).**Van Gogh** – David Haziot

847. Maigret e o corpo sem cabeça – Simenon
848. Portal do destino – Agatha Christie
849. O futuro de uma ilusão – Freud
850. O mal-estar na cultura – Freud
851. Maigret e o matador – Simenon
852. Maigret e o fantasma – Simenon
853. Um crime adormecido – Agatha Christie
854. Satori em Paris – Jack Kerouac
855. Medo e delírio em Las Vegas – Hunter Thompson
856. Um negócio fracassado e outros contos de humor – Tchékhov
857. Mônica está de férias! – Mauricio de Sousa
858. De quem é esse coelho? – Mauricio de Sousa
859. O burgomestre de Furnes – Simenon
860. O mistério Sittaford – Agatha Christie
861. Manhã transfigurada – Luiz Antonio de Assis Brasil
862. Alexandre, o Grande – Pierre Briant
863. Jesus – Charles Perrot
864. Islã – Paul Balta
865. Guerra da Secessão – Farid Ameur
866. Um rio que vem da Grécia – Cláudio Moreno
867. Maigret e os colegas americanos – Simenon
868. Assassinato na casa do pastor – Agatha Christie
869. Manual do líder – Napoleão Bonaparte
870. (16). Billie Holiday – Sylvia Fol
871. Bidu arrasando! – Mauricio de Sousa
872. Desventuras em família – Mauricio de Sousa
873. Liberty Bar – Simenon
874. E no final a morte – Agatha Christie
875. Guia prático do Português correto – vol. 4 – Cláudio Moreno
876. Dilbert (6) – Scott Adams
877. (17). Leonardo da Vinci – Sophie Chauveau
878. Bella Toscana – Frances Mayes
879. A arte da ficção – David Lodge
880. Striptiras (4) – Laerte
881. Skrotinhos – Angeli
882. Depois do funeral – Agatha Christie
883. Radicci 7 – Iotti
884. Walden – H. D. Thoreau
885. Lincoln – Allen C. Guelzo
886. Primeira Guerra Mundial – Michael Howard
887. A linha de sombra – Joseph Conrad
888. O amor é um cão dos diabos – Bukowski
889. Maigret sai em viagem – Simenon
890. Despertar: uma vida de Buda – Jack Kerouac
891. (18). Albert Einstein – Laurent Seksik
892. Hell's Angels – Hunter Thompson
893. Ausência na primavera – Agatha Christie
894. Dilbert (7) – Scott Adams
895. Ao sul de lugar nenhum – Bukowski
896. Maquiavel – Quentin Skinner
897. Sócrates – C.C.W. Taylor
898. A casa do canal – Simenon
899. O Natal de Poirot – Agatha Christie
900. As veias abertas da América Latina – Eduardo Galeano
901. Snoopy: Sempre alerta! (10) – Charles Schulz
902. Chico Bento: Plantando confusão – Mauricio de Sousa
903. Penadinho: Quem é morto sempre aparece – Mauricio de Sousa
904. A vida sexual da mulher feia – Claudia Tajes
905. 100 segredos de liquidificador – José Antonio Pinheiro Machado
906. Sexo muito prazer 2 – Laura Meyer da Silva
907. Os nascimentos – Eduardo Galeano
908. As caras e as máscaras – Eduardo Galeano
909. O século do vento – Eduardo Galeano
910. Poirot perde uma cliente – Agatha Christie
911. Cérebro – Michael O'Shea
912. O escaravelho de ouro e outras histórias – Edgar Allan Poe
913. Piadas para sempre (4) – Visconde da Casa Verde
914. 100 receitas de massas light – Helena Tonetto
915. (19). Oscar Wilde – Daniel Salvatore Schiffer
916. Uma breve história do mundo – H. G. Wells
917. A Casa do Penhasco – Agatha Christie
918. Maigret e o finado sr. Gallet – Simenon
919. John M. Keynes – Bernard Gazier
920. (20). Virginia Woolf – Alexandra Lemasson
921. Peter e Wendy seguido de Peter Pan em Kensington Gardens – J. M. Barrie
922. Aline: numas de colegial (5) – Adão Iturrusgarai
923. Uma dose mortal – Agatha Christie
924. Os trabalhos de Hércules – Agatha Christie
925. Maigret na escola – Simenon
926. Kant – Roger Scruton
927. A inocência do Padre Brown – G.K. Chesterton
928. Casa Velha – Machado de Assis
929. Marcas de nascença – Nancy Huston
930. Aulete de bolso
931. Hora Zero – Agatha Christie
932. Morte na Mesopotâmia – Agatha Christie
933. Um crime na Holanda – Simenon
934. Nem te conto, João – Dalton Trevisan
935. As aventuras de Huckleberry Finn – Mark Twain
936. (21). Marilyn Monroe – Anne Plantagenet
937. China moderna – Rana Mitter
938. Dinossauros – David Norman
939. Louca por homem – Claudia Tajes
940. Amores de alto risco – Walter Riso
941. Jogo de damas – David Coimbra
942. Filha é filha – Agatha Christie
943. M ou N? – Agatha Christie
944. Maigret se defende – Simenon
945. Bidu: diversão em dobro! – Mauricio de Sousa
946. Fogo – Anaïs Nin
947. Rum: diário de um jornalista bêbado – Hunter Thompson
948. Persuasão – Jane Austen
949. Lágrimas na chuva – Sergio Faraco
950. Mulheres – Bukowski
951. Um pressentimento funesto – Agatha Christie
952. Cartas na mesa – Agatha Christie
953. Maigret em Vichy – Simenon
954. O lobo do mar – Jack London
955. Os gatos – Patricia Highsmith
956. Jesus – Christiane Rancé
957. História da medicina – William Bynum
958. O morro dos ventos uivantes – Emily Brontë
959. A filosofia na era trágica dos gregos – Nietzsche
960. Os treze problemas – Agatha Christie

UMA SÉRIE COM MUITA
HISTÓRIA PRA CONTAR

Geração Beat | Santos Dumont | Paris: uma história | Nietzsche
Jesus | Revolução Francesa | A crise de 1929 | Sigmund Freud
Império Romano | Cruzadas | Cabala | Capitalismo | Cleópatra
Mitologia grega | Marxismo | Vinho | Egito Antigo | Islã | Lincoln
Tragédias gregas | Primeira Guerra Mundial | Existencialismo
Escrita chinesa | Alexandre, o Grande | Guerra da Secessão
Economia: 100 palavras-chave | Budismo | Impressionismo

Próximos lançamentos:
Cérebro | Sócrates
China moderna | Keynes
Maquiavel | Rousseau | Kant
Teoria quântica | Relatividade
Jung | Dinossauros | Memória
História da medicina
História da vida

L&PM POCKET ENCYCLOPAEDIA
Conhecimento na medida certa

IMPRESSÃO:

Gráfica Editora Pallotti
IMAGEM DE QUALIDADE

Santa Maria - RS - Fone/Fax: (55) 3220.4500
www.pallotti.com.br